湯顯祖集全編

五

〔明〕湯顯祖 著

徐朔方 箋校

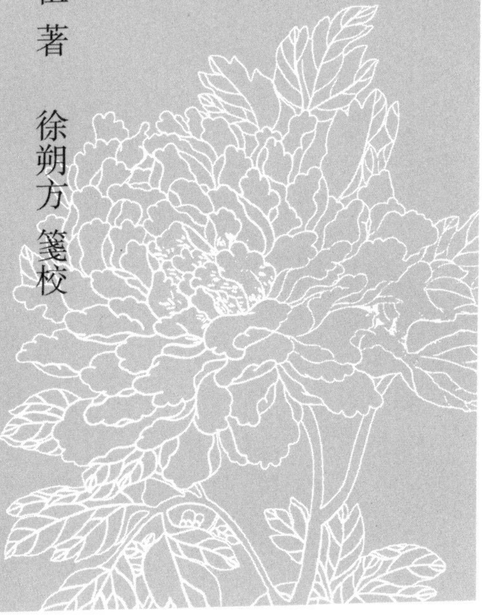

上海古籍出版社

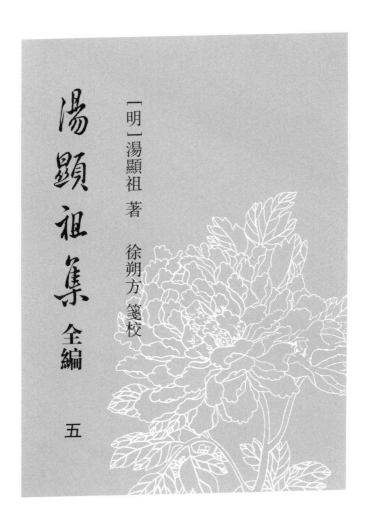

湯顯祖集全編

戲曲卷

湯顯祖集全編戲曲卷之一

紫簫記①

紫簫記目録②

【箋】

紫簫記爲玉茗堂四夢之先聲。此記及其改本紫釵記同以唐人傳奇霍小玉傳爲依據。紫釵記情節大體同原本，此記則大不然。第一齣鳳凰臺上憶吹簫所預告之關目，自前半闋「歸來後，和番出塞，戰苦天驕」起，皆非霍小玉傳所固有。

此記得名於第十七、十八、十九三齣，霍小玉至華清宮觀燈，與十郎失散，拾得紫玉簫一枚，得以賜歸團聚。此本大宋宣和遺事亨集，唯金杯改爲玉簫，人物、情節略有改易爲異耳。

作者爲梅鼎祚作玉合記題詞云：「余往春客宛陵（宣城）……去今十年矣。八月太常齋出，宛然梅生造焉……因出其所爲章臺柳記若干章示余……予觀其詞，視予所爲霍小玉傳，并其沉麗之思，減其穠長之累……第予昔時一曲纔就，輒爲玉雲生夜舞朝歌而去……乃至九紫君之酬對悍捷，靈昌子之供頓清饒，各極一時之致也。」此序作於萬曆十四年（一五八六），章臺柳記即玉合記，「視余所爲霍小玉傳」即紫簫記。玉雲生吴拾芝、九紫謝廷諒、靈昌曾粤祥，皆若士同鄉友人。

若士紫釵記題詞自述：「記初名紫簫，實未成，亦不意其行如是。帥惟審云：『此案頭之書，非臺上之曲也。』」按，萬曆三年（一五七五）至九年秋，惟審帥機先後任南京禮部祠祭司主事及精膳司郎中，此後遠赴貴州思南知府任。以上據陽秋館集卷三亡男秀士廷銑墓志銘。若士詩赴帥生夢作又云：「子爲膳部郎，予入南成均。今上歲丙子，再見集庚辰。前後各傾展，言笑各温新。」丙子爲萬曆四年，庚辰爲八年。若士得晤惟審，相與度曲，聽其評論，當在此二年。紫簫之作，不在萬曆四年前，即在八年前。

紫釵記題詞云：記「未成而是非蠭起，訛言四方」。訛言指首相「張居正欲其子及第，羅海内名士以張之。聞顯祖及沈懋學名，命諸子延致。顯祖謝勿往，懋學遂與居正子嗣修偕及第」（明史卷二三〇）。如是則紫簫記於萬曆五年（一五七七）秋至七年秋赴次年春試前作於臨川。富春堂本所署「臨川紅泉館編」，館即文昌橋東湯氏舊宅之齋名也，取意謝靈運詩華子岡麻源第三谷：「銅陵映碧澗，石磴瀉紅泉。」

紫釵記題詞又云：「諸君子有危心，略取所草具詞梓之，明無所與于時也。」記當刻於萬曆十年（一五八二）前後。此時文人作傳奇之風氣初開，作者甚少，故得以盛行于時。杭州胡文焕刊於萬曆二十年前後之群音類選卷十六收録紫簫記第七、十三、十五、十七四齣，分别題爲霍王感悟、小玉插戴、洞房花燭、訊問紫簫，不載賓白，而分别删去七、七、六、十五曲，當是演出本也。

本書以六十種曲本爲底本，校以富春堂本新刻出像點板音注李十郎紫簫記。

【校】

①原題紫簫記，富春堂本作新刻出像點板音注李十郎紫簫記，分四卷：一齣至九齣爲卷一；十齣至十五齣爲卷二；十六齣至二十四齣爲卷三；二十五齣至末爲卷四。每卷均有「臨川紅泉館編、新都緑筠軒校、金陵富春堂梓」三行題識。②目録據六十種曲本增補。富春堂本無。

第一齣　開宗①

【小重山】〔末上〕瑞日山河錦繡新，邀歡臨翠陌，轉芳塵。共攀桃李出精神，風色好，西第幾留賓。　銀燭映紅綸，此時花和月，最關人。翠盤輕舞細腰身，嬌鶯囀，一曲奏陽春。

衆賓②請勿諠，見今後房子弟搬演李十郎紫簫記，聽賤子略道家門大旨：

【鳳凰臺上憶吹簫】李益才人，王孫愛女，詩媒十字相招。喜華清玉瑄，暗脱元宵。殿試十郎榮耀，參軍去七夕銀橋。歸來後，和親出塞，戰苦天驕。　嬌嬈，漢春徐女，與十郎作小，同受飄摇。起無端貝錦，賣了瓊簫。急相逢天涯好友，幸生還一品當朝。因緣好，從前癡妬，一筆勾消③。

李十郎名標玉簡，　霍郡主巧拾瓊簫。
尚子毗開圍救友，　唐公主出塞還朝。

【校】

①富春堂本無齣目。下同。　②「衆賓」上原有「末」字，衍。　③勾消，富春堂本作「都勾」，失韻。

第二齣　友集

【珍珠簾】〔李十郎上〕春明曉燦青帝瑞，臨東觀，雲氣光華重旦。紅日麗長安，人傍靈臺風轉。芳椒今已獻，慶元會、萬年觴滿。綵勝出宮花，柳色青袍欲換。

帝里新元會，天門拂曙開。瑞雲生寶鼎，暖吹度靈臺。萬户宜春帖，千官獻壽杯。丹墀多計吏，搦管問賢才。小生姓李，名益，字君虞。隴西人氏。先君諱揆，前朝相國；先母辛氏，狄道夫人。貴襲貂裘，祥標鵲印。朱輪十乘，紫詔千篇。王子敬家藏賜書，率多異本；梁太祖府充名畫，並是奇蹤。小生少愛①窮玄，早持堅白。熊熊旦上，層城抱日月之光；閃閃宵飛，南斗觸蛟龍之氣。對江夏黄童之日晷，發清河管輅之天文。兄弟十人，生居其末，俗號十郎。正是：賈家三虎，偉節最著；荀氏八龍，慈明無雙。朱公叔之恣學，中食忘餐；譙允南之研精，欣然獨笑。文犀健筆，白鳳瑚章。懸針倒薤之書，雲氣芝英之簡。壇場草樹，院宇風煙。閒則飄舉五方，游戲三昧。經稱小品，還下二百籤；賦爲名都，略點八十處。看郭象之注逍遥，何如向子？斷平叔之言道德，不及王生。頗吟招隱之章，輒動懷仙之操。笑時流義輕於粟，鄙儒輩知不如葵。悲蒯生一説而亡三，詫墨子九拒而餘六。園池幸足，臺閣無心。争奈朋友彈冠，郡縣勸駕。趙元叔河南計吏，張長宗②丹陽孝廉。忝春官③桃李之塵，雜上苑桂林之玉。正及殿試，忽奏吐蕃入破隴西數郡，抄至咸陽，烽火照于甘泉，車駕親屯細柳。暫輟龍軒之對，俱奔燕幕之生。比向隴西，奄成塞北。楊德祖家惟弱柳，殷仲文庭止枯槐。三川爲飲馬之泉，陸渾纏兵妖之氣。旁藩列鎮，據穴横兵。井樹無遺，干戈滿地。金魚玉盌，感朝暮之情多；寶軸龍文，嘆文武之道盡。顧松楸而耿涕，去桑梓以遥奔。依止神京，春燕並巢林木；摧殘旅館，秋鴻半落蘆洲。且喜生意漸回，春光再轉。今日是元和十四年正月朔旦，兼逢是日立春。天下朝覲官員，應制士子，俱入雲龍門太極殿朝賀。萬疊雲中窺日，九光霞裏朝元。車喧百子之鈴，庭現九金之鼎。戲魚成殿，預章宫④裏朝儀；舞馬登牀，花萼樓前故事。帝御青龍之座，光生萬户千門；人斟⑤白虎之尊，響動千秋萬歲。朝畢之後，光禄賜宴。皇恩洽，羣臣醉。降氤氲，調元氣。誰道七哀無象？由來萬樂有聲。只是一件，小生年已十九，逢此佳節，尚未婚宦⑥。椒花可頌，不逢劉氏之媛；柏葉空傳，未取戴憑之席。以此長歎，及此春新。所喜五陵豪傑，多所知名；四姓小侯，争來識面。有個故舊唤做花卿，字敬定，曾授西川節度，今陞驃騎將軍；有一個武舉生徐州石雄，字子英，智勇無雙，在京中武選；有一個吐蕃侍子唤做尚子毗，羊同部崑崙山下人，在此入國子監受業。三君年紀不同，俱稱豪傑。今早⑦賀正朝門外，相約過我，館中拜正。已唤青兒置酒，不知齊備否？〔青兒上〕梅花欲待歌前發，蘭氣先過酒上春。稟相公：柏葉酒，五辛盤，俱已齊備。〔生〕門外伺候，三位老爺至即通報。〔青兒〕理會得。

【賀聖朝】〔花卿石子英尚子毗上〕皇州暖律星旋，榮光燭地翔天。雲龍門外慶朝元，看萬國春前。

〔相見拜介〕天正初啓節，日陸蚤迎祥。百靈添景福，萬里慶年光。〔閒叙科〕〔花卿〕十郎，你們才子，年年元日試筆，可已有新作否？〔十郎〕朝罷歸館中，遥望故鄉幾拜，不勝客邸之思。旋即整具辛盤，奉候佳客，未遑及於毫翰。〔花卿〕對客揮毫，便可口占絶句一首。只是一件，不許用舊年元日的詩，立一新體。上句要説自己，或表字，或姓名，或俗號，下三句説自家新年來意概，何如？〔十郎〕願老將軍先占。〔花卿占詩介〕道是花卿出衆來，將軍曾宴集靈臺。雲龍帝座朝元日，羽衛鵰盤紫氣迴。〔十郎〕正是驍騎將軍意概。詩到石子英了。〔石占詩介〕身是淮南石子英，翹關此日拜王正。願令春氣銷兵氣，無事空邀麟閣名。〔十郎〕好，武狀元的意概。詩到尚子毗了。〔尚占詩介〕身是崑崙尚子毗，朝正侍子拜龍墀。西歸更祝金王母，玉琯東風滿月支。〔十郎〕正是侍子的意概了。〔花石尚〕請教十郎。〔十郎笑占詩介〕四海才情李十郎，春開閶闔轉年光。椒花此日傳椒殿，柏葉新年侍柏梁。〔花石尚〕十郎意概，一定中狀元了。〔青兒持酒上跪介〕小青兒也新正口占幾句。〔衆笑介〕好，你也學做詩。〔青兒〕我相公玉笈金書，牙籤寶帙。中間覓怪搜奇，分門索類。俺相公目即成誦⑧，在青兒手不停批。〔花卿〕這等是近墨得黑。你便占來。〔青兒占詩介〕書房僮幹小青兒，春日春盤青菜絲。老我百年愁爛熳，呼兒覓紙一題詩。〔花笑介〕好！杜子美是我的老朋友，他的詩到被你小使們抄來抄去，也抄熟了。〔青兒〕也抄不全，只抄得些杜律虞注。〔十郎〕小厮不要胡謅，看酒過來。〔把酒科〕

【玉芙蓉】椒花媚曉春，柏葉傳芳醞。願花神作主，暗催花信。良家少俠隨魚陣，侍子陽和起雁臣。〔合〕青韶映，看條風拂水，獻歲含英，年年春色倍還人。

【前腔】〔花石尚〕⑨祥雲入吕新，麗日長安近。向正元共祝，壽觴初進。丹蓂瑞曆宜三正，粉荔高盤簇五辛。〔合〕春風鬢，笑林中未有，柳上先過，屠蘇偏讓少年人。

〔國子監差人上報介〕道有韶華地，偏宜令節新。今日聖旨：凡在京文武學生，四夷侍子，俱要入太學習樂。石老爺尚老爺要行了。〔石尚二客辭别介〕老將軍再飲數盃去。無事逐梅花，相教覓楊柳。且復去還來，含情寄盃酒。〔下〕⑩〔内作鼓笛唱〕喜春光歲首還。〔十郎問介〕什麽人在門外唱？〔花卿〕想是教坊子弟迎春還的。〔十郎〕青兒，外面叫那唱的進來，勸花老爺酒。〔教坊上見叩頭介〕及聞隴西李十郎相公大名，教坊們迎春而回，在此經過，敬獻一曲。〔唱介〕

【雁來紅】喜春光歲首還，醉芳辰媚遠天，晨祥此日開春殿。緹琯風灰轉，一片青旛暖玉田。〔合〕黄雲見，人霑聖泉，露盤漿長樂宴。

〔十郎〕⑪有勞了！〔教坊〕還舞一曲。〔唱介〕

【前腔】女夷歌寶瑟絃，舞雲翹綵勝偏，青湖富貴長如願。畫帖宜春燕，柳帶桃枝又一年。〔合〕香書獻，啣龍佩懸，展銀幡開笑面。

〔十郎〕有勞了！青兒，取錦帕銀錢，賞他們去。〔教坊〕不須賞。俺們教坊中供奉，不唱舊詞，只要見今有名才子詩曲。玉樹園中，何但先朝伴侣；沈香亭北，曾經後夜清平。李嶠在時，一歌「汾水」；王維去後，懶唱陽關。今日十郎之名，遍滿京都。欲譜陽春，翻歌子夜。但得巧心一詞，不用纏頭雙錦。〔十郎笑介〕原來你們都唱新詞了，到有志氣。只一件來，客中篇製不多，復爲好事傳去。你今後供奉，旋來相求未晚。〔教坊〕教坊們供奉都有時節，且求眼下急用新詞：霍王府裏，最重人日登高；皇帝御前，首要元宵設宴。請相公先揮寸管，見借二詞。〔花卿〕十郎便可揮與他去。〔十郎〕使得。〔十郎做吟哦寫介〕〔付與教坊介〕人日詞可用宜春令譜之，元宵曲可用探春燈譜之。〔教坊背看新詞，笑贊介〕奇哉！奇哉！果是洛陽秀才。〔回身介〕借相公酒謝一杯。〔唱介〕

【簇御林】銅駝陌，集少年。金馬門，尋俊賢。新詞巧出驪珠串，這才華定是金閨彥。〔合〕看新年，雲香浪暖，變化濯龍川。

〔花卿〕你們不知，這小詞兒，大才的人着甚麽緊。

【前腔】青雲器，白雪篇。待吹噓，送上天。胸弢列宿人空羨，倒珠璣寫出君裁見。〔合前〕〔教坊辭介〕〔十郎〕客館簫條，勞卿歌舞。〔教坊〕佳⑫人競勸宜春酒，才子新抽絶妙詞。〔下〕

【尾聲】〔十郎〕⑬春氣待芳金谷苑，春歌囀暖玉隆天。〔花卿〕十郎，明後日可過寒衙一飲，有姬鮑四娘可出勸酒。好看桃李過青軒。

九天春色滿神皋，燕市相過意氣豪。
緑酒待看花爛熳，陽春初奏曲彌高。

【校】

①愛，原作「與」，據富春堂本改。②長，原誤作「昌」，據富春堂本改。張長宗，名憑，見晉書卷七五。張昌宗是武則天寵倖，李十郎何至以其自喻。且昌宗係河北南宫人，里籍亦異。③官，原誤作「宫」，據富春堂本改。④預，當作「豫」。⑤斟，富春堂本作「瞻」。⑥尚未婚宦，富春堂本作「尚無婚室」，下文「柏葉」云云無着落。⑦早，原作「曉」。據富春堂本改。⑧俺相公目即成誦，富春堂本作「在相公目過成誦」。⑨「花石尚」三字，據富春堂本補。⑩「石尚二客辭別介」下，原有「十郎」二字；「下」字上原有「石尚」二字。據富春堂本删。⑪據富春堂本補「有」字。下同。⑫佳，原作「優」，據富春堂本改。⑬原無「十郎」二字，臆補。

第三齣　探春

【滿宮花】〔鄭六娘帶侍女浣紗上〕陌似春，樓似綺，腰細楚王宮裏。〔浣紗捲簾科〕鈿籠金瑣睡鴛鴦，高軸畫簾珠翠。

〔六娘〕【訴衷情】紅梅高簇小樓臺，風和錦繡開。新睡覺，報春回，山枕映紅腮。羅袖裊香媒，步芳階。從今蝶暖花融晝，幾回來。自家鄭六娘是也。與杜秋娘同是内家第一班絃索，後來詔賜諸王歌舞，老身與杜秋娘同籍霍王邸。在伍中雖非碧玉之容，與拂雲臺之席。陽城①妬盡，那曾南户窺郎；冰井才多，每聽西園侍客。三星罷望，八子陪歡。生下女兒一人，名唤小玉。年方二八，才色殊人。畫出天仙，生成月姊。南都石黛，分翠羽之雙蛾；北地燕脂，寫芙蓉之兩頰。稱詩説禮，唾東鄰之自媒；雅舞清歌，哂西施之被教。驚鸞冶袖，誰偷得韓掾之香；繡蝶長裙，未結下漢姝之佩。住下紅樓一座，金枝晻映，玉樹玲瓏。起紅壁之朱塵，寫青錢之翠影。窺窗玉女，靈光殿上神仙；聚陌春人，行雨山前氣色。此際春新明媚，梅花待落，柳葉新開。王孫苑裏，便有春游士女。不免唤出小玉，望春一會。正是：「凍解池開緑，雲穿天半晴。游心不應動，爲此欲逢迎。」浣紗，叫櫻桃請郡主出來。〔請介〕〔霍小玉帶侍女櫻桃上〕

【滿宮花後】② 緑粉窗前香雪膩，乍雨黄鶯雙起。〔櫻桃〕郡主呵，驚春遊女探芳菲，你看開到柳條還未？

〔娘女相見，浣紗櫻桃叩頭介〕〔小玉〕日長消盡繡工夫。喚兒怎的？〔六娘〕曉春春游，與女兒同步翠閣銀塘者。〔行介〕〔六娘〕春還春望美，〔小玉〕春色春人過。〔浣紗〕春風春日裊，〔櫻桃〕春情春夜多。夫人，到翠閣銀塘也。〔六娘〕

【綿搭絮】繡閫清悄，鶯錦護妖韶。畫粉雲屏，寶鴨薰爐對寂寥。〔浣紗〕夫人寬懷。〔六娘〕破花朝，儘着逍遥。那管得桂叢人老，香夢無聊！〔合〕兀自裏袖染檀紅，銀字笙寒不奈調。

【前腔】〔小玉〕瓊樓春照，雲鬢裊金翹。〔櫻桃〕郡主，你聽别院碁聲呵，碎玉凝霞，驚起紅房醉欲銷。〔内作鳥聲，櫻桃伴小玉游介〕囀鶯嬌，細葉柔條。正是落梅時候，薄袖輕摇。〔合〕無人處拾翠閒行，煙逕霏迷罨畫橋。

【前腔】〔浣紗〕啄花紅溜，畫鳥拂輕綃。〔浣紗略舉手舞介〕謾試春衫，人影衣香一路飄。軟嬌嬈，慣裊纖腰。〔浣紗開懷叫天暖介〕愛殺暖池吹皺，翡翠蘭苕。〔六娘〕浣紗，怎的把懷鬆了？〔合〕背人處繡抹酥胸，暗束琴心未許挑。

【前腔】〔櫻桃〕臉霞宜笑，幾度惜春宵。窣錦銀泥，十二青樓拂袖招。杏花梢，暖破寒消。〔浣紗〕櫻桃姐，你看陌上游郎，好不嬌俊！〔櫻桃嘆息介〕貪看寶鞭年少，眼色輕撩。

〔六娘〕櫻桃，怎的説那年少？〔合〕瑣香奩玉燕金蟲，淡翠眉峰祇自描。

【餘文】　春墀緑草愛人嬌，玲瓏珠閣坐煙宵。〔六娘〕你歸去繡房呵，還把金針鳳眼挑。

楊柳春風本自奇，紅綸吹暖映銅池。
臨闌折得花枝笑，恰是王孫草緑時。

【校】

①城，原誤作「成」，據紫釵記改。　②曲牌名【滿宮花】原爲詞調。見欽定詞譜卷八。前曲爲上片，此曲爲下片。

第四齣　换馬

【夜遊朝】①〔花卿上〕棨戟黄牙金埒擁，文貂錦帶玉韃幪。暫喜繡甲塵浮，緑槍苔卧，清世龍鈴何用！

戍罷旌幢映錦川，白頭猶自戴金蟬。調箏解唱關山月，還似春歌石鏡前。自家花卿是也。唐朝驃騎將軍，出鎮西蜀，今已還朝閒住。食禄二千石，玉帶蟒袍。有伎妾一人，唤做鮑四娘。容色多情，周旋少好。雙聲曲引，營妓無雙；一手琵琶，教坊第一。怕有畫堂人到，相教緑酒歌傳。鮑四娘何在？

【賞宫花】〔鮑四娘上〕畫閣紅梅芳色弄，玉管吹舒，柳容瑣翠蕙煙籠。寒峭曉春殘夢，柔暈怯東風。

將軍萬福！〔花卿〕唤你出來有話：前日迎春，遇故人才子李十郎，約今日來我營中飲酒，已教庖人辦治，想便到來。你可抖擻歌喉，安排舞態。〔四娘〕理會得。〔花卿〕還分付你：俺記得李十郎詩，有「開簾風動竹，疑是故人來」之句，你便可將「開簾風動」句造一曲，换新詞歌之。他不日翰林供奉了。〔四娘〕省得。

【步蟾宫】〔十郎上〕御溝萍吹全銷凍，麗園花事從容。芳菲池館畫橋東，有個人兒共。〔相見介，并問鮑四娘「久聞」介〕〔花卿〕鮑四娘代我把盞，唱一新詞。〔四娘送酒介〕

【五供養】開簾風動，吹幙霞翻，罩鼎煙濃。承雲開舞扇，匝地起歌鐘。雲屏障疊繞，畫翠輕紅重。風流縈秀色，富貴綺春叢。玉壘嫖姚，翰林供奉。〔花卿〕十郎，你有「開簾風動」之詩，他有「開簾風動」之曲，真好意態。一武一文，是二難并了。當爲四娘各飲大金巵取醉。

【前腔】〔四娘〕②紅筵寵縱，醁醑氤氳，珠曲玲瓏。畫裙朝彩襞，芳鬢曉雲融。神皋麗色絲，騎陌闐塵湧。纏頭花宛轉，蹀步錦丰茸。竹葉留連，梅花同夢。〔十郎〕醉矣！〔花卿〕移去酒筵。醉卻芳春酒，還望春山郭。呀！多少遊俠子，金鞍映華薄。十郎，你看春城陌上：

【江兒水】翠路平如水，紅騎迅似風。〔内作馬叫，鈴響〕〔花卿〕左右，去尋問是誰家好馬？奔宵躡影蹄雲縱。〔卒子上報介〕是郭小侯家騎射。〔花卿〕十郎，你曉得郭小侯麽？是汾陽王的孫子。小侯王繁華多騎從，玉容將相麒麟種，緊趁青春閒鬨。呀！看他馬射絶精呵，羨他玉羽盤飛，巧把金丸疊中。

〔十郎〕將軍何羨此少年？他止是千金買馬，萬石調弓。將軍若有此馬，便出塞封侯。

【前腔】匹練江南路，乘黄塞北空。將軍若得此馬呵，風生鼻火魂飛動，立横草功名人歌頌。那時不得閒住，老卻將軍矣。金坡玉轡趨朝用，齊道花卿殊衆。昔馬伏波老年，尚平武陵蠻，鑄馬相。愛他金馬名圖，蚤向碧鷄蠻洞。

〔花卿〕十郎説得有理。左右，便追請郭小侯馬到此，問他肯③賣否？〔内作人馬哄動，叫「請」介〕〔郭小侯鞭馬上〕

【窣地錦襠】章臺走徧緑塵空，叫道花卿絶世雄。青絲繫馬繡林中，人在歌樓第幾重？

〔花卿笑接介〕便在第一重門迎接了。〔請進相見介〕〔小侯〕這位是誰？〔花卿〕是隴西李十郎，來京應制。〔小侯〕這一位紅粉，可是將軍愛姬鮑四娘否？〔花卿〕正是。〔相見介〕〔小侯〕適戲馬彈鵰，將軍有何見召？〔花卿〕愛公子人馬雙駿，延至一飲，并問名馬從何而來？〔小侯〕人非玉人，馬如金馬。既然愛馬，先去門前一望，後來領酒。〔望馬科〕

【玉交枝】這馬呵，瑶池龍種，噴紅雲閶闔崆峒。湊蘭筋緑髮權奇聳，懸鈴鏡紫艷方瞳。虎背連錢映伏龍，麟文八暈旋奔蝀。〔十郎〕可得買否？〔小侯笑介〕蹄④翻玉俠路相逢，斗堆金侯家何用？

〔花卿〕知買不得了。且進酒。〔小侯〕將軍看小生打鳥時，鮑四娘在否？〔花卿〕同見英風。〔小侯〕可勞一曲否？〔花卿〕鮑四娘把盞奏曲。

【前腔】〔四娘〕翠猥紅冗，步花光綺薄珠櫳。倚闌干十二層波送，春潮暈半醉芙蓉。慢粉晴嬌軟蝶慵，流黄暗滑雛鶯弄。揎紅袖笑捧金鍾，醉雕鞍爛傾銀甕。〔小侯〕久聞鮑四娘閉月花容，停雲絶唱。此乃百萬蛾眉，何用千金馬骨！〔十娘〕花驃騎愛金埒之名馬，郭小侯賞玉麈之妙音，倘肯相移，各成其美。〔小侯〕果然驃騎貪雲騎，願向花卿覓愛卿。〔花卿〕但得千金留越影，何妨一笑贈傾城。鮑四娘便可侍酒。拜送郭小侯處。

【泣顔回】〔花卿十郎小侯〕玉粉換青驄，片花銷減薰籠。飛香紅玉，並浮雲颯露行蹤。翔麟翠鴻，照飛霞，皎雪迴波動。對嬋娟白兔朦朣，拚青臺銅雀飛冲。〔鮑四娘啼介〕將軍這般薄倖！

【前腔】恁般教妾若爲容，美人化作奔虹。桃花玉面，等千金蹀舞春風。青絲綺櫳，共徘徊，顧影憐嬌寵。聽長鳴噴玉摇騣，怨紅顔薄命飛蓬。〔花卿〕不消啼！丈夫志在功名，自後多在塞上了。

【山桃紅】嘆花飛帳冷，人去屏空。一曲迴鸞奏，翻成斷鴻。你秀色憐幺鳳，我見這叱撥馬呵，含思逐遊龍。四娘，今宵夢裏，不要錯喚了人。睡醒時，休喬認，别是梨花夢也。郭小侯是年少公子，鮑四娘，你好生侍奉。軟款温柔，夜月春風。小侯呵，舊恨還新寵，串郤眉峯，著意温存，休傷翠容。〔小侯〕不消囑付了，四娘穩心。

【下山虎】〔四娘〕纖蛾移鏡，愛鳥離籠。一縷青霞氣，飄摇任風。窣地裏愛著龍文，紫燕悲鳴别雄⑤。老爺，妾去後還覓一侍姬早晚伏侍否？〔花卿〕我有塞上之心，無復房中之想。〔四娘〕老爺也年大了，保重！保重！去後離魂滿碧空，玉體煩珍重，莫道封侯在玉驄。老爺呵，妾侍奉歲久，妾去後，幾個家丁都是男子漢，小丫頭又不省事，夜來都睡着，誰人奉事得老爺周全？枕褥無人奉，怕的是春寒酒中，愁殺孤燈兩鬢翁。〔十郎〕郭公子等久了，終是要别的。

【蠻牌令】趁青絲雲騎動，拭紅淚臉珠融。〔四娘駡十郎介〕冤家！爲你來惹出這斷腸事。那馬呵，將軍有日騎到小侯家來；只妾一去，永不得到將軍府矣。去馬思回鞚，飛花絶故叢。不恨不得殺了那馬呵，紫叱撥將人斷送。老爺，你以後也過小侯府走一走，公子愛敬客，料不慢你。不道雲山萬重，隔寒暄，題書燕鴻。老爺，你説郭小侯愛奴音容，只怕去後呵，總斷舞零歌，落燼摧紅。〔四娘哭倒介〕〔花卿〕討轎先送鮑四娘過郭府去，公子仍乘舊馬隨行。〔小侯〕已别有馬。〔四娘拜别介〕

【鷓鴣天】⑥去留天際慘雲容，胡馬依然戀朔風。〔花卿〕桃葉幾時還接取，〔四娘〕

蘼蕪何日再相逢。〔衆擁四娘下〕〔小侯辭下〕〔花卿作笑介〕十郎，今夜繡閣無人，好是春宵寥寂，便可達曙一飲。〔十郎〕明日再來相伴。〔花卿〕左右，便將新馬送十郎去。如花妾，侶霞驄。⑦雲龍暫送雲中客，明日呵，塞馬長隨塞上翁⑧。

謾自千金惜綺羅，桃花十倍價偏多。

啼妝墮馬都忘卻，興在青驪白玉珂。

【校】

①【夜遊朝】，當作【夜遊湖】。②原無「四娘」二字，富春堂本注有「鮑」字，據補。③肯，原作「更」，據富春堂本改。④蹄，原誤作「啼」，據富春堂本改。⑤「別雄」下原有「四娘」二字，衍。⑥【鷓鴣天】原是仙吕引子，作尾聲用。⑦侶，疑當作「似」。⑧「塞上翁」下，富春堂本有「相別介」三字。

第五齣　縱姬

【天下樂】〔小侯上〕春風騎獵少年情，撼佩驚香蹀影行。看劍重傾燕客酒，對花新按越姬筝。

妖姬怨别侣，曙鳥憶辭家。何處題情思？春衫溼淚花。自家姓郭，名鋒，世號小侯。祖是汾陽王郭子儀；姊是當今貴妃娘娘，帶管皇后玉璽，生下太和公主一人。小子身是國舅，自小封侯。昨日走馬射鳥，過花驃驍門首，他看上我所騎之馬，請入歌樓，便以愛姬鮑四娘换去。那鮑四娘離别花卿，好生愁絶。到我府中，涕咽忘餐。呀，大丈夫何忍傷人之意乎！小使①，我分付你，送鮑四娘閒庭别院，隨他自便。只到良辰佳節，入我府中相隨歌舞便了。〔小使〕已送出鮑四娘去，就有一人稱是霍王府裏鄭六娘，請他教唱。〔小侯〕是了，那霍府中有個杜秋娘，原是鮑四娘弟子，因此鄭六娘也來請他。我在花卿筵上，見李十郎讀盡萬卷書，纔得科名；花卿偌大年紀，要换馬邊疆立功；誰似我自小封侯，多少快活！〔小使〕正是②：天下③三山客，人間萬户侯。〔小侯〕你看俺：

【五供養】蟬花半臂，剗戴飄冠，挾綬藏緋。長檐出獵馬，數换打毬衣。傾銀注玉，作使錦靴紅袂。笙歌隨騎擁，寶燭待郎歸。花鳥三春，王侯百歲④。

〔小侯〕年少新豐斗十千，　〔使〕長騎駿馬傍花眠。
〔小侯〕安知寂寞揚雄宅⑤，　〔使〕暮宿靈臺祇自憐⑥。

【校】

① 小使，富春堂本作「小廝」。下同。　② 「正是」上，富春堂本有「這」字。　③ 下，富春堂本作「上」。　④ 曲牌當作【五供養犯】，末二句犯【月上海棠】。第七句應爲八字句。　⑤ 揚雄，原作「楊雲」，當改。　⑥ 詩中兩「小侯」、兩「使」字，原都在每句之下，據富春堂本移前。祇，原作「私」，據富春堂本改。

第六齣　審音

【繞池遊】〔鄭六娘小玉浣紗上〕璚樓麗彩，春色回雲海，閒院無人翠靄①。

【月宫春】〔六娘〕王家春到日初長，濃檀獸吐香。〔小玉〕畫鸞金蘂繡紅幫，盈盈步玉堂。〔浣紗〕花色賺人還院落，風光到處點金簧。〔六娘〕調罷隔簾鸚鵡，新聲教女郎。〔小玉〕娘説甚麽新聲教女郎？女兒好清浄，不慣弄曲。〔六娘〕梵偈仙歌，何妨清浄。我已着櫻桃去請鮑四娘，想已到來。

【前腔】〔四娘上〕團花細莑，檀板急相催，春晝瑣窗誰在？

自家鮑四娘是也。纔到郭小侯别院，卻道霍王府鄭六娘請俺教他郡主唱。此中便是②，不免進去。〔相見介〕〔六娘〕望卿卿不來，臨池畫春水。〔四娘〕與娘不相識，那得情如此？〔問小玉介〕這便是郡主麽？〔小玉拜介〕〔四娘〕好精致！窠③墮學梳頭上髻，木難才作耳邊璫。新翻艷曲教來好，腕裏聲低暗動郎④。〔小玉羞介〕〔六娘〕四娘，他年輕腼腆，聽奴一話：此際香塵麗日，紫陌青臺，多有新傳錦曲，别製檀歌。靈娥芳樹之音，上客幽蘭之曲。織綃泉上，歌成字字明珠；拾翠洲前，唱出篇篇緑羽。雲謡西北，驚教鶴舞成雙；日照東南，聽和魚麗數菓。教西家之好女，須南國之佳人。〔四娘〕六娘，奴家慣舞仙仙之珮，笑他生舞草迎人；能歌昔昔之鹽，恨半死歌泉喜客。清聲奏笛⑤，空隨郭字長生；澀指縫絲，曾教石家羣少。怎到得高雲不動，虚傳秦伎之名？那些有逸響猶飛，浪借韓娥之食？便唱淮南麗曲，敢向河間數錢。只是六娘請自方便者。〔櫻桃上〕玉杯寒意少，金屋豔情多。鳴環催妙舞，斂袖待新歌。稟上六娘：櫻桃纔到教坊遊戲，抄得一紙新詞，道是隴西李十郎所作。六娘，你與郡主看者。〔小玉六娘四娘同看介〕呀！原來這紙詞是人日登高之曲，用宜春令譜之，好詞！好詞！〔四娘〕這人没有年紀，與俺相識。〔六娘笑介〕四娘，你好相識得人多哩。俺將此詞送到杜秋娘別院，隸習一番，明日霍王登高，便用此曲進酒。女兒，你從容伴四娘學謳者。〔四娘〕六娘相浼一事：杜秋娘從老身教唱，尚欠教錢百緡，他又教成弟子善才了，好將前件相償。〔六娘笑介〕四娘好記事哩。〔下〕〔四娘笑⑥小玉云〕郡主，你叫俺是師父了，在意聽俺教。〔浣紗〕四娘，教的曲子唱不得。〔四娘〕説那裏話？只要在行。郡主端坐，聽俺道來。唱有三緊：一要調兒記得遠；二要板兒落得穩；三要聲兒唱得滿。〔小玉〕調兒有許多？〔四娘〕一時數不起，略説大數：黄鐘二十四章，正宫二十五章，大石調二十一章，小石調五章，仙吕四十二章，中吕三十二章，南吕二十一章，雙調一百章，越調三十五章，商調十六章，商角調六章，般涉調八章，共三百三十五章⑦。從軒轅黄帝制律一十七宫調，至今留傳一十二調。中間又有音同名不同的，假如：【一枝花】便是【占春魁】，【陽春曲】便是【喜春來】，【拋毬樂】便是【彩樓春】，【鬪蝦蟆】便是【草池春】，【六幺遍】便是【柳梢青】，【昇平樂】便是【賣花聲】，【沽美酒】便是【瓊林宴】，【漢江秋】便是【荊襄怨】，【採茶歌】便是【楚江秋】，【乾荷葉】便是【翠盤秋】，【知秋令】便是【梧葉兒】，【荊山玉】便是【側磚兒】，【小沙門】便是【禿厮兒】，【憨郭郎】便是【蒙童兒】，【村裏秀才】便是【伴讀書】，【殿前歡】便是【鳳將雛】⑧，【掛玉鈎】便是【掛搭沽】，【醉娘子】便是【醉也摩挲】⑨，【喬木查】便是【銀漢槎】⑩，【調笑令】便是【含笑花】,【耍孩兒】便是【魔合羅】,【也不羅】便是【野落索】,【擂鼓體】便是【催花樂】,【靈壽杖】便是【呆骨朵】,【鸚鵡曲】便是【黑漆弩】,【滴滴金】便是【甜水令】,【陣陣贏】便是【得勝令】,【柳營曲】便是【寨兒令】,【急曲子】便是【急捉令】⑪,【歸塞北】便是【望江南】,【玄鶴鳴】便是【哭皇天】,【初問占】⑫便是【下金錢】,【撥不斷】便是【續斷絃】,【臉兒紅】便是【麻婆子】,【凌波仙】便是【水仙子】,【潘妃曲】便是【步步嬌】,【相公愛】便是【駙馬還朝】,【紅衲襖】便是【紅錦袍】,【女冠子】便是【雙鳳翹】,【朱履曲】便是【紅繡鞋】,【三臺印】便是【鬼三臺】,【小拜門】便是【不拜門】,【朝天子】便是【謁金門】,【壽陽曲】便是【落梅風】,【折桂令】便是【步蟾宮】。郡主,又有名同音不同的,假如:黃鐘雙調都有【水仙子】,仙宮正宮都有【端正好】,中呂越調都有【鬬鵪鶉】,中呂南呂都有【紅芍藥】,中呂雙調都有【醉春風】⑬,唱的不得厮⑭混。又有字句多少都唱得的,相似:【端正好】,【貨郎兒】,【混江龍】,【後庭花】,【青哥兒】,【梅花酒】,【新水令】,【折桂令】,這幾章都增減唱得。中間還有道宮高平歇指⑮,又有子母調一串驪珠,休得拗折嗓子。郡主,你明日要嫁個折桂枝的姐夫。俺先唱個【折桂令】你聽。

北【折桂令】　展纖蛾怯的輕寒,軃著春衫,略攏雲鬟。無人處向曉窗圓夢,暗損嬋娟。被人兒早抆了眉窩翠粉,被人兒早奚落了臂上檀痕。玉軟花眠,枕障爐煙,小鸚哥刮絮絮厭得聽聞。

〔小玉〕唱便唱得好,此乃遊童豔婦之篇,非上客幽人之操。可有外間才子詩詞見示幾首?〔四娘〕外間才子,更有誰人?適纔教坊所傳人日登高之曲,便是個才子做的。那人與花卿相知,俺因此也熟其吟詠。〔小玉〕請教。〔四娘〕記得他有「開簾風動竹，疑是故人來」之句。〔小玉做吟詠介〕〔嘆介〕真雅情幽致，不減沈約江淹也。四娘，俺和你寶花闌外，翡翠池邊行者。

【黄鶯兒】畫額彩屏開，鳳窠團弱綫催，銀塘慢色春如海。葳蕤紫釵，玲瓏鏡臺，檀霞膩玉嬌痕在。四娘，這兩句詩真好也！〔合〕羡多才，開簾動竹，疑是故人來。

【前腔】〔四娘〕夢笑轉紅腮，展銀襜戲蝶迴，申腰小立迴闌外。香綦淺苔，深裾落梅，春閨暗恨頻眉帶。〔合前〕

〔四娘〕我看你愛他這詩忒緊，還不曾見那人哩。

【簇御林】凝粉面，映珠胎。似神僊，出紫臺。龍章鳳質多奇彩，璚林玉樹風塵外。〔合前〕

〔小玉〕可也愛人。

【前腔】〔四娘〕他心良慧，影徘徊。不止你見了愛他，遍嬌娃，擲菓回。調琴獻帽多人愛，你見了呵，窺韓盼玉凝波待。〔合前〕

〔小玉〕他是何處人？

【尾聲】〔四娘〕隴西才子赴京來。〔小玉〕姓甚名誰？〔四娘〕知名李十郎。〔小玉〕知他還有新篇在，〔四娘〕你要許多怎的？〔小玉〕要寫入秦樓聲一派。

〔四娘辭下〕〔小玉〕那人真好詩也！恨記不全，是他碎金殘璧。正是：

風簾摇竹動春陰，爲拂餘埃寫緑琴。

莫道香閨絶流賞，幽蘭原自有知音。

【校】

① 此爲繞池遊開頭三句，下三句省去。下曲同。　②「此中」上，富春堂本有「迤逗行來」一句。逗，當作「邐」。　③ 窠，當作「倭」，或作「窩」。　④ 聲低暗動郎，富春堂本作「低聲持勸郎」。　⑤ 笛，富春堂本作「曲」，誤。　⑥ 富春堂本無「笑小玉云」四字。　⑦ 此指北曲而言，全據太和正音譜。南呂原誤作「三十一」；越調原誤作「二十五」。大石小石，原誤作大呂小呂，據富春堂本改。　⑧ 案：殿前歡，又名鳳將雛、鳳引雛、小婦孩兒。富春堂本誤作鳳雛兒。　⑨ 案：掛玉鈎與掛搭沽不同，醉娘子與醉也摩挲不同，此俱沿正音譜之誤。　⑩ 當作銀漢浮槎。　⑪ 急捉令，當作「促拍令」。　⑫ 初問占，當作「初問口」。　⑬ 春，原誤作「東」，當改。案：醉春風本中呂曲，可借入雙調，與上述諸曲名同句格異者不同。　⑭ 斷，原作「索」，據富春堂本改。　⑮ 指，原誤作「拍」，據富春堂本改。

第七齣　遊仙

【神仗兒】〔二宮臣上〕靈辰青昊，春暉日耀。聽流鶯報道，今歲風光及蚤。喜人日是今朝，廣袖欲登高，忽聽西園召。

遊客初梁邸，朝光入楚臺。賢王開令節，餘吹拂衣灰。自家霍王府左右尉是也。今日人日，霍王登高設宴，姬人鄭六娘杜秋娘俱已安排絲竹，在望春臺下伺候，想駕到來。

【望吾鄉】〔霍王上〕托體東朝，天門紫氣高。朝元殿上春明蚤，梁園雪罷啼春鳥。翠蓋擁幢麾，爐香撲絳袍，人日風光好。

草色王孫苑，雲光帝子家。瑶臺多暇日，酌醴對春華。自家霍王是也。順宗皇帝之弟，今上皇帝之叔。龍種多奇，鳳毛殊色。分土而開者九國，寧須立上東門；同日而策者三王，何事争强北土？不比宜春桃李，争如鄴下芙蓉？謝北海之文辭，空勞驛奏；少東平之知慧，有愧腰圍。豪傑遊梁，侈賜旌旗萬乘；藏書等漢，閒參禮樂三雍①。雖然畫轂朱丹，愛鍊紫金黄白。風雲寄勝，花柳忘憂。有兩個侍妾：一個唤做鄭六娘，一個唤做杜秋娘，俱是内家分賜，在左右二十餘年。止是鄭姬生女小玉一人。二姬呵，包家明月，嬌聲啼鳥曙窗前；石氏翾風，細骨倒龍香屑上。詎是當筵舉手？那曾聽樂悲心？今日正是人日登高，風色晴媚，與宮臣宴笑一會。正是：庶子南皮，取醉謝莊之月；司徒北邸，重襟宋玉之風。典膳官，想酒筵齊備，喚鄭杜②二姬登臺。

【掛真兒】〔鄭杜二姬上〕〔六娘〕③穿衣寶鏡無人照，慵掠約鬟緑飄蕭。〔秋娘〕曲譜閒抄，飲巡偷記，花葉籠歡笑。〔入見介〕〔六娘〕宮姬鄭六娘叩頭，願君王千歲！〔秋娘〕宮姬杜秋娘叩頭，願君王千歲！〔霍王〕二姬好唱人日新詞者。〔鄭杜〕理會得。〔起立王左右介〕〔宮臣進酒介〕

【黃鶯兒】〔鄭杜〕④日宇麗初韶，臨彩簿宴芳霄，金枝緑輦榮光皎。春湊芸苗，春開柳條，輕煙半拂蘼蕪道。〔合〕太平朝，千秋人日，開宴酌葡萄。〔霍王〕酌宮臣酒。

【前腔】〔宮臣〕⑤平樂侍賓寮，承燕彩步蘭皋，蘋池尚覺雄風小。春心鬱陶，春色嬌嬈，花前雁後同歡笑。〔合前〕〔二姬進酒介〕

【宜春令】〔六娘〕⑥慶靈辰，接誦椒，翦春人金屏阿嬌。鈿筐銀粟，花窗點綴靈妃笑。裊行雲翠帶香繒，曳生煙青蕤彩纛。〔合〕願君王，人日千秋，仙顏轉少。〔霍王〕好詞，好詞。還有没有？〔秋娘〕還有一套。

【前腔】日初長，年暗消，空襟塵花填酒澆。饒他王母，依然白髮啼青鳥。日輪中逐日人忙，人世上愁人日老。〔合前〕

〔霍王〕這詞何人所作，分明要飲我以長生之酒，坐我以不老之庭。好才調，好心懷。是何名姓？〔六娘〕傳是隴西人李益秀才所作。〔霍王〕聞説朝中有個李益，他平生甚是妬嫉，那得知此！〔宫臣跪介〕有兩個⑦李益：老李益現今在朝官職，少李益才舉博學宏詞。有妬疾的是老李益。〔霍王〕原來有兩個李益。俺聽這詞兒，使俺塵心頓消。寡人老矣，若不修仙，無緣再少。宫臣，我入華山去也。二姬可酌我酒，聽我説與：

【惜奴嬌】蕙色娥媌，雲歌月艷，并在今朝。瑶臺畔，逐⑧勝等閒歡笑。我看你們風韻呵，嬌饒，白雪吹香，清罏送巧。半束煙綃，飄摇。春韻軟粉酥融，蚤年風調。〔鄭杜〕願我王年年此日，享受未央之樂。〔霍王笑介〕二姬，俺年老了。〔鄭杜〕我王千歲。〔霍王〕只怕饒不過。

【前腔】難饒。二姬，你不曉得，人生莫遣頭如雪，你看我貴人頭上，便春風幾度難消。只想我當初呵，年少，暗抛紅豆，相調俊俏。寶襪沾雲，紅絲串露，轆轤春曉。到如今呵，你們侍寢，有甚麼歡事⑨？還笑，洞房中空祕戲，正落得素女圖描。〔鄭杜〕千歲想是爲賤妾容顔減昔，遂爾無歡。千歲何不國中別選，自有温柔之卿⑩，可以娱老。〔霍王笑介〕二姬，

【鬬寶蟾】總饒、雲翹、細腰⑪，儘翠䴉紅殷，都成別掉。俺今日呵，只是對迎風舊館，睢陽故道。閒眺，看邸第樓臺，疊紅塵多少！影蕭條，厭鸞笙鳳撥，猿林雁沼。

〔鄭杜〕千歲縱然厭此，更有何處可以逍遥？〔霍王〕我要去尋個朋友了。

【前腔】王喬、相邀、路遥。〔鄭杜〕既然路遥，千歲怎的去尋得王喬到？〔霍王〕二姬。俺便做尋仙不到，也强似在塵中相處。繞碧落朝敲，明星夜醮。勝高唐閒夢，洛浦空挑。〔六娘〕千歲就要游仙，也待嫁了女兒小玉，賤妾們一同修道。〔霍王笑介〕想到頭一路，女兒，顧不得你了。須曉，總愛海千層，浮生一了。〔六娘〕千歲就在深宮修道，何必遠遊？〔霍王〕在人間自然不能清楚，我去了呵，自逍遥，看桂嶺參差，芝樓窈窕。

〔鄭杜〕千歲遠遊，也要表奏傳位⑫，方纔可行。〔霍王〕俺若先奏，便恐朝旨相留。俺就此先入華山，然後表聞。你們就此辭别，各尋歸老便了。〔鄭杜〕千歲富貴極矣，猶自尋仙。賤妾二人，願逐淮王之仙雞，備彭公之采女。

【黑麻序】〔六娘〕雲霄，看千秋有靈氣，何事燕昭？妙舞旋懷，少不得夜蛾分照。千歲，昔趙王宫妾，嫁爲厮養婦；高陽美人，嫁得衛將軍。妾雖微細，心常醜之。堪笑，月華姬，叢臺女，空教氣分銷。〔合〕爲誰嬌？到不如雲裏金雞，洞中青鳥。

【前腔】〔秋娘〕悲悄，辟邪旗珠絡褓，榮華夢杳。斷雨零雲，教人困咽無聊。昔毛女飛金，嫦娥占月，妾雖微細，心常慕之。奇妙，玉姜飛，靈藥擣，凌風帶月飄。千歲，賤妾從金陵入侍，得事我王二十餘年矣。王去修仙，棄妾何處？冷春宵，怎禁北斗停春，西王侍嘯？

〔霍王〕我看你兩人頗有志氣，只是鄭姬有小玉未嫁，怎得出家？暫賜汝名凈持，賜汝女紅樓一座，實玉十廚，可從我封邑姓霍。那杜姬既有志出家，可到金飈門外西王母觀中，度爲女道士，弟子善才，可教相從，賜汝浮金磬、紫霞帔。二姬呵，俺去後不用悲思，待我有白鶴之歸，汝再響青鸞之唱。宫人，可將玉芙蓉冠、九光衣來，换了寡人服色。〔换冠服介〕

【尾聲】便换金巾脱絳袍，又何用武陵犀道。二姬呵，免得你銅雀西陵恨寂寥。

〔鄭杜跪送王下，再上别介〕〔六娘〕秋娘，幾時入王母觀去？〔秋娘〕便同弟子善才去也。〔相抱哭介〕姊妹二十年來，一旦分張，好不悵然也！

【醉太平】〔六娘〕堪歎，畫鸞金雁，曾分飛别館，瘦燕肥環。向花時節鼓，風流陣點綴霞檀。等閒，桂叢人去竹枝斑⑬，閃殺人隔花相唤。春明淚眼，仙樓琪樹，幾度堪攀。

【前腔】〔秋娘〕闌珊，輕頻淺盼，把玉釵金篦，捨入巖巒。怨王孫服散，吹笙處鳳水繚山。淚彈，一團春翠擲人間，急罰盞夜筵燈散。〔哽咽介〕塵嬌自浣，想弄簫香雨，暗溼雲殘⑭。

【尾聲】〔六娘〕可憐世事珠昏旦⑮，紫陽宫女帶花冠，〔秋娘〕⑯他日相逢海上山。

北渚淮南去學僊，知他少别也千年。

佳人並逐花源去，　賸粉殘脂最可憐。

【校】

① 三雍，富春堂本作「三千」。 ② 「喚鄭杜」上，富春堂本有「左右的」一句。 ③ 原無「六娘」二字，臆補。 ④ 原無「鄭杜」二字，據富春堂本補。 ⑤ 原無「宮臣」二字，據富春堂本補。 ⑥ 原無「六娘」二字，富春堂本注有「鄭」字，據補。 ⑦ 「有兩個」上，富春堂本有「稟千歲」一句。 ⑧ 逐，富春堂本誤作「遂」。 ⑨ 事，富春堂本作「情」。 ⑩ 卿，或當作「鄉」。富春堂本此句作「温雅之卿」。 ⑪ 此句二字一韻，名短柱體。下曲，同。 ⑫ 傳位，富春堂本作「聖上」。 ⑬ 「等閒」上，富春堂本有夾白「這正是悲莫悲兮生別離哩」一句；「閃殺」上有「千歲呵」一句。 ⑭ 「雲殘」下，富春堂本有白語：「六娘，就此拜辭了。〔鄭〕：人日登高之樂，翻成歧路之悲。」 ⑮ 珠，疑當作「殊」。 ⑯ 原無「六娘」「秋娘」四字，富春堂本分注有「鄭」「杜」字，據補。

第八齣　訪舊

【似娘兒】〔十郎上〕山水仲長園，背關河摇落胡天，春風游子悲鄉縣。破帽空憐，敝衣難護，誰家柳陌花源！

翠瀲春光慘緑楊①，花溼怕有杜蘭香。璚臺望罷無萱草，道是忘憂卻不忘。人人道李十郎②是個才子風流，其實爲人本分。止因花卿宅上，聽了鮑四娘一唱。容誇落月，曲駐行雲。既生人世③，誰能無情？笑殺花卿，你有這般可人，卻没緣没故將去換馬。那四娘去時，何等有情。啼聲一市俱愁絶④，回首千門別恨生。喜得郭小侯是大⑤懷豪傑，見他無聊，重傷其意，送他閒庭別院，門户不曾鎖⑥，傳歌教舞，隨其自便。小生雖在年少，客中秋毫無犯。水清石見，休疑旅舍之妻；雪白蘭幽，不受⑦主人之女。只是今年春心稍動，想是時候到來。雖有定情之篇，不少懷春之誘。今朝風色融惠，日影舒華，不免獨自閒遊，到郭侯別院，望鮑四娘一遭，可得見否？青兒，我去街上走走，你好護門。休教瓦雀行污硯，莫遺花風吹落書。〔青兒〕理會得。〔十郎行介〕呀！一兩日未到門首，御溝上柳都青遍了。

【錦纏道】銅池上，緑生波春明遠天，柳穗蘸輕煙。記將軍樓閣，暗露嬋娟。向俺挑銀甲瀉紅螺盤花鈿蟬，半空裏響歌雲玉碎珠連，薄倖的韻綿纏。他倚微風閃金屏半面，惹心懷骨興牽。趁寶馬青門別院，聽百般鶯語妮花前。

大呀。迤逗是這條路來，前面卻有兩條路，一邊是華陽街，一邊是尚冠里，不免問取分明⑧。大哥，郭小侯府在那邊去？〔內應〕尚冠里高樓子去。〔十郎〕謝了！不免向前問去。正是：

迷花欲待醉羅裙，撲地歌塵晝不分。
夾轂慢勞相借問，侯家朱閣自淩雲。

【校】

①慘，疑當作「糝」。②「李十郎」上，富春堂本有「我」字。③既生人世，富春堂本作「既謂之人」。④愁絶，富春堂本作「絶死」。⑤大，富春堂本作「人」。⑥鎖，原誤作「離」，據富春堂本改。⑦受，富春堂本作「愛」。⑧分明，原作「居民」，據富春堂本改。

第九齣　託媒

【薄倖】〔四娘同侍女上〕翠影雲移，緑香煙冷。對遠山慵畫，安黄未正。遊絲罥蝶，繫情難定。真薄命，謾褥錦蹬跚對劇，還記花前舊興。

【南歌子】夜幌銷蘭炷，朝妝拂瑞檀。無端玉馬映花鞍，公子橋邊盡興、强陪歡。薄倖狂難倚，輕軀怯未安。殘啼醒夢溼冰寒，賴是驚魂似蝶、暗飛還。自家鮑四娘是也。劣相花卿，將人換馬；好心公子，置妾閒庭。自前日到霍王府教小玉郡主唱後，情緒無聊，不曾一到寶花欄外。丫頭，你聽得外面有甚新事否？〔侍女〕今早到小侯本宅，聽得霍王宴罷，聞樂感傷，便入華山遊仙去了。賜鄭六娘和小玉郡主紅樓一座，隨他擇壻，又改他姓霍。又有一姬杜秋娘，自陳無子，願入西王母觀修道。公子府中嘆息此事，不聞餘語。〔四娘作驚介〕呀！郡主十分嬌慧，霍王何不看他成了人去？卻是捨得。杜秋娘是俺弟子，他卻有志清净。妾身猶在風塵，真是藍不如青，蓮能自白也。〔侍女〕四娘別住閒庭，薰香獨坐，公子不相聒譟，歡處隨教往來，也似神女一般了。〔四娘〕哈！你這話都不到頭，還是修真，好似人間多少也。

【步步嬌】青樓那到瑶山静，花醒柳夢渾難醒。脆管煩絲不奈聽，傷歡中酒年年病。何似禮金經，清虚打滅輕狂性。〔十郎上〕

【不是路】粉閣妝成，出衆風流舊有名。彈花柄，想煙籠宿蝶睡初驚。〔四娘驚介〕是何人？定知公子閒乘興。〔十郎〕我是花卿舊友生。〔四娘驚喜介〕好似隴西李十郎聲氣，快開門。　朦朧聽，高軒未得迎門應，有虧恭敬，有虧恭敬。

〔十郎〕郭小侯或來不便，立語一回而去。〔四娘垂淚哽咽介〕裏坐不妨。

【前腔】〔四娘〕別院閒庭，〔十郎〕只在堂上坐罷。　一話中堂便可行。〔四娘〕話還長哩。從容聽，見卿渾似見花卿。〔十郎〕四娘呵，喜遷鶯，新歡早已封侯定，俊麗還過驃騎營。〔四娘〕休譏評，勞君此事爲媒證，這般德行，這般德行。

〔坐介〕〔四娘〕①十郎，你這兩日過花卿未？〔十郎〕見你後悶懷旅館，不曾一過人家。　餘響繞梁，特來消遣。〔四娘〕你要俺唱呵，俺也無心，唱也没趣的。　花卿教人長恨，聽奴訴者：

【好姐姐】當初銀蘭翠屏，花窠畔金蟬擲鏡。　那時少年遊冶，都來追歡買笑，丁香舌上，留連作巧聲。　多歡慶，明膠熱酒偏饒興，細汗霑軀別有情。

自到花卿府，遊興便已消索了。

【前腔】燈炧香煤暗驚。　十郎，你蚤不相尋，到此已似遲了。　如今情緒，唱出甚的來。　惹雲袂曳煙春暝，兩牀絲竹，凝愁按不成。　忺殘病，那堪綠瑣千條影，枉自紅飄一點②情。

〔十郎〕你既慵歌，生當愁絶。　别有歌容，煩相屈指。〔四娘〕十郎，你千金之軀，怎去娼樓銷費？不如聘一名姝，相陪作客。〔十郎笑介〕好容易得名姝！我要有三件的：一要貴種，二要殊色，三要知音。〔四娘〕呀！蚤是你說起知音的，俺前在花卿處，聞你有「風簾動竹」之詩，說與一女郎聽，那女郎好生吟愛，可是知音？〔十郎驚介〕有此知音女子，定有好容顏。〔四娘〕絕精。〔十郎〕可是大家兒？〔四娘〕不小。〔十郎〕問是誰家姝？〔四娘〕他是霍王之女。〔十郎〕可求否？〔四娘〕到有幾分。〔十郎〕怎見得？〔四娘〕聽奴說來：

【前腔】多嬌柔紅嫩青，金訶艷玉融花映。十郎，我把你的詩諷與他呵，他好不沈吟。泥春無力，憑欄③暗恨生。閒吟詠，知他惜玉憐香性，解得開簾動竹情。

〔十郎〕便托卿爲媒，何如？〔四娘〕使得。

【前腔】恁般良媒作成，也須合紅鸞到命。〔十郎〕只怕年青成不得人。〔四娘〕褪腰珠衱，風流事可經。十郎，這女子正是破瓜時節，他若肯時，便蚤下聘禮。〔十郎〕領教。〔四娘〕成嬌倩，開④書選日行婚聘，管取那女兒呵，障袂爲雲感夢情。

〔十郎〕四娘請就行，小生辭去。〔四娘〕君與花卿有故情，敢不成君之美。只是簡慢十郎了。〔四娘掩涕介〕〔十郎〕你還有⑤甚麽話說？

【尾聲】〔四娘〕⑥憑將此淚寄花卿，從別後香閒粉臢。十郎，奴家失身青樓，朝東暮西，理當生受。你明日倘成就霍郡主呵，不要似花卿這般薄倖哩。怎擲下青樓薄倖名？

〔十郎〕春情雪色艷經過，〔四娘〕似醉如慵不奈歌。

〔合〕莫向章臺還折柳，留來香閣畫姮娥⑦。

【校】

①⑥原無「四娘」二字，富春堂本注有「鮑」字，據補。②點，原作「番」，據富春堂本改。③無力憑欄，富春堂本作「無地遮攔」。④開，原誤作「聞」，據富春堂本改。⑤「你還有」上，富春堂本有「四娘爲何掩淚傷情」一句。⑦「十郎」、「四娘」、「合」，原都在每句之下，據富春堂本移前。末句下原也有「合」字，衍。

第十齣　巧探

【意遲遲】〔鄭六娘上〕一自殘雲飛畫棟，蚤罷瑶華夢。花露曲璚垂，春風細拂簾旌動。絃將手語暗思量，卻不道東王也有僊妃從。

【浣溪沙】氣色春前别一般，梅花淡瘦水仙寒，錦薰籠畔帶初寬。不似湘靈還拾翠，那堪鳴佩到仙鑾，夢回新試小龍團。自家鄭六娘是也。螻蟻前驅，擬上千秋之壽；螢光莫報，翻遊七日之仙。撇下老身，鶯花無主；兼憐小玉，鳳竹孤吹。這兩日小玉身子不爽，抛俺獨步芳庭。想念我與杜秋娘同事霍王時，好不感傷人也！

【小桃紅】屏花暗矗，鏡蕊空蒙，憶昔高陽院雙娥艷容。那時歌舞呵，笑眼挼花送，錦帶度生紅。説我霍府好不富貴，坐吹笙翠瑣中，暖玉啣鈴鳳也，團扇朝雲，迎風旆龍。看來人情豪華已極，便①多感傷之情。日暮鐘鳴，止有神仙一路。老去真成夢，歡慳笑慵。霍王呵，你到學仙去了，都不想這老身與女兒，去時也不叫女兒辭一辭去。撇鳳抛雛，彫傷綺叢。

【縷縷金】〔鮑四娘上〕花瑟瑟，柳濛濛，妖姬和睡聽，鳥聲中。莫道不思量，眉心自懂。閒掀蜀紙渲巫峯，鬟雲薄揎攏。

昔是花卿妾，今作李郎媒。好將冰下語，去問月中來。此間不遠是紅樓了，想小玉郡主已梳洗。〔唱「閒掀蜀紙渲巫峯，鬟雲薄揎攏。」叫櫻桃開門〕〔櫻桃開門介〕呀！原來是鮑四娘。〔相見介〕②〔四娘〕淮南底事愛生離，〔六娘〕腸斷高樓桂樹枝。〔四娘〕何似尚平婚嫁畢，〔六娘〕還嫌子晉學仙遲。〔四娘〕請問郡主梳妝了未？〔六娘〕小玉不知怎的，近來這兩日癡癡的喜睡。也是父王去後，啼痕未燥，美目難開。頭都沒興梳，口不待要飯。俺在此獨坐好悶，正娘來。〔四娘〕郡主敢是傷春？〔六娘〕又來了。女孩兒家曉得傷③什麼春！〔四娘〕呀！那裏有二八一十六歲的女孩兒不曉得傷春？〔六娘〕今普天下男女不曉得傷個春，女兒怎的傷來④？〔四娘〕只有氀毼的男女們不曉得傷春，難道伶俐人不傷春哩！你郡主好不伶俐也。聽我道來：

【江兒水】他腰細纔勝露，〔六娘〕那的討露水來？〔四娘〕他也在想了。身輕欲倚風。〔六娘〕小玉也本分。〔四娘〕六娘好不會看人，嬌輝翠影看行動。你聽他聲兒，花樓玉鳳輕彈哢。六娘，敢怕郡主也動心？〔六娘〕正是這兩日。〔四娘〕可知道襛鬆姘點霑春縫。六娘，敢怕郡主曉得做夢了，失笑暖雲偷夢。六娘，你不曉得，昔吳王愛女，也與郡主同這小名，煞恨吴夫人不能成人之美。六娘，你看郡主身子呵，怕他害得瞳矓，險做了翠煙韓重。

〔六娘〕四娘説得有理，只是眼下那裏就有托身之人？〔四娘〕天緣有一快壻，不知六娘肯否？〔六娘〕那人才貌，何如小玉？〔四娘〕真是錦屏風對子哩！聽俺道來：

【前腔】他文字呵，墨光飛素蠒；他積的書呵，粉迹度花蟲。〔六娘〕這等是書底藏身一蠹魚，怕没有甚風調？〔四娘〕儘有琴心曲髓供調弄。〔六娘〕他家世何等？〔四娘〕故家，青箱畫棨門庭重。〔六娘〕他們下得多少聘禮？〔四娘〕你要他時，胡瓶瑞錦連車送。〔六娘笑介〕這是閒説，果是兒馨，何須阿堵，只要白璧一雙。〔四娘〕白璧成雙蚤種。〔六娘〕那人姓甚？〔四娘〕便是前日做人日登高曲兒的相公，姓李，名益。〔六娘〕原來是他。霍王甚愛其詞，極是佳選。只一件來，俺女兒雖從封邑，改賜姓霍，其實夫家姓李，同姓有妨了。〔四娘〕賜姓霍，便是霍了。古時王侯同姓在宫中的，後來轉更蕃盛。〔六娘〕也待俺占一占來。〔四娘〕管取歸妹也⑤。懿母占祥，蚤嫁得一雙鳴鳳。

〔六娘〕百年姻眷，且得從容。〔四娘〕他貴遊公子，年少才人，此處不留人，定有留人處，只好一兩日間，定貼此事。〔六娘〕女兒小時定人，由在母親。如今長成了，也要與他商量。定了，便着櫻桃回話。〔四娘〕若與郡主商量，定是個「肯」字。他也曉得李益詩詞，十分吟賞。六娘見郡主，只説俺又將李益新詞送與他看，因郡主睡着，去也。〔六娘笑介〕省得。〔四娘〕告辭，專聽回示。須知月下繩千尺，遥想風流第一人。〔四娘下〕〔六娘〕叫櫻桃請郡主來⑥。

【三臺令】〔小玉上〕啼蟾晝滴高花，紅壁闌珊翠霞。殘夢到西家，風吹醒遲日窗紗。

娘親萬福。呼兒怎的？〔六娘〕纔聞鮑四娘到此。〔小玉〕他也來閒走走？〔六娘〕他來度曲。〔小玉〕

父王仙去，有甚閒心，聽他度曲！〔六娘〕道有李益新詞。〔小玉〕不是李益，是李十郎。〔六娘〕便是一個人了，你爲何知他？〔小玉〕前日鮑四娘來諷他詩，并説他人才出衆。只是父王不在家，若在家時，請他看看，想他才似相如，貌多王粲。〔六娘〕你要看他，他又要看你。〔小玉〕他怎的看得兒？〔六娘〕他要聘你，托鮑爲媒。〔小玉〕娘不要聽鮑四娘哄你，他見兒愛李生之詩，故相調弄。且父王既作神仙，女兒當爲仙女，古有烈女事母，終身不嫁。孩兒雅志，亦復如是了。

【繡帶兒】掩春心坐瑠璃翠榻，羞人喚作渾家。〔六娘〕兒，只有仙女住在無欲天中，一墮凡身，便相求取。〔小玉〕想仙官不是蘭香，笑漁郎空問桃花。非誇，冰清到底無別話，何事把仙衣亂搭？〔啼介〕娘和女傳仃可嗟，乍形影相依怎生撇下？

【前腔】⑦〔六娘〕年華，爲甚的雲寒月寡，守着一搦香娃。兒，就麻姑仙子，也有人間之情。看羅敷早配玄都，恨玉蘭空孕蓮花。仙查，天宫織女猶自嫁，銀河畔鵲橋親踏。今日呵，香釧臂須纏絳紗，取人地高奇有光門閥。〔小玉〕兒一嫁與人，怎能奉事得我娘？斷然不嫁了！

【前腔】〔櫻桃〕休差，嬌花女教人愛殺，恨不蚤嫁東家。夫人，古人説得好：阿婆不嫁女，那得孫兒抱？〔小玉嗔介〕劣丫頭！我不嫁人，爲憐母親夫人，你閒管怎的？〔櫻桃〕郡主，你憐老夫人麽？只怕柘枝⑧兒兩頭繫絲，別大來貪結桃花。〔小玉〕呸！你曉得甚的來？〔桃背介〕哄咱，青春不多也二八，少不得籠窗動闥。好和歹這些時破瓜，强指領搔揉欖頭凹軋。〔櫻桃回身跪介〕老夫人，俺郡主戀着你，不肯嫁人，那李十郎又是好郎君，倘肯在京師居住，同事夫人，亦不可知。何不再請鮑四娘問個詳細！〔六娘〕兒，這話有理。你便去請四娘到來。〔小玉〕娘，鮑四娘與李生雅熟，定相遮護。女兒料他這樣人才，没做女壻處？到得如今。想是娶第二房，取了便回隴西去。隴西去此千里而遥，怎麽去得！女兒一計，不如着櫻桃假作鮑四娘養女兒，到李生客館，説商量親事，就中透出情懷，何如⑨？〔六娘笑介〕我兒真個老成也。櫻桃，你便聽郡主分付去，不要漏洩了。正是：全憑青鳥舌，當作彩鸞吹。〔六娘下〕〔櫻桃〕郡主，用人之際，有話儘言。〔小玉〕俺只怕他兩件來，你聽我説：

【前腔】争差，作人小遭人𥼶粲，又怕不住京華。他年少高才，不在話下。爲甚的俊灑多才，尚没個襯⑩搭人家？考察，那人當真新結納，又肯在京城頓插。麽可濃恁般挑達，便擺下擔頭蚤些簽押。

〔櫻桃〕郡主，你先要作神仙女，如今這等要快活了。〔小玉〕癡丫頭，俺做得神仙，也拖帶你做神仙的侍從⑪；俺得快活，也拖帶你有快活了。

【尾聲】巧將言詞看對答。櫻桃，你是乖巧的，不比浣紗。俺在樓上望你，倚樓人過盡昏鴉。

櫻桃，停當時，教他有聘儀就可相付。〔櫻桃〕郡主，你纔説也拖帶我，敢問事停當時，將何見賞？〔小玉笑介〕與李十郎説，討個精致小使賞你。〔櫻桃〕生受郡主了，可知道處處團圓對月華。

搖曳仙裾不自持，凌波相及盛年時。
誰憐弄玉多情種，月裏參差不斷吹。

【校】

①便，富春堂本作「更」。②「相見介」，富春堂本作「見鄭介」。③原無「傷」字，據富春堂本補。下句「傷」字同。④來，富春堂本作「得起」。⑤「妹也」下原有〔四娘〕二字，衍。富春堂本無「鮑」字，據刪。⑥「郡主來」下，富春堂本尚有「有話對他説」、〔内應介〕二句。⑦此爲【前腔】【换頭】。下一曲，同。⑧枝，富春堂本作「展」。⑨原無「何如」二字，據富春堂本補。⑩「襯」，富春堂本作「親」。⑪原無「從」字，據富春堂本補。

第十一齣　下定

【清江引】〔李十郎上〕梅花曉帳紅雲碎，細葉籠金翡。旅思欲萋迷，夢遠春迢遞。扶頭酒，會心人，縈腸事。

【愁倚闌】①　雲花落，雨香飄，索春饒。皺蹙柳絲吹不斷，翠條條。　銀蟾暗咽春朝，知他在第幾朱橋？説與曉鶯休唤，怕魂消。　昨日到鮑四娘閒亭，許爲媒求霍郡主小玉。歸來春宵枕上，睡得不沈，醒得不快，是真是假，且把昭明文選來醒眼。〔翻書介〕呀！好采頭，就翻着第十九卷一個「情」字。過了便是高唐賦，第二篇神女賦，第三篇好色賦，第四篇洛神賦。呀！由來才子，都是這般有情②。

【皂羅袍】高唐賦呵，億昔高唐枕席，正擇日垂旒，把諸神醮禮。只見高唐去處，凄切杳冥，相似鬼神來了一般。抽絃障袂好增悲，松聲直下深無底。懷王正望間，忽見朝雲之女，侍他晝寢。可惜止是朝暮之間，若久長相處，真個延年益壽。霓旌翠蓋，登高此時；朝雲暮雨，相逢美姬。教人九竅都通利③。

看神女賦呵，

【前腔】見一婦人奇異，似屋梁初日，照耀堂墀。人間那得更須臾，神心蚤逐流波去。襄王呵，這樣神女，只夢一夢也彀了，醒後又想他怎的？玉鸞低盼，芬芳已離；精神記取，私懷語誰？教人向曙空垂涕④。

再看好色賦呵。

【前腔】何處東家之子？□⑤嫣然一笑，下蔡魂迷。誰教宋玉有微辭？兼他體貌天閒麗。宋玉呵，你有這樣人做鄰⑥，自然文賦生色，說甚邯鄲鄭衛？三年未許，東墻自窺；芳花有意，春風幾時？教人頓有章臺思⑦。

再讀洛神賦呵，

【前腔】正自淩波拾翠，向神宵⑧解玉，縱體通辭。流風矯雪映綃裾，輕雲蔽月籠華髻。子建呵，這樣有情仙子，不得蚤就，後來懊恨，可如何矣！當年未偶，明珠獻遲；人神異路，君王怎歸？教人灑遍長川淚。

看這四篇賦呵，洛川形貌千秋恨，江漢風流萬古情。小生雖無好色之心，頗有淩波之想，不免抛書枕几，也學高唐晝寢，想將巫峽雲來。小玉姐呵，不知你爲是瑤臺客？爲是宋家鄰？爲是章華艷？爲是洛川神？鮑四娘爲何音信沈沈，没些定奪。〔做睡介〕〔櫻桃上〕

【天下樂】繡步香風紫陌吹，石榴裙襯腰肢。喬妝試覓花前事，到春風第幾枝？

自家霍府櫻桃是也，着事小玉郡主。今日承老夫人命，假作鮑四娘女兒，來詣李十郎。因探問他家中曾娶新婦？肯在京住否？并看他才貌怎的。此間是他旅館，不免咳嗽一聲。〔李即驚醒介〕呀！恰睡着，有一佳人，貌甚奇麗，含笑含嚬，如來如去，在咱眼前。四⑨顧青衣，向前相訊。正交接間，只聽得紅蕉摶雨，翠竹敲風，原來就是陽臺一夢。真個夢裏不知身是客，醒來那辨雨爲雲。原來不是雨打風敲，卻是人來户響。多應好事君子，載酒問奇；或是平生故人，題梅附訊。呀！原來是女郎聲息，必是鮑四娘人到。〔開門相見介〕〔十郎〕女郎來從何處？見爲何因？〔櫻桃〕咱是鮑四娘女，使來報喜。〔十郎〕可是霍小玉姐見許。〔櫻桃〕蘇姑子作了好夢，有幾分肯，只要瞞過他些。〔十郎〕敢是不愛我了？〔櫻桃〕愛你幾件來，家堂誇得你狠⑩。

【懶畫眉】道你是芙蕖玉碗漾秋波，〔十郎〕這是家尊家堂生的這般好。〔櫻桃〕道你緑鬢烏紗映畫羅，〔十郎〕小生從來帶一種愛好的性子。〔櫻桃〕又道金張子弟慣鳴珂。〔十郎〕到不消説到門風上，只説小生這個人兒也那⑪得家去。〔櫻桃〕也道來，道是才⑫名八斗君還過，因此向喬木高頭詠伐柯。

〔十郎〕這等事諧了，只要典過一所大房子取親。〔櫻桃〕且住，還要瞞過他些，他有兩事相疑：

【前腔】道你舊家王謝識人多，少什麽故里潘楊⑬繫女蘿。〔十郎〕你説俺怎的家中没有娘子，要到京城求親，想是疑做二房了。〔櫻桃〕正是了，道是何緣千里隔山坡？還有一件，霍王游仙，他一娘一女，相憐相守。他怕暫時在此，以後撇他去了。怕莫做寶瓶透雀穿花過。相公，家堂已定計了，只説相公求了婚，又在京師久住。待相公成了這親，慢慢搬他回去，做大做小，都由相公了。也只要成就了君家大錦科。

〔十郎笑介〕原來有這話。〔背語介〕俺正好喬他，探出郡主才貌家事若何？〔回身問桃介〕呀！女郎，相⑭似你説，郡主也忒揀選大了。他有甚才貌，對得俺才子過？便思量做大娘子。〔櫻桃〕相公，到不是誇，只怕你隴西的⑮人才，相似京城女子，似這郡主的才貌也少，聽俺道來：

【醉羅歌】柳弱柳弱嬌無那，花淡花淡著春多。俺今日看他曉妝正罷，露春纖彈去了粉紅涴，半撚春衫妥。香津微揾，紫絨輕唾。芙蓉暗笑，碧雲偷破。一尖鳳履些兒搦。輕唐突，鎮阿那，書生有分和他麼？

〔十郎笑介〕月裏嫦娥，我也近了他，説甚人間郡主？只一件，俺是要享用的人。霍王去後，只怕府中清淡了，養活小生不得，怎麼不思起故鄉來？〔櫻桃〕説那霍府裏呵，

【前腔】煙漠煙漠閒院落，翠染翠染深簾箔。炫麝香金暖睡鸞窠，鎮日薰香坐。天廚玉饌，地衣珠落。雪猧焚弄，午貓花卧。餐香豆澡金環鎖。花徑軟，助情多，合昏眠柳夜舒荷。

〔十郎〕女郎，有這樣去所，李十郎生受你了！願你明日嫁個男兒，也像⑯李十郎。女郎，俺便在

此終身儘霍府享用了。〔櫻桃〕你撇下得大娘子一個在隴西，好薄倖！〔十郎〕女郎，小生有才有貌，無室無家。早失先人，旋遭兵火。杜曲花無賴⑰，果然遊子澹忘歸；藍田玉有煙，似此佳人難冉得。便爲結髮，竟是齊眉。俺這裏不用支吾，他那裏何須疑惑。聽我説來：

【前腔】孤忒孤忒凄惶我，兵火兵火遁逃他。女郎，莫説我家臺池，連隴西數十城，都没入吐蕃去了。閃生羌旗鼓斷西河，片片魂飛墮。故鄉何處？西風淚多。上林棲穩，新春景和。花邊强自愁顏破。魚水難逢話，曲中都是憶秦娥。

〔櫻桃〕相公，你定初婚，又占籍京師，這親諧矣。

【前腔】停妥停妥有定奪，歡慶歡慶蚤黏合。相公，那郡主才貌，京師有名，王孫公子，多相求聘。你有甚寶玉，只管將與俺去，付家堂送過霍府，便是個定了。拚千金買得春宵着，受用些兒個。琴牀筆格，凄涼一個。人兒共枕，春宵暖和。股兒閣着眉兒磕。三日後，五更過，紅羅十擔謝媒婆。

〔十郎〕客中急忙，不得全禮。有二寶物，是先相國、先夫人遺下，雖經離亂，常隨行篋。郡主才容，足可當此，並是傾城無價之美。青兒，可取金縷箱中九子金龍鏡，三珠玉燕釵來。〔青兒取上介〕〔十郎〕多勞女郎，可捧過霍府，致意郡主妝次前，小生不曾薰沐，未敢親奉，容造膝面謝！女郎，這繞鏡雙龍，揚子江心鑄就；瑤釵對燕，娀娥臺上模來。老夫人、郡主見之，自當寶重。

【東甌令】　瑶筐燕，珠釵朵，鏡裏和龍卷花卧。女郎，只是客中一時難措，若論郡主身價呵，黄金百萬⑱買雙娥，買得心兒麽？女郎，想郡主心中，也有了這人麽？但得一心人，錢刀定何用！他半指心兒納著可，下着葳蕤鎖。

〔櫻桃〕這是定了。説郡主的心呵，

【前腔】　香噴噴，美嬋嬋，不寒不深又不闊。〔十郎〕快些，快些，俺就要過了。〔櫻桃〕讀書人好性緊，霍府裏人煉丹，慢慢的扇。似龍虎相貪唧正渴，慢的抽添火。〔十郎〕女郎，我讀書的人那裏説那個過，説俺明後日就要過門，相一相郡主。〔櫻桃〕原來這等。你相公明後日過門，鮑四娘不長在府裏，只有區區在那裏伏侍了。〔十郎〕容小生相謝！〔櫻桃〕相公，不敢望謝，只伏侍不中，免賜嗔責便了。相公那時呵，休得哄人丢了將人脱，獨自圖生⑲活。

【尾聲】　郎才女貌都不弱，又向甚春風尋播掿？十郎呵，蚤辦取拭雨霑雲半帖羅。

〔十郎〕多多拜上。

碧海雲偷出翠微，　阿環分付小青衣。
今宵暖夢遊何處？　十二樓中玉蝶飛。

【校】

①應作愁倚闌令，即春光好的別名。　②「有情」下，富春堂本有「介」字，指翻書看賦的動作。　③「通利」下，富春堂本有「再看神女賦介」。　④「垂涕」下，富春堂本有「再看好色賦介」。　⑤□，此是五字句，疑有缺字。　⑥鄰，富春堂本作「傳」。　⑦「章臺思」下，富春堂本有「再讀洛神賦細味介」。　⑧宵，原誤作「霄」，據富春堂本改。　⑨四，富春堂本作「回」。　⑩「愛你」二句，富春堂本作「愛你幾時了，家堂誇口得你煞狠」。　⑪那，富春堂本作「起」。　⑫才，原誤作「十」，據富春堂本改。　⑬楊，原誤作「揚」，據富春堂本改。　⑭相，原誤作「想」，據富春堂本改。　⑮的，富春堂本作「出」。　⑯「也像」下，富春堂本有「我」字。　⑰賴，富春堂本作「奈」。　⑱萬，富春堂本作「兩」。　⑲生，富春堂本作「快」。

第十二齣　捧盒

【六幺令】〔櫻桃捧盒上〕粉香花氣，玉人兒没得參差，秋眉换緑咱愁思。紅梅上，紫鷂①鸝，聲聲叫得人心碎，聲聲叫得人心碎。

櫻桃過處有人覷，苦跟着郡主，不得遊戲。今纔在御道走哩，這粉梅花、黄鶯兒，都是嬌滴滴的。空便偷閒耍半會，將盒兒放在草裏，踔上樹去，摘這花兒，打着鶯兒，看待怎的？〔上樹打鶯科〕〔四娘上〕

【前腔】多才人地，配紅樓恰的相宜，淺春庭院報花期。青綺陌，步香吹，金光玉艷平蕪起，金光玉艷平蕪起。

呀！緣何草間光色異常？是誰家妝盒，忘在此間？〔開看科〕有金鏡玉釵在内，不知出在誰家？想鏡背有款識，上鏤着：「隴西李相國，天寶五年五月五日，揚子江心鑄。」看釵股上鐫得有四字：「狄道縣君。」呀！隴西李相國，不知是誰？我今正去回李十郎親事的話，就將此兩件去問他，想他知道。〔四娘作行科〕玉吐藍田氣，金舒草埒光。非經問南陌，定是覓東牀。〔桃在樹上見，叫科〕鮑四娘，你偷我盒兒那裏去？〔四娘〕你是霍府鄭櫻桃，緣何在梅樹上坐？〔櫻桃〕我在這裏等作媒。〔四娘〕休閒説，下來問你。〔桃作繞梅樹走介〕〔四娘〕這是怎的？〔櫻桃〕這叫做走媒。〔四娘〕閒説。且問你：爲甚的鄭六娘放你出來？

【步步嬌】〔櫻桃〕老夫人呵，聽説李郎才貌多奇異，教我閒尋覓。只爲怕他兩事：怕他有個人兒在隴西，又怕他青春作伴還鄉去。因此上喬作卿卿女兒，鵲橋相仔細。

〔四娘〕還是鄭六娘老成，我到不曾訪得他。他如何講？

【前腔】〔櫻桃〕他説：一生消渴藍橋水，没得甌兒吸。〔四娘〕這等是初婚了。〔櫻桃〕趁比翼睡交枝，阿婆和女同家計。〔四娘〕這等是他在京師了。他問你甚麽來？〔櫻桃〕他問我郡主的心兒怎的？〔四娘〕你怎的答他？〔櫻桃〕俺説，他的心，怎的問我？問取黏腰細衣，來時有些濕。

〔四娘〕諢話！這盒的金鏡玉釵，敢是李十郎的？〔櫻桃〕便是。

【前腔】是他夫人相國生留取，寶氣紛尤異。〔四娘〕緣何把與你？〔櫻桃〕他説咱真是你的女兒，將來與你，送過府裏作聘，開金縷繫紅絲。有這樣郎君，老夫人和郡主呵，多嬌阿母心應許。只是一件，我家郡主有些作樣，咱是侍女，不好弄他。還是你同回去，開了盒兒，扯定郡主，對了這鏡，簪上這釵，笑他一會。氳他對鏡簪釵，問他喜不喜？

〔四娘〕你爲何走上梅樹去？

【前腔】〔櫻桃〕爲那鶯兒啰碎紅梅雨，打起鶯兒去。四娘，你與郡主成了人，咱也長大了，你也尋個十郎這般對兒與我。〔四娘〕呸！那裏討？〔櫻桃〕也罷，今日到十郎書院，見他家青兒，到也眉目乾净愛人子，不如明日十郎到我府中，高低把青兒搭與我罷。四娘方便。小青哥俊俏兒。〔四娘〕青兒是那十四五歲的，會幹些甚麽事？要他？〔櫻桃〕終不然就要幹得大事②，也有大的日子，些兒也是男兒氣。四娘，你作快講，奴家有這般貌，若没有主兒，十郎到家，定要郡主喫醋。有青哥時，免得半夜鷺鷀，跕步摸魚兒。

〔四娘〕你要一個，你家浣紗也要一個。〔櫻桃〕那十郎竈下養有個炊火的，聽得唤做烏兒，便捨與他。〔四娘〕醜的便厝與别人。休閒話，且同到府裏去。

【縷縷金】〔合〕③花信緊，乳鶯啼，碎影篩紅陣，點春池。半爲朱顏苦，閒尋舊事。香衫畫襗有情時，回顰向閨裏。

〔櫻桃〕四娘，望見俺府裏了，郡主獨在紅樓，望俺回話。你到府中，且將盒兒捧在東廂亭子坐着，待俺説與郡主來請你。

帝城文物艷青春，寶鏡珠華下玉人。
爲轉嬌鶯出琪樹，乍教羅襪起香塵。

【校】

① 鶹，原作「流」，當改。鶯一名鶹鸝。 ② 「也有」上，富春堂本有「他」字。 ③ 原無「合」字，據富春堂本補。

第十三齣　納聘

【番卜算】〔小玉上〕屏外籠身倚，睡覺脣紅退。輕蜂小尾撲香歸，颭得花憔悴。

【滿江紅前】遲日烘煙，紗廚畔魂香睡足。閒撩亂乳禽成對，暖氳花褥。暈閃膏凝渾倦彈，枕痕一綫紅如玉。背畫欄釵刮悄無言，看屬玉。俺霍小玉，雖然些小年紀，蚤已曉事，家堂前輩人，怎知時世不同了！午上叫櫻桃去透問李十郎，叫他先到俺處回話。天欲斜陽，還不見來，好悶人也！

【三換頭】嬌酣困媚，喚醒夢輕難記。亞粉枝紅墜，寒煤糝袖絲，好忒煞春無力。女孩兒，没緣由，把相思，做場情事。葉染花欹也，手搓裙帶蕊，淺醉深慵，怎的那人兒没話兒？〔桃鮑上〕①

【傳言玉女】②〔四娘〕翠袖籠寒，踏遍春塵無迹。〔櫻桃〕寶衣春瘦，正暮雲凝碧。

〔合〕映餘紅斂，避掛簾殘日。

〔櫻桃〕四娘，已到了府中，你且在東厢坐地，待俺回了小姐話來，請出老夫人過禮。〔四娘〕正是。〔下〕〔櫻桃見介〕〔小玉忙問介〕你來了，那人怎的？〔櫻桃〕賀喜，賀喜。好一個風情年少，委係初婚，又在京師占籍，十分之美③。〔小玉〕他怎便拋得家裏？〔櫻桃〕原來是隴西人，隴西地方都没入吐蕃去了，已是無家可歸。〔小玉〕原來這等，果稱了人心。〔櫻桃〕郡主，他明日伴你睡呵，〔小玉作羞介〕郡主，那日有人叫你做妻了，快活人也！

【三换頭】〔櫻桃〕人兒清翠，話兒濃媚。親夫壻好④，花枝蝶迷，捅着腰肢喘息。命哥哥，來了也，叫聲妻，高頭怎的？戰着聲兒應，魂飛怎的支？記取青衣，把這段香甜送與伊。

〔小玉〕還不曾到手，就要人記得你。你聽他幾時下聘？〔櫻桃〕鮑四娘已捧着聘禮在門外了。〔小玉〕這等，快請老夫人出來。

【勝葫蘆】〔鄭六娘上〕金屋明妝起鳳臺，姻緣好謾遲回。共道仙郎，才貌今無對。怕絲蘿曾繫，有時歸去杳難來。

〔四娘帶櫻桃上〕〔六娘〕呀！櫻桃回來了，怎的説？〔櫻桃〕委是才子初婚，又在京師住下，十分是好。已有聘禮到來，鮑四娘也在門外。〔六娘〕請進來。〔四娘見科〕簾幙春風，門楣喜氣。小玉姐有美玉之貌，李十郎有磐石之心。千里良緣，百年佳眷。可備紅筵香燭，陳此玉鏡珠釵。〔六娘〕四娘且捧着。櫻桃，你在那裏會四娘的？〔櫻桃〕只是櫻桃去問了詳細，李郎只道當真是四娘女兒，便將二件寶器送來爲聘。櫻桃持歸，過了五鳳門大東頭，紅梅樹下遇着四娘，要轉同回夫人話。〔六娘〕原來如此。〔四娘〕夫人好不精細！〔六娘笑介〕明日花紅，櫻桃分一半兒。〔對小玉云〕今日你是李十郎的人了，聘儀你看着。〔小玉羞介〕娘看了就是。〔六娘〕便可拜了天地。

【月上海棠】滿光輝，銀花錦燭香雲靉。看春風桂幕，喜氣蘭閨。匣中玉合璧光迴，掌中珠連環翠佩。〔合〕神仙配，年年寶鏡，歲歲瓊釵。

【前腔】〔四娘賀介〕湊良媒，朱絲畫縷同心帶。看蟾生綠桂，鳳繞青槐。秦樓女碧玉簫吹，漢署郎紫薇花對。〔合前〕

〔六娘看鏡釵科〕還是相國人家。我昔在内家，聞有揚子江心鏡，是玄宗皇帝年間鑄的，不知就是李郎家的。我兒，當鑄此鏡，聽説有雙龍護舟，鏡背自然成雙龍蟠合之象，非關人巧，委係天成⑤。這玉釵刻得雙燕兒，就是活的一般，真是世中希有。庚申便是吉日，李郎在旅舍清冷，就擇後日成親。四娘，你與小玉在房裏戲戲，我與浣紗在下面⑥排些夜筵，請你下樓去喫。〔四娘〕正好。〔六娘下〕〔四娘〕今日就是好日期，櫻桃捧鏡兒釵兒，在房裏對郡主插帶。〔小玉〕只在堂前亮些。〔四娘〕在房裏方便。〔行介〕〔櫻桃〕這便是郡主梳洗處。〔四娘〕清楚。好傍紗窗兒掛了鏡子。郡主，你也來照一照看。

【二郎神】〔小玉作羞科〕紗窗内，碧珊瑚看菱花露彩，轉片月寒空生碧海。姮娥相對，曉雲初弄瑶臺。瀉翠窺紅鸞倚態，照澄心冰壺巧⑦耐。〔四娘〕少説些影徘徊，看明朝雙笑人來。

〔四娘〕玉燕釵也和你插上。〔小玉〕明日插罷。〔四娘〕釵兒也要今日插。〔做插科〕〔小玉〕輕些，插得疼人。〔四娘〕插便疼。〔小玉〕呸！

【前腔】威蕤，玉花兒貫珠題翠蕾，鏤素燕差池啣細茝。玲瓏纈紐，璚抽寶縭毰毸。慢簇輕摇垂鬌彩，插纖梁蟬鬆膩解。〔四娘〕怕插鬆了，明日放緊些。〔小玉〕呸！〔四娘〕謾推排，雲横處枕側檀偎。

〔小玉〕四娘，你説話村得怕人！〔四娘〕你只怕那人兒，怎的怕我？〔小玉〕怕他甚的來？〔四娘〕他要你煮飯他喫。〔小玉〕也不難。

【風入松】軟雕胡帶笑與郎炊。〔四娘〕要你的酒喫。〔小玉〕情願點銀瓶玉薤，葡萄卓女燒春在，願舉案齊眉看待。〔四娘〕也要你唱。〔小玉〕使得。唱關雎「酌彼金罍」。〔四娘〕他還要三五頓夜飯喫，要囉噪你。〔小玉〕儘他喫，只要他有這福量。餐秀色任多才。

〔四娘〕好不怕事，他要你與他戴冠兒。〔小玉〕當得。

【前腔】拂烏紗向曉平眉戴。〔四娘〕他要你做衣裰與他穿。〔小玉〕常事。愛并州翦快，風生錦繡片雲裁，指領上繡針憑在。〔四娘〕你怎曉得他長短？又一時揣得他腰兒這熟？〔小玉〕想得，想身材暗圍腰帶。〔四娘〕若論他的腰帶儘是長大。〔小玉〕你做媒的好眼巧，怎的恁般相知了？巧眼色劣情懷。

〔四娘〕小學生不要先罵媒人，俺先曾教郡主曲本來，也是師父，趁今日教些本事，老夫人不好教你。〔小玉〕甚麽教得？學無前後，達者爲先。〔四娘〕休要做乖！新人一進房，對了一枝紅溜溜的銀蠟燭，蚤已腼腆了也。

【玉交枝】燭花無賴，背銀釭暗擘⑧瑤釵，待玉郎回抱相偎愛。你此要⑨些腔兒，顰蛾掩袖低迴。他喚你，不可就應他，千喚佯將一度回。他畢竟先有些不緊要的話摩弄你，相挑巧着詞兒對。郡主，他叫你上牀，你只在牀帳外挨着，等他抱你上去，挽流蘇羅幃顫開。又不可自家解衣襦，先打些格達兒，要他扯斷纔好，結連環紅襦懊解。

〔小玉〕知道了，絮絮叨叨的。〔四娘〕還有牀上工夫要講：上牀時，他在東頭，你走過西頭；在西頭，你又走過東頭。

【前腔】做個鸞驚蝶駭。你假將指甲兒搵着他，亂春纖抵着郎腮。那人定不相饒，壓花枝要折新蓓蕾。郡主也索放軟些手了，那管得豆蔻含胎。那時節白綾帕兒方便着，迸破紅雲玉峽開。哎！挺得人疼，你須聽着，斜抽沁露荷心靄。喫緊處花香這回，斷送人腰肢幾擺。

〔小玉〕師父，你怎麼曉得許多家數來？〔四娘〕我是過來人，想咱嫁時呵，

【漿水令】憶年時紅鬆翠窄，正初婚膩腋雲幗，坐郎兜裏倒郎懷。薰籠卸襪，繡鳳眠鞋。細軀捱，含顰待，些兒受用疼還耐。拭紅綃，拭紅綃，斜燈送睞。移繡枕，移繡枕，引被佯推。

〔小玉〕有得許多說。

【前腔】〔四娘〕下鴛帷嬌殘薄黛，臨妝鏡巧對瑶臺，暗尋閒事笑還唉。餘紅偷覰，碎蕊愁揩。衣桁前，簾櫳外，蘭房新婦深深拜。賀新人，賀新人，許多丰采。那郎君，那郎君，底樣情懷？

〔小玉〕難爲得你這般狠來。〔四娘〕明日到你。〔六娘上〕夜筵已安排在堂上，鮑四娘，你只管在房中有甚麽講，不出來？〔四娘〕閒講。〔六娘〕今日没甚大設。

【尾聲】青玉案，紫琉盃，椀茗盤餐對舊醅。待十郎過了門，重開鳳燭宴冰媒。〔下〕

【校】

①桃鮑上，富春堂本作「鮑桃捧盒上介」。②【傳言玉女】，結尾缺兩句。③「之美」下，富春堂本有「稱人心也」一句。④本句及下一句各是四字句，與文義斷句不合。⑤成，富春堂本作「神」。⑥「排些」上，富春堂本有「安」字。⑦巧，群音類選作「久」。⑧擘，富春堂本誤作「臂」。⑨此要，富春堂本作「卻做」。

第十四齣　假駿

【月雲高】〔十郎上〕篆煙籠黛，春心透簾外。燕尾交香褶，龍沫吹飄帶。穉柳蘇晴，梅魂恣風色。蝶點花尖上，暖院戲穿窗隔。報道合歡紅欲開，攜手佳人和夢來。

【百字令前】幽窗客裏，算無春可到和愁都閉。正好一奩花弄影，報道雨香霞翠。枕帶籠金，鉤欄憑玉，别是歡情味。輕凝慢竚，朝雲宛轉何意？昨日鮑四娘的女兒領了聘儀去霍府，今已日高花塢，想有回耗，且把做新壻的手段閒想一會。正是：幸有朝雲眠楚客，不勞芳草思王孫。

【金瓏璁】〔四娘上〕緑枝幺鳳語，香痕暗沁平蕪。紅幫暖襯畫羅襦，銀蒜押簾偷覷。

自家鮑四娘。調絲品竹，蚤謝同心；挾筴追鋒，還推老手。昨夜鄭夫人發了鸞箋，請他龍壻。俺今早朝醒頭重，日向午了，裁來走走。〔叫介〕〔十郎〕原來是鮑四娘，何勞親降！昨日寶鏡珠釵，已付令女郎送上，轉過霍府，事可諧否？〔四娘〕事諧矣，鸞箋在此。〔十郎看書介〕

【一封書】妾鄭氏敬拜書：即相國李君虞。小玉霍王女，才和色俱無取。蒙君過聽堪爲婦，寶鏡珠釵禮聘殊。庚申吉，候光車，金水相生慶有餘。

〔十郎笑介〕好事忒近了！元旦日辰己酉，算到明日，是庚申了。四娘，俺此時心事，還怕那郡主當不起小生的才興，你還與俺細説一番。〔四娘笑介〕他興亦不減。

【孝順歌】① 扶嬌起，困匀酥，聽啼鶯花隔香雨②餘。那時節百事都懶了，彩局未忺移，金絲没情拂。〔十郎〕他敢是做出來的風情麽？〔四娘〕天生成的。他便是尋常笑語，掠約精神，也有許多天厝。十郎，有這樣女兒伴你呵，除卻正理追陪，别有繫人心處。十郎，你明日蚤過些，他望得你緊了。新頓褥細肌膚，洞中花恣君入。

〔十郎〕請問明日穿甚服色去？〔四娘〕你有進士大衣服就好。〔十郎〕帶幾個小使去？〔四娘〕終不然步走，你須向花卿家借馬去，他府裏好少的後生。〔十郎〕領教了。

【前腔】開鳳曆，賜鸞書，借鴛鴦繡騎金鏤衢。排比做親夫，調停弄嬌女。四娘，小生酒量也不十分見得，託你去説，明晚一兩杯後，就賜飯了。用得玄漿半壺，熟了雕胡，便向洞房深處。對着匡牀，儘力餐紅玉。小生只有今宵作客，明宵呵，花殢蝶柳藏烏，暖茸茸香馥馥。

〔四娘〕俺辭你去，你可便過花卿處去。爲問花卿，復能相憶否？〔四娘作嘆介〕〔十郎〕今日不能勾擺個酒兒，有慢四娘；明日在霍府不忘報謝！

【尾聲】明朝車騎美相如，那人兒不是當壚。〔四娘〕你去見花卿，不要説俺竟在你館中

來，只道俺獨自山中詠蘼蕪。〔四娘下〕

〔十郎〕青兒，跟俺到花老爺宅子上去，借馬成親。〔青兒〕成親用得驢子料，顧個驢子去罷。〔十郎〕哇！快行。〔行介〕

【月雲高】趁春詞客，東鄰復南陌。葉韡楊低翠，粉褪梅銷白。潤暖煙絲，水皺鴛鴦色。解得多情種，臂上隨人轉側。日影春妝繡箔開，笑指銀雲拂袂來。

青兒，前面就是花老爺府了，你說與把門的：李十郎相公來訪。〔青兒叫聲〕〔把門軍上〕細柳新軍籍，咸陽舊酒徒。門上何人諠擾？〔青兒〕隴西李相公。〔軍士〕且住，待通報。

【金瓏璁】〔花卿上〕錦袍初置府，兵鈐萬里魚符。黃衫年少擁花騎，一笛武陵何處？

原來是李十郎。〔揖介〕〔十郎〕營高細柳葉初齊，〔花卿〕日暖花邊教碧蹄。〔十郎〕莫惜千金借名馬，〔花卿〕懸知一點透靈犀。〔坐介〕〔十郎〕將軍何緣說及靈犀一點？〔花卿笑介〕纔問着丫髮去看看鮑四娘，說過十郎館中，可不是一點靈犀。〔十郎〕將軍不知，他近來有大功於小生。〔花卿〕怎的來？〔十郎〕生託四娘為媒，聘了霍王之女。〔花卿〕日前上直，見老霍王游仙傳國的本，記得本中一聯說道：才子抽詞，感會八公之操；嬌雛未嫁，先為五嶽之游。也便想得才子是足下，只不料嬌娃便為足下所得。父王修仙，女兒便是仙女，足下便是仙郎，一時盛事。老夫這幾日宿衛，今日纔換了射聲將軍入直，老夫正要攜壺相問，蚤辱光臨，兼失迎候。左右看酒。〔左右持酒上〕寶騎名千里，金尊滿百花。稟將軍，酒到。

【一封書】〔花卿把酒介〕繞春光禁廬，蕊花澆病酒餘。聽嬌獰鳥雛，似金槽絮念奴。玉盞香黏羅袖縷，鮑四娘呵，一髻濃煙可是③初？〔十郎〕他也相思難擺。〔花卿〕正是，今日有他，也多哄得幾杯酒下喉去。他點飄蕭，彈綠④續，屈醉邀歡可百壺。

〔十郎〕請罷酒。小生有所求，請聽説：

【孝順歌】邀青女，作黄姑，笑臨霞半辭投入繡。他明日請小生去上門成親了，錦燭豔紅渠，銀蘭待棲宿。〔花卿〕這些事都妥貼了？〔十郎〕他親王府裏，富貴人家，小子客中，騎從所少，借紅蹄碧駒。〔花卿〕要馬麽？〔十郎〕正是。和那綠幘蒼奚，送到瑣窗窺處。〔花卿〕好首面的傔從儘有，只怕還要別樣金幣之費？隨足下相取。〔十郎〕不用了。爲仰風流，百事從清楚。小生告辭了。催寶勒罷行廚，愛將軍多禮數。

〔花卿〕左右，好生鞴馬，揀幾個好門幹，送李相公明日過霍府去。〔二軍應介〕〔花卿〕老夫幾番要尋個名勝配足下，今日呵，

【前腔】通桂苑，遇名姝。有此喜事，歡⑤飲幾爵。對黄油酒囊花覆爐。十郎，與你做媒的，是老夫的俊人；送你成親的，又是老夫的駿馬。可是湊合。這馬呵，鬧色紫茸鋪，壓胯黄金鍍，真個飛香紅玉。這樣駿馬，馱上一個才子，到那有色目的人家呵，一種風流，十分門户。十

郎，敝廬兒中有乖巧的，你留幾個在那裏用。〔十郎〕他家自有平頭奴。〔花卿〕雖則有人，何妨多僕。阿對前頭，也要彤騶護。十郎，俺不留你了。金裹駣錦塗䕃，碧桃春藍橋路。

【尾聲】金燈此夜垂銀粟，照明宵帶枕茱萸。再過一日，俺約同石子英尚子毗同到霍府來打喜。那時節呵，春紅蚤已透璚酥。

柳葉桃花屬此君，春城人散酒初醺。
北堂後夜人如月，南陌明朝騎似雲。

【校】

①曲牌名當作【孝南枝】，一名【孝南歌】。下，同。②雨，原誤作「兩」，據富春堂本改。③是，富春堂本作「似」。④緑，疑當作「陸」，或疑作「緑竹」。詩衛風篇名。⑤歡，富春堂本作「多」。

第十五齣　就婚

【鵲橋仙】〔小玉櫻桃上〕衾鴦微潤，屏鸞低扇，曙色寶奩新展。絳臺銀燭吐青煙，熒熒的照人靦腆。

【好事近】〔小玉〕紅曙卷窗紗，睡起半拖羅袂。〔櫻桃〕何似等閒睡起，到日高還未？〔小玉〕催花陣陣玉樓風，樓上人難睡。〔櫻桃〕有了人兒一個，在眼前心裏。〔小玉〕丫頭，這是俺身上的事，怎的睡來？〔櫻桃〕李郎不知來得遲早？〔小玉〕他客中没有人會打理他來。〔櫻桃〕前日櫻桃與十郎對坐調笑，怕他見責。〔小玉〕他是君子人，那裏計較這些？鮑四娘説蚤來，還不見到，你去堂上迎着他。〔櫻桃〕郡主忒忙了。

【臘梅花】〔四娘上〕花籠錦匝春色偏，生香翠氣簾初捲。結着千里緣，緑雲天借，鳳樓今日會雙仙。

〔櫻桃〕四娘，你來了。俺郡主五更初點，就起來梳洗早膳，省得要催妝詩，你快上去。新郎可來也？〔四娘〕還早。〔四娘上樓見小玉介〕郡主，你好睡睡，今夜不得睡了。俺從不到這樓上，李十郎一時未來，且同郡主樓上望望。〔做望介〕〔四娘〕郡主，你看那東頭一派衙門，繞着皇城的是十六衛，中有個驍騎衛花老爺府？這西頭尚冠里一帶高房子，是令公府，俺郭①小侯在此中住。〔小玉〕四娘，你有許多來路。〔四娘〕瞞你不得哩。俺還曉得一個去處，那向北去一所，不大不小，粉墻八字門兒，正對着章臺街，紅簾兒裏有個人兒，生得絶精，與俺相識來。〔小玉〕你的眼會走。〔四娘〕你卻不要走了眼，守那人兒出來。〔小玉作望介〕呀！四娘，委的一個騎馬官兒出來了。〔四娘〕看在那邊去？〔小玉〕呀！望南頭來了。〔十郎走馬，三人跟上〕

【窣地錦襠】春紅帶醉袖籠鞭，壓轡葳蕤照水邊。美人香玉豔藍田，遥望紅樓生翠煙。

〔下〕〔小玉驚喜介〕四娘，你看那人走那一灣馬呵，風情似柳，有如張緒少年；迴策如縈，不減王家叔父。真個愛人也！

【皂角兒】是誰家玉人水邊？鬬驕驄碧桃花旋。坐雲霞飄飄半天，惹人處行光一片。〔四娘〕郡主，你看那生騎馬，許多歡慶；俺見這生騎馬，許多感嘆。〔小玉〕怎的來？〔四娘〕這馬原是郭小侯騎在花將軍府裏去，花將軍就看上這馬了。〔小玉〕四娘，良馬比君子，就是你對過這馬了。〔四娘〕瞞不得你了。猛可的影翩翻聲迴合，送新人懷舊侶，惆悵花前。郡主，只是俺有這些緣，要來成就的一對夫妻。你説那馬上的美少年是誰？便是十郎了。〔小玉喜介〕當真生受你了！青袍雪面，儂家少年，得娘憐。稱玉臺雙結，紅絲一綫。

〔四娘〕快下樓去，請老夫人堂上坐，迎接新郎。須教翡翠聞王母，不奈鴛鴦噪鵲橋。〔下介〕②〔鄭六娘上〕

【小蓬萊】③　花氣玲瓏仙苑，和龍爐寶燭薰天。摽梅將贈，芳華正攬，桃葉初傳。

鮑四娘，多勞你了！李十郎將到門，郡主可更衣迎壻。〔十郎上〕

【上林春】醉雨煙濃，泛晴波瀲，雲縹緲銀鸞半見。香生錦燭高燃，響處佩環低轉。

〔四娘④出迎，進介〕〔衆贊禮新郎新人拜天地，詩介〕青皇垂裹地，黄媪上交天。二曜長相逐，三星徹夜圓。〔贊拜堂上老夫人，詩介〕上壽西王母，玄都婉大真⑤。璚花看結子，桃葉笑宜人。〔贊夫妻交拜，詩介〕百歲爲夫婦，雙飛比鳳凰。生男爲將相，生女配侯王。〔贊把酒介〕

【錦堂月】吹錦雲鮮，流珠日暖，春光蟬連畫院。鏤牒簾紋，笑隱芙蓉嬌面。金莖蝶半簇華翹，香樹蛾滿壖絲藹。〔合〕持觴勸，看取才子佳人百年姻眷。

【前腔】〔合〕⑥歡宴，橘浦仙媛，蘭陵貴士，同進花臺法膳。月醴華清，銀棱翠勺河源。金平脱半筯萍虀，畫油奩兒家禁臠。〔合前〕

【前腔】宛轉，繡履墻偏，瓊纖縫表，寒玉暖笙初囀⑦。新樣釵篦，點鬟招弄嬋娟。星星語透竹玲瓏，款款催貼花檀串。〔合前〕

【前腔】情盼，織女星傳，美人虹闞，暗襬畫鸞金綫。襯體紅綃，燭夜花房如茜。

長頭錦翠答宜男，同心枕夜明如願。〔合前〕

【醉翁子】〔六娘〕堪羨，這才華定參時彥。怕京都紙價高，洛陽花賤。〔十郎跪介〕不淺，似海樣深恩，何處金珠買翠鈿？〔合〕成姻眷，但學天邊明月，四季團圓。

【前腔】〔小玉〕閒辨，你蚤晚要魁金殿。看織錦迴文，裁紈歌扇。〔十郎小玉同跪介〕情願，對熱腦⑧梅花，一縷真香結誓言。〔合前〕

【僥僥令】〔合〕⑨燈花紅笑顫，高燭步生蓮。且喜闌夜口脂香碧唾，環影耀金蟬愛少年。

【前腔】顔酡春暈顯，花月好難眠。無奈斗轉銀虬催漏悄，翠鳳裊鬟偏待曉天。

【尾聲】黼帳流蘇度百年，作夫妻天長地遠。還願取桂子蘭孫滿玉田。

〔十郎小玉浣紗下〕〔四娘辭〕〔六娘〕四娘，你也房裏揸些撒帳錢回去。〔四娘〕不便了，明日再來相看好郎君也。〔下〕

芳樹交花御宿林，　女蘿低度結同心。

璚樓自有吹簫侶，　何用高堂緑綺琴。

【校】

①富春堂本「郭」字在上句「令公府」上。　②「下介」二字，原在「迎接新郎」句下，今移於下場詩「須教翡翠」兩句之下。　③【小蓬萊】結尾缺六句。　④四娘，富春堂本作「衆」。

⑤大，與「太」通。　⑥⑨原無「合」字，據富春堂本補。　⑦囀，富春堂本作「轉」。

⑧腦，群音類選作「惱」。熱腦，熱鬧也。

第十六齣　協賀

〔櫻桃上〕銀蔓牽花紫帶長，絲絲絆着有情娘。紗窗細拂蛾眉了，斜斂輕身拜玉郎。奴家唤做櫻桃，從小伴郡主刺繡。昨晚郡主配了李郎，俺做櫻桃的在牀後睡，教我怎的睡得着。那十郎甚麽的心情，俺郡主許多的門面，俺也聽不得了。如今日已①向午，老夫人還教不要驚了他。只是郡主帶醒②，蚤已起來梳頭了。〔小玉上〕

【探春令】紅樓半夜暖溶溶，羅帳春風。〔櫻桃前扶介〕〔小玉〕嬌倩人扶，笑嗔人問，没奈多情種。

【荷葉盃】還記夜闌相見，膽顫。鬟亂四肢柔，昵人無語不擡頭。羞麽羞，羞麽羞。櫻桃，昨日折睡了身子，好不耐煩。〔櫻桃笑介〕賀喜郡主！辛苦郡主！〔作摩痛介〕〔小玉〕一上牀䩞䩞的睡覺到天亮，有甚麽疼來？〔櫻桃笑介〕郡主，你哄櫻桃，櫻桃到不曾聽見？〔小玉〕聽見甚的來？〔櫻桃〕聽見郡主一上牀就啼起來。

【鶯啼序】銀缸背帳肌色融，阮郎要攀花洞。碎嬌啼月底聞鶯，從容明宵再奉。猛喬才那些見饒，急答着盡情偷送。牀籠動，脆腰肢怎生擱縱？〔小玉〕閒説！你去伏侍他起來梳洗，俺這裏不用你了。〔櫻桃〕李郎只怕還要睡睡。〔桃背介〕郡主要俺去，俺暫去簾兒裏，覷他在此怎的？〔虛下介〕〔復上潛覷介〕〔小玉私云〕羞殺！羞殺！做女兒人只要藏，驀地裏一個面生的男兒，要身子兒貼他睡，又有許多做作。那幾下疼，就是殺人一般。曉起走下妝臺前，他又眼兒看着帳外。只得出此間獨坐，捫一捫疼，又怕丫頭們笑。他去了③，看看花綾帕上。〔看介〕呀！這真紅點子是怎的來？怪道疼得慌。只是他也相似有幾點紅來，卻不聽見他說疼，怎的？〔櫻桃搶帕，小玉袖介〕〔櫻桃〕紅點子都是郡主的，不要混了李十郎的點子。郡主，這是你身上的寶，借看一看。〔小玉〕四角帕兒，甚麼寶，也要看他？〔櫻桃〕昨晚是素林禽錦帕兒，今日變了紅，可不是寶？〔小玉〕原有些紅。

【前腔】眉州小錦新退紅，織成斷霞啼鳳。〔櫻桃笑介〕這分明桃源錦津，印透春痕一縫。〔玉罵桃唱〕眼乜斜無端覷人，這事絮他何用！輕調弄，櫻桃嘴那些尊重？〔推櫻桃跪介〕〔櫻桃〕定要借點兒看看，與櫻桃作個樣子。〔小玉〕你要看，俺去說與老夫人。〔櫻桃〕情願桃跪地④，隨郡主責罰。〔小玉做行介〕〔十郎上，撞轉抱住介〕

【阮郎歸】⑤　春光水暖翠芙蓉，宛轉繡衾中。妻，朝雲何處覓行蹤？生憎日影簾旌動。〔相見介〕〔十郎〕花色艷陽春，〔小玉〕邂逅奉清塵。〔合〕惟願長無別，合形作一身。〔坐介〕〔十郎〕呀！鮑四娘令愛，不勞行禮。〔小玉笑介〕他是俺府裏丫頭，奴家有事着他跪。〔十郎〕怎的充媒人過禮？〔小玉〕是俺着他來探你。〔十郎〕娘子，你這等有心。怪道這女郎說你心兒好。〔小玉〕甚麼女郎！喚他櫻桃便了。〔十郎〕看俺情分上，饒他起去罷。〔櫻桃〕不敢起去，討了賞纔敢起去。〔十郎〕你要甚麼賞？〔櫻桃〕郡主有話在前了。〔十郎問玉介〕怎生説來？〔小玉笑介〕許了他一個小使。〔十郎〕把烏兒與他做對兒。〔櫻桃〕消不起。〔十郎〕有多少小使，隨你揀得。〔小玉〕把青兒與他罷。〔十郎〕青兒忒伶俐了，怕他配不起。〔櫻桃〕櫻桃到也伶俐。〔十郎〕伶俐人正要配個不伶俐的，纔搭得匀。〔櫻桃〕郡主伶俐，卻又配着相公伶俐，怎的？〔十郎笑介〕就是青兒罷了，叫青兒來。〔内叫「有客來，報相公知道」介〕⑥〔浣紗上〕馬簇金吾仗，人薰異國香。稟上相公：花老爺、石老爺、尚老爺，到來相賀。〔十郎〕既然客到，櫻桃且起來看酒。娘子，他與俺有兄弟之義，你可穿了服色，出來把酒。〔小玉〕理會得。〔玉下〕〔十郎〕請三位老爺進堂上。〔三客上〕

【鵲橋仙】花轉風心，柳擡煙眼，着處紅霏緑颭。瓊樓珠閣映春山，拂仙掌翠華濃淡。

〔相見介〕〔三客〕百年嘉禮，未獲少助紅筵之費，有愧朋情！〔十郎〕客邸匆匆，未獲裁稟。轉辱光臨，有失門⑦候。〔三客〕請夫人拜賀。〔十郎〕義當出見。〔小玉⑧上拜介〕〔十郎〕新人看酒。〔櫻桃將酒上〕雅杯金作友，團扇玉爲人。酒到。〔小玉把酒介〕

【玉山頹】金堂客至，下紅樓翠匐銀篦。薦芳塵點玉青綦，起華箔押絲珠綴。微風約水，嫋處羞眉半聚⑨。裏手拈鸚嘴，鬢釵垂，酒光浮溜映雙題。

【前腔】〔三客〕⑩美人雲氣，傍秦樓玉葉金枝。印春山半暈新眉，破朝花一條輕翠。畫梁初日，似綽約未勝羅綺。柳絮才輕麗，透春飛，笑和嬌語畫屏欹。

【前腔】〔十郎〕幾年排比，這姻緣十字詩媒⑪。遇仙媛濟北追陪，裊煙絲竹西歌吹。忘京華留滯，儘百媚天應乞與。且自停絲騎，綵雲飛，銀蟬壓酒拚如泥。

【前腔】〔三客〕可人風味，篆煙籠晝漏遲遲。瑞香膏帳碧初垂，玉腰春茜紅新試。俺狂儔怪侶，來盼問雨香雲迹。喜氤⑫氳人醉，笑低徊，從郎更索縷金杯。

〔花卿〕罷酒，老夫一言：十郎和俺們游俠長安，功名在邇。郡主可勸教十郎，努力前程。休得貪歡，費此白日。

【朱奴兒】好男兒芙蓉俊姿，争聲價錦繡篇堆。勸取郎腰玉帶圍，休只把羅裙對繫。〔合〕看封誥，鈿軸鸞迴，還比翼天池奮飛。

〔小玉〕三君在上，只怕十郎富貴，撇了奴家。

【前腔】夫人號排窠印泥，新縑手別樣蛾眉。〔花卿〕十郎不是兩心人，肘後香囊半尺絲，想不是浮雲夫壻。〔合前〕

【尾聲】〔十郎〕⑬紅林春殿轉霏微，歸軒動暮雲凝睇。〔三客〕十郎，明日元宵佳節，聖上勑賜燒燈，燈市最盛。明夕好同郡主游玩一會，俺們朋友不便相從了。可怕金吾玉漏催。〔三客下〕

〔小玉〕相公，妾看此三君意氣，俱公侯之相。〔十郎笑介〕女孩兒家曉得甚的來？〔小玉〕昔僖大夫之配蚤識趙狐，山吏部之妻暗窺嵇阮。方知女子過男子，不道今人讓古人。〔十郎笑介〕領教了。且向堂上問候老夫人。

翠氣春浮玉洞霞，　王孫去後碧桃花。
香風醉逐乘鸞影，　錦帳三千阿母家。

【校】

① 已，富春堂本作「勢」。　② 醒，疑當作「酲」。　③ 他去了，富春堂本作「櫻桃不在」。　④ 情願桃跪地，富春堂本作「情願跪着在此」。　⑤【阮郎歸】結尾缺四句。　⑥ 富春堂本無「內叫『有客來，報相公知道』介」一句。　⑦ 門，富春堂本作「迎」。　⑧ 原無「小玉」二字，富春堂本注有「玉」字。　⑨ 應爲七字句。　⑩「三客」二字，據富春堂本補。

⑪ 媒，原誤作「謀」，據富春堂本改。　⑫ 氤，富春堂本作「氣」。　⑬ 原無「十郎」二字，據富春堂本注「十」字補。

第十七齣　拾簫

【點絳脣】〔内官嚴遵美上〕萬點星懸，九光霞見，芙蓉殿。上元燈樹，晻映黄羅扇。海色紅雲，玉班深護從龍宴。香雷燭電，緩步着流蘇輦。

太乙壇前月色新，明光宫裏太平人。龍銜火樹千重焰，鳳吐蓮花萬壽春。自家北院副使嚴遵美是也。先出馬存亮公公門下，後與西門季玄公公同掌掖庭。袴衫供奉，無心作執笏軍容；楹舍藏書，那用到帖黄廳事？長想去青城山度日，暫掛了紫薇垣一星。擁護龍顔，周旋豹尾。恭遇上元佳節，官家勑賜燒燈。下官祇候聖駕，宴罷羣臣，游賞各宫。這是華清宫，真個好燈也！只見弱骨千絲，輕毬萬眼。庭開菡萏，熒熒華嶽明星；洞繞篔簹，點點竹宫爟①火。雲母帳前灧瀲，多則過十千枝光滴滴的露影琉璃；夜明簾外輝煌，少也有一萬盞脆泠泠②的雨絲纓絡。急閃閃瑶光亂散，妝成鹿銜五色靈芝；慢騰騰獸炭雄噴，做出犬吠三花寶葉。游魚上下，似洞霄宫裏，隱隱約約，魚油③錦上生波；走馬縱横，像吐火山前，璁璁瓏瓏，馬瑙屏中絶影。怎見得星移萬户，赤溜溜的珠毬滚地拋來？可知他月到千門，碧團團的銀燭半空丢下。靈船低泛，通霞臺上沈沈靄靄，平白地透出霞舟，百里丹煙流宿海；火鏡高然，望日觀前雄雄魄魄，半更天推開日扇，九枝紅艷簇天壇。的的攢攢晃觚棱，盡點綴了丹房薝蔔④；霏霏裊裊旋華蓋，鎮飄摇的紫蔓蒲萄⑤。緑緑夭夭，高掛着明璚宛轉，都來是方壺素縠黏成；紅紅白白，細看他花格綸連，好不過員嶠輕靈翦就。又不是龍吟聲、彪吼聲、驎合邏、驎佗⑥夜、驎跋至，蚤發擂了鼕鼕瞳瞳端門禁鼓，六街驚摻，阿香車裏行雷；且道個遏雲社、飛盉社⑦、喬宅眷、喬迎酒、喬樂神，旋扮裝來嘈嘈雜雜複道危棚，百隊喧攢，玉女窗前笑電。緑香沈穗，吹笙送度九微，峨峨艷艷，半層圈絡，金莖盤上映初晴；繡襖雲花，夾仗繞開四照，玲玲瓏瓏，幾柱冰條，玉膽瓶中看欲化。水晶檠璀璀璨璨，白鳳凝酥，到處廣寒宮一般清徹；珊瑚座瑞瑞璘璘，玄龍吐燭，咫尺融皋國萬里通明。玉消膏、琥珀餳，屑屑霏霏，裝花灌藕，朱盤架簇插飛蛾；流蘇帶、芳提葉，閒閒淡淡，糅火楊梅，縞衣衫争傳帖繭。别様機關，活動得奇奇怪怪，綵樓高處，削成仙子三山；諸般故事，渲畫得分分明明，玉柵鋪時，簇成「皇帝萬歲」。正是：黄道宮羅瑞錦香，雲霞冉冉度霓裳。龍輿鳳管經行處，萬點明星簇紫皇。道猶未了，聖駕早到。

【望吾鄉】〔衆擁元和皇帝上〕萬户春初，榮光麗寶圖。樓臺晻映星橋路，龍啣鳳燭雲霞曙。列綵艷椒塗，連廊耀綺疎，玉管金輿度。

金鎖通宵啓玉京，遲遲春箭入歌聲。寶坊⑧月皎龍燈澹，紫館風微鶴燄平。朕乃神堯皇帝九代玄孫。紹引金繩，宏調玉燭。賴天地和靈⑨，祖宗載祀。日兄月姊，長開五色金輪；雲師風師，每應三元玉琯。翠陌湧瑯邪之稻，香機足房子之絲。風枝蚤報千秋，雪鳥長呼萬歲。且喜今夕元宵佳節，燈月交輝，豐年之占，朕與百姓樂之。此是華清宮，徘徊一會。分付穿宮，傳令教坊司。暫停餘樂，踏歌一曲。〔内奏曲介〕

【黄龍探春燈】⑩　鳷鵲風新，芙蓉宵近，昇平萬年光運。明霞秀色，明霞秀色，玉燭調輝，冰壺寫暈。照山河國泰民安，謝天地風調雨順。璧月度歌塵，長春聖人，長春聖人。

〔帝〕再奏上一曲來⑪。

【前腔】〔内〕縹緲紅雲，青鸞成陣，鬧⑫蟬玉梅風韻。紗籠半隱，紗籠半隱，笑語遥分，衣香暗認。謾挨搪細骨腰輕，解縱送迴波眼俊。璧月度歌塵，長春聖人，長春聖人⑬。

〔帝云〕詞是何人所作？〔内應介〕隴西進士李益。〔帝〕真才子也！嚴穿宫，把他名字黏在御屏風上。〔嚴呼「萬歲」介〕〔帝〕再起玩賞一會。

【望吾鄉】寶炬金爐，宸游席錦圖。上陽宴笑瓊霞駐，天風縹渺吹雲護。鼇綵忭嵩呼，鶉光照海酺，萬歲登高處。

嚴穿宫，元宵勝節，朕與文武官宴罷太早，朕看他們都有不盡之興。可傳示都下士女，無論貴賤道俗，俱得至華清宫玩燈，盡丙夜，金吾不可⑭呵止，稱朕與民同樂之意。〔嚴呼萬歲〕〔帝下〕〔嚴〕分付監門尉，傳示金吾衛將軍，奉聖旨：都下士女，貴賤道俗，并許至華清宫玩燈，盡丙夜，不得呵止，稱朕與民同樂之意。〔内呼萬歲介〕〔嚴下〕〔郭小侯鮑四娘同上看燈介〕五夜好春隨步暖，一年明月打頭圓。俺郭小侯蚤已皇親賜宴，旋聞聖旨許至華清宮玩燈。鮑四娘伴俺入宮，游賞一會。

【出隊子】星毬銀樹，星毬銀樹，畫罿煙櫳照綺珠。千門如晝晃金鋪，萬燭光中綵雲護。〔小侯〕四娘，留些興回去。〔合〕且歸去侯家，香風九衢。〔下〕

〔杜秋娘善才扮女道士上〕樓臺皎似長明殿，燈火遙同不夜城。俺杜秋娘，曾入侍先帝，賜與霍王，如今入西王母觀作女冠。今夕風光，塵心未了，聞得聖旨許玩燈，到這華清宮。善才，這是俺和你舊游之所，燈樂一般，只是人事不同了。

【前腔】芙蓉光吐，芙蓉光吐，絳闕霞宵月影舒。神壇太乙朗蓬壺，縹緲珠星躔漢渚。善才，回去罷，久玩⑮令人感傷。好歸去仙家，霓裳步虛。〔下〕

〔鄭六娘十郎小玉上〕〔六娘〕⑯春宮不閉葳蕤鎖，星漢迴通宛轉橋。俺六娘曾事先帝，賜與霍王。這華清宮正是老身舊游之所，十郎、郡主是不曾到此，正好游玩一回。

【前腔】帝城三五，帝城三五，紫禁煙花繞玉除。暗塵紅隘碧鈿車，墜瑟⑰遺釵飄滿路。十郎小玉呵，同去翫天燈，金蓮暗扶。

【前腔】〔十郎小玉〕絳臺雲母，絳臺雲母，綠炬朱棚上轆轤。霜蛾白鳳繞麟鬟，穠李纖歌人幾處。娘，看銀燭青煙，怕甚金吾！

〔金吾將軍上喝介〕漏過三聲了，還道是不怕金吾。快走！清宮太監來也。

【浪淘沙】官至執金吾，緹騎前驅，蹋歌人散錦氍毹。玉漏三聲宵已半，聽響銅壺，聽響銅壺。

快走！快走！拏着。〔下〕〔六娘十郎走上叫〕小玉快行！

【前腔】〔六娘〕踏碎玉蟾蜍，嚴署催呼。呀！小玉在那裏？〔作慌介〕等閒失卻鳳將雛。那邊笑聲相似他。〔十郎尋叫⑱介〕巧笑燈前人不見，淚蠟垂珠，淚蠟垂珠。

〔内喝拿介〕〔六娘十郎下〕〔小玉〕寃家！我的娘，我的十郎夫在那裏？〔内喝，作驚介〕〔走介〕

【前腔】徼道響雲除，月墮金樞。寃家！宮門屈曲，教奴從那路出去？千門萬户怎踟躕？〔作跌，拾簫科〕呀！原來是一管紫玉簫在地上滑著，想起一計來。奴家嬌弱女孩兒，外間燈市閴塞，縱出得去，也落少年之手。不如就取着紫玉簫在手，遇着清宮太監，拿到内家殿前，更有分訴處。倘天恩垂問，便將我十郎才名説一番，或見矜憐送出。拾卻紫簫閒按取，引出仙都，引出仙都。〔嚴呼喝上〕〔小玉驚伏介〕

【前腔】〔嚴〕⑲火樹欲棲烏，銀鑰催臚。手下好生搜索各處，恐有奸細。樓心殿脚有人無？〔衆喊介〕拏得一個小女兒，偷卻太真娘娘紫玉簫，躲在殿西頭。〔嚴〕呀！女子犯禁了，玉管偷來緣底事？問是誰姝？問是誰姝？〔衆擁小玉下〕

【一江風】〔郭娘娘上〕翠雲翹，玉殿催春早，玲瓏繡額寒猶峭。過燈宵，火樹銀樓，點綴星榆照。香猊穗縷搖，聽阿監巡吹繞，風清別院昇平調。

【更漏子】展金宮，鋪玉册，光映錦貂梅額。三殿宴，九⑳枝燈，春風繞畫棚。珠斗直，銀蟾滴，人在鳳橋吹笛。簪繡蝶，卜羅裙，瑞龍香自薰。自家郭貴妃是也。先祖汾陽王郭子儀，父親太尉郭曖，母親齊國大㉑長公主。自幼聘入廣陵王爲妃，皇上即位，進册貴妃，掌管長秋宮玉璽。生下女兒太和公主。外家兄弟，止有小侯郭鋒一人。自家早應星娥，出參天姝。熒熒金屋，長公主調笑膠東，蕩蕩璚霄，先太傅進封高密。班婕妤竟辭同輦，看甘泉宫裏，那堪圖畫夫人；馬明德長居後堂，怪白玉階前，不記披香博士。因此輒開魚貫，長詠關雎。且喜玉燭調輝，金環順序。恭遇元宵令節，侍宴回宮，怕有失事宮娥，詔獄來此，禮當祇候。道猶未了，穿宮早到。

【前腔】〔嚴太監押小玉上〕紫霞標，殿幄籠春曉，龍輿鳳吹煙花裊。恨燈宵，傍月迴雲，亂映芙蓉笑。妮子呵，風韻好無憀，玲瓏花犯巧，偷將玉管吹雲表。

聖旨道：朕賞燈筵㉒之綺節，聽才子之芳詞。與民同樂，得盡丙夜。至期穿宮出徼，搜得一女兒，盜太真娘娘紫玉簫一管在手。可是内院宮人，厭金閨而巧出？或者教坊弟子，按珠曲以偷傳？着送長秋宮中細問。倘係都人士女，問他落後情由。〔郭娘娘〕萬歲！

【桂枝香】〔扣問介〕婦人，你可是宮娥？燈輝月耀，紅訛翠擾。莫不是絳殿容華？早罷卻朱衙㉓爐燎。怨重閨疊瑣，怨重閨疊瑣，洞房空曉，鏡臺空老。乘月步招搖，別有處知音也，因此上暗引瓊簫出鳳翹。

〔小玉〕妾怎能充得宮女？服色不同。

【前腔】金宮魚藻，彤墀鶴草。似這般銀鑰羈鸞，怎做得雕籠去鳥？恁宮監老伴，恁宮監老伴，披圖對召，抄名暗叫。春滿睡紅綃，似這般憔悴也，羞殺容華金步摇。

〔郭娘娘〕不是宮人，便是宮妓，才用得紫玉簫。

【前腔】看你搔頭鳳矯，檀心翠巧。若不是度曲韓娥，定則是縈情蘇小？向殿頭供奉，向殿頭供奉，傳梅索笑，歌蘭合調。隨例雜簫韶，因此上偷將也，暗譜霓裳趁緑腰。

〔小玉〕妾如今非教坊人了。

【前腔】章臺夢悄，横塘路杳。娘娘，若還是絳樹梨園，怎不帶柘枝花帽，和衩裙長俏，和衩裙長俏？雲棚斷掃，紅氍罷裊，無分逐花妖。若提起洞簫也，鳳侣曾經素手招。

〔娘娘〕怎的比着秦弄玉？他是公侯貴種。你既不是宮妓，緣何到此宮來？盜此簫去？可是何等婦女？〔小玉〕妾姓霍，名小玉，霍王之女。〔娘娘〕霍王是封邑在霍，你卻姓霍，緣何是他女？〔小玉〕妾母鄭六娘，原是内家供奉左班人，賜與霍王二十年，生妾十六歲。嫌妾出微，改姓從霍，賜紅樓一座，御賜寶玉十廚，聽母擇婿。不敢欺誑娘娘。〔娘娘扯起玉科〕霍王是順宗皇帝兄弟，并肩一字王。既係王女，便同郡主，請起，借問來由。

【集賢賓】〔小玉〕家母呵，宮花漢殿曾分笑，賜梁園玉葉蘭苕。〔娘娘〕緣何放出？〔小玉〕桂樹銀牀心好道，攬青絲素鬟無聊。〔娘娘〕他因此感傷麼？〔小玉〕正是，慵禁細腰，總放卻星矑月貌。〔娘娘〕可㉔學得仙成？〔小玉〕修行早，可知是淮王不老。

〔娘娘〕郡主可招得甚才郎？〔小玉〕已配人了。

【前腔】隴西士族美㉕年少，似凌雲逸氣飄飄。玉樹風前冰雪皎，綴新篇璀燦璚包。〔娘娘〕他祖上可有仕宦？〔小玉〕簪裾累朝。〔娘娘〕姓甚？名誰？〔小玉〕喚做李十郎。〔娘娘〕宮中常聞得外間有個㉖李十郎是才子，可就是這個人？〔小玉〕便是，香名滿玉堂風調。〔娘娘〕他可出得身否？〔小玉〕他見在此應制，不日上春榜了。龍欲跳，看咫尺鵬溟鳳沼。

〔娘娘〕郡主，你成就許多時了，想是同到華清宮玩燈麼？

【前腔】〔小玉〕藍田種璧初垂燿，〔娘娘〕這等是佳人才子了。〔小玉〕愧微軀不似璚瑤。只爲十二雲衢燈月好，攬芳心對影華宵。〔娘娘〕這等是十郎同來，怎麼不回顧郡主？〔小玉〕更深麗譙，〔娘娘〕可是金吾將軍清宮太監要鎖宮門，衝散了伴當？〔小玉〕正是，斷羣處鴻迷鵲繞。〔悲介，背云〕十郎夫！心縈燥，對殘燭淚紅多少！

〔娘娘〕郡主緣何偷得㉗太真娘娘紫玉簫？

【前腔】〔小玉〕歸雲背月金蓮小，殿西頭暗拾璚簫。奴家此時想將起來，孤身獨步，怎生回去？那燈市呵，紫陌遊童喧未了，怕宵征薄行橫挑。奴家若落此輩之手，縱然他引得奴回去，何顏自洗？因此奴家拿着此簫，寧歸法條。倘遇着龍顔鳳表，明訴告，奴便死在金階下甘心了，也顯得夜行分曉。

〔娘娘〕好志氣！好能事！

【琥珀貓兒墜】生小香娃，絶世心靈巧。多露沾衣能自保，冰壺徹底見清標。待曉，奏送孤鸞，還歸鳳條。〔小玉拜求科〕

【前腔】睡烏驚啼，墜月金莖表。娘娘，願借蓮臺分綺照。〔娘娘〕只怕聖躬龍寢，奏不得事了。〔小玉〕娘娘，聽別殿歡笑呵，還聞天語墜雲霄。〔娘娘〕只怕天也將曉。〔小玉〕難曉，蚤賜金鷄，還飛鵲橋。

〔娘娘〕郡主要歸急，便可同到別殿，將霍王舊事重説一番。〔小玉〕

【尾聲】芙蓉別殿煩相奏，鳳管偷吹倘見饒。〔娘娘〕説那裏話！還有華燈送出中人導。

〔娘娘〕花宮蓮漏已三更，〔小玉〕獨自低迷步玉京。

〔合〕到得殿頭宣賜燭，　重開金鎖放人行。

【校】

① 爠，原誤作「權」，據富春堂本改。　② 泠泠，原誤作「冷冷」，據富春堂本改。　③ 油，原誤作「游」，據富春堂本改。　④ 薝蔔，原誤作「簷蔔」，當改。　⑤ 蒲萄，當作「蒲桃」或「葡萄」。　⑥ 佗，富春堂本作「迤」。　⑦ 飛盉社，應作「緋綠社」，見武林舊事卷二「舞隊」。　⑧ 坊，富春堂本作「房」。　⑨ 靈，富春堂本作「寧」。　⑩ 九宮大成南北詞宮譜卷七二引，題作「龍銜春燈朝天」，注云：「舊名黃龍捧燈月。」按譜，「明霞秀色」及下曲「紗籠半隱」不疊。　⑪ 以上七字據富春堂本補。　⑫ 鬧，原誤作「闈」，據富春堂本改。　⑬「內」字及「長春聖人」四字疊句，據富春堂本補。　⑭ 可，富春堂本作「得」；本齣下文也作「得」。　⑮ 下原有「此」字，據富春堂本刪。　⑯ 原無「六娘」二字，富春堂本注有「鄭」字。　⑰「瑟」字疑誤。　⑱「叫」下原有「哭」字，據富春堂本刪。　⑲ 原無「嚴」字，據富春堂本補。　⑳ 九，富春堂本作「曲」。　㉑ 大，原誤作「太」，據富春堂本改。　㉒ 筵，原作「宴」，據富春堂本改。　㉓ 朱衙，群音類選作「衙□」。　㉔ 可，原作「可可」，衍一「可」字，據富春堂本刪。　㉕ 美，富春堂本作「他」。　㉖ 原無「個」字，據富春堂本補。　㉗ 偷得，據富春堂本改。原作「偷着」。

第十八齣 賜簫

【天下樂】〔女官内臣上〕香爐撲扇侍金蟬，密炬籠綃鬬玉鈿。人影漸稀花露冷，踏歌吹度曉雲邊。

列位請了。五夜迴清晝，千門映紫薇。同將花燭影，相送玉人歸。霍王郡主看燈失侶，怕落少年之手，寧可落在宫中，拾了太真娘娘紫玉簫，要人拿住，著送長秋宫郭娘娘審問，引奏御前，明白了他的氣節。着俺女官内臣，銷金寶燭四籠，送他回府，併賜他原拾紫玉簫一管，内科一道。他如今在長秋宫謝恩去了，想即到來，俺們在此華清宫門外伺候①。〔小玉拿簫上〕

【玩仙燈】② 歸色滿銀蟾，好風光長明宫院。

列位宫官，蒙聖恩多勞了！〔衆云〕夜過三更，郡主請行。〔合〕

【四邊静】春光碧瑣芙蓉殿，複道煙花轉。玉女對星懸，金童承露偃。〔合〕步摇釵戰，凌波襪軟。〔女官扶玉科〕歸路擁嬋娟，珠宫錦霞蒨。

〔小玉〕不勞扶了③。

【前腔】春城夜色人深院，巧笑殘妝宴。坐冷燭花偏，啼殘香夢遠。〔合前〕

【前腔】琉璃甃路平如練，緩步多莕蘚。愛月幾人眠，行雲今夜免。〔合前〕
【前腔】宮車夾仗如④雷輾，閃碎紅雲片。翠鳳滅宵眠，銀虬淹曉箭。〔合前〕
〔小玉〕好了！望見本府的紅樓子了。
燈半闌珊月氣寒，霓裳吹遍夜深還。
只應不盡婆娑意，猶向街心弄影看。

【校】

①「伺候」下，富春堂本有「則個、道猶未了、霍郡主早到」。　②【玩仙燈】，結尾缺五句。
③富春堂本衍一「衆」字。　④如，原作香，據富春堂本改。

第十九齣　詔歸

【粉蝶兒】①〔六娘同十郎上〕寶鴨銅駝，珠淚暗飄紅蠟。

〔六娘〕孤燈容易落，碎月好難圓。十郎，你夫婦纔得三朝，今夜元宵，宫中游玩，正是良辰美景，賞心樂事，誰知猝地裏風波撇散，尋覓不見。不知落在天家，還落在人家，好不苦殺人也！〔十郎〕苦殺小玉妻！你若落在天家，怕你不慣考問，嬌滴滴的怎禁得摧挫；若落在人家呵，一發苦殺你了！〔哭介〕②

【獅子序】他若是落天家，怕驚摇嫩蕊嬌花；更燈闌紫陌，俠少豪華。〔六娘〕若是惡少們懊着他呵，他性子不是金篦自刺，定向玉井頭骨董一聲了。虧殺他捅輕狂推薄倖，嗔阿母罵檀郎，玉梅花下惡咨嗟。愁腸棖觸，殘月些些。

十郎，且待東窗曙了，去朝門外取消息，且在繡閣上坐等鷄鳴。〔做悲哭，坐科〕〔女官燈籠、小玉攜簫上〕

【粉蝶兒】玉燭歸來，蚤已明星破夜。

〔扣門〕〔鄭六娘十郎驚開科〕呀！燈燭熒煌，原來郡主到也。〔宫官〕聖旨到，跪聽宣讀：朕雅愛風謡，泛採奇秀。知隴西李益，博學弘詞；妻小玉，復是霍王叔父之女。看燈失侶，畏行多露；巧拾璚簫，智能衛潔。朕甚嘉之。即撤華清宮鳳燭，兼賜所拾璚簫一管，送歸李益之宅。其謝本不必親齎，附霍嗣王府進上。叩頭謝恩。〔衆拱手科〕〔十郎〕留列位老公公老夫人一茶。〔衆云〕聖躬五鼓視朝，不敢久留，去也。請了。〔下介〕〔六娘十郎小玉相抱科〕〔六娘〕兒着驚了！〔十郎〕妻着驚了！〔小玉〕天恩有幸，不曾着甚驚。一從相失了阿娘和十郎，内家傳呼轉急，怎生出得？走得慌呵，丹墀一跌，原來是管紫玉簫滑着。尋思計來，外間看燈人鬧，都是少年游冶兒，縱出得宮門，不得清白還家。因此躲在殿西頭，儘着穿宮拿去，拿到永巷娘娘宮中訊問。兒將父王名字，并李十郎才學家世説起，那娘娘便相敬順，引奏御前，恩賜玉簫鳳燭，真是天恩難報。〔六娘十郎小玉合〕

【一封書】喜片玉無瑕，乍分煇寶燭華。這皇恩有涯，逞風流出内家。香消侍女彈金炧，月冷歸人濕絳紗。成佳話，轉清華，帝子璚簫度曉霞。

〔六娘〕十郎，還與小玉去睡一睡。

丹穴驚飛雙鳳凰，歡娱轉作艷歌傷。
冲宵只避金吾貴，破曉仍分玉燭光。

【校】

①【粉蝶兒】結尾缺四句。下一支，同。

②「哭介」下原有「合」字，據富春堂本删。

第二十齣　勝遊

〔櫻桃上〕意態精神畫亦難，花枝實個好團欒。曲囀新聲銀甲暖，醅浮香米玉蛆寒。自家櫻桃是也。郡主配了李十郎，把青兒賜了櫻桃，烏兒賜了浣紗姐。正是：白的對白的，烏的對烏的。只一件來，青兒性格伶俐知書，卻被十郎使得東去西去，除了夜間，日間再不能勾同睡睡。到不如烏兒兩口，鎮日在竈前竈後諢耍。這也難怪，正是：乖的走碌碡，贏得眼頭熟；癡的不出屋，夜夜皮穿肉。俺看李郎和郡主，什麼相偎相愛，爲他還不曾除授官職，儘着閒纏。今又分付青兒，叫承奉們開了老殿下爺爺花園，打理裀褥牀頓，以備游倦一時之憩。老夫人又教俺取了白玉碾花尊，盛了蒲桃新釀，剔紅蝶①几上安着蕖葉碗數十樣，花鎡玉菓，伺候郡主。一對兒早得行游者。

【虞美人】〔小玉上〕楚腰蠐領團香玉，鬢疊深深緑。翠眉袋留戀他②，年少此時，春態暗關情。

【春光好】紗窗暖，畫屏閒，嚲雲鬟。睡起四肢無力，半春闌③。〔櫻桃〕玉指翦裁羅勝，金盤點綴酥山。小姐呵，你交頸深心無限事，小眉彎④。〔小玉〕櫻桃，你説咱深心無限事，有什麼事來？〔櫻桃〕郡主未遇李郎之時，俺伴着你打鞦韆，擲金錢，鬭鵪鶉，賭荔枝，抛紅荳，捉迷藏，你眉兒長展展的快活；到遇了李郎，滿了月來，只管守着李郎在紗窗裏坐，也不與俺二人耍一耍，見你眉尖上長簇將起來，敢是着傷了？〔小玉〕櫻桃，你怎知道？俺做女兒時，由得自家心性；帶了頭花後，便使不得女兒性子了。做人渾家的，當得日夜迎歡送愛，卻也不耐煩了。今日他要同游花園去，十數里路，俺怎走得？也只得勉强陪奉他。〔櫻桃〕郡主，怪道你常時更初一覺，睡到天明；自成了人後，夜裏⑤和李郎絮叨叨到四五更鼓，翻來覆去，那裏睡來？真個是成人不自在哩。〔小玉〕不要閒話，問你酒臺食格，俱要齊整。十郎將到，就要游去。

【上林春】〔十郎上〕散帙餘閒，攤書正滿，明窗罅飄紅點硯。正花冠鼓翼墻頭，好是晝長人倦。

〔轉身偎着小玉科〕因卿狎態堪歸晝，惹我風心欲蕩春。俺看了⑥幾篇賦，臨了幾紙帖，身子便覺慵了，你與我同去游游園池山子。〔小玉〕山子池上園中，迂曲有十數里，從容來去，要得昏黑。俺已分付浣紗烏兒在府伏侍老夫人，排備果酒，便好帶蚤去。只是俺小鞋兒怕苔滑，要你作漢子的健節些。〔十郎〕這是本等。櫻桃，前到百花亭等着，俺們緩緩來。〔做行介〕二月春來半，王家日漸長。柳垂金屋煖，花發玉樓香。呀！這就是花園洞口，好屈曲，好幽致，我和你慢慢行去。

【畫眉序】紅徑柳絲牽，洞口桃源香帶轉。正花柔玉暖，貪戲韶年。〔作低頭入花園門介〕礙釵翹側度雲蟬，〔作墜釵，十郎拾與插介〕墜紅掌金蟲細鈿。苔痕屧印芳茸淺，暗穿花背人偷展。

〔小玉〕十郎，你怎的説個偷展？〔十郎〕前面有萬春亭，百花深處無人，芳草細鋪茵，俺和你不能忘情。〔小玉〕説也可人⑦，就到萬春亭繞花行一會去。

【黄鶯兒】偷眼艷陽天，映朝姝沁彩煙，蒸霞炫日風和扇。香鬟慢颭，紅心鬭展，濃窠弄壓柔條顫。糝花鈿，瓊纖袖口，拈插鬢雲偏。

〔十郎〕好，到了。這亭子上卻有局脚床、金地褥。〔小玉〕是俺叫青兒放在這裏，只説你一個來游喜，在此晝睡一睡。今日俺同來，你不得睡了，把酒酌一杯，起去游玩。〔十郎〕不妨睡睡去。〔小玉〕羞殺人！〔進酒與十郎科〕俺和你私祝花神：花神，願護持俺夫婦百歲同春。〔飲十郎科〕〔十郎把酒飲玉科〕〔玉做醉科〕〔十郎扶玉坐科〕

【四時花】〔十郎〕⑧仙酒醉嬋娟，這肌兒脆，聲兒顫。帶笑花前，嫣然。斜簪拋出金縷懸，鵝黄畫袴吹可憐，皺湘裙軃着眠。粉檀香潤，拚嬌⑨恣妍。真珠幾滴紅上面，婀娜垂柳邊。又不是看花人倦，護春柔酒暈，惹人閒緒花片。

〔玉作强對十郎科〕不要你摟着人，俺自家行。〔十郎〕你纔間昏昏的，隨俺擺布你了。〔小玉〕俺還不帶醒⑩。〔櫻桃〕前面隱隱⑪華山、昆明池水。長安八水，登樓可見。郡主呵，這樓是老殿下起的？〔小玉〕是了，叫做駐春樓。十郎夫，你看樓上好不精致，只是王孫去也呵，

【皂羅袍帶】十二彩鸞屏扇，恨鵾巖煙斷，罨盡⑫春山。浮漚繡澀畫綸連，瑤星碧霧看宛轉。花光玉洞，丹砂幾年？華清繡嶺⑬，王孫故園。佳人挾瑟，一似漳河

怨。〔玉云〕十郎夫，你只是不曾遇得父王呵，招司馬，進仲宣，晴窗檢點白雲篇。嚬紅頰，數緑錢，高樓誰信與天連？

〔十郎〕娘子，你不須悲咽。俺和你去假山子上走一走。〔下樓行科〕

【解三醒】〔十郎〕疊春岑踦嶇幾轉，一般的蔽日迴雲岫紫煙，金苔玉枝青偃蹇。透窺窗玉女懸河，似青霞削出芙蓉瓣，又似巫峽瀟湘對落猿。堪游衍，恨小山人去，緱嶺音傳。

〔小玉〕説甚麽巫峽瀟湘？〔十郎〕巫峽，楚王會神女之處；瀟湘，是説虞舜學道入九嶷山，二妃不得相從，一似令尊父王學道入華山，令堂不得相從一般。〔小玉歎介〕正是，你説瀟湘，君看水上千⑭竿竹，不是男兒淚染成。〔行介〕

【浣溪沙】颸湘岑，簇兔園，銀花水照得潺湲。笙簫慈姥⑮對嬋娟，相思有恨窺鸞遍。戛玲瓏，把金釵敲竹透歌泉⑯，歌得好賭卻金錢。

〔十郎〕夫妻賭甚麽金錢？〔小玉〕賭夜落金錢花。〔十郎〕就把夜合歡花當着金錢。〔小玉〕你作竹枝詞，俺作女兒接你。〔十郎〕使得⑰。〔打歌科〕〔十郎歌〕赤繩千結〔小玉接〕絆人深，〔十郎〕越羅萬丈〔小玉接〕表長尋。〔十郎〕楊柳在身〔小玉接〕垂意緒，〔十郎〕藕花落盡〔小玉接〕見蓮心。〔十郎〕好個夫唱婦隨。〔櫻桃〕前面是昆明池水。十郎郡主，有一兩點催花雨到了。昆明池畔有老殿下弄珠亭，快走到那裏，再飲幾杯回去。〔十郎小玉快行介〕

【喬合笙】〔十郎〕⑱鎮催花雨點，鎮催花雨點，勒暖氳寒。垂雲一似濃鬟渲，水氣花香風暗傳。覆着同心扇，草絲薰軟，翠茸茸毯着雙彎蹍。繡墩金綫，謾細織簾紋，熨浪痕穿花掠燕。回蘭⑲戲鴛，個人無賴嬌波轉。同行並着香肩，待到深庭院，褪卻中衣絹。

〔小玉〕到了弄珠亭坐地。十郎，你也尊重些。

【啄⑳木兒】狂耍婿游戲仙，豆蔻圖中春數點。十郎夫，你只管擁着人，弄皺奴花勝兒，歡情態皺花呵展。俺在家中繡了幾針領子，如今閒游呵，繡工夫葡桃幾綫，卻怎的半踏長裙香逕遠？十郎夫，也只是奉承你歡喜，你看這歡杯對影分嬌面。〔十郎〕只管勸人酒，不聽我講話。〔小玉〕你還講閒話，那竹林外有人在作聲，好似青樓鮑四絃。

〔十郎〕快喚一聲鮑四娘。〔内作鳥聲介〕呀，没有人影。

【玉交枝】沈沈深院，錯呼人花林水邊。小玉妻，你看那孔翠鳥兒都驚起了，雙飛翠點驚人見，丁香隊裏盤旋。你勸醉我，我還要醉你一醉。〔小玉作不飲，笑嚼花科〕〔十郎〕小玉姐，你休要把郎拽住喬作慳，嬌嗔要得人饒慣。新花蕊芳心咬殘，戲捎鴛回眸偷眄。

〔小玉〕十郎夫，俺看你錯愛奴家，忘其憔悴。只是一件，新人有時故，丈夫多好新。緑衣白華，自古所嘆。妾聞得昔有華山畿祝英臺二女，一感生情，便同死穴。况賤妾因緣奉君，砥礪磐石之心，有如皎日。但足下有四方之志，兼是隴西士族，亂定而歸，定尋名對。華落理必賤，誰得怨君！但私願耿耿，竊有請于君前。〔十郎〕願領教。〔小玉〕妾年十八，君年二十。願君待三十歲，是妾年二十八矣。此時足下改聘茂陵，永抛蘇蕙，妾死無憾矣。〔十郎〕説那裏話！卿非卓女，生非竇滔。一代一雙，同室同穴。〔小玉〕這也難料，只是暫時笑語呵，

【玉胞肚】願侍十年歡嬿，儘着這紅嬌翠鮮。碎心情眉角相偎，趁光陰透體交眠。夫婦人過了二十八九呵，怕得海棠香晚，寶簪敲折鳳辭弦，夢裏湘雲過雨痕。

〔十郎〕你不須閒想，小生這點中心呵，

【玉山頹】你精神桃李，紅抹肚温香膩綿，惹嬌音春思無邊，襯輕軀著處堪憐。佳人絶世，更甚名花堪羡？薄倖教天譴，負青天，年年春病到身邊。

〔小玉〕十郎，奴家蹙金指盒兒裏，有烏絲欄紙數枚，緑沈管筆，螺子墨，你可寫下數句，作奴終身之記。你他日宦游去㉑，妾見所題，如見我夫㉒矣。〔十郎〕使得。〔櫻桃取紙筆介〕〔十郎〕妻，你看昆明池上，刻有牛郎織女，就對此爲盟，題上幾句。〔詩云〕合影連心，昆明池館。織女臨河，仙郎對岸。地老天荒，海枯石爛。永劫同灰，無忘旦旦。〔小玉〕謝了。〔拜介〕

【川撥棹】承相盼，十郎夫，這香火情何限。怕只怕箋梅字殷，怕只怕箋梅字殷，道得個海枯石爛。不争你喬㉓啜賺，謾將牢這話難。

李郎，你定了這段誓盟，也不枉了伴你一游。看看日勢向晚，早尋歸路則個㉔。〔櫻桃〕這有一條

路，傍着猿巖鵲㉕渚，回去不遠。〔歸科〕

【憶多嬌】〔小玉〕㉖春色黯，香徑晚，掛猿枝裊裊啼翠巒。紫閣岫，日猶懸，玉女峰前雲半捲。花葉芊眠，花葉芊眠，忙歸去棲烏暗喧。〔玉作跌〕〔十郎扶起科〕有俺丈夫在此，帶月而行，未爲不可！着甚干忙，跌了腿子，綻了鞋兒？起來慢慢行，月上了。

【月上海棠】蓮三寸，重臺小樣紅編綻。怕逗了朱門，半約花關。這一番游滿春山，較添得許多嬌眼。人影散，花月下櫻桃的叩響銅鐶。〔作開㉗門〕〔浣紗持燭開門進科〕〔小玉〕老夫人睡未？〔浣紗〕整了酒在内堂相待，請進去。

【尾聲】〔十郎〕㉘情展轉㉙，興多般，一簾花影上闌干。〔小玉〕夫，俺陪你飲了酒，再來玩月，好看春庭夜合歡。

輕風綽袂翠鬟偏，紅壁春燈豔綺筵。
今宵且自縈衾帶，明日追陪度管絃。

【校】

① 蝶，富春堂本作「矮」。　② 翠眉袋留戀他，此句應七字，押庚青韻，疑有脱誤。袋，疑當

作「黛」。 ③ 案：此詞襲用後唐和凝原句。闕，和詞原作「間」。下半闋，「交頸」，原作「窺宋」。 ④ 彎，原誤作「灣」，據和凝原詞改。 ⑤ 「夜裏」，富春堂本上有「鎮」字。 ⑥ 原無「了」字，據富春堂本補。 ⑦ 可人，富春堂本作「不當」。 ⑧⑱㉘，原無「十郎」二字，據富春堂本補。 ⑨ 嬌，原作「驕」。 ⑩ 酲，原誤作「醒」。 ⑪ 「隱隱」，原作「是」，據富春堂本改。 ⑫ 盡，當作「畫」。 ⑬ 繡嶺，原誤作「繡領」，當改。此曲前九句爲【皂羅袍】，但第十句變七字句爲前四後五二句，後六句爲【排歌】。 ⑭ 原奪「千」字，據富春堂本補。 ⑮ 姥，原誤作「婼」。慈姥山在安徽當塗北。據寰宇記引丹陽記，山生簫管竹。 ⑯ 此句應爲九字，缺一字。 ⑰ 「使得」下，富春堂本有「你聽我道」一句。 ⑲ 蘭，疑當作「闌」。 ⑳ 啄，原誤作「琢」，據富春堂本改。 ㉑ 「宦游去」下，富春堂本有「遠」字。 ㉒ 「我夫」下，富春堂本有「面」字。 ㉓ 喬，原誤作「僑」。 ㉔ 以上六字，據富春堂本補。 ㉕ 鵲，富春堂本作「雀」。 ㉖ 「小玉」二字，參富春堂本補。 ㉗ 開，疑當作「叩」。 ㉙ 情展轉，富春堂本作「春游轉」。

第二十一齣　及第

【天下樂】〔文武官上〕玉署金鈴①紫禁通，芙蓉暉映鳳凰宫。三山日色黄圖外，四海雲光緑字中。

列位請了。今日乃殿試放榜之日，聖旨親點了隴西名士李益爲狀元，特許入太極殿朝見，想天下士子都在五鳳門外恭候。

【卜算子】〔十郎上〕鸞鳳繞身飛，五色祥雲遞。姓字先傳帝主知，唱徹龍顔喜。

〔内官上云〕聖旨已到。皇帝詔曰：昔睿后筌期，淵匠宰器。雖道泛胥盧，化參炎皞。猶復高登側隱，顯序光疇；用叶斟調，嗣輝珉檢。上智中主，咸遵此術。朕膺鴻曆，報永龍渾。空知救質以文，未獲止戈爲武。是用登進多士，論文武張弛之策。子大夫各獲展盡，慰朕虚懷。今賜汝五百名出身。其第一名李益，朕久諷其弘詞，渥其芳譽，可特入太極殿前謝恩，授翰林供奉，即日赴玉堂上任。五日之後，着往朔方參丞相杜黄裳軍事。中書省寫勅與他。〔謝恩介〕〔出朝門行介〕

【滴溜子】〔十郎〕②聖天子，聖天子，萬壽臨軒。春官的，春官的，八柱擎天。人中，選出神仙，總送上蓬萊殿。宫袍賜宴錦桃花，曲江排比醉春筵。

【前腔】笑從前，笑從前，文章幾篇。高頭院，高頭院，毷氉打遍。曲裏，珠簾盡捲，還認得都知面。紅箋一片桂花香，今宵熱趕在誰邊？

【尾聲】鈴索一聲花滿院，這清高富貴無邊，多和少留些故事與人傳。

桂林春殿一枝新，滿路青雲屬後塵。
莫道杏園香色晚，當筵還作探花人。

【校】

①鈐，富春堂本誤作「鈴」。②原無「十郎」二字，據富春堂本補。

第二十二齣　惜别

【番卜算】〔十郎上〕春色暗蓬萊，紫陌朝初下。玉堂鈴索動邊愁，寶劍悲離匣。

【浣沙溪】御宿高花滿桂林，令君香暖出衣襟，玉池仙篆正堪臨。羌笛無端催折柳，蜀窠還用繡林禽，一心人纏一人心。自家李十郎。名魁多士，官拜詞林。因朔方兵火未净，着丞相杜黄裳行邊，詔下官參彼軍事。喜得石子英又中了武狀元，花敬定昨日有表奏請邊頭效用，尚子毗亦表奏西歸。已叫青兒去中書訊問，聖旨怎生發落？〔青兒上〕漏長丹鳳闕，花滿白雲司。老爹，朝報在此。〔十郎看朝報介〕呀，二月十六日，吏部一本，爲經略松潘事：西川缺節度使，仍推驍騎衛將軍花卿，奉聖旨有點。十七日，兵部一本，爲經略隴西吐蕃事：推武狀元石雄，奉聖旨有點。十八日，禮部一本，爲朝正侍子歸番禮儀事：奉聖旨光禄寺賜宴，翰林院撰答番書。呀，俺去朔方參軍，我三個朋友也都四方分散了，後會不知何時？可傷懷也！青兒，你去打聽三位老爺幾時起程？〔青兒〕聖旨教該部星夜打發起程，纔問小的在御道上遇着他三家門幹，説三位老爺就到俺府中告别了。〔十郎〕這等，快備酒筵。

【夜遊朝】〔花卿石子英尚子毗上〕名勝翩聯西北去，時難駐離思愁餘。玉鏤衢鞍，花明攂劍，皎日寸心相許。

〔相見介〕經春共游息，一旦各①聯翩。莫論行近遠，終是隔山川。〔十郎〕花敬定節度去松州，猶在內地；石子英去隴西，正是吐蕃蹂踐之地；尚子毗亦復西歸吐蕃，不知何年再朝中國？天涯兄弟，一旦分飛，可爲愴然！〔花卿〕尚君西歸，終有南來之日；石子英年壯立功，周旋尚早；只有老大日暮途遠，恐當没齒邊陲，星星白髮，無相見期矣！〔十郎〕老節度鈞渭飛熊，伏波躍馬，終當奏凱還朝，只是暫別驚心，相爲耿耿耳！石子英，仗君威靈，恢復隴西。②先君神道，伏乞除掃。尚子毗倘有信使，幸賜題書。下官明後日參軍朔方，關山勞險，未卜前途。男兒亢壯，勉力功名。別酒離歌，且盡今日。〔花石尚〕征軒有色，杯酒無心。〔十郎〕勿謂一杯酒，明日難重持。青兒，看酒。〔青兒〕桃花嘶別路，竹葉滿離尊。稟老爺：酒到。〔把酒介〕

【皂羅袍】〔十郎〕③別酒寸腸裁繫，送將軍遠戍，侍子遥歸。紅亭一路羽旗飛，參差色映桃花水。〔合〕黄山路繞，青驪去遲。呼儔戒旅，傷心此時。今朝撇下河梁袂。

【前腔】〔花石尚〕④蚤是銷魂別去，似猿斷三聲，鶴迴五里。關山迢遞本難期，兼之蕩子多留滯。俺四人呵，〔合〕弓調鵲血，刀寒鸊鵜。邊頭意氣，峥嶸爲誰。條支再覲西王使。

〔尚子毗〕十郎，你説條支再覲西王使，是望俺重到中國了。豈知小弟之意，留戀泰華，只是爲使臣的，義當反命。俺到國中，多隱居崑崙山下，不婚不宦，恐不得重與三兄相聞了。〔十郎〕子毗雖有泰華崑崙之興，只怕吐蕃王不許，强欲相屈，子毗那可歸⑤山！昔駒支由余顯迹西戎，子毗正當出

勸戎王，安邊保國。何得痼疾山林，高眠不起⑥乎？〔尚子毗〕謹領。罷酒了。〔十郎〕下官還要送別延秋門外。〔送別介〕

【香柳娘】〔十郎〕⑦送征人淚滋，送征人淚滋，流塵疊騎，飄霞亂日翻紅旆。把心旌頓飛，把心旌頓飛，佳期後命催，閒敲唾壺碎。〔合〕聽邊頭笛吹，聽邊頭笛吹，折柳題梅，封書好寄。

【前腔】〔花石尚〕⑧忍登臨送歸，忍登臨送歸，胡天漢地，長安曉日空迴袂。暖春雲雁飛，暖春雲雁飛，離聲怯路歧，鄉心轉嘹唳。〔合前〕

〔衆〕⑨別了罷。〔拜介〕

【尾聲】〔合〕⑩陌暖春煙醉柳絲，叫不住嘶塵別騎，還記取長樂疎鐘夜半時。

〔花石尚下〕〔十郎弔場〕青兒，回去罷。你看三位去，有俺相知送他；明日俺行，沒有三位老爺送俺。想起功名，都有踦軀別離之苦⑪！

【香柳娘】⑫惹春風鬢絲，惹春風鬢絲，南來北去，飄風泊浪寧由自。信人生馬蹄，信人生馬蹄，愁殺路傍兒，紅塵蔽千里。要封侯怎的？要封侯怎的？賣藥修琴，浮生一世。

萬里鳴沙擁戰塵，輕弓短劍出西秦。

征衫已帶青羌色，　　別淚還持送故人。

【校】

①各，原誤作「名」，據富春堂本改。　②「隴西」下，富春堂本有「反掌也但」四字。　③⑦「十郎」二字，據富春堂本補。　④⑧原無「花石尚」三字，據富春堂本補。　⑤歸，富春堂本作「東」。　⑥起，原作「救」，據富春堂本改。　⑨「衆」，據富春堂本補。　⑩「合」，據富春堂本補。　⑪「之苦」下原有〔合〕字，衍。　⑫【香柳娘】，原誤作「前腔」。

第二十三齣　話别

【步步嬌】〔鄭六娘上〕紅蕉①抱泣迴雲帳，謾銀泥印仙掌，香雲結夢長。小玉窗前，夭桃葉上，倚得壻爲郎，輕駕怕得風搖颺。

【謁金門】留不得，留得也應無益。花院月窗春瑟瑟，嬌娥迴袂泣。乍團欒底拋擲？柳色灞橋明日。忍看鴛鴦三十六，孤鸞還一隻。自家鄭六娘是也。女兒小玉，招得李十郎，中了春榜第一，官拜翰林。正是：才郎美女，一代無雙。卻纔翰林上任了，便差去朔方參杜相國軍事。俺聽得朔方之地，西邊是吐蕃，西北邊是回紇，這兩國回子，爭戰往來，常在朔方。十郎去到那地，兵機㤝險，好愁殺老身！又不敢説與小玉，怕驚了他。只得辦治酒肴，與小玉明日送行。櫻桃那裏？〔櫻桃上〕拂匣看離劍，開箱疊戰衣。老夫人有何分付？〔六娘〕李老爺明日行，可收拾酒餚，今夜老身與他話别，明日郡主送行。〔櫻桃〕理會得。〔六娘〕李老爺和郡主在那裏？〔櫻桃〕在紅樓上叙别，好不悲啼哩！〔六娘悲介〕我的兒呵，

【醉扶歸】合歡衾覆着纔停帖，連心花結得好周遮，踹雙絲半步不離些。亂花風擺亞金泥蝶，李郎便是李輕車，關山點破香閨月。

〔櫻桃〕老夫人，李老爺去，俺的青兒夫也去了。〔啼介〕

【前腔】公母筍嵌着没凹凸，牝牡銅鑄得没歪邪。那烏兒呵，膳膎的做了管家爺。俺青兒呵，俏乖哥轉眼將人撇。今後②呵，門兒扂着暗咨嗟，燭心點着生疼熱。

【尾聲】〔六娘〕③男兒意氣本驕奢，怎顧得俺香娃小姐？只落得畫眉樓上遠山遮。

〔櫻桃〕酒筵已齊備了，請老夫人且與李老爺郡主歡飲今宵。〔六娘〕櫻桃，怎得歡暢來？正是：

門楣新結好郎君，　撇下朝雲送陣雲。
今夜紅槽千滴酒，　明朝送淚濕羅裙。

【校】

①蕉，原作「焦」，當改。

②後，富春堂本作「夜」。

③〔六娘〕，據富春堂本補。

第二十四齣　送别

【卜算子】〔小玉櫻桃上〕匝館暗高枝，滚地飛柔絮。無端燕羽欲差池，薄倖成離緒。

【河傳】春伴，花暖，離情不管。浥透青衫，雨餘香汗。草草送别溝頭，層波入鬢流。金船滿捧盈盈淚，將人妮，魂隨到千里。想正驂去也，更回首東風，恨應同。櫻桃，俺今日到霸橋驛送十郎，卻蚤腸斷也！

【前腔】〔衆擁十郎上〕碎語雜嬌啼，半隔紗窗霧。海棠紅露濕胭脂，淚盡人何處？

梁園初罷雪，楚岫正爲雲。誰道淮南客？翻從塞北軍。左右，車騎停在霸橋驛外，待夫人餞酒畢了起行者①。〔相見介〕〔十郎〕有勞郡主遠送，老夫人到不曾來？〔小玉〕家堂從後就到了。十郎夫，今日雖然壯行，難教妾不悲怨。聽妾半詞，聊②寫陽關之思。看酒來。

【寄生草】一曲陽關淚，朱絃迸玉壺。江干桃葉凌波渡，汀洲草碧離情暮，霸橋柳色愁眉妬。纖腰倩作綰人絲，可笑他自家飛絮渾難住。

〔十郎〕豈無閨秀情，仗劍爲功名。今日愁腸斷，陽關第四聲。〔小玉〕還是無情，陽關第一聲也可腸斷了。再進酒。

【前腔】〔小玉〕繡褶殘金縷，偎紅疊錦氍。衾窩宛轉春無數，花心歷亂魂難駐，陽臺半霎雲何處？起來鸞袖欲分飛，問才郎是誰斷送春歸去？〔十郎長吁低頭科〕

【前腔】〔小玉〕緑慘花愁語，紅顰柳怯舒。春纖亂點檀霞注，明眸謾蹙回波顧，長裙皺拂行雲步。送君南浦恨何如？想今宵相思有夢歡難做。

〔十郎〕再奏一曲，便分手了。〔小玉〕

【前腔】懶拂鴛鴦枕，空連翡翠襦。芙蓉帳額春眠度，茱萸帶眼愁寬素，紅蘭燭影香銷炷。畫屏山障彩雲圖，到如今蘼蕪怕作相逢路。

〔十郎〕有甚相贈？〔小玉〕更有淚珠兒千萬串，可將袖來承着。〔十郎〕郡主恁般悲切哩！③

【前腔】〔小玉〕④這淚呵，慢頰垂紅縷，嬌啼走碧珠。冰壺迸裂薔薇露，闌干碎滴梨花雨，鮫盤濺濕紅綃霧。層波淚眼别來枯，這袖呵班枝染盡雙璚筯。

十郎也下些淚，着妾袖上。〔十郎〕丈夫非無淚，不灑婦人⑤衣。〔玉作惱科〕好狠心的夫也！〔十郎〕妻，俺丈夫的眼淚在肚裏落。

【前腔】俊語閒悵觸，回腸轉轆轤。俺去後呵，一個人睡，不要着寒了。雙絲袜⑥腹輕輕束，連心腰綵柔柔護，沾身襯褥微微絮。分明殘夢有些兒，睡醒時好生收拾疼人處。

〔小玉〕聽這話，想不是輕薄的。只是眼下呵，

【解三醒】繡屏空鶯殘月午，芳枝亞蝶展紅踈。捍撥雙盤金鳳語，無聊處贈花鬟。輸他塞北顔如玉，也寄雲中錦字書。新人故，一霎時眼中人去，鏡裏鸞孤。

【前腔】〔十郎〕別鴛闈催殘雁柱，臨烏道繡出螢弧。一曲顰蛾低翠羽，溝頭水立須臾。三春別恨調琴裏，一片年光攬鏡初。功名苦，只落得青樓薄倖，錦字支吾。

〔小玉〕十郎幾時歸？望殺人也！

【前腔】望邊頭瓜期未數，登隴首榆塞平鋪。雲騎東方頻⑦盼取，金匝叵錦模糊。千回蝶帳花無主，萬里蕭關妾有夫。芳年誤，待趁作江南旅雁，薊北雙鳧。

〔十郎〕從此別了！

【前腔】送征夫夕陽花塢，歸思婦夜月椒圖。綺席朱塵籠翠户，銀屈屾紫流蘇。行雲謾惹相思樹，香淚還穿九曲珠。佳期負，小心着桐花覆鳳，桂葉啼烏。

〔六娘上〕玉劍花前別，金杯馬上傾。由來多意氣，今日是功名。十郎，你夫婦們好索放，征車催得忙了。將酒來，老身送上馬。

【前腔】勸仙郎聯驂上路，看嬌女撇袂中途。月露光陰等閒度，休回首莫躊躇。侯封絶塞奇男子，身是當門女丈夫。旌旗竪，早趁着牙璋鳳節，繡幕麟符。

【前腔】唱驪駒敲殘羯鼓，鞭雲騎拗折珊瑚。紫霧黄雲生古戍，嚶⑧紅鸞擣玄菟。西飛隴客啼鸚鵡，南翥閨人舞鷓鴣。兼程赴，穩看着龍庭捷奏，麟閣名圖。

【鷓鴣天】〔拜別科〕〔合〕⑨紅亭別酒話躊躇，走馬憐君萬里途。但願封侯龍額⑩貴，不妨中婦鳳樓孤。〔衆擁十郎下〕〔十郎〕⑪請了！回去罷。〔下〕〔作呼擁科〕〔六娘小玉留〕〔小玉〕娘，他千騎擁，萬人呼，〔六娘〕富貴英雄美丈夫。〔内扮千户官走上，跪介〕狀元爺前面飲六部老爺餞酒，着千户拜上鄭老夫人狀元夫人，請及早回府去。〔六娘〕勞了！好生伏事老爺路上。⑫〔小玉〕千户官，有兩句話説與狀元：關河到處休離劍，驛路逢人數寄書。

征驂一曲坐離亭，　唱到陽關柳色青。
但有紅塵催別袂，　那憐玉筯掩空屏。

【校】

① 者，原作「着」，當改。　② 「聊」，據富春堂本補。　③ 「〔十郎〕郡主恁般悲切哩」一句，據富春堂本補。　④ 小玉，原作「十郎」，誤。紫釵記襲用此曲，也作旦唱。　⑤ 婦人，富

春堂本作「別離」。⑥袜，原誤作「襪」，據富春堂本改。⑦頻，富春堂本作「牢」。⑧喓，原作「腰」，當改。⑨原無「合」字，據富春堂本補。⑩額，疑當作「頷」，西漢武帝封韓説爲龍頷侯。見史記卷二〇。⑪〔十郎〕，臆補。⑫「好生」句，富春堂本作「路上好生伏事老爺」。

第二十五齣　征途

【金錢花】〔卒子上〕渭城朝雨陽關，渭城朝雨陽關。輪臺古月陰山，輪臺古月陰山。嗚笳疊鼓度西番，腰錦縺跨雕鞍，持節去凱歌還。

兵部差俺送李參軍老爺去朔方，想李老爺已到來。

【滿庭芳】〔十郎上〕細柳紅營，長楊緑樹，畫橋水樹陰團。玉堂年少，何事拂征鞍？爲問緑窗惆悵，青衫濕袖口香寒。留不得，霸陵高處，猶自望長安。

城頭日出使車來，古戍花深馬埒開。忽聽嗚笳兼畫角，聲聲思入古輪臺。恨殺陌頭楊柳色，綰定青衫留不得。思婦空啼渭水南，征夫早向交河北。昨日小玉姐送我至霸橋，折柳而别，縈我心曲。符敕限緊，不得淹遲，只得把芳情撇下。左右，號令整齊隊仗，已完未？〔卒子應科〕〔十郎〕便上路去。

【朝元歌】風氳馬塵，曉色籠騣靷。河濱彩輪，淥水隨流軫。黑隊奔蛇，文旌畫隼，電轉星流一瞬。沓鼓揚鉦，南庭朔方知遠近，草色伴王程，皇華送使臣。〔合〕游韁帶緊，早趁封侯鵲印。

【前腔】〔卒子〕①高闕長城隱隱，星鋋撥陣雲，月羽照花門。谷口旗迴，烽亭樹

引，轉向交河上郡。疊騎逡巡，蜚翅插書無定準。飲馬斷河津，翻麾拂塞塵。〔合前〕

【前腔】〔十郎〕回首長安日近，東方送使君，南陌恨閨人。雪嶺燕支，雲臺玉粉，去住此情難問。短劍防身，胡沙彫顔吹旅鬢②。蕩子去從軍，恩榮變苦辛。〔合前〕

【前腔】〔卒子〕隴上謾尋芳信，顧恩不顧身，無用想羅裙。戍邏笳鳴，關山笛引，不管梅花落盡。氣色河源，天街旄頭猶未隕。長笑立功勳，邊頭麴米春。〔合前〕

但曉鳴珂入紫薇　誰知戈甲度春暉？
相如諭檄西南去，禁苑何人待獵歸？

【校】

①「卒子」下原有「上」字，衍。　②胡沙彫顔吹旅鬢，富春堂本作「胡沙漠漠吹愁鬢」。

第二十六齣　抵塞

【齊天樂】〔杜黄裳上〕芙蓉絳闕朝元山，玄緑綬曾調珍鉉。鳷鵲觀前，麒麟閣上，麗日黄圖赤縣。金戈晝偃，看神兵按壘，貴相行邊。武帳文槍，玉關花舞大唐年。

明堂太乙度飛軍，身是三朝舊相臣。賸有丹書藏虎豹，非貪白首畫麒麟。自家杜黄裳，表字遵素，京兆萬年縣人也。早中詞科，從汾陽王郭①子儀佐鎮朔方，歷事代德順宗三帝，復事今上。官拜檢校司空同中書門下平章事。身叨上相，首贊中興。東翦青齊，南平淮蔡，北安銀夏，西循晉絳。詔封邠國公，食邑萬户。皇朝故事，宰相行邊，聖上以老夫曾歷朔方，分牙建府。近聞敕送新科狀元李益，來此參軍，已到受降城外安歇，想今晨進見。雖則鴛行未進，實啣鳳勑旬宣。敢恃崇班，宜從盛禮。聽事官，李爺到門首未？〔聽事官〕已到門上候見。〔黄裳〕請見。

【生查子】〔十郎上〕燕支錦欲燃，馬色塵初倦。相府動珠衡，帥幕開紅薦。

〔相見拜介〕〔十郎〕開府先朝傑，〔黄裳〕參軍出衆才。〔十郎〕榮華卿月好，〔黄裳〕珍重使星來。〔十郎〕氣色歸元宰，〔黄裳〕文章落上台。〔十郎〕長城方借重，〔黄裳〕看汝畫雲臺。〔黄裳〕久聞李狀元玉堂仙品，何緣紫塞參軍！〔十郎〕朝廷以丞相上公，屈尊臨塞。敬遣下官仰瞻顔色，聊備記室之司，敢綴參軍之役。平生仰相公威名呵，

【瑣窗郎】佐皇朝鳳沚龍瀍，近三台尺五天。青槐遶閣②，細柳傳邊。看飛熊繡帽，投壺羽扇。〔合〕文昌武庫參華選，銷金甲，太平無戰。

〔黄裳〕老夫拖金報主之身，衣錦歸田之日。如參軍青年才子，玉署仙人，皇上欽遲，蒼生仰愛。老夫殘年，方當見託。

【前腔】愛仙郎玉態華年，步青雲出紫煙。文章獻納，姓字香傳。更借籌喻檄，請纓乘傳。〔合前〕〔衆軍官參見科〕

【前腔】〔衆〕③鎮河源九曲三邊，插旌旗滿塞垣。軍府雖多，誰似俺府。中軍是宰相，參軍是狀元。黄扉貴品，紫禁名賢。看金泥詔下，玉門春遍。〔合前〕

〔黄裳〕狀元，明日老夫伴足下出塞一游。

【前腔】〔黄裳十郎〕④動金麾都護臨邊，哨燒羌獵左賢。黄雲氣色，紫電風煙。把盧龍徑斷，白狼歌獻。〔合前〕

〔黄裳〕聽事官，送李爺去屬國府衙門住着，打理公堂宴。

【尾聲】才人書記本翩翩，今日春光生組練，不教烽火照甘泉。

金戈未偃不言家，絃管紛紜雜暮笳。
關山海上飛明月，鄉思天邊夢落花。

【校】

①原無「郭」字，據富春堂本補。②遶閣，富春堂本作「閒晝」。③「衆」，據富春堂本補。④【黄裳十郎】，原作〔合〕，據富春堂本改。

第二十七齣　幽思

【虞美人】〔小玉櫻桃①上〕錦鶯啼碎落花風，睡軟金泥鳳。淺眉微斂注檀輕，一奩春絮，殘夢悔多情。

【菩薩蠻】玉釵風動春幡急，海棠濃露胭脂泣。香閣掩芙蓉，畫屏山幾重。照花前後鏡，花面紅相映。何處最相知，羨他初畫眉。櫻桃，十郎新婚一月，送別從軍，無情無緒。等閒又是杜鵑時節，好天氣困人也！

【好事近】風日洗頭天，頽鬟半壓香肩。寶檀消篆，恠飛絲裊霧撩煙。可憐爲甚，暗撚金綫？春過了寶花闌前面。會心人兒去遠，便看花滿眼，鎮日無言。〔櫻桃〕少女少郎，相樂不忘。恰待好處，又蚤撇下。你是聰明人，且自消遣。

【錦纏道】小嬋娟，是天家快活神仙。儘紅笙玉串，隱花叢把蕭娘送上秋千，還做作百般消遣。怎只爲斷紅裙片，心亂落花前？〔背介〕粉腰香膶②慣了着人憐。〔回介〕想着教人纏，側身兒委的是難眠。〔小玉〕正是了。俺當初做女孩兒，早帖着繡窩兒睡也，不省得孤另。長笑女伴們害相思的，如今到俺了。〔櫻桃〕一時着他慣了，久後較可。〔小玉〕怕轉要相思。

【錦庭③樂】往常間無愁怨，看春也尋常遍。怪他行怎會相思？恰如今到了儂邊。怎由人願，把些闌干十二，做了關塞三千。〔合〕④

【古輪臺】兩青年，合歡新展對文錢，逗衣煤潤香篝淺。乳禽偷眄，海棠紅顫，到如今惜與金鞭。不曾留戀，青衫事業，怎教長抱翠窩眠？報海西天遠，起從今夜，遍⑤回廊朝雲別院。愛月移琴，羞花卻扇，獨自怨啼鵑。何時見？消灑翠花鈿。

【尾聲】燕支難道去經年，且討個平安信便。〔小玉〕櫻桃，待要保護十郎平安，有何仙宮道院，去燒些香也？〔櫻桃〕杜秋娘在西王母觀，四月十五日王母娘娘生日，好去燒香排遣。〔小玉〕臨期請老夫人同去。〔櫻桃〕理會得。心字香燒一炷煙。

春空游鳥半藏雲，春盡香閨戀繡紋⑥。
誤使春風調笑妾，不勝春瘦爲思君。

【校】

①原作「櫻桃小玉」。案：小玉主唱，今改正。②⿰月局，當即「⿰月局」字。③庭，原誤作「廷」。④合，富春堂本作「桃」，是。⑤遍，原作「雨」，據富春堂本改。⑥戀，富春堂本作「懶」。

第二十八齣　夷訌

【一枝花】①〔吐蕃王上〕香秔白蘭路，棵柳邏沙渡。槍槊大幟也，三門竪。虎帶鷹冠，甲士連巫祝，寶楯護高臺鼓。俺帽②結朝霞，袍穿鐵褐，劍熒金縷。

天驕雲幕動金微，沙磧年年卧鐵衣。白草城中春不入，黄花戍上雁長悲。自家吐蕃彝太贊普是也。俺國東連雋茂涼松，西陷龜兹疏勒，南至婆羅，北抵突厥，地方萬餘里，人馬數十萬。土多金寶，户有詩書。擁絶河西，併吞回紇。如今避夏臧河，壯心不快，不免掃帳南侵。俺國有中書令尚綺心，智計可資，請來與他商量一回。

【粉蝶兒】③〔綺心上〕搃椀氈盤，共醉駝蹄酥酪。

胡馬新裁緑玉鞍，戰罷沙場月色寒。城頭鐵鼓聲猶振，匣裏金刀血未乾。自家吐蕃中書尚綺心是也。贊普有召，不免進見。〔相見介〕④〔贊普〕中書令，涉夏以來，牙帳高懸，不曾一向中原，取得片地。又可恨回紇小虜，倚着唐朝舊親，不來降服俺國。意欲捲帳南侵，分旗北指，於中書意下何如？〔綺心〕春間叔父尚子毗充朝正侍子，從中國還時，説中國民和歲樂，主聖臣忠。朔方軍府是老臣杜黄裳，此人首贊中興，練習時變；參軍是新翰林李益，此人軍鈐羽檄，才思如飛。要害連營，東西策應，俺國侵之，恐難得志。隴西地方，舊入俺國，近來打聽得唐朝用個石雄，字子英，向隴西經略。此人翹關曲踴，曉暢兵機。隴西部落，多無固志。只有松州近蜀，地土豐華，守將花卿，其人已老，似可圖也。回紇地方，被俺國佔，十失其七[5]。俺國之計，不如羸師匿馬，徙帳西行。唐朝聞之，只説俺國無南侵之志，定是收回朔方將相。待秋深之後，方可議兵。〔贊普〕似你叔父尚子毗所説，唐朝一發攻取不得了。尚子毗在中國半年，想知得中國事情，俺如今就要叫他爲元帥，去攻打唐國，於中書心下何如？〔綺心〕叔父尚子毗，此人涉覽天文，厭絶人事。一自唐朝使還，歸去羊同，築室崑崙山下，不婚不宦，無意於時。贊普要用他時，須待秋深，親去聘他，方來赴命。〔贊普〕有理，有理。且先發大將論恐熱攻打松州，待秋深俺親過羊同去聘尚子毗。

【紅繡鞋】想爰劍豪傑秦華，想爰劍豪傑秦華[6]。烏孤占斷羌婼，烏孤占斷羌婼。開枹罕，戰允街。通跋布，走瓜沙。還起用，贊心牙。

中書[7]就點起三萬人馬，着論恐熱去圍松州。〔綺心〕理會得。

【前腔】〔贊普〕[8]俺贊普氣擁山河，俺贊普氣擁山河。中書智弄[9]干戈，中書智弄干戈。飛金箭，走零[10]波。齊擂鼓，響吹螺。驅漢婢，打羌歌。

大國河源星宿流，　旄頭今夜照西州。
秦兒謾奏關山曲，　阿濫聲中入破愁。

【校】

①【一枝花】曲中域外君將，與戰陣相關，例用北套。【一枝花】、【粉蝶兒】、【紅繡鞋】皆常用北曲曲牌，而又用其南曲同名曲牌句格，可謂在合與不合之間。　②帽，原誤作「冒」，據富春堂本改。　③只取首二句。　④原無〔相見介〕三字，據富春堂本補。　⑤「被俺國」二句，富春堂本作：「被俺國占過深圖川，回紇國土十失其七。」　⑥按譜，此句只疊用末二字。下句，同。下接三字句四句，此用六句，不知何所據。　⑦「中書」上原有「贊普」二字，衍。　⑧贊普，據富春堂本補。　⑨弄，富春堂本作「筭」；疊句同。　⑩零，富春堂本作「凌」。

第二十九齣　心香

【臨江僊】〔杜秋娘同善才扮女冠上〕黄藕珠衣禮碧雲，零花瘦玉綰綽霞裙。〔善才〕神仙妝束佩瓊文，晝幀明澹，翠鼎氤氲。

【女冠子】〔秋娘〕星冠霞帔，住在蕊珠宫裏。〔善才〕寒玉銷金翠，纖珪減昔妝。〔秋娘〕落花輕點屐，修竹細焚香。〔善才〕青鳥傳心事，寄劉郎。〔秋娘〕自家杜秋娘是也。建康人氏，入侍先皇，賜與霍老王歌舞。二十年來，卻爲人日霍王聽曲感傷，散去諸姬，游仙華嶺。分付老身入西王母觀作女冠。正是宫人入道，又教弟子善才從侍。先有宫姬同伴鄭六娘，雅善法曲，宫中號做鄭中丞，也與老身同賜霍府。他爲有女兒小玉未嫁，賜與紅樓住坐，别來一向無耗。今日四月半，是西王母娘娘生日，五鼓朝拜已畢。善才，俺看你自入道院，十分消瘦。事已到此，何不擺卻凡心，撑持道教。還不灰心怎的？〔善才〕秋娘，教奴心怎的灰來？想昔時呵，

【綿搭絮】熟梅時候養花天，水暖雙鴛，幾度畫船聽雨眠。翠娟娟，殢①得人憐。還記竊香拋豆，燈兒背半索秋千。當初歌笑，猶自瘦病懨懨。如今作女冠呵，修行甚的？空教俺嚥下甜津，怎禁凡心火自煎。

〔秋娘〕彼一時，此一時，如今做神女仙姬罷了。〔善才〕神女仙姬，也要個人兒作伴。你看玉清偷度，織女無光；成智瓊要嫁弦超，杜蘭香暗通張碩。何況凡心未死，那堪獨自無聊！〔秋娘〕善才，只得忍耐。〔善才〕秋娘年已四十；奴年未及三十，怎生耐來？〔秋娘〕做婦人四十前後，正自難耐，我如今也懶提起前事了。

【前腔】吴江水滑膩雲蟬，那時俺自建康入侍，金縷歌殘，寶鏡分飛不到天。誤嬋娟，半染秋煙。憔悴辟旗犀鎮，無端處冷落名園。到如今修行呵，説甚麽賸粉零香？花落秦川有杜鵑。

善才，你且去王母殿前閒行，可有燒香女郎到也。〔善才〕日過中了，那有人來？〔秋娘〕也去外廂望望。

【一江風】〔六娘小玉上〕翠亭亭，别是清虚境，淰淰雲花映。兒，你看半空中，樓閣丹青，襯着斜陽影。珠箔有人迎，撲鼻爐煙盛。是善才姐。〔善才出迎驚喜介〕原來是六娘和郡主。郡主怎的上頭了？〔六娘〕已招了隴西李十郎，新中狀元，官拜翰林，出朔方參軍。今特來燒香祈保，問候秋娘。〔善才〕原來這等了。相逢喜極翻悲耿。

〔善才〕六娘、郡主且住，待俺報與秋娘。〔報介〕秋娘，鄭六娘、郡主到來。〔秋娘驚喜介〕他自不出門，怎的來此？〔出見悲介〕

【哭相思】燕燕差池不定，可憐還見卿卿！②

姐妹相隨二十年，别來消息兩茫然。王孫一去春零落，此際定應誰可憐？六娘和郡主到此來，也到王母殿上燒些香。〔六娘〕秋娘，你還不曉？俺小女已招了新科狀元李益。官拜翰林，見今朔方參軍去了。老身伴小玉來仙院燒香祈保，并來問候秋娘。〔秋娘〕這等，可喜門楣得人，老身去替你祝贊。〔行介〕六娘、郡主拈香，待老身祝贊。〔拈香介〕〔秋娘祝云〕霍王府侍姬鄭六娘，同女小玉，拜祝西王母娘娘殿下：小玉爲丈夫李益新中狀元，朔方參軍，敬爇心香，伏祈仙力，保護李益在外平安，高遷河海之勳，平步星辰之履。六娘、郡主，自家再伸片詞。〔六娘小玉拜介〕

【亭前柳】〔六娘〕③兒壻本書生，釋褐事横行。託身鋒刃表，寄信下番兵。〔合〕還仗王母暉靈，看游子功成，歌舞入瑶京。

〔善才〕待俺小女冠和郡主再祝：

【前腔】閨閣正娉婷，夫壻去專征。願持身透夢，願作影隨行。〔合〕還仗王母暉靈，看連理恩情，玉樹滿階生。

〔秋娘〕祝完了，請到茶堂清叙。〔行介〕〔秋娘〕六娘，令女壻李益是那裏人？〔六娘〕隴西人，就是做人日登高宜春令之曲的李益。〔秋娘〕果然名下無虚，是誰爲媒？〔六娘〕鮑四娘。〔秋娘〕原來是四娘，他近日安否？〔六娘〕十分憔悴了。〔秋娘〕俺和你三人上下年紀，如今都已憔悴了。正好郡主們及此青年，討些快活。六娘，休説俺臉兒不似往時，手也不似了。〔六娘〕怎的來？〔秋娘〕久不搊彈，前日聊按仙宮④一曲，指尖、銀甲、弦子三件，都不相管着了。〔六娘〕秋娘，你往日間，妙手輒輕前輩，蛾眉不讓他人。二十年間，還堪憶省。〔秋娘〕六娘，俺少不曉事，長有嬌妬之心。誰料一聲河滿，雙淚君前？今昔相看，真成一夢。六娘聽説，俺當初呵，

【山坡羊】翠絲絲鎝⑤頭排定，悶綳綳珠囊決迸。碎猩猩曉啼鑾月，亂鶯鶯竹裏間關應。繞銀燈，照人還照聲。如今呵，朱絲咽滅堪誰聽？猶記君王問小名。猛驚，白髮宮娥唱道情。淚盈，話着當年百感生。

〔六娘〕説起宮中故事，曾有⑥霓裳一舞，如今略記些。

【前腔】爛晶晶鈎闌碧映，佩珊珊攙彈接應。站⑦襜襜散遍慵飛，拍紛紛中序才饒興。舞衣輕，曲終長引聲。如今呵，霓裳十二難重省，贏得「中丞」舊日名。閒評，花落銀牀半已傾。閒情，會管能絃看後生。

〔善才〕若説後生，俺善才也還不老。莫説二位當時絃索，便是善才，五陵年少，推爲酒糾，也是當筵⑧絶唱。

【前腔】俺困⑨騰騰冠兒不正，忒煞煞傻家情性。醉喧喧葉子花籌，颯栖栖打壓占相令。曉妝晴，砑羅裙上聲。無端蘸出多嬌病，還向真娘問曲名。如今呵，飄零，王母前頭結伴行。俜停，何處香風繞袖生？

〔小玉〕善才姐，你做了仙娥，消瘦甚的？俺説道院清楚，勝卻人間多少。

【前腔】軟霏霏龍綃恰稱，輝閃閃粉霞高蹬。冷飄飄鵝管輕吹，響丁丁碧落新齋磬。步金經，流雲學水聲。張娟李態徒嬌靚，怎掛得仙娥籍上名？寧馨，何羨玲瓏和玉清？無憑，半爲風流誤此生。

〔秋娘〕郡主點點年紀，説這般話，真是蕊珠仙品。六娘，俺把明威法籙受過幾度，便向華山去訪老霍王殿下。〔六娘〕去時約俺同去。〔秋娘〕俺道院中没人來往，你住紅樓，想霍嗣王處長有老殿下音信。〔六娘〕府裏長着人問候，他那裏全然不寄一耗，真是無復人間之想。〔秋娘〕莫説老殿下，就是老身也罷想人間了。

【好姐姐】焚香，拜臨仙聖。翠交關幾曲銀屏，隔煙遥望霏微一片青。渾無興，花邊影過空聞燕，柳外聲來不見鶯。

〔六娘〕天晚，月色將上。

【前腔】〔鄭六娘小玉〕⑩簷前，柳昏花暝。啅低枝乳雀棲鳴，月風吹露松雲弄玉笙。簾櫳静，盧金擺卻風流性，碧玉抛留笑語情。

〔六娘〕告辭了。〔秋娘〕道院止有清茶談話，更無餘物可相陪奉，慢過郡主了。

【劉潑帽】〔鄭六娘小玉合〕清談乍覺迷魂醒，破寒雲緑茗風輕，便十香春甕何爲敬？玉壺冰，較洗得塵心静。

〔六娘〕閒時接秋娘和善才姐過紅樓消遣。〔善才〕俺這般妝束，還到人間怎的。只是六娘郡主閒時相過便了。

【前腔】〔秋娘善才合〕仙裝懶得游人境，問雙鸞肯自閒行？笑人生聚合常難定，鳳凰城，恨咫尺無緣並。

【尾聲】〔秋娘〕⑪雙鸞啼罷月泠泠⑫，離別後桐陰滿逕。〔六娘〕秋娘，你怎生便捨得姊妹們，不到城中走走？〔秋娘〕六娘，俺到府裏來，見些舊房子舊女伴，也只是添凄楚了。俺今日送六娘、郡主到此門外呵，也是二十年來姊妹情。

香風引入大羅天，月地雲階拜洞仙。

共話人間惆悵事，不知今夕是何年？

【校】

①殢，原誤作「滯」，當改。　②引子作尾聲用，下缺二句。此下轉入另一場戲。

③「六娘」，據富春堂本補。　④宫，疑當作「吕」。　⑤鎝，富春堂本作「搭」。　⑥有，

富春堂本作「與」。　⑦ 站，疑當作「跕」。　⑧ 筵，富春堂本作「年」。　⑨「俺困」上原有「善才」二字，衍。　⑩ 富春堂本小玉不同唱。　⑪ 原無「秋娘」二字，據富春堂本補。
⑫ 泠泠，原誤作「冷冷」，據富春堂本改。

第三十齣　留鎮

【寶鼎兒】〔衆擁杜黄裳上〕明堂占氣色，太甲雲高，旄頭宿落。匣劍老轆轤繡澀，邊烽冷桔槔苔卧。幸好清時留節鎮，永日簞醪扇暍。〔合〕正緑寫蒲桃，清唧頓遜，翠浮桑落。

蒲桃清酒白波浮，雪嶺冰寒五月秋。盡日滿城絲管沸，行人不信在邊頭。自家杜黄裳，出將入相，鎮守朔方。喜天威鎮壓，遠夷①奔逃。昨日與參軍李君虞出塞千里，不見虜而還。正值陰山入夏，冰雪未逢②。逡巡避暑之期，留連河朔之飲。已分付軍中，沈李浮瓜，與李參軍投壺歡暢一會。想參軍已到，堂候官，門外伺候。

【胡搗練】〔十郎上〕玉關投筆事高奢，河源一縷通秦華。記取長安西日下，緑窗嬌映石榴花。

〔堂候官稟介〕李老爺已到。〔黄裳起迎，相見介〕〔十郎〕旦夕附青雲，〔黄裳〕君才自不羣。〔十郎〕玉兵今已偃，〔黄裳〕絲管日紛紜。〔十郎〕轅門晝静，方當展翫兵鈐，不知相國有何見召？〔黄裳〕老夫憑藉皇靈，兼資羣力。斥地千里，推轂幾年。常有夜行之悲，未遂晝游之樂。徘徊杜曲，留滯河源。想朝家詔召無期，與學士周旋有日。對此薰絃，聊開凍飲。〔十郎〕老相公西鎮雄高，乍掌北門之鑰；南征借重，還開東閣之筵。下官婉婉幕中，慚無石畫③；悠悠塞上，曲有銅鞮。叨陪樽俎之歡，敬佇袞衣之詠。便借相公之酒，先獻一杯。〔黄裳〕老夫營内，參軍便是客了。堂候官，酌酒。〔把酒介〕

【駐馬聽】〔黄裳〕④玉帳清和，細柳營中簇綺羅。時候楝花飄砌，竹粉篩金，萱草成窠。游魚出荇擺新荷，流鶯接葉窺朱果。綠酒清歌，綠酒清歌，似陳王多暇，嫩苔生閣。

【前腔】〔十郎〕晝⑤偃金戈，永日何妨狎芰蘿。暗想蘋風乍起，葵露新抽，梅雨輕過。黏天翠靄練煙和，横峯黛色奇雲抹。雪嶺嵯峨，雪嶺嵯峨，鳳林葱碧，遥分紫邏。

〔黄裳〕參軍，老夫今當垂白之年，略著丹青之效。當息陰西嶺，步反南岡。老夫便欲東山，足下須留北落。及此會聚，還進數杯。〔酌酒介〕⑥

【前腔】正自婆娑，賸卻凌煙老伏波。何事舞紅猶架，慢綠生遮，艷翠微酡。琅玕素簟隱涼波，瀟湘畫軸生煙幙。指點仙螺，指點仙螺，笑綸巾何處，北窗堪卧？

〔十郎〕老相國方和戎賜樂，燕鎬言歸。下官不才，也願隨碣石之鴻，再造班行之鷺。今日呵，

【前腔】息馬金河，夏屋深濃散玉珂。幸好合歡鸞扇，醮帛龍涎，渌水雲和。舞樓人去落花過，歌梁燕蹴香泥墮。朱袚蹉跎⑦，朱袚蹉跎，倚紅蓮幕府，從軍差樂。

〔驛官上〕關月夜連秦塞紫，羌河流入漢家清。稟老爺：勅使到。〔黄裳〕香案迎接。〔内云〕聖旨已到，跪聽宣讀。皇帝詔曰：朕纂屬玉策，竚想金提。眷章武之舊臣，念弘文之學士。咨爾丞相郃國公杜黄裳，氣宇天人，風謀雲將。朕已宗師黄石，臣妾烏珠。西顧元臣，久勞于外。將從憲乞，用遣安迎。參軍李益，同歸玉堂，侍掌綸筆。朔方一切邊情，暫付左將軍郝玭，右將軍閻朝，協力經理。詔到星馳，慰朕虚側。望闕謝恩！〔呼萬歲〕⑧〔黄裳〕暫請勅使大人皇華驛安頓。下官分付片時，即便起行。參軍，朔方重地，原當吐蕃回紇兵衝。先帝西顧，命老夫以相國行邊；君以翰林清貴，參理朔方。二虜聞之，消息重大，不敢窺邊。如今俺二人一旦俱還，虜人聞之，有輕朔方之心。郝玭閻朝二位將軍，忠勇有餘，文奏不足。下官意思，今夜起行。託重參軍，還住半月。調停二將，酌理邊情。待下官入了長城，將人接取。參軍尊意何如？〔十郎〕相國有命，敢不敬從。〔黄裳〕堂候官，請郝將軍閻將軍來。〔郝、閻二將上〕戍久風塵色，勳多意氣豪。但須鳴玉劍，何用誓金刀。二將見。〔黄裳〕二位將軍請起。郝將軍築臨涇之塞，西戎不敢近邊。吐蕃王鑄一金人，與將軍一般長大，購取將軍；又把將軍名字怖止兒啼，此李牧之兵也。閻將軍獨守沙州一城，虜合重圍，唐援路絶，十年不下，士無叛志，此臧洪之守也。朝廷委二君留後⑨，足稱干城。老夫今夜南還，留李參軍在此調停半月，老夫進到長城，回軍接取。只是朔方重地，全仗二位將軍了。〔二將云〕丞相穩心，管取二虜不得過朔方而南向。〔黄裳〕二君舊日豪雄，自可銷除狄人⑩。〔對郝介〕⑪

【鬬黑麻】你控虜臨涇，沙場牧馬。名怖兒啼，等身金價⑫。〔對閻介〕沙州戍，英雄殺，十載鏖圍，孤軍挺架。〔合〕龍泉出匣，冲星聊自拔。看萬里封侯，百年圖畫。

【前腔】〔十郎〕廟算投壺，軍威振瓦。豹額麟符，飛騰戰伐。吾當去，君駐劄。勑勒歌殘，銅鞮舞罷。〔合前〕

〔黄裳〕俺行了，到了長城，差人迎接參軍；俺前歸報與霍府。二將不得離局遠送。〔内報介〕受降城中諸夷長送杜老爺。〔黄裳〕分付番落，不須遠送，只一心奉事中朝，不侵不叛，便見忠誠。〔行介〕

【回朝歡】歸朝去，歸朝去，萬里鳴沙。秦川雨，杜陵花。關山月，關山月，橫笛清笳。送將歸，兩鬢華，羌渾脱帽休悲吒。東歸繡衮催黄髪，星宿河邊轉帝車。

秦時明月漢時關，　繡纛人看相國還。
但使龍城飛將在，　不教胡馬度陰山。

【校】

① 遠夷，富春堂本作「日逐」。 ② 未逢，富春堂本作「炎天」。 ③ 畫，原誤作「晝」，據富春堂本改。 ④ 原無「黄裳」二字，富春堂本注有「杜」字，據補。 ⑤ 書，原誤作「書」，據富春堂本改。 ⑥〔酌酒介〕三字，據富春堂本補。 ⑦ 跎，原誤作「迤」，據富春堂本改；疊

句同。⑧「呼萬歲」三字，據富春堂本補。⑨後，富春堂本作「守」。⑩人，富春堂本作「犬」。⑪「對郝介」，富春堂本作白「郝將軍」；下〔對閻介〕，同。⑫價，富春堂本誤作「匿」。

第三十一齣　皈依

北【點絳唇】〔老和尚上〕寶焰金華，南無一切，同名佛。燈幢影裏，顯諸天眷屬。滿月光明，照八萬四千，齊降伏。雨花禪窟，遍巧風吹活。

〔長短句〕唵邪答兒麻，問人何事劣嘽嗻？都不邏巴斡，問人何事輕調撥？兮敦塔葛多，勸人及早念彌陀。摎約厄嚕怛，勸人及早參菩薩。老僧是章敬寺禪僧四空的便是。行年一百零八歲，幼習①全半，長入中邊。佛日長瞻，法雷自響。意樹空中生樹，藥樹池邊，記得經行樹影；心蓮火内披蓮，白蓮海上，何曾盜齅蓮香。談劫燼之朝灰，懸河織女；辨常星之夜落，照露燈王。有個舊人喚做杜黄裳，作秀才時，曾在俺寺裏讀書，與老僧談禪説偈。如今他出將入相，封爲國公，在朔方鎮守，聖上請他還朝。早晚到京，路經俺寺門首，萬一進來禮佛。此人貴極人臣，功參蕭管，甚有高世之懷。倘他到時，老僧將一兩句話頭點醒，着他早尋證果，永斷浮花。正是下生彌勒見，要他回向一心歸。不免唤出弟子法香法雲，門外伺候。〔法香法雲上〕拂石那曾容俗客，獻花何日許門徒？弟子作禮。〔老僧〕法香法雲。你在何處來？〔二法〕弟子不唤作法香法雲，唤作「四空」。〔老僧〕俺師父號四空。怎麽你兩個弟子也號四空？〔法香〕弟子的「四空」，只恐和師父的「四空」不同。〔老僧〕怎的不同？〔法香〕今日徒弟出定游戲，正街坊上遇着少林寺和尚打拳，炎天口渴，去爐火房裏討些點茅銀子，到小娘家擺些酒。那酒保提得酒來，徒弟一口喫空了一瓶。那酒保笑徒弟能會喫酒，可會説偈？可以「空」字爲韻②，相贈幾句。徒弟就將酒色財氣作成半偈。〔老僧〕怎麼説？〔法香〕酒也空，酒保終朝送酒鍾。色也空，龜子終朝辨粉紅。財也空，爐火終朝點白銅。氣也空，把勢終朝撲滾③風。因此上街坊上都喚徒弟做「四空」。〔老僧〕怎的法雲也號四空？〔法雲〕法香回來，把前四空説與徒弟，徒弟因他所説四行人，都不曾得酒色財氣受用，説他怎的？只説得受用的也是空，因此也做上半偈。〔老僧〕怎麼説？〔法雲〕説道：酒也空，酒池魂夢醉鄉中。色也空，月華愁照館娃宮。財也空，郿塢黄金一眄④中。氣也空，茂陵無樹起秋風。因此上寺中又號徒弟作「四空」。〔老僧〕依俺説，酒色財氣都不空。酒不空，法酒醍醐甘露濃。色不空，好相華鬘滿月容。財不空，黄金布地寶珠宫。氣不空，降伏魔王號大雄。〔法雲〕這等，師父怎的原號「四空」？〔老僧〕俺原不曾説酒色財氣四空，俺是説地火水風俱生於空，畢竟歸空，故號四空。〔法香〕這等師父號作老四空，法雲號作大四空，小徒弟號作小四空便了。〔老僧〕法雲進禪房烹茶，法香門外伺候，杜司空還朝，或來相訪。〔法雲下〕〔法香接介〕〔衆擁黄裳上〕

【縷縷金】嗚沙路，火輪飛，流金鑠景送行暉。何處涼雲起，風生大地。息陰曾記坐禪枝，勞生幾時逸？

左右，且到寺中訪四空禪師。〔法香報介〕杜相國到。〔相見介〕猶記朱輪别上人，袈裟追送小平津。驅馳白髮終何事？贏得歸來問此身。〔老僧〕老相公，身子何須更問。只有老僧⑤要從相國一問。〔黄裳〕禪師百歲有餘，度海去筏，何消問得？只是下官年纔六十，有何修行，到得百歲？〔老僧〕老僧百歲，都是些無明數目湊起來的。〔黄裳〕請教。〔老僧〕老僧昔來要捨是身，父母不許，也常愛護，處之屋宅，又復供給衣服飲食，卧具醫藥，車馬奴婢，隨時將養，令無所乏。是身不知感恩，反生怨害，仍復不免無常敗壞。復次，是身不堅，無所利益，可惡如賊，有無量癰疽，百千怖畏。是身惟有大小便利，猶如行厠；是身不堅，如水上沫；是身不净，多諸蟲户；是身可惡，筋纏血塗，皮骨髓腦，共相連持。如是觀察，甚可患厭。若論世間威儀束縛，男女交觸，涎唾血腥，反名恩愛。是日已過⑥，如少水魚，思有何樂？勇猛精進，如救頭然。因此論經戒律，度過百歲。抵了多少無名煩惱，畢竟無餘。且人生的樣子十年一换，請從十歲起，講到百歲：

【耍孩兒】只見人生十歲，孩兒的顔如蕣華美，終朝游戲薄昏歸。二十歲駿馬光車，盈盈的高談雅麗。三十歲舉鼎干雲氣欲飛，一心在功名地。四十連州跨郡，垂⑦璫出入皇闈。

【五煞】幢旄五十時，歌舞羅金翠。婀娜六十成家計。容顔七十無歡趣，明鏡清波嬾得窺。八十歲聰明去，記不得前言往事，致政懸車。

【四煞】九十時日告衰，那些形體是志意。非言多謬，誤心多悖。平生感念交垂淚，孫子前來或問誰？人百歲全無味，眼兒裏矇瞳濁鏡，口兒裏⑧唾息涎垂。

〔黄裳〕人生到此，天道寧論！聖賢不能度，何得久存我。回想前事，只是蜉蝣一夢。

【三煞】⑨ 生意定何時？婆娑枯樹枝，等閒撇下人間世。當日裏春林囀鳥何遷次？今日後秋寺聞蟬止益悲。眼看見愁來至，憔悴了生花鐵樹，迤逗了落葉阿黎。

〔老僧〕相公怕甚麼阿黎？〔黄裳〕下官想人生少不得輪迴諸苦，今日便解取玉帶一條，乞取名香一瓣，向佛王懺悔。明日上表辭官，還山禮佛。只怕遲了，濟不得生死⑩大事。〔老僧〕燃⑪指成佛，説甚麼遲？便可佛殿上一走。〔作行科〕〔老僧〕請相公自懺。〔黄裳〕煩禪師一位門徒，請諸天佛菩薩懺悔，容下官親自結念。〔唤法香請佛科〕唐太和元年六月初五日，信官檢校司空門下平章事邠國公京兆杜黄裳，恭捨玉帶，供養名香，皈依十方，盡虛空界一切諸佛，諸大菩薩，辟支羅漢，四果四向，梵王帝釋，八部龍王。伏念弟子杜黄裳，在朝相國，在外巡邊。感念輪迴，常有諸苦，爲此發念諸佛菩薩前，願抛煩惱，竟證禪心。貧子初歸，魔兵正⑫苦。伏念⑬東方阿閦，南方寶相，西無量壽，北微妙聲，諸天持護，得無上甚深微妙。至期身心歡喜，吉祥而逝，還生西方浄土。頂禮威王，不勝懇禱！〔禮畢〕〔法香〕請相公過竹院齋了去。〔黄裳〕不須得。老夫謝官後，長來棲託者。多謝禪師，救我殘生！

【二煞】 暗送人生苦不知，夜來邊馬早朝雞，從今後塵心擺去歸禪諦。也知弱草空人相，贏得天花覆死尸。海香餤日華慧，幹不盡蜉蝣故事，安不迭怖鴿⑭禪枝。

禪師，我别你了，長望尊師賜教！〔法香〕相國莫哄了諸天聖衆。

【煞尾】〔黄裳〕長年已自悲，夜行還怎的？諸天蚤聽我香爐誓。禪師，我乞水焦牙已自遲。

相國南歸鬢有絲，花宮猶記白蓮池。
何時更枉金門步？向後常參玉板師⑮。

【校】

①習，原作「尋」，據富春堂本改。　②韻，原誤作「音」。　③滾，富春堂本作「浪」。　④眄，富春堂本作「盻」。　⑤僧，原作「身」，參上下文改。　⑥是日已過，似當作「是曰己過」。　⑦垂，富春堂本誤作「重」。　⑧原無「裏」字，據富春堂本補。　⑨此曲富春堂本作老僧唱，誤。下【二煞】同。　⑩生死，富春堂本作「死生」。　⑪燃，富春堂本作「撚」。　⑫正，富春堂本誤作「至」。　⑬念，富春堂本作「願」。　⑭怖鴿，富春堂本誤作「布谷」。　⑮板，當作「版」。

第三十二齣　邊思

〔李十郎上〕待詔北門唐學士，立功西域漢將軍。蘭閨柳市芳塵隔，蒲海蕭關木葉紛。分飛海燕無窮極，擁旆遥遥過絶國。絶國征人一望鄉，高樓思婦長沾臆。前日杜相國還朝，説入長城便有人相取。今半月了，還不見來，不知俺小玉妻在府中安否？今夜月滿瓊鈎，雲披玉帳。銀山風穴，半清炎海之威；碧漢星橋，杻眄①河源之路。正是：蓬轉終何極，瓜時獨未還。風塵催緑鬢，歲月損紅顔。魂迷金縷帳，望斷玉門關。别後將軍樹，相思幾度攀。小玉妻，知你相思，亦復如是。

【羅江怨】瑶光轉玉繩，龍關柝静，天街雲氣夜分明。絳河如練送月度邊庭也，流照伏波營，飛入瑶華境。那紅樓對子城，那青天虚翠屏，何處也一片南飛影？

妻，你那秦中，天氣正暑；俺這塞外，入夏猶寒。想郡主此時呵。

【香遍滿】茵香媚寢，浴罷團扇輕，雪體冰紈映。䙅②膩黦頽鬟，掠約斜簪整。悄窺人簾月，暗恨就中生。透關山一點，兀自把闌干憑③。

妻，當時送俺霸橋，將淚珠兒滴在俺征袍上，至今猶自鮮明。俺揾着翠袖啼痕，便想着紅亭别景呵，

【金谷園】 他摻紅袖唱一曲離情，拗絲鞭叫幾聲薄倖。古戍花明繡嶺，攀花別淚盈盈，折柳處想卿卿。

那時節怎撇得來？

【嘉慶子】 啼珠濺送金羈影，飄粉絮撩人不平，壓金綫繫紅難定。真撇得人疼疼，還去去重行行。

那時咱待辭這差呵，

【幺篇】 早定奪驅馳使命，難迤逗分明軍令。殢他墜花翹愁靚，詑他簇金蓮行徑，不分生憎葉冷花寒玉態橫。

小玉妻，自你送別紅亭後，咱有多少歡趣都抛卻了。

【品令】 憶他手挼裙帶繞階行，只教牽恨愁蛾暗逐飛旌。雙波慢啼妝淚落垂紅綆，羅襟漬凝揭調催絃怕聽。風月關人，月壯風多暈更生。

咱想：與小玉姐游霍王萬春園子，多少明媚。

【豆葉黄】④ 共看花笑笑，踏草停停。碎春風日暖吹笙，碎春風日暖吹笙，寫秋波雲寒透鏡。芙蓉對綻，玉管雙清，遥望處翠籠煙暝，遥望處翠籠煙暝。何事隔春鶯？猶自慇懃⑤渭城。

【玉交枝】粉寒香剩，併玉⑥人撇在長亭。相偎翠袖凌風並，春去也花時難更。玉虎牽絲緑水縈，金蟾齧鎖沈煙静。着人呵十分情性，撇人處兩字功名，撇人處兩字功名。

今日相思呵，

【三犯六幺令】你憶遼西月殘燈映，咱夢臨邛風吹酒醒。那玉娘湖上，閨人玉筯銀屏。光禄塞前，流戍袍花劍稜。簷角墮疎螢，烽子平安火明。

别時俺無淚可落，今日孤苦邊頭，自然堪下淚了。正是：平時只道從軍樂，今日方知行路難。

【江兒水】憶淚天涯盡，愁眉塞草青。想衣襟餘馥猶是舊荀令，月痕記處堪重省，只怕銀蟾漸冷蟲啼暝。斷河難倩，鎮無聊橫笛堪驚，古輪臺搊不出香奩詠。

想不久也有人交代了。

【一撮棹】功名定，拚歸來笳鼓競。武騎文園茂陵，茂陵人長卧病。卸了風鞭露鐙，從教夜雨朝醒。小玉妻，那時俺和你對心星解翠纓，倍工夫展别情。〔旗卒上〕

【六幺令】邊關寧静，邊關寧静，魯⑦酒千鍾醉老兵。榮歸相國度長城，還教接取參軍，明馳曉夜趣朝命。

稟參軍爺：小旗們已送杜相國入了長城，回軍迎接老爺。〔十郎〕你來迎俺，俺這軍中文簿，都已分付郝閻二位將軍。如今就請二位將軍一見，盡夜起行。〔郝閻二將上〕邊思愁雲斷，鄉心帶月飛。直置猶如此，何况送將歸。參軍大人拜揖。纔聞烽頭納喊，知是杜相國回軍，接取參軍南歸。俺二將敬來相問行期，攀留數日。〔十郎〕二位將軍有射像止啼之勇，有薄糜餐革之忠。左提右挈，前犄後角。朔方重鎮，自有二位將軍。此時天氣炎熱，告別夜行。寶劍二口，聊用留別。〔青兒捧劍上〕寶劍青蓮色，銅鞮細柳軍。〔十郎贈劍介〕

【山花子】蓮花檑上芙蕖净，七星浮動雙星。三尺水吹寒片冰⑧，挼絲罷瞉熒熒。〔合〕吐金環明月暗驚，故人把贈意不輕。旄頭一斫海水清，看取題銘⑨同上丹青。

【前腔】〔郝閻〕你春坊正字文章映，幾年親近雄英。笑吾儕冠垂縵纓，乍教霄練呈形。〔合前〕

〔十郎〕就此行了。〔郝閻〕送參軍出關。〔作行介〕

【紅繡鞋】〔郝閻〕⑩行人車騎流星，行人車騎流星。刀頭片月連城，刀頭片月連城。歸馬度，宿鵶驚。睥睨影，轆轤聲。秦將卒，漢公卿。〔拜別介〕

【尾聲】〔十郎〕⑪心交寶劍贈生平，想後會風塵難定。〔郝閻〕參軍見杜相國問時，只説有俺二人呵，管取朔方高築受降城。

星使南歸擁節旄，馬頭斜對雪山高。
空牽別恨隨明月，猶自交情贈寶刀。

【校】

①眄，富春堂本作「盼」。②鞞，原作「韇」，當改。③此曲較定格增一五字句。④豆葉黃，原誤作「逼葉發」。句格出入頗多。⑤「慇懃」下疑奪「唱」字。⑥玉，富春堂本作「身」，殆誤。⑦魯，富春堂本作「虜」。⑧片冰，富春堂本作「冰片」，失韻。⑨銘，富春堂本作「名」。⑩「郝閭」二字，據富春堂本補。⑪「十郎」二字，參富春堂本補。

第三十三齣　出山

【菊花新】〔尚子毗上〕崑陵雲①氣滿河圖，十二芝城映紫都。長劍倚昆吾，望中原片鴻飛度。

蓬轉西風木葉寒，層城十二碧闌干。星沈海裏②當窗見，雨過河源隔座看。自家尚子毗是也。本姓没盧，名贊心牙，羊同國人。世爲吐蕃貴相。先贊普時，曾從父親尚結贊入朝賀問，唐憲宗皇帝愛俺年少，送游太學，備觀丘索之書，頗習干旄之舞。同時有隴西李益，字君虞；有徐州石雄，字子英，杜陵花卿，字敬定；三君氣決青雲，詞韜白雪。纔交一臂，便結同心。客邸逢春，都門送別，君虞問俺相見後期，雪涕相看，不能自已。俺曾道來，小弟此回，無復驅馳之想。家居崑崙山中，道書數卷，琴歌幾絃，長揖東王，乞丹西母。若時事羈紲，不能自脱，櫜鞬相遇，即當避舍。中原寶册遥臨，倘或趍朝上國，便假風塵之會，重沾謦唾之音。如更不然，亦當託③訪終南，相尋渭北。聞得中原多故，河隴不通。俺國中論恐熱擄擁强兵，贊普年來昏暴。俺今年過四十，雖然讀書不仕，能無嘯柱長悲。看咱衰鬢，已似秋天，知李十郎怎的？正是：青草當年别，寒花各地憐。中原問兄弟，把臂幾人全。不免嘆息一會。

【金落索】金經啓緑圖，石室依玄圃。憶長安陌上尋春處，咸陽舊酒徒，野酡酥。暖屋繡簾紅地爐，豪華叠碎銀腰鼓，老大敲殘玉唾壺。俺正與李君虞花敬定石子英相聚爲樂，唐帝忽催游國子監。彼時正是昌黎一老儒，唤做韓愈，正作四門博士，説中國秀才都傳誦他文字。俺取他數作觀之，好没意致。等閒度，螢乾蠹死歲歲一牀書。向後延秋門外相别，十年來河隴路斷，松潘圍逼，至今三君音徽斷絶。俺雖胡人，心馳漢道。斷金蘭雁帖全無，鶴夢模糊，還記取來時路。

〔山童上報介〕金碧蔥蘢王母祠，笑騎龍竹弄參差。紫泥④海上衣沾溼，昨夜偷桃是小兒。稟師父：吐蕃贊普，不知那處打圍？人馬喧騰，説到俺山中來訪師父。〔子毗笑介〕想是俺家中書令没來由的尚綺心兒勾引他來，强起俺去做官。豈是饑寒驅我去，笑他富貴逼人來。只得開門迎取。

【霜天曉角】〔綺心從贊普番落上〕金雲紺露，文豹從棲霧。戴勝山中王母，鳴騶谷口名儒。

〔相見各長揖科〕〔贊普作色問介〕先生生長羊同，早游龍漢。君臨不拜，出在何經？〔子毗笑介〕姑射之人若雪，嚴灘之客爲星。天竺先生老而化佛，月光童子少即尋仙。何來⑤於人？强名曰道。贊普自生來意，山人少無宦情。恨不閉户踰垣，猶自攖鱗竪髮。若須朝禮，何用山人？〔贊普笑謝罪介〕適間聊用相試，果然名下無虚。請爲賓主之交，敬問安危之策。〔拜科〕世上聞名久，〔子毗〕山中養病多。〔贊普〕容顔須好在，〔子毗〕懶性欲如何？⑥贊普打圍過草堂，有何下問？〔贊普〕請端坐聽着説，俺先人呵，

【大聖樂】弄贊王慷慨雄圖，隸縮王⑦少小魁梧，獻金鵝玉馬迎公主。今贊普，古單于。如今唐朝輕相覷俺，反與回紇更親，俺要捲帳侵唐。俺本是龍支麋谷魁戎部，怎比得烏紇鷄田是小胡。只是一件，攻唐要路，無過朔方隴西松州三路。松州俺已差論恐熱人馬攻圍，想有次序；隴西說有石將軍雄勇，攻不過去；朔方他有個丞相，有個參軍鎮守，都取回去，打聽得留下偏軍，一個唤做郝玭，一個唤做閻朝，郝玭曾築臨涇⑧之戍，閻朝曾守沙州之城，俺通與他交手過來。朔方有此二人，也難攻打。俺如今還向隴西征進，不知天意何如？掃帳南朝去也，謹占雲望氣，勝負何如？

〔子毗〕待子毗去外間占望一占望。〔背云〕天呵，且喜李君虞歸，朔方猶自有人。只是松州花敬定，不知敵得⑨論恐熱否？他向隴西，⑩難爲石子英了。〔做輕唱介〕

【前腔】破隴西他草次馳驅，曳落羌渾難抵護，對戎王言語須回互。〔回唱〕看風氣，有贏輸。啓贊普：昴畢以南，秦隴之間，常有紫氣團霄；昴畢以北，河湟之西，似有烏雲壓帳。且近日日珥居東，星旄墜北。彼中之氣，氤氲如沸粉，發弩揚旌；此中之氣，紛紛似轉蓬，懸衣偃蓋。龍驪布陣，何曾月暈⑪圍參？宛馬纔嘶，止見招摇受孛。勸贊普與唐和親有利，出隴西攻戰，恐難得志。只好向鳳池柏海迎公主，慢教他烏使籠官着縵胡。〔贊普〕若不許俺和親時，便去攻唐朝了。〔子毗〕也未可攻唐朝。且去圖回紇也，避中原王氣，料理邊隅。

〔贊普〕承教，承教。只是求得同行何如？〔子毗〕子毗不婚不宦，年將半百，坐崑崙，顧裨海，茫茫白煙，霏霏黑點，俱是塵中。子毗懶性狂態，與世相違。又少游唐國，好習華風。機務之司，嫌疑當避，不敢奉命。〔贊普〕丈夫相處，何嫌何疑？戰取功完，從君自遂。〔子毗〕待臣出外占一占風角如何？〔背云〕俺卻⑫無求於世了。只是一件，俺看吐蕃王老，胡運將衰。他命⑬將論恐熱，有不良之心，俺便借此，圖機出避。況風塵之際，萬一得到唐朝，再見李十郎石大郎花驍騎，亦未可知？〔回介〕風角之法，用辰不用日；辰是客星，時爲主人。今日風來巽方，俺是西方金王之地；日辰庚戌，天將晚，又是酉時，時辰俱正。庚爲義，戌爲公，正可以從行，只是不敢受贊普的品級。倘事完之後，容俺自便。〔贊普〕這等，可喜，可喜！且留中書令綺心令姪相陪，從容而來，俺便夜獵回去。〔辭别科〕少微開北落，太白動西軍。蚤識函關氣，空爲出岫雲。〔贊普下〕〔綺心子毗弔場〕〔綺心〕贊普厚意，欲叔父受一大相，或是一方節度使。叔父既許同行，安得辭免。且家世仕吐蕃，吐蕃正强盛，便可收拾强起。

【一撮棹】唐髠種，最古號强胡。大小論，外覓零逋。金瑟瑟，高官綴臂銀塗。甲門繪虎，懦種垂狐。廬帳煩都護，鄯州須節度，管取呵，席捲漢黄圖。

〔子毗〕賢姪談何容易！只是與唐和親，便可壓鎮諸蕃。既然許了贊普，不免就行了。〔綺心〕贊普留得車馬在此。〔子毗〕俺草廬中，只有道書數卷，素琴一張。道童，便可捲入行囊。只是一件，可惜一座崑崙山，五城十二樓，再不堪回首了。我有紫磨金鑄成西王母小像，可帶隨身。崑崙山除是夢中可游，終南山或有閒時可到。〔綺心〕叔父誤矣！功成歸隱，依舊見崑崙山。終南山在唐朝國都，如何可到？〔子毗〕姪兒，你那裏知道？既與唐和親，萬一奉命而入中國，不可知也。丈夫一入仕途，風塵之際，有如蓬轉，能必得歸隱何時？俺別了這座崑崙山呵，從此⑭猿啼鶴怨。收拾齊備了，就上馬去。〔行介〕

【香柳娘】〔子毗〕⑮這頭顱可知，這頭顱可知，爲君强起，軟弓輕劍非吾意。〔綺心〕嘆天西有誰！嘆天西有誰！守着悶摩黎，還看悶盧⑯水。〔合〕且權宜料理，且權宜料理，頓足風塵，終當脱屣。

舊劍生衣懶更磨，　漢家先許郅支和。
山人自愛山中宿，　何事干人費網羅。

【校】

①雲，富春堂本作「風」。　②裏，李商隱七律碧城詩原句作「底」。前二句也有意改動。
③託，富春堂本作「游」。　④泥，原誤作「沂」，據富春堂本改。東方朔到紫泥海。見洞冥記。
⑤來，富春堂本作「求」。　⑥「如何」下原有「子毗」二字，衍。富春堂本下有「今」字。
⑦隸縮王，吐蕃贊普，名棄隸縮贊，唐以金城公主下嫁。「獻金鵝玉馬迎公主」是其上祖贊普棄宗弄贊迎娶文成公主時事。以上見唐書卷一九六。　⑧溼，原誤作「徑」，據富春堂本

改。⑨「敵得」下，富春堂本有「住」字。⑩「難爲」上，富春堂本有「又」字。⑪暈，富春堂本誤作「暈」。⑫卻，富春堂本作「本」。⑬命，富春堂本作「内」。⑭「從此」下，富春堂本有「後一任他」四字。⑮原無「子毗」二字，據富春堂本補。⑯盧，富春堂本作「瀘」。

第三十四齣　巧合

【鵲橋仙】〔小玉上〕漢曲天榆，河邊月桂，閣道暗驚商吹。抛梭振躡動明璫，還拚取今宵不寐。

【五言古風】河陽秋不歸，漢陰無復緒。凌波藻報章，映月抽織縷。沃若靈駕舉，連娟思眉聚。清露下羅衣，秋風吹玉柱。流陰稍已多，餘光欲誰駐？奴家送别十郎，朔方參軍數年，常年七夕相憶，今宵復是七夕良辰①。前日杜相國還朝，着人來説，十郎只在早晚到家，望殺人也！

【普天樂】盼佳期掛玉鈎，秋色微雲遞。他平日相思呵，一水相思盈盈淚。今宵卻好也，斷明河暗溼仙衣，金風玉露涼無寐。經年别一宵會，還堪恨傾河容易。催歸須寄語，填河烏鵲休飛，正自錦稠低泥。十郎夫，若過了今日不歸呵，怕淚綃重浥，還上空機。

〔鄭六娘〕盈盈一水邊，夜夜空自憐。不辭精衛苦，河流詎可填。女兒小玉自别了李十郎，每逢佳節，轉是傷神。今夕乃牛郎相會之夕，想得他停機罷織，鎮坐相思。俺已着櫻桃烏兒，去請鮑四娘杜秋娘過俺紅樓，乞巧穿針，與女兒消遣。想已到來。〔見介〕〔六娘〕女兒，今日七夕佳期，杜相國説十郎早晚到家，俺已去請鮑四娘杜秋娘來與你消遣。

【繞池②游】〔鮑杜上〕秋期尚淺，天路迎仙眷，問何事經年別恨？

〔相見介〕鸞③扇斜飛鳳幄間，星橋横道鵲飛迴。争將世上無期别，换得年年一度來？〔鮑杜〕久不曾相問六娘和郡主，今夕又是七夕佳期了。〔鄭六娘〕正是，相請過紅樓同候雙星。〔四娘〕織女渡河，隨人間拜乞，只得乞一，不得乞二。心中私願，三年不得説出。就此庭中排列香案④，六娘爲主⑤。

【駐雲飛】〔六娘〕帝女遥川，畫纙瓊絲隔漢煙。鳳藻停機盼，翠匣懸衣捲。嗏，失喜弄金鈿，晚妝凝倩。浥露含嬌巧笑臨清淺，今夜星眸拚不眠。

【前腔】〔四娘〕靈鵲初喧，寶婺奔娥送晚妍。隱鼓車音遠，緩帶靈心軟。嗏，流態及歡前，佩衿香展。舊別新知泛碧銀灣斂，宛轉佳期又一年。

〔小玉背云〕這牛女好似俺和十郎一般。

【前腔】妙會良緣，何事膏蘭向曉煎。别淚迴波戀，去路奔龍輾。嗏，無計解留連，七襄低轉。漸落銀橋更逐流心怨，今夜單情何處懸。

〔秋娘〕思憶老身年少時入宮中，一般有穿針樓，那時結願求巧，女伴嬌誇。今日王子游仙，撇老身奉事⑥西王母觀。

【前腔】青鳥空傳，一夕歡娱幾萬錢。罷拭桃花面，懶注丹文點。嗏，子晉去尋仙，婕妤嬌怨。百子池邊憶昔長生殿，贏得仙童唱粉筵。

私情已畢，好向樓上穿針。〔上樓介〕步月如有意，情來不自禁。向光抽一縷，舉袖動雙針。〔四娘〕六娘，這樣巧都讓與郡主少年人。就請郡主先穿了，便到六娘。〔小玉〕僭了！〔穿針介〕

【刬⑦鍬兒】家家此夜持針綫，眼中人去寸心牽。新縫合歡扇，相思縷懸。〔合〕香粉庭前，蟢蛛如願，巧到人間遠人相見。

〔六娘〕僭了！〔穿針介〕

【前腔】黄姑彩逐西飛燕，風欹弱縷暗難穿。兒，你替俺穿了罷。〔小玉替穿介〕〔六娘〕⑧衫輕羞指現，纖纖可憐。〔合前〕

〔秋娘〕到鮑四娘了。〔四娘〕僭了！

【前腔】秋金謾試流黄絹，披襟樓上且纏綿。郡主替老身穿了罷。〔小玉替穿介〕〔四娘〕好巧，西園射針眼，卿堪比妍。〔合前〕

〔四娘〕到杜秋娘了。〔秋娘〕老身宫人入道，要什麽巧得！

【前腔】舞衣金縷曾縫遍，藕絲無分透雙鴛。郡主，你替老身穿了罷。〔小玉替穿介〕〔秋娘〕好巧，靈芸自針選，饒卿少年。〔合前〕

〔報子上〕凉年當七夕，雲閣度雙仙。願爲青鳥使，報書明鏡前。稟上老夫人，李老爺已到。〔六娘〕真個凑巧。〔秋娘〕老身喜得今日會了。

【凌波仙子】〔十郎上〕河鼓初諠太液池，九華燈裏動星輝。繩河暗度尋源使，還及瓜期。〔相見介〕〔六娘〕萬里長歌古別離，〔十郎〕只今秋月照羅幃。〔六娘〕也知游子多悲苦，〔十郎〕幸好容顏似昔時。〔小玉〕天涯涕淚隔參辰，〔十郎〕塞外⑨還思樓上人。〔小玉〕今夕雙仙會遥漢，〔十郎〕免教蓬首對河津。〔六娘〕杜秋娘自不曾見十郎；又鮑四娘也在此迎候。〔四娘〕仙使南歸坐玉京，〔秋娘〕聞名空望紫微星。〔十郎〕今宵漢陌連歌笑，〔合〕還似麻姑會蔡經。〔小玉〕十郎，自你去後，展轉相思；每逢佳辰，更成凄楚。年年七日，爲你曝衣曬書；今年七夕，恰好團圓。記得昆明池上，對了牽牛織女，結了誓言，今夕巧逢，莫非二星有靈了。

【囀林鶯】銀河拂樹驚秋氣，望天街不盡相思。掩⑩紗窗碧霧濛濛淚，理緇紈幾度沾衣。有昆明舊誓，睇織女闌干主對。弄輝輝，金槃蟢子迎得故人歸。〔十郎〕夫人，俺在朔方，卿居南國。雖無日夕之會，長有往來之魂⑪。

【前腔】河西漢右瞻靈匹，俺仙槎奉使虛隨。嘆當年倏忽成離⑫異，看依然舊石支機。百枝光⑬裏，滿堂美人流睇。正佳期，紅針玉綫久别似新知。

【長拍】〔鄭六娘〕小扇銀屏，小扇銀屏，玉庭珠几⑭，遥遥的七香塵起。老身看十郎，真是河西⑮仙子也。正仙郎良會，奏清商緑⑯粉輕吹。〔鮑杜合〕何處曉驂歸，映雕闌巧玲瓏，彩雲明娟。配盡鴦鴛無限縷，可憐處一把鮫綃擲亂絲。到如今疊就了團花綺，還勝似匆匆嫁了河西。

【短拍】〔合〕綵襻連心，綵襻連心，香緘燕尾，限良宵没得些時。浪得巧名兒，卻不解把郎心繫。問何似⑰人間密意？笑背着銀缸縱體，推繡枕下羅帷。

【尾聲】捺香方勝同心記，對星河長久夫妻。從今後歲歲相纏五色絲。

香思年年度翠梭，從今無復恨分河。

休誇天上靈歡少，自是人間喜事多。

【校】

①今宵復是七夕良辰，原作「復是今宵」，據富春堂本改。②池，原誤作「地」。③鸞，富春堂本誤作「彎」。④案，原誤作「粉」，據富春堂本改。⑤「爲主」下，富春堂本有「則個」二字。⑥奉事，富春堂本作「出家」。⑦划，原誤作「剗」。⑧「六娘」二字，臆補。⑨外，富春堂本作「上」。⑩掩，原誤作「俺」。⑪魂，富春堂本作「夢」。⑫離，富春堂本作「孤」。⑬光，富春堂本誤作「花」。⑭几，富春堂本誤作「璣」。⑮河西，富春堂本作「個」。⑯緑，富春堂本作「淥」。⑰似，富春堂本誤作「事」。

湯顯祖集全編戲曲卷之二

紫釵記

紫釵記目録

【箋】

紫釵記題詞云：「南都多暇，更爲删潤，訖，名紫釵。」知此記作於南京。題詞又云：「曲成，恨帥郎多病，九紫、粤祥各仕去，耀先、拾芝局爲諸生倅，無能歌之者。」據泉州府志名宦傳，粤祥曾如海，萬曆二十年（一五九二）進士，二十二年任福建同安知縣，次年卒。九紫謝廷諒，萬曆二十三年進士。據明史卷二三三傳，官南京刑部。據陽秋館集惟審先生履歷，帥機卒於萬曆二十三年七月。臧懋循改本題詞署「乙未春，清遠道人題」。創作與出版都在同年即萬曆二十三年（一五九五）春。

若士與帥公子從升從龍云：「紫釵記改本（此記就紫簫記改作，故云）寄送惟審繐帳前曼聲歌之，知其幽賞耳。」問世在當年七月之後。

本書以六十種曲本爲底本，校以明繼志齋出像點板霍小玉紫釵記定本；王思任批點玉茗堂紫釵記，即所謂清暉閣本；此外如沈際飛獨深居點定本、柳浪館批評本亦偶一參之。以上四種或三種合稱各本。

【校】

①柳浪館本齣目，俱省作二字：一、四、六、七、九、十一、十二、二十一、二十二、二十三、二十七、二十九、三十二、三十三、三十四、四十三、四十七、四十八、五十各齣，俱用上二字，如「本傳」、「謁鮑」之類；二、三、五、八、十三、十四、十五、十六、十七、十九、二十、二十四、二十五、二十六、二十八、三十、三十一、三十五、三十六、三十八、三十九、四十、四十一、四十二、四十五、四十九、五十一、五十二、五十三各齣，俱用下二字，如「言懷」、「新賞」之類；只有十「借馬」、十八「吉餞」、三十七「移鎮」、四十四「賣釵」、四十六「哭釵」五齣，齣目另擬。

第一齣 本傳開宗①

【西江月】〔末上〕堂上教成燕子，窗前學畫蛾眉②。清歌妙舞駐遊絲，一段煙花佐使。點綴紅泉舊本，標題玉茗新詞。人間何處説相思？我輩鍾情似此。

【沁園春】李子君虞，霍家小玉，才貌雙奇。湊元夕相逢，墮釵留意，鮑娘媒妁，盟誓結佳期。爲登科抗壯，參軍遠去，三載幽閨怨別離。盧太尉、設謀招贅，移鎮孟門西。還朝別館禁持，苦書信因循未得歸。致玉人猜慮，訪尋貲費；賣釵盧府，消息李郎疑。故友崔韋，賞花譏諷，纔覺風聞事兩非。黃衣客、迴生起死，釵玉永重暉。

黃衣客强合鞋兒夢，霍玉姐窮賣燕花釵。
盧太尉枉築招賢館，李參軍重會望夫臺。

【校】

①宗，繼志齋本作「示」。

②眉，原本作「兒」，據繼志齋、清暉閣、柳浪館各本改。

第二齣　春日言懷

【珍珠簾】〔生上〕十年映雪圖南運，天池浚①，兀自守泥塗清困。獻賦與論文，堪咳唾風雲。羈旅消魂寒色裏，悄門庭報春相問：才情到幾分？這心期占，今春似穩。

【青玉案】② 盛世爲儒觀覽遍，等閒識得東風面。夢隨彩筆綻千③花，春向玉階添幾綫。上書北闕曾留戀，待漏東華誰召見。殷勤洗拂舊青衿，多少韶華都借看。小生姓李，名益，字君虞，隴西人氏。先君忝參前朝相國，先母累封大郡夫人。富貴無常，才情有種。紅香藝苑，紫臭時流。王子敬家藏賜書，率多異本；梁太祖府充名畫，並是奇蹤。無不色想三冬，聲歌四夏。熊熊旦上，連城抱日月之光；閃閃宵飛，出獄④吐風雲之氣。只是一件，年過弱冠，未有妻房。不遇佳人，何名才子？比⑤來流寓⑥長安，占籍新昌客里。今日元和十四年立春之日，我有故人劉公濟，官拜關西節鎮，今早相賀回來，恰逢着中表崔允明，密友韋夏卿，相約此間慶賞。秋鴻看酒。〔秋鴻上〕驚開酒色三陽月，喜逗花梢一信風。酒已完備。〔韋崔上〕

【賀聖朝】天心一轉鴻鈞⑦，個中孤客寒曛。旛頭春信已争新，鄉思怯花辰。

〔見科〕〔韋〕喜氣來千里，〔崔〕春風總一家。〔生〕宜春惟有酒，長此駐年華。〔生把酒介〕

【玉芙蓉】〔生〕椒花媚曉春，柏葉傳芳醞。願花神作主，暗催花信。靈池凍釋浮魚陣，上苑陽和起雁臣。〔合〕青韶印，看條風拂水，畫燕迎門，年年春色倍還人。

【前腔】〔韋崔〕黃⑧雲正朔新，麗日長安近。向朝元共祝，歲華初進。洞庭春色寒難盡，玉管飛灰煖漸熏。〔合〕春風鬢，笑⑨林中未有，柳上先過，屠蘇偏讓少年人。

〔生〕二兒説少年人，似俺李十郎亦容易老也。

【簇御林】歲寒交，無二人，入春愁有一身，報閒庭草樹青回嫩，和東風吹綻了袍花襯。〔合〕問東君，上林春色，探取一枝新。

〔韋〕君虞説被東風吹綻⑩袍花襯，是説功名未遂，要換金紫荷衣。這也不難，聞得你故人劉公濟節鎮關西，今年主上東巡，未知開科早晚，你且相隨節鎮西行，此亦功名之會也。〔生〕豪傑自當致身青雲上，未可依人。〔崔笑科〕夏卿不知，東風吹綻袍花襯，是説衣破無人補，此事須問⑪一個人。〔生〕是誰？〔崔〕曲頭有個鮑四娘，穿針老手，央他一綫何如？〔生〕不瞞二兄，鮑四娘于小生處略有往來，但是此中心事，未露十分。〔韋崔〕才子佳人，自然停⑫當也。

【前腔】〔韋〕你染袍衣，京路⑬塵，望桃花春水津。〔生〕要命哩。〔崔〕你外相兒點撥的花星運。〔生〕要錢哩。〔崔〕你內材兒抵直的錢神論。〔合前〕

【尾聲】你眉黃喜入春多分，先問取碧桃芳信。俺朋友呵，覷不的你酒冷香銷少個人。

漸次春光轉漢京，風流富貴是生成。
無媒雪向頭中出，得路雲從足下生。

【校】

① 天池浚，各本作「輕豪俊」。 ② 【青玉案】，當作【木蘭花】。 ③ 千，清暉閣本誤作「于」。 ④ 獄，清暉閣本、獨深居本誤作「嶽」。 ⑤ 比，獨深居本作「此」。 ⑥ 寓，原誤作「遇」，據柳浪館本改。 ⑦ 鴻鈞，各本作「陽春」。 ⑧ 黄，各本俱作「祥」。 ⑨ 笑，各本誤作「突」。 ⑩ 綻，各本俱誤作「起。」下文「綻」字同。 ⑪ 問，各本俱誤作「向」。 ⑫ 停，清暉閣本誤作「儫」。 ⑬ 路，疑當作「洛」。

第三齣　插釵新賞

【滿宮花】〔老旦上〕春正嬌，愁似老，眉黛不忺重掃。碧紗煙影曳東風，瘦盡曉寒猶着。

【蝶戀花】誰翦宮花簪綵勝，整整韶華，争上春風鬢。往事不堪重記省，爲花長帶新春恨。春未來時先借問，還恨開遲，冷落梅花信。今歲風光消息近，只愁青帝無憑準。老身霍王宮裏鄭六娘是也。小家推碧玉之容，大國薦塗金之席。陽城妬盡，那曾南户窺郎；冰①井才多，每聽西園召客。晚年供佛，改號净持。生下女兒，名呼小玉。年方二八，貌不尋常。昔時於老身處涉獵詩書，新近請鮑四娘商量絲竹。南都石黛，分翠葉之雙蛾；北地燕脂，寫芙蓉之兩頰。鷩鸞冶袖，誰偷得韓掾之香？繡蝶長裙，未結下漢姝之佩。②愛戴紫玉燕釵，此釵已教内作老玉工侯景先雕綴，還未送來。正是新春時候，不免唤他出來，一望渭橋春色。浣紗，小姐那裏？

【滿宮花後】〔旦同浣紗上〕盡日深簾人不到，眉畫遠山春曉。〔浣〕紅羅先繡踏青鞋，花信須催及早。

〔旦〕母親萬福！〔老旦〕女兒免禮。〔旦〕母親因甚，有唤孩兒？〔老旦〕新歲春光明媚，娘女們向渭橋望春一回也。〔行科〕冰破池開緑，雲穿天半晴。遊心不應動，爲此欲逢迎。我老大年華，對此新春③也：

【綿搭絮】繡閣清峭，梅額映輕貂。畫粉銀屏，寶鴨薰爐對寂寥。爲多嬌，探聽春韶。那管得翠幃人老，香夢無聊。兀自裏暗換④年華，怕樓外鶯聲到碧簫。

【前腔】〔旦〕妝臺⑤宜笑，微酒暈紅潮。昨夜東風，户插宜春勝欲飄。倚春朝⑥，微步纖腰。正是弄晴時候，閣雨雲霄。紗窗影綵綫重添，刺繡工夫把晝永銷。

【前腔】〔浣〕個人年少，長是索春饒。忽報春來，他門户重重不奈瞧。滿溪橋，紅袖相招。都準備着詠花才調，問柳情苗。小姐呵，無人處和你拾翠閒行，你淡翠眉峰鎮自描。

〔侯景先上〕新妝燕子鈿金釧，舊試蟾蜍切玉刀。報知鄭夫人，老玉工侯景先玉釵完成，敬此陳上。〔老叫浣取釵看介〕好匠手也！以萬錢賞之。〔侯謝介〕琢成雙玉燕，酬賞萬金蚨。〔下〕〔老〕浣紗，今日佳辰，便將西州錦翦成宜春小繡牌，挂此釵頭，與小姐插戴。〔浣下取鏡上介〕⑦翦成花勝在此。〔老挂牌釵首與旦〕〔旦拈看科〕

【前腔】〔旦〕玉工奇妙，紅瑩水晶條。學鳥圖花，點綴釵頭金步摇。〔浣照旦插釵科〕⑧〔旦〕彈輕綃，翠插雲翹。正是翦刀催早，蜂蝶晴遥。〔合〕⑨問雙飛燕爾何時，試拂菱花韻轉標？

【尾聲】繡簾珠户好藏嬌，掩屏山莫放春心早，還把金針鳳眼挑。

阿母凝妝十二樓，　斬新春色喚人遊。

玉釵花勝如人好，　今日宜春與上頭。

【校】

①冰，清暉閣本誤作「水」。　②「愛戴」上，繼志齋本、柳浪館本俱有「新來」二字。　③新春，原作「春新」，據獨深居本改。　④换，餘三本俱作「投」。　⑤妝臺，餘各本俱作「睡痕」。　⑥朝，清暉閣、柳浪館本誤作「潮」。　⑦介，原作「云」，據清暉閣本改。　⑧〔浣照旦插釵科〕，繼志齋本作「〔旦謝娘了，插釵科〕」，其它各本略有出入。　⑨合，清暉閣、獨深居、柳浪館各本俱作「老」。

第四齣　謁鮑述①嬌

【祝英臺近】〔鮑四娘上〕翠屏閒，青鏡冷，長是數年華。行雲夢老巫山下。殢酒愁春，添香惜夜，獨自個温存幽雅。

【少年遊】簾垂深院冷蕭蕭，春色向人遥。暗塵生處，玉筝絃索，紅淚覆鮫綃。舊家門户無人到，鴛鴦被半香銷。個底韶華，阿誰心緒？禁得恁無聊！自家鮑四娘，乃故薛駙馬家歌妓也，折券從良，十餘年②矣。生性輕盈，巧于言語。豪家貴戚，無不經過。挾策追風，推爲渠帥。每蒙隴西李十郎往來，遺贈金帛不計。俺看此生風神機調，色色超羣。幣厚言甘，豈無深意？必是託我豪門覓求佳色，俺已看下鄭娘小女。此女美色能文，頗愛慕十郎風調。只待他自露其意，便好通言。早晚李郎來也。

【唐多令】〔生上〕客思繞無涯，青門近狹斜。愔愔巷陌是誰家？半露粉紅簾下。閒覓柳，戲穿花。

〔見介〕〔生〕③翠宿香梢未肯消，與卿重畫兩眉嬌。〔鮑〕新春螺黛無人試，付與東風染柳條。〔生〕四娘，幾載相看，新春闞訪，爲何門庭蕭索至此？

【祝英臺】〔鮑〕聽説來：憶嬌年人自好，今日雨中花。俺也曾一笑千金，一曲紅綃，宸遊鳳吹人家。參差，憔悴損鏡裏鴛鸞，冷落門前車馬。〔生〕還尋個伴兒。〔鮑〕這些時幾曾到賣花簾下。

十郎，你時時金帛見遺，無恩可報。今日爲何光顧？

【前腔】〔生〕遊冶，自多情春又惹，早則愁來也。漸次芳郊，款步幽庭，笑向卿卿閒話。〔鮑〕妾半落鉛華，何當雅念！〔生〕還佳，個門中風月多能，更是雨雲熟滑。似秋娘，渾不減舊時聲價。

【前腔】〔鮑〕休傻，咱意中人人中意，還似識些些。看你才貌清妍，禮數謙洽，非關採弄殘花。十郎，禮有所求，必有所下。④寸心相剖，妾爲圖之。〔生〕堪嗟，瘦伶仃才子身奇，尚少個佳人檠架。問誰家，可一軸春風圖畫？

【前腔】〔鮑〕知麽？俺爲你高情，是處的閒停踏。〔生〕有麽？〔鮑〕十郎，蘇姑子作好夢也。有一仙人，謫在下界，不邀財貨，但慕風流。如此色目，共十郎相當矣。是有個二八年華，三五嬋娟，又不比尋常人家。〔生驚喜科〕真假？你干打哄藴出個桃源，俺便待雨流巫峽。〔跪科〕這一縷紅絲，少不得是你老娘牽下。

〔鮑〕起來説與詳細：是故霍王小女，字小玉，王甚愛之。母曰浄持。浄持，即王之寵姬也。王初薨，諸弟兄以其出自微庶，不甚收録，因分與資財，遣居于外。易姓爲鄭氏，人亦不知其王女。姿質⑤穠豔，一生未見。高情逸態，事事過人。音樂詩書，無不通解。昨遣我求一好兒郎，格調相稱者。俺具説十郎，他亦知有十郎名字，非常歡愜。住在勝業坊三曲甫東閒⑥宅，是也。〔生〕可得一見？〔鮑〕此女尋常不離閨閣，今歲花燈許放，或當微步天街。十郎有意，可到曲頭物色也。⑦〔生〕領教。〔鮑〕花燈之下，你得見異人，老娘便向十郎書齋領取媒證。

【尾聲】〔生〕從今表白俺衷情話。〔鮑〕「肯」字兒還在他家。〔生〕你成就俺一世前程休當耍。

紫陌花燈湧暗塵，驚心物色意中人。
此中景若無佳景，他處春應不是春。

【校】

① 述，繼志齋本作「逑」。② 年，清暉閣、柳浪館本俱誤作「言」。③ 原無〔生〕字，據繼志齋、清暉閣、獨深居各本補。④「禮有所求」二句，繼志齋、清暉閣、柳浪館各本俱作「禮下于人，必有所求」。⑤ 姿質，繼志齋、清暉閣、柳浪館各本俱誤作「資糧」。⑥ 閒，原誤作「間」，據繼志齋、獨深居、柳浪館三本改。⑦「十郎有意」二句，各本俱作「十郎與一二知心，密圖奇會」。

第五齣　許放觀燈

【點絳脣】〔京兆府尹上〕聖主①傳宣，風調雨順，都如願。慶賞豐年，世界花燈現。

金鎖通宵啓玉京，遲遲春箭入歌聲。寶坊月皎龍燈澹，紫館風微鶴焰平。自家京兆府尹是也。今夕上元佳節，月淡風和，蒙聖上宣旨：分付士民，通宵遊賞。正是：金吾不禁夜，玉漏莫相催。〔下〕

【玩仙燈】〔老旦上〕上元燈現，畫角老梅吹晚。風柔夜煖笑聲喧，早占斷紅妝宴。

【前腔】〔旦上〕韶華深院，春色今宵正顯。〔浣上〕年光是也拚無眠，數不盡神仙眷。

【憶秦娥】〔老〕元宵好，珠簾捲盡千門曉。〔旦〕千門曉，禁漏花遲，玉街春早。〔浣〕紅妝索向千蓮照，笙歌欲隱千金笑。〔合〕千金笑，月暈圍高，星球墜小。〔旦〕今夜花燈佳夕，奉夫人一杯酒。〔老〕費你心也。正是：女郎春進酒，王母夜燒燈。

【忒忒令】〔老〕賞元宵似今年去年，天街上長春閬苑，星橋畔長明仙院。暢道是紅雲擁，翠華偏歡聲好，太平重見。

【前腔】〔旦〕賞元宵不寒天暖天②，十二樓闌干春淺，三千界芙蓉妝艷。都則是瑞煙浮，香風軟人語隱，玉簫聲遠。

【前腔】〔浣〕賞元宵暢燈圓月圓，整十里珠簾盡捲，達萬户星球亂點。咱趁着笙歌引笑聲喧，怎放卻百花中，漏聲閒箭？

稟過老夫人郡主，同步天街，遊賞一會。〔老〕使得。

【尾聲】端的是春如畫，夜如年，天街上暗香流轉。便拚到月下歸來誰分去眠？

金屋何能閉阿嬌，　成團打隊向燈宵。

嚴城不禁葳蕤鎖，　銀漢斜通宛轉橋③。

【校】

① 主，各本俱作「旨」。② 不寒天暖天，第一個「天」字疑是「不」之誤。③ 漢，繼志齋、清暉閣、柳浪館各本俱作「海」。

第六齣　墮釵燈影

【鳳凰閣①】〔生上〕絳臺春夜，冉冉素娥欲下。香街羅綺映韶華，月浸嚴城如畫。〔韋崔〕鈿車羅帕，相逢處自有暗塵隨馬。

〔生〕笙歌世界酒樓臺，鷄踏蓮花萬樹開。誰家見月能端坐？何處聞燈不看來？二兄，昨夜鮑四娘教咱，今夜花燈，覰着那人來也。咱於萬燭光中，千花艷裏，將笑語遥分，衣香暗認，不枉今年翫燈。道猶未了，遠遠望見王孫仕女看燈來也。〔下〕②〔王孫仕女笑上〕

【園林好】謝皇恩燈華月華，謝天恩春華歲華。遍寫着國泰民安天下，遨頭去唱聲譁③。〔下〕

【前腔】〔老旦引旦浣上〕好燈也！説燈花南天門最佳，香車隘挑籠絳紗。喝道轉身停馬，塵影裏看誰家？

呀！那裏個黄衫大漢，一疋白馬來也。〔下〕④

【前腔】〔豪士黄衫擁胡奴二三人走馬上〕本山東向長安作傻家，趁燈宵遨遊狹邪，聽街鼓兒幾更初打。〔内笑云〕前面好漢，是甚姓名？人高馬大，遮了俺們看燈路兒⑤也。〔豪笑介〕問俺

名姓，黄衫豪客是也。說遮了路呵，胡雛們去也。燈影裏一鞭斜。〔下〕

【前腔】〔生韋崔上〕逞風光看人兒那些，並香肩低迴着笑歌。天街甃琉璃光射，等的個蓬閬苑放星槎。〔望介〕〔虚⑥下〕

【前腔】〔老旦浣同旦上〕好耍歇也！絳樓高流雲弄霞，光灔瀲珠簾翠瓦。小立向迴廊月下，聞嗅着小梅花。

〔生韋崔上〕〔旦衆驚下〕〔落一釵科〕〔生〕呀！二兄，勝業坊來的可是那人？真奇艷也。兀的不是梅梢上挂釵，廝琅的墜地也？

【江兒水】⑦則道是淡黄昏素影斜，原來是燕參差簪挂在梅梢月。眼看見那人兒這搭遊還歇，把紗燈半倚籠還揭，紅妝掩映前還怯。〔合〕手撚玉梅低說：偏咱相逢，是這上元時節。

〔浣挑燈照旦上〕呀，老夫人歸去，咱去尋釵來也。〔韋〕那人來尋釵也，俺二人前門看燈去，兄可與之小立片言，看是那人否？⑧〔生〕請了。〔韋崔下〕〔旦尋釵科〕不見釵，這不做美的梅梢也！

【前腔】止不過紅圍擁翠陣遮，偏這瘦梅梢把咱相攔拽。〔作避生介〕喜迴廊轉月陰相借，怕長廊轉燭光相射。〔生做見科〕〔旦〕怪檀郎轉眼偷相撇。〔生笑介〕弔了釵哩！〔旦〕可是這生拾在？〔合前〕

【玉交枝】〔生〕是何衙舍？美嬌娃走得吱嗻。〔浣〕是霍王⑨小姐。〔生〕奇哉！奇哉！就是小玉姐麽？〔浣〕便是。〔生〕小生慕之久矣！因何獨行？⑩〔浣〕來尋墜釵。〔生〕你步香街不怕金蓮趄，總爲這玉釵飛折。〔浣〕秀才，可見釵來？〔生〕釵到有，請與小玉姐相叫一聲。〔旦低聲云〕浣紗，這怎生使得！且問秀才何處？〔生〕隴西李益，表字君虞，排號十郎，應試來此。〔旦作打覷，低鬟微笑介〕鮑四娘處聞李生詩名，咱終日吟想，乃今見面不如聞名，才子豈能無貌！〔生作聽，徑前請見⑪科〕呀！小姐憐才，鄙人重貌。兩好相映，何幸今宵！〔旦作羞避介〕釵喜落此生手也。釵，你插新妝寶鏡中燕尾斜，到檀郎香袖口是這梅梢惹。浣紗，叫秀才還咱釵也。〔合〕怕燈前孤單這些，怕燈前孤單了那些。

〔生〕請問小玉姐侍者，咱李十郎孤生二十年餘，未曾婚娉，自分平生不見此香奩物矣。何幸遇仙月下，拾翠花前？梅者，媒也；燕者，于飛也。便當寶此飛瓊，用爲媒采，尊見何如？〔浣惱介〕書生無禮，見景生情，我待罵你呵！〔旦〕劣丫頭，是怎的來！

【前腔】花燈磨折，爲書生言長意賒。秀才，咱釵直千金也！〔生〕此會千金也！〔旦背笑介〕道千金一笑相逢夜，似近⑫藍橋那般歡愜。還俺釵來！〔生〕還個良媒送上，玉花釵他丟下聲長短嗟，玉梅梢咱賺着影高低說。〔合前〕

〔浣〕夫人候久，咱們家去也。

【川撥棹】簫聲咽，和催歸玉漏徹。〔旦〕爲多才情性驕奢，爲多才情性驕奢⑬，没些時月痕兒早斜。浣紗，叫秀才還咱釵來！〔作斜拜生科〕〔合〕乍相逢歸去也，乍相逢歸去也。〔生揖科〕

【前腔】〔生〕花燈夜，有天緣逢月姐。〔浣〕秀才，你把個香閨女覷得眼乜斜，把個香閨女覷得眼乜斜，留了咱燕釵兒貪他那些。〔合前〕

【尾聲】〔生〕玉天仙罩住得梅梢月，春消息漏洩在花燈節。〔旦低聲〕⑭明朝記取休向人邊説。〔旦浣下〕

〔生弔場〕奇哉！奇哉！李十郎今夜遇仙也。

【玉樓春】⑮嬋娟此會真奇絶，睡眼重惺春思徹。他歸時遥映燭花紅，咱待放馬蹄清夜月。

呀！鸞影催歸，燕釵留在，教小生怎生回去也？

【玉樓春後】〔崔上〕天街一夜笙歌咽，墮珥遺簪幽恨結。〔韋上〕那兩人燈下立多時，細語梅花落香雪。

十郎，可是那人？〔生〕真異人也！

【六犯清音】他飛瓊伴侣，上元班輩，迴廊月射幽暉。千金一刻，天教釵挂寒枝。咱拾翠，他含羞，啓盈盈笑語微。嬌波送，翠眉低，就中憐取則俺兩心知。〔韋崔〕少甚麽紗籠映月歌濃李，偏似他翠袖迎風糝落梅。〔生〕恨的是花燈斷續，恨的是人影參差。恨不得香街⑯縮緊，恨不得玉漏敲遲，把墜釵與下爲盟記。〔合〕夢初迴，笙歌影裏，人向月中歸。

〔崔〕既此女子於兄分上非淺，不可負也！

【尾聲】 玉天仙去也春光碎，這一雙情眼呵，怎禁得許多胡覷？〔生〕咱半生心事全在賞燈時。⑰

釵燕餘香衫袖間，　　藍橋相見夜深還。
祇應不盡嬋娟意，　　猶向街心弄影看。⑱

【校】

①「閣」下原有「引」字，衍，據葉堂納書楹玉茗堂四夢曲譜删。 ②「來也」下，各本俱有「别有千金笑，來映九枝前」二句下場詩。獨深居、柳浪館本，下場詩下更有「下」字。 ③譁，繼志齋、清暉閣、柳浪館本俱誤作「華」。 ④原無「下」字，據清暉閣、獨深居、柳浪館本補。⑤兒，原作「來」，據各本改。 ⑥「虚」字，據繼志齋、清暉閣、柳浪館本補。 ⑦【江兒水】，

葉譜作【雁過江】，謂【雁過聲】犯【江兒水】。 ⑧看是那人否，各本俱作「正是與人方便、自己方便」。 ⑨王，清暉閣、柳浪館本誤作「玉」。 ⑩「獨行」下，繼志齋、清暉閣、柳浪館本俱有「到此」二字。 ⑪請見，各本俱作「相揖」。 ⑫近，清暉閣、柳浪館本作「遇」。 ⑬疊句，據葉譜補。下曲第三句「把個香閨女覷得眼乜斜」，同。 ⑭「旦低聲」各本俱作「旦作低聲回唱」。獨深居本同，惟「唱」作「介」。 ⑮玉樓春，詞調名，上下片各七言四句。此爲上片。 ⑯街，原作「肩」。據繼志齋、獨深居、柳浪館本改。 ⑰「賞燈時」下，各本俱有「〔生下〕〔崔韋弔場〕你看，李生一見嬌姿，風魔而去，我們學老成些。聞得崇敬寺燒千佛燈，且去隨喜一會」一段。 ⑱下場詩各本俱作：「帝里風光醉夢間，拚他年少遇仙還。祇應不盡孤眠意，猶向空門弄影看。」惟清暉閣本「祇」作「眠」，「猶」作「鬱」。

第七齣　託鮑謀釵

【搗練子】〔生上〕花澹淡①，月嬋娟。迴廊燈影墜釵前，透萬點星橋情半點。

【如夢令】門外香塵正度，窗裏星光欲曙。客舍悄無人，夢斷月堤歸路。無緒，無緒，摇漾燭花人語。小生昨夕和小玉姐對玩花燈，眼尾眉梢，多少神情抛接也。

【普天樂】俺正憑闌想碧雲静②處花燈綻，他絳籠深護春光暖。乍相逢試回嬌眼，似廣寒低躡飛鸞。笙歌遠人零亂，金釵墜，無言自把梅花瓣。剛撇下佩環清月影，曉馬歸來夢斷。覺東風病酒，餘香相半。

【不是路】〔鮑上〕庭院幽清，他出衆風流舊有名。彈花柄，想尋花去蝶夢初驚。〔生笑迎介〕是卿卿，懶雲鬟到撇得冠兒正，肯向書齋僻處行！〔鮑〕承恭敬，看君笑眼迎門應。有些僥倖，有些僥倖。

〔鮑〕世間尤物意中人，可向燈前會的真？不用眉梢攢③一處，且將心事説三分。昨夜燈前，有何所見？〔生〕人中嚷嚷，都無所見。但拾得墜釵紫玉燕一枝，煩卿賞鑒。〔鮑作看釵介〕④好一枝紫玉釵也！

【啄木公子】⑤　波文瑩，鈕叠明，點翠圈珠瓏嵌的整。透紫瓊枝，似闌干日漾紅冰。燕呵，爲甚嘴翅兒西飛另？他在妝奩帕上棲香穩，雲鬟搔頭弄影停，誰付與多情？

【前腔】〔生〕花燈後，人笑聲，月溶溶罩住離魂倩。墜釵橫處，相尋特地逢迎。這釵燕呵，雖則軟語商量渾未定，早則幽香蘸動梅花影。紅潤偷歸翠袖擎，天付與書生。

【好姐姐】〔鮑〕恁般紅鸞湊成，這燕花釵爲折證。你嫦娥親許，玉鏡臺前會得清。〔合〕燈兒映，相逢便是神仙境，何用崎嶇上玉京。

【前腔】〔生〕知他是雲英許瓊？墜清虚立定。露華春冷⑥，肯向瑶池月下行。〔合前〕

〔生〕煩卿就將此釵，求其盟定，彼時自有白璧一雙爲獻也。

【尾聲】〔鮑〕爲單飛去配雙飛影。〔生〕墜釵人倚妝臺正憑。〔鮑〕昨夜燈花兩人照證明。

燈前月下會真奇，恰似雲英一唤時。
袖去寶釵成玉杵⑦，不須千里繫紅絲⑧。

【校】

①澹淡，原作「澹澹」，當改。　②静，各本俱作「盡」。　③攢，各本俱作「積」。④「鮑作看釵介」，原作「作看釵介，鮑」，據各本改。　⑤【啄木公子】，謂【啄木兒】犯【黄鶯兒】也。【黄鶯兒】一名【金衣公子】。南詞新譜卷一四作【啄木鸝】。葉譜題作【三鳥集高林】。謂【啄木兒】犯【高陽臺】、【簇御林】、【懶畫眉】、【黄鶯兒】。嫌繁。　⑥泠，原誤作「泠」，當改。⑦首四字袖去寶釵，各本俱作「手去雙釵」。　⑧首二字不須，各本俱作「足來」。

第八齣　佳期議允

【薄倖】〔旦上〕薄妝凝態，試暖弄寒天色。是誰向殘燈澹月，仔細端詳無奈？憑墜釵飛燕徘徊，恨重簾礙約何時再。〔浣〕似中酒心情，羞花意緒誰人會？懨懨睡起兀自梅梢月①在。

【應天長】〔旦〕燈輪細轉，月影平分，笑處將人暗認。曾半倚紗籠，手撚墜釵閒借問。誰解語，春相印？怯邂逅誤成芳信。人影散獨自歸來，憑②闌方寸。浣紗，拾釵人何處也？

【字字錦③】春從繡户排，月向梅花白。花隨玉漏催，人赴金釵會。試燈回，爲着疎影横斜，把咱燕釵兒黏帶。釵釵，跟④尋的快快，是何緣落在秀才？好一個秀才，秀才你拾得在。〔合〕是單飛了這股花釵，配不上雙飛那釵。乍相逢怎擺？那拾釵人擎奇，擎奇得瀟瀟灑灑，佽佽愛愛；閃得人躭躭待待，厭厭害害；卻原來會春宵那刻。

【前腔】〔浣〕無意燕分開，有情人奪采。他將袖口兒懷，恁想着花頭戴。步香街，淡月梅梢，領取個黄昏自在。釵釵，書生眼快快。恁是個香閨女孩，逗的個女孩，

女孩伽伽的拜。〔合前〕

【入賺】〔鮑上〕春⑤寒漸解，准望着踏青挑菜。金蓮步躧，早是他朱門外，誰人在？〔内作鸚哥叫云「客來，客來」〕〔旦驚〕影動湘簾帶，鸚哥報客來。〔浣〕今朝風日好，有甚金釵客？〔見科〕〔旦〕呀！原來⑥鮑四娘也，到來多會？〔鮑〕可知道你，深閨自在？

小玉姐愛戴紫玉燕釵，今日緣何不見？〔旦〕無心戴他。〔鮑〕敢是單了一枝？〔旦笑〕何處單來？〔鮑〕咱説他單便單，咱説他雙便雙，憑你心下。〔旦笑〕四娘説了雙罷。〔鮑〕卻原來，且問你緣何此釵便落此生之手？

【雪獅子】〔旦〕燈花市月華街，月痕暗影疎梅，愛清香小立在迴廊外。花枝擺，花枝擺把燕釵兒懸在，天付與多才。〔合〕單飛燕也釵，雙飛燕也釵。雙去單來，單去雙來。可似繞簾春色，還上我玉鏡妝臺？

【前腔】〔鮑〕燈似畫人如海，偏他們拾取奇哉！這觀燈十五無人會。便揉碎，便揉碎梅花少不得心兒採，多則是眼兒乖。〔合〕明提起也釵，暗提起也釵。明去暗來，暗去明來。可似繞簾春色，還上我玉鏡妝臺？

〔鮑〕你説着玉鏡臺，李郎就是，便將此釵來求盟定。〔旦〕那生畢竟門地⑦何如？才情幾許，怎生弱冠尚少宜人？〔鮑〕若論此生，門族清華，少有才思。麗詞佳句，時謂無雙。先達丈人，翕然推伏。

每自矜風調，思得佳偶。博求名閥，久而未諧。〔旦〕原來如此，此事須問老夫人。

【隔尾】你説着玉鏡臺那酸倈，怎就把咱頭上釵兒來插戴⑧！只怕老娘呵，識不出武陵春色。〔下〕

〔鮑弔場〕老夫人有請。

【一剪梅】〔老旦上〕霧靄籠葱貼絳紗，花影窗紗，日影窗紗。迎門喜氣是誰家？春老儂家，春瘦兒家。

〔見科〕〔老〕原來是鮑四娘到來。春色三之一，王家日漸長。〔鮑〕關心兒女事，閒坐細端詳。老夫人，你道妾身今日爲何而來？竟爲小姐親事。〔老〕小女雛稚之年，恐未曉成人之禮。聽俺道來：

【宜春令】天生就女俊娃，似鴛雛常依膝下。重重簾幙，漏春心何曾得到他？爐煙篆一縷清霞，玉瓶花幾枝瀟灑。似人家煞不成妝逗耍？

【前腔】〔鮑〕渠年長伊鬢華，老年人話兒喬作衙。他芳心染惹，怕春着裙腰身子兒乍？鴛鴦譜挑不出閒心，美女圖覷許多情話。你守着他投得個夜香燒罷。

【前腔】〔老〕催人老可歎嗟，論從來女生外家。眼前怎捨，穩倩個乘龍嬌客來招嫁。起西樓備着吹簫，展東牀留教下榻。誰家養女兒尋思似咱？

那人何如？

【前腔】〔鮑〕才情有年貌佳，李十郎隴西舊家。全枝堪借，管碧梧棲老鸞停跨。將雛曲畢竟雙飛，求鳳操看他駟馬。〔出釵介〕沒争差把這股玉燕⑨兒留下。〔老旦看釵介〕呀！這釵活似小玉上頭之物，何因得在此生？婚姻事須問女兒情願。浣紗，請小姐出來。〔浣請介〕

【一翦梅】〔旦上〕睡起東風數物華，暗惜年華，暗惜春華。停雲數點雨催花，前夜燈花，今日梅花。

〔見科〕〔老〕兒，鮑四娘來與隴西李十郎求親，你意下何如？〔旦〕説他則甚！

【繡帶兒】掩春心坐羅幃繡榻，羞人唤作渾家。想仙姬不是蘭香，笑漁郎空問桃花。非誇，冰清到底無別話，守定着香閨這答。〔啼科〕娘和女俜仃可嗟，形影⑩相依，怎生撇下？

【前腔】〔老旦〕年華，爲甚的雲寒月寡，守着一搦香娃？兒，就明姑仙子，也有人間之情。今日看羅敷早配玄都，恨玉蘭空孕蓮花。仙查，天宫織女猶自嫁，銀河畔鵲橋親踏。呵，男共女兩家兒一家，分付與東君，畢罷了老娘心下。

【前腔】〔浣〕休嗟，嬌花女教人愛殺，恨不早嫁東家。你憐老夫人麼？只怕柘枝⑪兒兩頭繫絲，到大來貪結桃花？〔背介〕哄咱，青春不多也二八，少不得籠窗動鬮。好和歹這些時破瓜，便道是白玉無瑕，青春有價。

【前腔】〔鮑〕喧嘩，把媒人似絲鞭兒擘打。得你半口甜茶，卻爲甚俊灑多才，尚没個襯褡人家？湊咱，士女愁春没亂煞，母親行白忙閒話。真和假那些禁架，你不信看玉燕釵頭，玉梅花下。

〔老〕正是，這釵是小姐香奩中物，何因得落他家？〔旦作羞介〕〔老旦問浣〕這是怎的來？

【太師引】〔浣〕元宵夜放了觀燈假，轉迴廊梅疎月華。臨去也墜釵斜挂，急尋着被他翠袖籠拿。〔老〕便是那李秀才麽？〔浣〕但逢着書生不怕，偏絮刮俺小姐有些嬌怯。〔老〕那生説甚來？〔浣〕説他青春大曾無室家，是禁不得他賺玉留香多䨪。

〔老〕小姐説甚來？

【前腔】〔浣〕聽説他能風雅，想不着良宵遇他。虧了俺籠燈倚月，聽才子佳人打話。他把釵兒接下那歡恰，俺小姐淡月隱梅花。〔老〕卻怎的？〔浣〕嬌波抹道有心期那些。〔老〕因何？〔浣〕知怎生呵一笑相逢緣法。

〔老笑問〕玉兒可是也？

【三學士】〔旦低聲科〕是俺不合向春風倚暮花，見他不住的嗟呀。知他背紗燈暗影着蛾眉畫，還咱箇插雲鬟分開燕尾斜。猛可的定婚梅月下，認相逢一笑差。

【前腔】〔老〕你百歲姻緣非笑耍，關心事兒女由他。知他肯住長安下，怕燕爾翻飛碧海涯？輕可的定婚梅月下，怕相逢一綫差？

【前腔】〔鮑〕玉姐呵，翠氣生香春一把，那書生也將相根芽。接了你嵌成寶玉雙飛燕，難道是飛入尋常百姓家？俺可也定婚梅月下，敢把這好姻緣一對誇。

〔浣〕老夫人成就了罷。

【前腔】〔浣〕⑫這是那月夜春燈摇翠霞，武陵溪蘸出胡麻。才郎呵，可有乘龍一騎青絲馬，配上咱插燕雙飛緑鬢鴉。你可也定婚梅月下，好姻緣一世誇。

〔老〕片語相投，拾釵爲定，天也！天也！

【尾聲】你問乘龍那日佳？俺這裏畫堂簫鼓安排下。〔鮑〕他還有白璧成雙錦上花。

偶語風前一笑回，　月籠燈影袖籠釵。
如今好取釵頭燕，　飛向温家玉鏡臺。⑬

【校】

①月，各本或作「日」，或作「自」，俱誤。　②憑，原誤作「恁」。　③錦，各本俱誤作

「雙」。④跟，原誤作「恨」，據清暉閣、柳浪館、竹林三本改。⑤春，各本俱作「輕」。⑥「原來」下，各本俱有「是」字。⑦地，各本俱作「第」。⑧戴，原誤作「釵」。據葉譜校正。⑨「玉燕」下，各本俱有「釵」字。⑩「形影」上，各本俱有「乍」字。⑪枝，富春堂本紫簫記第十齣此曲作「屐」。⑫此曲，清暉閣、柳浪館本誤作老旦唱。⑬下場詩，各本俱作：「偶語風前一笑深，月中人許報佳音。着意栽花花不發，無心插柳柳成陰。」

第九齣　得鮑成言

【思越人】①〔生上〕好是觀燈透玉京，如魂如夢見飛瓊。留②連步障笙歌隱，仿佛遺釵笑語明。春淡淡，玉真真，幾時真個作行雲。閒來欲試花間手，盼殺行媒月下人。俺心事託鮑娘爲媒，恰好怕老夫人古撇也。

【鶯集林③】恰燈前得見些些，悄向迴廊步月。漏點兒丁東長歎徹，似悔④墜釵輕去瑶闕。儘來回花露影，念渠嬌小點點愛清絶。漾春寒，愁幾許，懨懨心事自共素娥說。

【前腔】不准擬恁情深，邂逅低鬟笑歇。恍月下聞鶯歸去也，天淡曉風明滅。也應他難遇惺惺，解憐才有意須教徹。人近遠，幾重花路，比武陵源較直截。

【四犯鶯兒】⑤愛的是女嬌奢，怕的他娘生劣，近新來時勢把書生瞥。無分周遮，有數奇絶，不應恰恁相逢別。不爲淫邪，非貪貲篋，眼裏心頭，要安頓得定迭。

【前腔】但憑咱書五車，甚處少紅一捻，只他乍相逢相愛無言說。釵頭枝葉，和媒人根節⑥，錦春梭攛⑦定鶯兒舌。咱望眼夭斜，幽懷喑咽，去了多時，早那人來也。⑧

【懶畫眉】〔鮑上〕碧雲天外影晴波，看罷了春燈景色和，咱曉鬟偷出睡雲窩。〔見科〕〔生〕有勞四娘！那人心事諧否？〔鮑〕他口兒不應心兒可可，道人在春風喜氣多。〔生〕他可道來？

【前腔】〔鮑〕道你個題橋彩筆蘸晴波，傅粉人才艷綺羅。道是你舊家門第識人多，湊的個釵頭玉燕天和合，成就你玉鏡臺前去畫翠蛾。〔生〕那人真個如何？〔鮑〕俺去，正逢他睡起也。

【醉羅歌】睡覺睡覺嬌無那，梳洗梳洗着春多。露春纖彈去了粉紅涴，半捻春衫彈。香津微搵，碧花凝唾。芙蓉暗笑，碧雲偷破。春心一點眉尖閣。休唐突，儘阿那，書生有分和他麽？

【前腔】〔生〕停妥停妥有定奪，歡倖歡倖早黏合。捹千金買得春宵着，受用些兒個。傷春中酒，輕寒自覺。人兒共枕，春宵煖和。算花星捱的孤鸞過。三日後，五更過，十紅拖地送媒婆。〔鮑〕十郎，花朝日好成親。看你好不寒酸，那樣人家，少不的金鞍駿馬，着幾個伴當去。〔生〕領教。

【尾聲】〔鮑〕論你一品人才真不弱，趁風光俊煞你個令閣⑨。十郎呵，還辦取拭雨黏雲半帖羅。〔下〕

〔生弔場〕四娘説咱寒酸，不免請韋崔二兄，代求人馬光輝也。

月姊釵頭玉，　冰人綫脚針。
傳來烏鵲喜，　占得鳳凰音。

【校】

① 當作【鷓鴣天】。 ② 留，柳浪館本作「香」。 ③ 「林」下原有「春」字，據葉譜删。 ④ 悔，清暉閣、柳浪館、竹林三本俱誤作「梅」。 ⑤ 【四犯鶯兒】，南詞新譜卷一八作【四犯黄鶯兒】。評云：「前六句皆【黄鶯兒】，後面止三句，卻云四犯，殊不可曉。姑仍舊名。」按，紫釵記此曲多一四字句。 ⑥ 「釵頭枝葉」二句，各本俱作「甚梅香喜歇，媒娘湊節」。 ⑦ 攛，繼志齋、獨深居、柳浪館本俱作「扣」。 ⑧ 「幽懷喑咽」三句，各本俱作「蹻兒趔趄，甚些時人兒去也」二句。 ⑨ 令閣，當作「令閤」。對別人妻子的尊稱。見侯鯖録三。

第十齣　回求僕馬

〔秋鴻上〕世情貪點染，所事看施爲。人馬一時俊，門户兩光輝。俺李相公人才出衆，天湊良姻。只少人馬扶助，去請崔韋二位商量，好不精細也。

【玩仙燈】①〔生上〕人物似相如，少個畫堂車騎。

秋鴻已請崔韋二位相公議事，這早晚可來也。

【小蓬萊】②〔韋崔上〕春意漸回沙際，風流長聚京都。終南韋曲，博陵崔氏，瀟灑吾徒。

〔見科〕〔崔〕拾釵芳信如何？〔生〕花朝之夕，已注佳期。只有一段工夫，央及二兄幫襯。〔崔〕願聞。〔生〕王門貴眷，禮須華重。客裝寒怯，實難壯觀。聽小弟道來：

【駐馬聽】出入惟驢，實少銀鞍照路衢。待做這乘龍快壻，騏驥才郎，少的駟馬高車。花邊徒步意躊躕，嘶風弄影知何處？〔合〕後擁前驅，教一時光彩生門户。

〔崔〕十郎。你不曾同姓爲婚，怎生巫馬期以告？要馬我崔家儘有。〔韋〕崔子弑齊君，是陳成子有馬十乘。崔家那裏有一匹兒？我韋家到有。〔崔〕怎見得？〔韋〕卻不道「魯韋昌馬」？〔崔〕休閒説！

長安中有一豪家，養俊馬十餘匹，金鞍玉轡，事事俱全，當爲君一借。

【前腔】不説駘駑，有個翩翩豪俠徒。許你一鞍一馬，做個馬上郎君，少不的坐下龍駒。驚香欲到錦屠蘇，銀鞍繡帕須全具。〔合前〕

〔生〕有了馬，還敢求一事！

【前腔③】冷落門閭，只合樵青伴釣徒。今日過門呵，少不得要步隨鞭鐙，手捧衣裳，背負琴書。花星有喜不爲孤，身宫所恨慳奴僕。〔合前〕

〔崔〕你不曾之子于歸，先要宜其家人，使不得。邦君之妻曰夫人，夫人自稱曰小童。但帶幾個俊童，怕新人喫醋。若要家童有顔色，梅樹雕幾個去。〔韋〕怎見得？〔崔〕百家姓要「江童顔郭，梅盛林刁」。〔生〕取笑，取笑。〔韋〕這樁也在那豪士家，有緑鞲文幘，妝飾非常。

【前腔】自有④豪奴，不羡秦宫⑤馮子都。不用吹簫僮約，結柳奴星，有翦髮胡雛。好教你垂鞭接馬玉童扶，衣箱別有平頭護。〔合前〕

【尾聲】〔韋崔〕你逞精神去坦東牀腹，那些兒幫襯工夫。成親看喜也，只願你人馬平安穩坐了黄金屋。

本色更何如，攢弄要工夫。
定須騎駿馬，誰待使癡奴。

【校】

①【玩仙燈】七句，缺五句。 ②【小蓬萊】十一句，末缺六句。 ③腔，原誤作「後」，據清暉閣、柳浪館本改。 ④「自有」上原有「韋」字，據繼志齋、柳浪館本删。 ⑤宮，原誤作「官」，據葉譜改。

第十一齣 妝臺巧絮

【番卜算】〔旦上〕屏外籠身倚，睡覺脣紅退。暈纖蛾暗自領佳期，珍重花前意。

【菩薩蠻】天穿過了還穿地，枕痕一綫搖紅睡。春色襯兒家，羞含豆蔻花。裙腰沾蟢子，暗地心頭喜。越近越思量，懸愁花燭光。日昨已許李郎定親，佳期蚤晚，好悶人也！

【五供養】相逢有之，這一段春光分付他誰？他是個傷春客，向月夜酒闌時。人乍遠，脈脈此情誰識？人散花燈夕，人盼花朝日。着意東君，也自怪人冷淡蹤跡。

【前腔】夢兒中可疑，記邂逅分明還似那迴時。玉釵風不定，爲誰閒撚花枝？道甚重簾不捲，燕子傳消息。隨意佳期緩，爭信人心急。不如嫁與，受他真個憐惜。

【金瓏璁】〔鮑上〕緑枝幺鳳拍，香痕暗沁莓苔。畫堂春暖困金釵，不捲珠簾誰在？①〔見介〕〔旦〕花氳蝶翅頻敲粉，〔鮑〕柳颭蜂腰促報衙。〔旦〕翠掩重門春睡懶，〔鮑〕一天新喜教兒家。〔旦〕何喜見教？〔鮑〕教你個「喜」字來，新婚那夜呵，

【玉交枝】燭花無賴，背銀缸暗擘瑶釵。待玉郎回抱相偎揣，顰蛾掩袖低迴。到花月三更一笑回，春宵一刻千金浼。挽流蘇羅幃顫開，結連環紅襦懊②解。

【前腔】鸞驚鳳駭，誤春纖搵着檀腮。護丁香怕拆新蓓蕾，道得個豆蔻含胎。他犯玉侵香怎放開，你凝雲覺雨堪瀟灑。喫緊處花香這回，斷送人腰肢幾擺。

洞房中所事堪停當也。

【沈醉東風】你把鴛鴦襯萮兒翦裁，指領上繡鍼③憑在。勾春睡小眠鞋，要一領汗衫兒躭待，那其間半葉輕羅試采。你把羞眸兒半開，斜燈兒半開，試顯出你做夫妻們料材。

〔旦〕罷了。〔鮑〕可罷了也。

【前腔】帶朝陽下了楚臺，起窺妝照人無奈。暗尋思顰眉簇黛，把餘紅偷覷還猜，防人見侍兒們拾在。賀新人美哉！賀新郎美哉！顯的你做夫妻們喜來。

〔旦〕謝了！老夫人請你講話也。

【尾聲】〔鮑〕咱去來説與你個明白，選成親花朝好在。折莫你這幾日呵葫蘆提較害。

一搦女兒身，齊眉作婦人。

人生初見喜，　　花草一年春。

【校】

①【金瓏璁】八句，下缺四句。

②懊，柳浪館本作「襖」。

③鍼，原作「緘」，臆改。

第十二齣　僕馬臨門

〔秋鴻上〕主人性愛秋鴻，身居奴僕同宮。從今①脱了主顧，以前布下了春風。自家秋鴻便是。只因人物精通，伏事李郎客中。一年半載，好不乾净。如今配上了霍家小姐，主不顧僕了，叫做失了主顧。雖然如此，霍府少甚丫鬟。東人念舊，少不得秋鴻也配上一個，叫做俺有春風，他有夏雨。這都不在話下了。昨日相公轉託韋崔借人借馬，榮耀成親，分付到時好生安頓。可知道哩？奴要白飯，馬要青芻，都不備一些子，叫俺管頓，好不頹氣也！且看門外如何？〔雜豪家翦髮胡奴一人牽馬一匹上〕白麵兒郎宜俊馬，洞簫才子借髯奴。昨有韋崔二先生借俺豪家人馬，與個隴西李十郎往那家去。這是他寓所，高叫一聲。〔鴻〕好，好，人馬一齊到。馬少一匹。〔雜〕因何？〔鴻〕俺家十郎配那家主兒，俺也同這吉日，配上那家一個俊不了的穿房，因此多要一匹。〔雜〕好命也！纔脱了人騎，就要騎馬②，早哩。〔鴻〕也罷。看你馬，馬去得，再看人。〔笑介〕原來你前身是馬。〔雜〕怎見得？〔鴻〕馬翦騌，人也翦騌。馬老子黑，你們臉通黑。知馬是你前身。〔雜惱介〕呀！你家借馬借人，白飯青芻不見些兒，倒來罵俺，好打這廝！〔打介〕

【玩仙燈】〔生上〕擇吉送鸞書，儘今夜孤眠坦腹。

呀！人馬借來是客，秋鴻這狗才，恁般輕薄！列位管家恕罪。〔雜叩頭介〕不敢，請相公看馬何如？〔生〕好馬！好人！〔雜〕敢問相公那家去？

【孝順歌】③〔生〕是霍王府呵，招鳳侶，配鸞雛，借鴛鴦白馬光户閭。這馬呵，鬧色紫茸鋪，壓胯黄金鍍。真個飛香紅玉，稱兩袖風生，一鞭雲路。阿對前頭，要幾個人兒護。你們到那家答應，放精細些。須剔透，要通疏。那人家，多禮數。

〔雜〕知道了。

【前腔】你是名家子，冠世儒。這馬呵，配春風美人堪畫圖。俺豪門體態殊，風流慣相助。李相公，你跨金鞍駿駒，擁緑韝蒼奴，到瑣牕窺處。那時小的們不敢説，只怕相公酒後呵，也不着支吾，坦露了東牀腹。只一件來，馬要好料，奴要好酒，相公也要多喫些，大家掙出精神來。和你高控轡，響傳呼。顯風光，賽尋俗。

〔生〕多謝了！今夜且安歇。

雕胡人當酒，　莝薦馬爲芻。
坐憑金騕褭，　走置錦流蘇。

【校】

① 今，各本俱作「後」。　② 騎馬，清暉閣、柳浪館本作「馬騎」。　③【孝順歌】，當作【孝南枝】，謂【孝順歌】犯【鎖南枝】。

第十三齣　花朝合巹

【鵲橋仙】〔旦同浣上〕珠簾高捲，畫屏低扇，曙色寶奩新展。絳臺銀燭吐青煙，熒熒的照人靦腆。

【好事近】紅曙捲牕紗，睡起半拖羅袂。〔浣〕何似等閒睡起，到日高還未。〔旦〕催花陣陣玉樓風①，樓上人難睡。〔浣〕有了人兒一個，在眼前心裏。〔旦〕早晚佳期，鮑四娘還不見到。

【臘梅花】〔鮑上〕花燭爐香錦繡筵，屏山霧抹鸞初偃。紅綫結姻緣，探花人到，百花高處會雙仙。

〔見介〕仙郎一時就到，且同郡主鳳簫樓一望。〔做望介〕〔鮑〕你看那是勝業坊，這的是曲頭，這是你府門首。〔旦〕呀！四娘，一個騎馬官兒來也。〔鮑〕呀！望南頭來了。〔生騎馬，胡奴秋鴻三四人跟上〕

【窣地錦襠】春紅帶醉袖籠鞭，壓轡葳蕤照水邊。美人香玉艷藍田，遥望秦樓生翠煙。〔下〕

〔旦驚喜介〕四娘，你看那生走一灣馬呵，風情似柳，有如張緒少年；迴策如縈，不減王家叔父。真個可人也！

【掉角兒】②　是誰家玉人水邊？鬭驕驄碧桃花旋。坐雲霞飄飄半天，惹人處行光一片。猛可的映心頭，停眼角，送春風，迎曉日，摇曳花前。青袍粉面，儂家少年，得娘憐，抵多少宋玉全身，相如半面。

〔鮑〕這樓早則望夫臺也。好下樓去，請老夫人迎接新郎。〔做下介〕須教翡翠聞王母，無奈鴛鴦噪鵲橋。

【瑞鶴仙】〔老旦上〕有女正芳妍，繫緑蘿千里，紅絲一綫。春深景明媚，正玉漏穿花，金屏合箭。芳信呢喃，早則是玉釵歸燕。關心兒女，齊眉夫婦，今日如願。

李郎早到也。浣紗，賓贊那裏？〔賓贊上〕有，有，有。色與禮孰重？新郎色上緊。禮與食孰重？小子食上緊。堂上唱禮只好觀，牀上唱禮偏好聽。〔鮑〕牀上怎生唱？〔賓〕俯伏鞠躬跪一般，興不唱興唱做興。〔鮑〕牀上怎不唱拜？〔賓〕新郎點頭就是拜，唱了拜時敗了興。〔生上〕

【寶鼎兒】　玉驄鞭彈，正綺羅門户，笙歌庭院。冉冉飛絳臺雲細，深深處繡簾風軟。〔旦上〕且喜玉釵雙燕穩，還似玉梅初見。〔合〕對寶鼎香濃，芳心暗祝，天長地遠。

〔賓贊贊云〕拜天地，天地交通泰，水火倒既濟。今年生個小蒙童，明年生個大歸妹。拜老夫人，拜謝金王母，領取碧霞君。今年封内子，明春長外孫。夫妻交拜，今日成雙後，富貴天然偶。一個附鳳攀龍，一個祝鷄養狗。〔鮑諢介〕好個豪家婆也。〔賓〕禮畢，新郎新人就位，人從叩頭。〔秋鴻胡奴見介〕〔鴻〕的的親親的小秋鴻叩頭。〔老〕那些人從都是李家③麽。〔鴻〕不是李家是桃家。〔老〕那個桃家？

〔雜〕豪家。〔老〕那個豪家？〔雜〕李家做了豪家。〔老〕好好，原來李郎豪家子也。馬可是李家？〔鴻〕不是李家是桃家。〔老〕怎生又是桃家馬？〔生〕不是桃家馬，是桃花馬。〔老〕李郎，好一個桃之夭夭。浣紗，請這賓相一班騎從別館筵宴。〔雜〕好！咱們喫酒去。户外碧潭春洗馬，樓前紅燭夜迎人。〔下〕〔老〕看酒。〔生〕小生還有藍田白玉一雙，文錦十疋，少致筐篚④之敬。〔老〕小女領下。李郎，素聞才調風流，今見儀容雅秀，名下固無虚士。小女雖拙教訓，顔色不至醜陋。得配君子，頗爲相宜。〔生謝介〕拙鄙庸愚，不意顧盼。幸垂録采，生死爲榮！〔生把酒介〕

【錦堂月】繡幙紅牽，門楣緑繞，春色舊家庭院。煙霧香濛，笑出乘鸞低扇。似朝陽障袂初來，向洛浦淩波試展。〔合〕神仙眷，看取千里佳期，百年歡燕。

【前腔】〔旦〕幸然，王母池邊，上元燈半，縹緲銀鸞映現。一飲瓊漿，藍橋試結良緣。吹簫侶天借雲迎，飛瓊珮月高風轉。〔合前〕

【前腔】〔老〕堪憐，自小嬋娟，從來靦腆，未許東風一面。鳳曲將雛，占得和鳴天遠。倚青鸞玉鏡妝成，對孔雀金屏中選。〔合前〕

【前腔】〔衆〕暄妍，翠氣生煙，紅妝艷日，小令合懽歌遍。喜才子佳人，雙雙錦瑟華年。銀燭影河漢秋光，碧桃浪武陵春片。〔合前〕

【醉翁子】〔老〕堪羡，好韶華長則把紅絲兒纏戀。怕寒宫桂影高，洛陽花賤。

〔生〕不淺，似底漾深恩，何處春光買翠鈿？〔合〕持歡勸，但記取月下花前，玉釵雙燕。

【前腔】〔旦〕閒辨，畫眉人蘸了筆花飛硯，趁三星在天，五雲低殿。〔生〕如願，穩倩取鸞封，一對夫妻晝錦圓。〔合前〕

【僥僥⑤令】燈花紅笑顫，高燭步生蓮。且喜闌夜口脂香碧唾，環影耀金蟬愛少年。

【前腔】顏酡春暈顯，花月好難眠。無奈斗轉銀瓶催漏悄，翠袖裊鬟偏待曉天。

【尾聲】錦帳流香度百年，作夫妻天長地遠，恰這是受用文章花月仙。

春花春月兩相輝⑥，千里良緣一色絲。
盼到洞房花燭夜，圖他金榜挂名時。

【校】

①風，柳浪館本作「春」。②據南詞新譜，當作【掉角兒序】。③「李家」下，清暉閣本、柳浪館本有「的」字。④筐篚，各本俱作「承筐」。⑤僥僥，原誤作「倖倖」，當改。案：此下三曲，各本俱未注明誰唱。當是生旦合唱。⑥春月，獨深居本作「秋月」。

第十四齣　狂朋試喜

〔浣紗上〕曉幄流蘇春意長，花頭彈動雨初香。紗窗細拂蛾眉了，斜斂輕軀拜玉郎。好笑，好笑，郡主配了李郎，俺做浣紗的在牀背後①睡也呵，那李郎甚麼心情，俺郡主許多門面，俺也聽不得了。如今日勢向午，纔起新妝。〔旦上〕

【探春令】合歡新試錦衾重，羅帳春風。〔浣扶介〕〔旦〕嬌倩人扶，笑嗔人問，没奈多情種。

【荷葉杯】②枕席夜來③初薦，膽顫。鬢亂四肢柔，泥人無語怎擡頭？羞麼羞！羞麼羞！〔浣笑介〕喜也郡主！苦也郡主！呀，素設設帕兒早發變也。

【鶯啼序】〔浣〕眉州小錦新退紅，汗粉漬勻④嬌瑩。他幾曾花事春⑤容，早印透春痕一縫。苦也！碎嬌啼窣裏聞鶯，緊摺葉沁⑥成幺鳳。春如夢，整一片雨雲香重。

【阮郎歸】⑦〔生上〕緑紗窗外曉光催，神女下蛾眉。細看他含笑坐屏圍，倚新妝半晌嬌横翠。

〔見介〕學畫蛾眉翠淡濃，遠山春色在樓中。須臾日射胭脂頰，一朵紅酥旋欲融。小玉姐，初見你時，一室之中，若瓊林玉樹，交枝皎映，轉盼之間，精采射人。聽你言叙温和，詞旨宛媚。解羅衣之際，態有餘妍。到得低幃暱枕，極其歡愛。小生自忖，巫山洛浦不如也。〔旦含笑介〕惶愧！惶愧！〔生〕我有友人韋夏卿、崔允明，約來相賀，須是酒餚齊備。〔旦〕理會得。

【鵲橋仙】〔韋崔上〕紅壁窺鶯，銀塘浴翠，着處自成春意。秦樓蕭⑧史鳳初飛，望雲氣十分濃媚。

〔進撞見介〕正好，正好，請新郎新人賀喜。才子佳人，可是人間天上也。筆花新展畫眉才，仙女吹笙學鳳臺。〔生旦〕天上忝成銀漢匹，人間恭喜客星來。〔生〕看酒。〔浣持酒上〕生香聞舊酒，熟客見新人。酒到。〔生旦把酒介〕

【玉山兒】⑨〔生〕畫堂客至，整襟裳鸞鶴低飛。銀荷⑩上絳燭飛輝，寶⑪爐内篆煙沈細。〔旦〕對舊遊新喜，不由咱羞眉半聚，裹手拈鸚嘴。〔生旦合〕溜釵垂，倚郎微拜，渾覺自嬌癡。

【前腔】〔崔〕露華朱邸，自生成玉葉金枝。印春山半暈新眉，破朝花一條輕翠。〔韋〕畫梁初日，一片美人雲氣，世上能多麗。〔韋崔合〕是便宜，尋常花月，偏是你遇仙時。

【前腔】〔生〕幾年排比，背長廊月下尋梅。見佳人獨自徘徊，恰好事恁相當對。

〔旦〕是前生分例，儘百媚天應⑫乞與，消得多才藝。〔生旦合〕遂心期，紅顏相向，直是好夫妻。

【前腔】〔韋〕可人風味，近軒庭晝漏遲遲。瑞香風吹引仙姬，牡丹春襯成多麗。〔崔〕俺狂儔怪侶，來盼問雨香雲迹，向豆蔻梢頭翠。〔崔韋合〕早些時，宜男開放，休辜負碧桃棲。

〔韋〕罷酒，小弟一言：君虞既壻王門，眠花坐錦。郡主宜效樂羊之織⑬，助成玄豹之文。休得貪歡，有羈大事。

【朱奴兒】⑭〔韋〕好男兒芙容俊姿，傍嫦娥桂樹寒棲。〔崔〕歡取郎腰玉帶圍，休只把羅裙對繫。〔合〕書齋榻，舉案齊眉，穩倩取花冠紫泥。

〔旦〕二君在上，李郎自是富貴中人，只怕富貴時撇了人也！

【前腔】〔旦〕婚姻簿是咱爲妻，怕登科記注了別氏。〔崔〕十郎不是這樣人。肘後香囊半尺絲，想不是薄情夫壻。〔合前〕

〔崔〕君虞，三人中你到有了鳳凰巢，俺二人居然窮鳥，不論靡家靡室，兼之無食無衣，如何活計？〔生〕小弟在此，從容圖之。

【尾聲】〔崔〕相女配夫雙第一。〔韋〕論相夫賢女也得今無二。〔合〕眼看的吹簫樓上一對鳳凰飛。

客賀新婚飲半酡，　勸郎遠志莫蹉跎。

酒逢知己頻添少，　話若投機不厭多。

【校】

① 後，原誤作「可」。 ②【荷葉杯】，花間集所載本調各異。此用顧敻體。 ③ 來，各本俱作「闌」。 ④ 漬勻，繼志齋本誤作「潰勻」；柳浪館本誤作「潰勾」。 ⑤ 春，疑當作「春」。 ⑥ 沁，清暉閣本誤作「泌」。 ⑦ 阮郎歸八句，缺四句。 ⑧ 蕭，原誤作「簫」，據清暉閣本、竹林本改。 ⑨【玉山兒】，南詞新譜作【玉供鶯】，謂【玉胞肚】犯【五供養】、【黃鶯兒】。 ⑩ 荷，清暉閣本作「河」。 ⑪ 竇，清暉閣本誤作「實」。 ⑫ 應，各本俱作「生」。 ⑬ 織，原誤作「職」，據各本改。 ⑭【朱奴兒】，不誤。據南詞新譜，末句作七字句，雖云「可恨」，已有例可循。

第十五齣　權夸選士

【蠻牌令】①〔衆擁盧太尉上〕獨坐掌朝樞，出入近乘輿。君王詔乘春令，殿前兵馬洛陽都指，鑾旗暫此東巡遊駐。大比年怕試期躭誤，詔就此開科選俊儒。咱怎生閉塞了賢門户？

西賓東主帝王家，行幸中都止翠華。才子來攀春月桂，君王垂問洛陽花。自家乃盧太尉是也。盧杞丞相，是我家兄；盧中貴公公，是我舍弟。一門貴盛，霸掌朝綱。今年護駕，東遊洛陽，怕春選誤期，即于洛陽行省挂榜招賢。思想起俺有一女，年將及笄，不如乘此觀選高才爲壻。左右那裏？〔堂候跪介〕〔净〕聽分付：說與禮部，凡天下中式士子，都要參謁太尉府，方許注選。正是：近水樓臺先得月，向陽花木易爲春。②〔下〕

【校】

①【蠻牌令】上原有「越調」二字，此指【蠻牌令】本調。

②下場詩，例應大字分行。

第十六齣　花院盟香

〔浣紗上〕意態精神畫亦難，花枝實個好團欒。曲囀新聲銀甲暖，酒浮香米玉蛆寒。自家浣紗是也。郡主配了李十郎，將秋鴻賞了浣紗。秋鴻伶俐知書，卻被十郎使得東去西去，到不如俺家烏①兒，配了櫻桃，兩口鎮日竈前竈後。正是：乖的走碌碡，贏得眼前熟。癡的不出屋，夜夜皮穿肉。俺看李郎和郡主十分相愛，今早又分付花園遊憩，俺取了白玉碾花罇，盛了碧桃新釀，剮紅矮几擺着蕖葉碗數十枚。且是郡主絃管之暇，雅好詩書，筆牀墨硯，多是王家舊物，都帶巾箱伺候。一對兒早到也。〔旦上〕

【憶秦娥】深深院，弄晴時候東風軟。東風軟，晝長無那，暖鶯初囀。〔浣〕夢餘只②喚添香篆，畫眉一綫屏山遠。〔合〕屏山遠，捲簾花氣③，夜來深淺。

【春光好】〔旦〕紗窗淺，畫屏深，意沈沈④。春着裙腰無力，暗知音。〔浣〕燕尾翦裁羅勝，翠茸點綴花簪。小姐呵，你一點春攢無限事，小眉心。〔旦〕浣紗，眉心有甚事來？〔浣〕小姐未遇李郎時，打鞦韆，擲金錢，賭荔枝，抛紅豆，常自轉眼舒眉；到李郎上門，鎮日紗窗裏眉尖半簇，敢自傷春也？〔旦〕浣紗⑤呵，咱怎比做女兒時，由得自家心性那。〔浣〕可是成人不自在哩。〔生上〕

【夜遊宫】⑥宿雨朝陽館，鬆花控柳煙初滿。幽懽何妨日日展，擁温柔，恨夜來，寒頓淺。

【浣溪沙】〔生〕輕打銀箏落燕泥，暖絲高罥畫樓西。〔旦〕花冠閒上午墻啼。〔生〕眉色暗深芳草徑，靨花輕綻碧桃溪。〔旦〕個人何事閉深閨？〔生〕娘子説何事閉深閨，與你春遊半日。〔旦〕酒籠衣箱，俱已齊備，請行。〔行介〕〔生〕名園春色正相宜，〔旦〕夫壻前行少婦隨。〔生〕竹裏登樓人不見，〔旦〕花間覓道鳥先知。〔浣〕這是百花園門首哩。

【畫眉序】〔生〕花裏唤神仙，幾曲園林芳逕轉。〔旦〕正春心滿眼，桃李能言。鋪翠陌平莎茸嫩，拂畫簷垂楊金偃。〔到門介〕〔合〕春成片無人見，平付與鶯捎⑦燕翦。

咱繞花行一遭也。

【黄鶯兒】〔生〕偷眼艷陽天，帶朝雲暮雨鮮。〔旦拈花介〕一枝低壓宜春院，芳心半點，紅妝幾瓣，和鶯吹折⑧流霞茜。糝香肩，春纖袖口，拈插鬢雲邊。〔生送酒介〕

【皂羅袍】尊⑨酒把玉人低勸，背東風立穩微笑花前。斜簪拋出金縷懸，步香埃窣地淩波見。〔旦作醉介〕〔生〕湘裙皺襌，晴絲翠煙。粉融香潤，揜嬌⑩恣妍。真珠幾滴紅妝面。

【啄木兒】〔旦〕狂耍壻遊戲仙，豆蔻圖中春數點。閒心性皺花呵展，繡工夫葡萄幾綫，卻怎的半踏長裙香逕遠？和你向銀塘照影分嬌面，怕溜閃了釵頭鬢影偏。

〔浣〕天雨哩！〔作避雨介〕

【玉交枝】〔生〕催花雨片，度池亭草氣薰傳。點蜻蜓撇去驚飛燕，趁泥香掠水盤旋。咱兩個一逕行來一字肩，同行覆着同心扇。停半霎瀟湘畫闌，坐一答繡墩金綫。

〔生坐〕〔秋鴻上〕洛下才人貪折桂，秦中美女好觀花。稟相公：天子留幸洛陽，開場選士，京兆府文書起送，即日餞程，不得遲誤。〔生〕如此，快安排行李，渭河登舟也。〔鴻〕明日放參京兆府，春風催馬洛陽橋。〔下〕〔旦〕新婚未幾，明日分離，如何是好？李郎，你看我爲甚宮樣衣裳淺畫眉？只爲曉鶯啼斷緑楊枝。春閨多少關心事，夫壻多情亦未知。妾本輕微，自知非匹。今以色愛，託其仁賢。但慮一旦色衰，恩移情替。使女蘿無託，秋扇見捐。極歡之際，不覺悲生。〔泣嘆介〕〔生〕平生志願，今日獲從。粉骨碎身，誓不相捨。小玉姐何發此言？請以素縑，著之盟約。〔旦〕浣紗，箱盒裏取烏絲闌素段三尺，和墨筆硯來。〔浣〕烏紗闌在此。〔生作寫介〕寫完呈覽。〔旦讀介〕水上鴛鴦，雲中翡翠。日夜相從，生死無悔。引喻山河，指誠日月。生則同衾，死則共穴。李郎，此盟當藏寶篋之内，永證後期。

【玉胞肚】心字香前酬願，鎮同衾心歡意便。碎心情眉角相偎，趁光陰巧笑無眠。絮香囊宛轉把烏絲闌翰墨收全，向一段腰身好處懸。

〔生〕小生這點心呵，

【玉山頽】你精神桃李，天生的温香膩綿。惹嬌音春思無邊，倚纖腰着處堪憐。佳期正展，爲甚的顰輕笑淺？教青帝長如願，鎮無言，一春心事輕可的付啼鵑。

〔旦拜介〕李郎有此心，奴家謝也！

【川撥棹】情何限⑪，爲弱柳擡青眼。怕只怕箋煤字殷，怕只怕箋煤字殷，道得個海枯石爛。囑付你輕休趲，好花枝留倚闌。

李郎，看看日勢向晚。〔回介〕

【憶多嬌】⑫〔合〕春色黯，香徑晚，怯棲鴉啼向鳳城單。乘倒景暮光殘，染殘霞衣袖殫。春興闌珊，春興闌珊，忙歸去階苔翠班。〔旦作跌介〕

【月上海棠】〔合〕蓮三寸，重臺小樣紅編⑬綻。怕逗了朱門，半約花關。這一番遊滿春山，較添得許多嬌眼。人影散，鞦韆外花陰裏扣響銅環。〔浣紗持燭上開門介〕

【尾聲】一簾春色如雲殫，咱高燒銀燭到更殘，怎説起送你個趁春風遊上苑？

銀缸斜映晚妝紅，且照離情今夜中。
夫唱婦隨長自好，青春明月不曾空。

【校】

①烏，繼志齋、柳浪館本誤作「鳥」。②只，原作「口」。據各本改。③氣，各本誤作「風」。④沈沈，各本俱誤作「深深」。⑤浣紗，原誤作「春香」，據辭意改。各本俱無此

「春香呵」三字。⑥宫，葉譜作「春」。⑦捎，清暉閣本誤作「箱」。繼志齋、獨深居、柳浪館三本俱誤作「梢」。⑧折，清暉閣本誤作「圻」。⑨尊，繼志齋本作「仙」。⑩嬌，原誤作「驕」，據清暉閣、柳浪館本改。⑪限，各本俱誤作「恨」。⑫【憶多嬌】，葉譜題作【憶柳嬌】，謂【憶多嬌】犯【亭前柳】。據南詞新譜，唯五、六句應作七字句一。其餘句格皆與【憶多嬌】合。⑬編，原作「偏」，據各本改。

第十七齣　春闈赴洛

〔秋鴻上〕日暖鶯聲麗，風輕馬足先。主人能及第，童僕也登天。昨日相公分付今日赴科，這早還未起來。叫浣紗。〔浣上〕〔鴻〕請相公起程，京兆府有人伺候。正是：才子功名易，佳人離別難。〔下〕

〔旦上〕

【十二時】何事①春草草？正銷凝未了。燕爾歡遲，鴛班赴早。枕屏山夢斷魂遥，强起愁眉翠小。

銀瓶瀉水促朝裝，淚燭紅銷影曙光。卻怪滿身珠翠冷，無人偎暖醉紅鄉。奴家與十郎爲夫婦幾日，不想行幸洛陽，彼中開選，李郎要赴京兆府起送秀才，雖則半月之程，亦自牽人愁緒。早已拜辭了老夫人也。〔生上〕

【繞池遊】② 青雲路有，賦就凌雲奏，望朝雲徘徊意久。

〔旦〕李郎真個起程也。

【黄鶯兒】紅袖濕夭桃，乍驚回雲雨朝，浪桃香二月春雷早。你去後呵，雲横樹杪，雨餘芳草，畫眉人去走章臺道。望迢迢③，金鞭惜與，誰分玉驄驕。

【前腔】〔生〕休恁淚鮫綃，爲朝陽停鳳簫，乘龍人試把龍門跳。向黃金榜標，披香殿朝，洛陽才子争年少。望迢迢④，歸來攜手，衫袖御香飄。

〔鴻上〕稟知船在渭河也。〔下〕⑤

【琥珀墜】⑥〔旦〕年少，麗春園接受了求賢詔。飲御酒三杯休醉了，也不管咱朱門俏待泥金報。英豪，你趁着春水船兒，天上坐了。

【前腔】〔生〕韻高，多應我詩成奪錦袍。沈香亭捧硯寫清平調，也則怕你愁望的酥胸掐漸銷。多嬌，還你個夫人縣君，七香車載了。

〔鴻上〕稟相公：京兆府催請餞程也。

【尾聲】〔旦〕去也呵，不多時斷續鶯聲小，還立盡暮雲芳草。李郎，你去京兆府呵，學一個京兆眉兒向畫錦描。

遊子帶天香，閨人戀夕陽。

明知半月别，要使兩情傷。

【校】

①事，原誤作「時」，據柳浪館本改。②【繞池遊】六句，下缺三句。池，原誤作「地」，當

改。　③迢迢，柳浪館本誤作「超超」。　④迢迢，清暉閣、柳浪館本誤作「超超」。

⑤原無「下」字，據繼志齋本、獨深居本補。　⑥【琥珀墜】，全名【琥珀貓兒墜】。葉譜作【杯傾琥珀】，謂【傾杯序】犯【琥珀貓兒墜】。唯首二句稍有不合，正不必多此一改。

第十八齣　黄堂言①餞

【番卜算】〔府尹上〕黄屋去東巡，紫詔來西尹。桃花春月②起魚鱗，直上龍門峻。

洛陽開榜唤羣英，老拙承恩尹漢京。視草天書中祕出，插花春酒秀才行。下官京兆府尹是也。聖駕幸洛陽，開埸選士，俺京兆府長安縣單起送李益秀才一人，早晚到也。

【好事近】〔生上〕京兆選才人，起送向長安灞津。飄飄獻賦欲凌雲，領取上林春信。

〔報見介〕李益請拜見老先生。〔拜介〕披雲纔見日，〔尹〕翰墨久聞香。〔生〕雅度憐鸚鵡，〔尹〕高飛看鳳凰。左右看酒。

【長拍】紫詔皇宣③，少年英俊，青衫上墨香成陣。李秀才，你此去呵，龍蛇硯影，筆生花繞殿晴熏。今日呵，吉日良辰，醉你個狀元紅浪桃生暈。只望你烏帽宫花斜插鬢，軟帶垂袍挂緑雲。臨上馬御酒三杯盡，喧滿六街塵，香風細蛞殺遊人。

〔生〕小生量淺，告行。〔尹〕未也。少年中了探花郎，還有好處哩。

【短拍】翰苑風清，蓬萊天近，御香浮滿眼氤氳。視草玉堂人，紫荷囊金魚佩那

些風韻。到大來管掌着紫薇堂印，少不的人向鳳池頭立穩，越富貴越精神。〔尹送生介〕

【尾聲】俺京兆尹，送賢臣，送你上朝班玉筍有精神，做得個畫凌雲第一人。

爐中九轉煉初成，　舉主看時亦自驚。
唯有太平方寸血，　今朝盡向隗臺傾。

【校】

①言，繼志齋本、獨深居本、柳浪館本目録俱作「吉」。②月，原作「片」，據繼志齋、柳浪館本改。③紫詔皇宣，葉譜叠一句。下曲「翰苑風清」句同。按，兩曲都有不合律處，聽之可也。

第十九齣　節鎮登壇

【點絳唇】① 〔衆將官上〕塞草煙寒，旗門天半，紅雲綻。疊鼓凝旛，大將人懽看。

塞上經春氣色新，關西纔換護羌軍。堂堂上將登壇日，笳鼓驚飛一片雲。列位請了。咱們都係玉門關内將官，今日新節鎮劉爺升帳，伺候則個。〔衆擁劉上〕

【西地錦】意氣鳳凰霄漢，身當虎豹雄關。坐擁貔貅三十萬，錦袍玉帶朱顔。

【鷓鴣天】曉風蕭瑟獵旌竿，畫戟油幢劍氣攢。九姓羌渾隨漢節，六州蕃落拜戎鞍。穿塞尾，出雲端，二月天西玉帳寒。何事連營歌吹發？漢家飛將舊登壇。自家扶風劉公濟是也。叨承將種，慣握兵機。初當塞北擒胡，今拜關西節制。日吉魁罡，走馬升帳。分付衆將官放參。〔衆將官參見介〕恭賀老爺，封侯萬里。〔劉〕起來。關西事近日如何？〔衆〕聖日長輝，邊塵不起，十分平安。漢家開四郡，斷匈奴右臂；大唐分界西羌，爲大河西小河西二國。近被吐蕃鈐哄生心，兩面之羌，誠恐將來有妨邊計。〔劉〕如此，須當演兵征討。〔衆〕領鈞旨。〔演兵介〕

【山花子】〔劉〕大唐朝素號天可汗，河西臂斷呼韓。問何如參差吐蕃？怒沖冠帶挺獅蠻。〔合〕點旌旗風傳玉關，倚空同長劍天山外，望河源臨風把星宿彈。萬里封侯，圖畫淩煙。

衆將官，俺關西鎮少個參軍，如今吐蕃爭戰，河西軍書冗急，咱已寫下表②文，請一位新科翰林來作軍咨，兼爲記室。河西一軍，旌旗生色矣。〔衆〕領鈞旨。

【前腔】〔劉〕長鎗隊裏也要毛錐站，軍咨記室優閒。羽書飛奏檄凱還，須詞鋒筆陣瀾翻。〔合前〕

【尾聲】衆將官，你竪牙旗打點刀環，轅門外鼓角鳴霄漢，還看取投筆新參他做個定遠班。

大將從天陣捲雲，虎符初出塞西門。
參謀到日飛書去，定報生擒吐谷渾。

【校】

①【點絳唇】，北曲，用作引子。

②表，原誤作「榜」，據繼志齋本、柳浪館本改。

第二十齣　春愁望捷

【金瓏璁】〔旦浣上〕風日洗頭天，緑影暗移鴛甃，陡陰餘薄衫寒透。泥香燕子柔，水碧鴉嬌皺，一簾花雨濕春愁。

【惜分飛】春愁無緒拖金縷，夢裊餘香不去。〔浣〕故故驚人睡，鬧來彈鵲心兒喜。〔旦〕飄飄奏就凌雲賦，會是兒家夫壻。〔合〕望極波凝翠盼，花邊立馬泥金字。〔旦〕浣紗，李郎赴舉，知得意何如？好悶也！

【傍妝臺】①傍妝樓，日高花榭懶梳頭。咱不曾經春透，早則是被春愁。暈的個臉兒烘，哈的個眉兒皺。鳴鳩乳燕，青春正幽。游絲落絮，東風正柔。這些時做不得悔教夫壻覓封侯。

【前腔】〔浣〕謾凝眸，他可在杜鵑橋上數歸舟。你合的是夫妻樂，他分的是帝王憂。怎做得尋常般兒女儔，蟲蟻樣雌雄守？他是西京才子，教他罷休。洛陽春老，知他逗遛。只願他插花筵上占定酒頭籌。

【前腔】〔旦〕錦袍穿上了御街遊，怕有個做媒人闌住紫驊騮。美人圖開在手，央及煞狀元收。等閒便把絲鞭受，容易難將錦纜抽。笙歌晝引，平康笑留。煙花夜擁，俺秦樓訴休。恁時節費人勾管争似不風流。

【前腔】〔浣〕你好似一眉新月上簾鈎，百年人帖不上半年週。雨雲香猶自有，絲蘿契急難丢。你夜香不冷花前②呪，他晝錦還歸月下③遊。你花冠領取，因何恁憂？香車穩載，因何恁愁？少不的卿卿榮耀占住了小紅樓。

【尾聲】泥金喜，畫堂幽，印押的鸞封紅耀手。只這些時燈花閒弄玉釵頭。

長安此去無多地④，　鬱鬱葱葱佳氣浮。
良人得意正年少，　今夜醉眠何處樓？

【校】

①【傍妝臺】，葉譜題作【傍羅臺】，謂【傍妝臺】犯【皂羅袍】。　②花前，各本俱作「前宵」。

③月下，各本俱作「故苑」。　④地，各本俱作「路」。

第二十一齣　杏苑題名

【天下樂】〔文武官上〕玉署春光紫禁煙，青雲有路透朝元。三天日色黃圖外，四海雲光綠字前。

列位請了。今日殿試放榜，聖旨親點了隴西李益書判拔萃，堪爲狀元，早到五鳳門外恭候也。

〔生上〕

【卜算子】鸞鳳繞身翻，奏徹祥雲見。姓字香生紫陌喧，日近君王面。

〔衆〕請狀元謝恩。〔生謝恩介〕

【滴溜子】聖天子，聖天子，萬壽臨軒。賢宰相，賢宰相，八柱擎天。人中選①出神仙，總送上蓬萊殿。宮袍賜宴，謝皇恩今朝身惹御爐煙。

〔衆〕請狀元赴宴。〔行介〕

【前腔】笑從前，笑從前，文章幾篇。喜今日，喜今日，笙歌上苑。十里珠簾盡捲，纔認得春風面。祥雲一片，浪桃香曲江人醉杏花筵。

【尾聲】鈴索一聲花滿院，這清高富貴無邊，多和少留些故事與人傳。

紫陌萬人生喜色，曲江千樹發仙桃。
青雲已是酬恩處，莫惜芳時醉錦袍。

【校】

① 選，獨深居、柳浪館本誤作「遠」。

第二十二齣　權嗔計貶

【一落索】〔盧上〕劍履下朝堂，平步星辰上。春風桃李遍門墻，敢有一枝兒直强！

雙手擎天勢獨尊，錦袍玉帶照青春。洛陽貴將多陪席，魯國諸生半在門。自家盧太尉，長隨玉輦，協理朝綱。聖駕洛陽開試，咱已號令中式①士子，都來咱府相見。昨日開榜，有個隴西李益中了狀元，細查門簿，并無此人姓名。書生狂妄如此，可惱！可惱！咱有一計，昨日玉門關節度劉公濟一本，奏討參軍，我就奏點李益前去，永不還朝，中吾計也。堂候那裏？②〔堂候上〕玉班丞相府，花事洛陽春。稟老爺：有何分付？〔盧〕天下士子俱到太尉府，可怪新狀元李益獨不到吾門，俺有表薦他玉門關外參軍，你去文書房說知。

【風帖兒】你說他書生筆陣堪爲將，編修院無他情況。那劉節鎮呵，表求個參軍選人望。〔合〕須停當，奏兵機特地忙。

〔堂候〕知道了。〔盧〕還分付你：

【前腔】你說玉關西正干戈廝嚷，寫勑書付他星夜前往。官兒催發不許他向家

門傍。〔合前〕

堪笑書生直恁愚，教他性氣走邊隅。

人從有理稱君子，自信無毒不丈夫。

【校】

① 式，獨深居本作「試」。

② 那裏，柳浪館本作「在此」。

第二十三齣　榮歸燕喜

【喜遷鶯】〔旦浣上〕鵲語新晴，奈初分燕爾參差，上苑聞鶯。雲近蓬萊，煙消洛浦，正春風十里柔情。怎愁隨繡綫初迴，夢繞香絲欲住？春困也，紅妝向晚，歸來莫誤卿卿。

蓋世文章金馬門，京西才子洛陽春。東風不捲珠簾面，待向花邊得意人。昨夢兒夫洛陽中式①，奴家梳妝赴任，好喜也！

【二郎神】②　憑闌定，正東風人在洛橋花影。試着③春衫鬆扣頸，幾迴纖手，薰徹金猊燼冷。好是舊香荀令，語俜停趁新妝遊畫省。夢忪惺，背紗窗教人幾番臨鏡。

【前腔】　重省，別時呵衫袖兒翠膩酒痕香迸。〔浣〕十郎終日遊街耍子哩。〔旦〕想應他也爲我懨懨病。日高慵起，長是託④春酲未醒。〔浣〕蛛絲兒早喜也！〔旦〕恁雨絲煙映，弄蟢蛛兒晴，逗⑤風光展翠眉相領。正銷凝，好流鶯數聲堪聽。〔老旦上〕

【玩仙燈】　車馬正喧迎，新狀元花生滿徑。⑥

兒，京兆府接新狀元將至，說是李郎也，快備簫鼓迎宴。

【齊天樂】⑦〔衆擁生上〕御道塵銷春晝永，彩雲蕭史門庭。飛蓋妨花，停驄襯草，此日風流獨勝。

〔見介〕獻賦已成龍化去，除書親得鳳銜來。花明驛路胭脂暖，山到秦樓罨畫開。〔老〕狀元及第，恭承晝錦之榮，賀喜，賀喜。〔生〕指日長安，闕奉泥金之報，慚愧，慚愧。〔老〕浣紗看酒。〔浣上〕袍香宫裏緑，春色狀元紅。酒到。

【畫眉序】〔老〕花暖洛陽城，似獻賦河陽舊風景。喜吹嘘送上，九天馳騁。探一枝春色歸來，帶五彩祥雲飛映。〔合〕跳龍門此日門楣應，簫鼓畫堂歡慶。

【前腔】〔旦〕曾中雀金屏，你是個入彀英雄愛先逞。趁仙郎年少，把縣君親領。舊相如有駟馬前言，新京兆穩畫眉清興。〔合前〕

【前腔】〔生〕曾傍玉梅清，報春色江南未孤冷。喜素娥親許，暗香相並。展漢宫帽壓花枝，暎月殿釵横梅影。〔合前〕

【前腔】〔浣、鴻〕春滿玉蓬瀛，寶燭籠紗篆煙鼎。看宫袍袖惹，翠翹花勝。雨露恩天上碧桃，春風燕日邊紅杏。〔合前〕

〔使客上〕客路朝朝换，鶯啼處處闌。報知金馬客，參佐玉門關。下官盧太尉帳下，徑來報李狀元，除了劉節鎮關西府内參軍事，早晚催赴邊關，此處便是。〔通報見介〕〔生〕久領朝命，容下官數日起程。〔使〕使得，咱在灞亭西相候也。〔下〕〔旦驚問介〕門外那官兒，報狀元那裏去？〔生低云〕朝命催俺去玉門關，參謀劉節鎮軍事，不久便回。

【滴溜子】〔老〕謾説道，三千丈，風雲路徑。乍歸來，且把，十二西樓月映，趁韶華入歡娛佳境。便似尋常喜氣近門闌，也盼煞迴鸞影。兀的真個乘龍怎生不並？

〔生〕醉了也。

【鮑老催】〔旦扶遊介〕從天喜幸，緑衣郎近得紅妝敬，與郎醉扶起玉山凭。休酩酊，宜豪興，當歌詠。守得你探花人到留春賸，你向天街上遊衍把香風趁。合懽樹今端正。

【雙聲子】〔衆〕門庭興，門庭興，遊晝錦春光凝。非僥倖，非僥倖，郎君福夫人命。真相稱，真相稱。皇恩盛，皇恩盛。羨夫榮妻貴，永久歡慶。

【尾聲】從今後一對好夫妻出入在皇都帝輦行，謝皇恩瞻天仰聖。〔生〕則怕少不得緑暗紅稀出鳳城。

朱衣頭踏引春驄⑧，　歸到蓬壺晝錦濃。
果稱屏開金孔雀，　休教鏡剖玉盤龍。

【校】

①式，獨深居本作「試」。 ②【二郎神】，葉譜題作【二賢賓】，謂【二郎神】犯【集賢賓】。 ③着，各本俱作「看」。 ④託，各本俱作「記」。 ⑤逗，各本俱作「甚」。 ⑥【玩仙燈】，此用首二句，下缺。 ⑦【齊天樂】，原誤作【喜遷鶯】。此爲上半，下半缺。 ⑧踏，各本俱作「沓」。

第二十四齣　門楣絮别

【步步嬌】〔老旦上〕彩雲欲散秦簫①徹，向御溝頭流水别，嬌啼暗幽咽。去馬驚香，征輪繞月。風暈的塞塵遮，好門楣作了陽關疊。

【謁金門】留不得，留得也應無益。小玉窗前紅袖滴，鳳臺人半刻。乍團欒底抛擲？柳色灞橋今日。忍看鴛鴦三十六，孤鸞還一隻。自家鄭六娘。女兒小玉，招得李十郎，名魁春榜，官拜翰林，便差去西鎮參軍。聽得關西吐蕃軍情緊急，〔悲介〕我的女兒也！

【醉扶歸】合歡衾覆着纔停帖，連心枕結得好周遮。踹雙絲半步不離些，亂花風擺亞金泥蝶。郎馬兒站不了七香車，關山點破香閨月。

【前腔】〔浣〕恰好的鳳鸞簫雙吹向漢宫闕，怎教他旗影裏把筆陣掃龍蛇。小姐呵，昨宵燈兒下打貼的翠波②斜，今朝車輪上踹碎的柔腸絶。杜鵑來了好咨嗟，知後會甚時節？

〔鮑上〕乍雨乍晴春自老，閒愁閒悶日偏長。細聽鶯語移時立，似怨楊花别路忙。聞得李十郎高中還鄉，從軍遠去。特取一分春色，相看萬里征人。〔見介〕〔鮑〕鄭夫人，你爲十郎遠征，眼梢兒啼得好苦也！〔老〕咱娘兒命薄也。

【女冠子】〔生上〕離愁滿目，還雌雄劍花偷覷。漸魂移帶眼，夢飄旗尾，玉驄嘶緊，畫鸞飛竪。〔旦上〕鏡臺紅淚雨，送江左參軍，洛陽才子。〔衆合〕繞屏山舊路，幾許歡娛，少年羈旅。

〔老見哭介〕李郎。真個生别離呵，苦殺老娘也！〔生〕四娘也在此。

【古女冠子】〔老〕覷得着新狀元爲女壻，正喜氣門闌歡聚。一盃春酒王孫路，看不足怎教去？〔生〕便歸，好生護着家門也。〔老〕深閨淑女，何須疑慮③？便待你侯封絶塞奇男子，咱身是當門女丈夫。〔合〕别離幾許，省可也薄情分付。

【前腔】〔生〕妻，你須索不捲珠簾人在深深處，踏着這老夫人行步。老夫人呵，愧仙郎傍不着門楣住，冷落你鳳將雛。〔老〕李郎早回，妾身老年人也。〔生〕瑶池西母，把絳桃深護。咱把壽山的岳母向遥天祝，愛海的閨娃④窄地呼。〔合前〕

【前腔】〔旦〕人去也知他此恨平分取，淚閣着斷雲殘雨。更無言語空相覷，老夫人直恁苦。看女配夫，等閒離阻。咱夫妻覆不着桐花鳳，子母空啼桂樹烏。〔合前〕

【前腔】〔鮑〕畫堂前訴定個花無主，似人家燕子妻夫。儘商量止不住他鵬程路，説得個儒冠誤。便去待何如？留他怎住？怕猿聞離别堪腸斷，便蟻大功名⑤也索捹

命趨。〔合前〕

〔將官上〕上將程期在，灞陵難久羈。快請參軍起行。〔生拜辭介〕老夫人呵，

【一撮棹】你慈闈冷，好温存你個鳳女孤。〔老〕李郎，你邊關苦，好將息你化龍軀。〔生〕鮑四娘，他娘女，伊家早晚問好看覷。〔鮑〕深領取，還是你早回車。〔旦〕眼見的抛人去，有訴不盡的長亭語。〔合〕真去也，早和晚索盼取幾行書。

〔老〕李郎幾時回來？〔生〕多則一年。

【哭相思】⑥ 最苦是箇條兒嬌壻生離拆⑦，女娘們苦也！

〔老悶倒介〕〔生旦下〕〔鮑〕老夫人休憂，他萬里封侯，歸來正好。

門楣不久去關西，　緑窗嬌女隱愁眉。

流淚眼隨流淚水，　斷腸人折斷腸枝。

【校】

① 簫，繼志齋、柳浪館本作「笙」。② 翠波，各本俱作「淚行」。③「深閨淑女」二句，各本俱作「王門老婦，何須疑誤」。④ 娃，清暉閣本誤作「姓」。⑤ 功名，各本俱作「前程」。⑥ 引子作尾聲用，缺二句。曲牌下原有「尾」字，衍。⑦ 拆，清暉閣本誤作「折」。

第二十五齣　折柳陽關

【金瓏璁】〔旦、浣上〕春纖餘幾許？繡征衫親付與男兒。河橋外，香車駐。看紫騮開道路，擁頭踏鳴笳芳樹。都不是，秦簫曲。

【好事近】〔旦〕腕枕怯①征魂，斷雨停雲時節。〔浣〕忍聽御溝殘漏，迸一聲悽咽。〔旦〕不堪西望卓香車，相看去難説。〔合〕何日子規花下，覷舊痕啼血。〔旦〕浣紗，這灞橋是銷魂橋也！〔衆擁生上〕

北【點絳脣】逞軍容出塞榮華，這其間有喝不倒的灞陵橋，接着陽關路。後擁前呼，白忙裏陡的個雕鞍住。

旌旗日暖散春寒，酒潑胡沙淚不乾。花裏端詳人一刻，明朝相憶路漫漫。左右，頭踏②停灞陵橋③外，待夫人話别也④。〔見介〕〔生〕出門何意向邊州？〔旦〕夫，你匹馬今朝不少留。〔生〕極目關山何日盡？〔旦〕斷腸絲竹爲君愁。李郎，今日雖然壯行，難教妾不悲怨。前面灞陵橋也，妾待折柳尊前，一寫陽關之思。看酒過來。

北【寄生草】怕奏陽關曲，生寒渭水都。是江干桃葉淩波渡，汀洲草碧黏雲漬，這河橋柳色迎風訴。〔折柳介〕柳呵，纖腰倩作綰人絲，可笑他自家飛絮渾難住。

〔生〕想昨夜歡娱也：

【前腔】⑤ 倒鳳心無阻，交鴛畫不如。衾窩宛轉春無數，花心歷亂魂難駐。陽臺半霎雲何處？起來鸞袖欲分飛，問芳卿爲誰斷送春歸去？

〔旦〕有淚珠千點，沾君袖也！

【前腔】 這淚呵，慢頰垂紅縷，嬌啼走碧珠⑥。冰壺迸裂薔薇露，闌干碎滴梨花雨，珠盤濺溼紅綃⑦霧。怕層波溜折海雲枯⑧，這袖呵，瀟湘染就斑文筯⑨。

〔生〕只恁啼得苦也。

【前腔】 不語花含悴，長顰翠怯舒。你春纖亂點檀霞注，明眸謾蹙回波顧，長裙皺拂行雲步。便千金一刻待何如？想今宵相思有夢歡難做。

〔旦〕夫，玉關向那頭去？

【前腔】 路轉橫波處，塵飄淚點初。你去呵，則怕芙蓉帳額寒凝緑，茱萸帶眼圍寬素，蕖荷燭影香銷炷。看畫屏山障彩雲圖，到大來蘼蕪怕作相逢路。

李郎，你可有甚囑付？

【前腔】〔生〕和悶將閒度，留春伴影居，你通心紐扣蕤蕤束⑩，連心腰綵柔柔護，驚心的襯褥微微絮。分明殘夢有些兒，睡醒時好生收拾疼人處。

〔旦〕聽這話，想不是輕薄的，只是眼下呵，

【解三醒⑪】恨鎖着滿庭花雨，愁籠着蘸水煙蕪。也不管鴛鴦隔南浦，花枝外影踟躕⑫。俺待把釵敲側喚鸚哥語，被疊慵窺素女圖。新人故，一霎時眼中人去，鏡裏鸞孤。

〔生〕俺怎生便去也！再看酒。

【前腔】倚片玉生春乍熟，受多嬌密寵難疏。正寒食泥香新燕乳，行不得話提壺。把驕驄繫軟相思樹，鄉淚迴穿九曲珠。銷⑬魂處，多則是人歸醉後，春老吟餘。

〔旦〕你去，教人怎生消遣⑭？

【前腔】俺怎生有聽嬌鶯情緒，全不着整花朵工夫。從今後怕愁來無着處，聽郎馬盼音書。想駐春樓畔花無主，落照關西妾有夫。河橋路，見了些無情畫舸，有恨香車。

〔生〕妻，則怕塞上風沙，老卻人也！

【前腔】比王粲從軍朔土，似小喬初嫁東吴。正才子佳人無限趣，怎棄擲在長途？三春别恨調琴語，一片年光攬鏡嘘。心期負，問歸來朱顔認否？旅鬢何如？

〔旦〕李郎，以君才貌名聲，人家景慕，願結婚媾，固亦衆矣。離思縈懷，歸期未卜。官身轉徙，或就佳姻。盟約之言，恐成⑮虛語。然妾有短願，欲輒指陳。未委君心，復能聽否？〔生驚怪介〕有何罪過？忽發此辭。試説所言，必當敬奉。〔旦〕妾年始十八，君纔二十有二。逮君壯室之秋，猶有八歲。一生歡愛，願畢此期。然後妙選高門，以求秦晉，亦未爲晚。妾便捨棄人事，翦髮披緇。夙昔之願，於此足矣。

【前腔】是水沈香燒得前生斷續，燈花喜知他後夜有無？記一對兒守教三十許，盟和誓看成虛。李郎，他絲鞭陌上⑯多奇女，你紅粉樓中⑰一念奴。關心事，省可的翠綃⑱封淚，錦字挑思。

〔生作涕介〕皎日之誓，死生以之。與卿偕老，猶恐未愜素志，豈敢輒有二三！固請不疑，端居相待。

【前腔】咱夫人城傾城怎遇⑲？便到女王國傾國也難模。拜辭你個畫眉京兆府，那花没艷酒無娛。怎⑳饒他真珠㉑掌上能歌舞？忘不了你小玉窗前自嘆吁。傷情處，看了你暈輕眉翠，香冷唇朱。〔韋崔上〕

【生查子】才子跨征鞍，思婦愁紅玉。芳草送鶯啼，落花催馬足。

早聞得李君虞起行，到日午還在紅亭僝僽也。〔見介〕〔崔〕李君虞，軍中簫鼓喧嗔，良時吉日，早行！早行！〔生〕實不相瞞，小玉姐話長，使人難別。〔韋〕昔人云：仗劍對尊酒，恥爲離別顏。李君虞男兒意氣，一何留戀如此！郡主，俺兩人還送君虞數程，回來便有平安寄上。軍行有程，未可滯他行色。正是：長旗掀落日，短劍割離情。〔下〕〔内作簫鼓介〕〔生〕妻，你聽笳鼓喧嗚，催我行色匆匆，密意非言所盡，只索拜别也。

【鷓鴣天】㉒ 掩殘啼回送你上七香車，守着夢裏夫妻碧玉居。〔旦〕李郎，不索回送。但願你封侯遊畫錦，不妨我啼鳥落花初㉓。〔衆擁生下〕〔旦〕他千騎擁，萬人扶，富貴英雄美丈夫。浣紗，送語參軍，教他關河到處休離劍，驛路逢人數寄書。

一别人如隔彩雲，　斷腸回首泣夫君。
玉關此去三千里，　要寄音書那得聞？

【校】

① 怯，清暉閣、柳浪館本誤作「恰」。　② 頭踏，各本俱作「前軍」。　③ 灞陵橋，獨深居本作「灞橋驛」。　④「别也」下，各本俱有「行」字。　⑤【前腔】，當作【幺篇】。後四曲，同。　⑥「慢煩垂紅」二句，各本俱作「慢點懸清目，殘痕界玉姿」。　⑦ 綃，原誤作「銷」。據紫簫記第二十四齣同一曲改。　⑧ 溜折海雲枯，各本俱作「溜溢粉香渠」。　⑨ 瀟湘染就斑文筯，各本俱作「輕煙染就湘文筯」。　⑩ 束，清暉閣本誤作「東」。　⑪ 酲，各本俱誤作「酲」。

⑫ 蹰，清暉閣本誤作「躏」。　⑬ 銷，原誤作「鎖」，據各本改。　⑭「消遣」下，獨深居本有「那」字。　⑮ 成，獨深居本誤作「誠」。　⑯ 陌上，各本俱作「有分」。　⑰ 樓中，各本俱作「無依」。　⑱ 綃，原誤作「銷」，據各本改。　⑲ 遇，清暉閣本誤作「過」。　⑳ 怎，各本俱作「總」。　㉑ 珠，清暉閣本誤作「步」。　㉒【鷓鴣天】，引子作尾聲用。　㉓「但願你」二句，繼志齋、柳浪館本俱誤作小字白文。

第二十六齣　隴上題詩

【金錢花】〔衆上〕渭城今雨清塵，清塵。輪臺古月黄雲，黄雲。催花羯鼓去從軍，枕頭上别情人，刀頭上做功臣。

列位請了。俺看參軍夫人離别，好不疼人也！一點紅旛，參軍早上。〔生上〕

【滿庭芳】路幓長楊，魂銷折柳，畫橋水樹陰匀。玉堂年少，何事拂征塵？爲問緑窗紅淚，芳尊冷袍袖香分。留不得，灞陵高處，猶自帝城春。

城頭日出使車來，古戍花深馬埒開。忽聽嗚笳兼畫角，聲聲思入古輪臺。恨殺陌頭楊柳色，綰定青衫留不得。思婦①空啼②渭水南，征夫早向交河北。昨去香閨，灞橋折柳，非不縈我心曲。其奈畏彼簡書，只得收淚長辭，麾軍上路。左右起行。

【朝元歌】〔衆〕風氲馬塵，曉色籠驂靷。河濱彩輪，緑水隨流軫。黑隊奔蛇，文旗畫隼，電轉星流一瞬。疊鼓揚鉦，南庭朔方知遠近？草色伴王程，皇華勞使臣。〔合〕遊韁帶緊，早趁封侯鵲印。

【前腔】〔生〕回首長安日近，東方送使君，南陌恨閨人。雪嶺燕支，陽臺翠

粉，去住此情難問。短劍防身，胡沙彫顏吹旅鬢。蕩子去從軍，恩榮變苦辛。〔合前〕

〔衆〕稟爺，前面隴頭水，一支入漢，一支入胡③。〔生〕這分流水是斷腸流也。隴上題梅，杳無便使，咱口占一首：緑楊着水草如煙，舊是胡兒飲馬泉。幾處吹笳明月夜，何人倚劍白雲天。從來凍合關山道，今日分流漢使前。莫遣行人照容鬢，恐驚憔悴入④新年。

【前腔】〔衆〕隴上謾尋芳信，顧恩不顧身，還自想羅裙。古戍笳鳴，關山笛引，也不管梅花落盡。立馬逡巡，流水聲中無定準。飲馬斷腸津，思鄉淚滿巾。〔合前〕

〔鎮西軍鼓吹上〕鎮西府官校迎接參軍。

【前腔】〔衆〕落日長城隱隱，星芒拂陣雲，月羽⑤照花門。谷口旗迴，烽⑥亭樹引，轉過西河上郡。氣色河源，天街旄頭猶未隕⑦。長笑立功勳，邊城麴米春。〔合前〕

心期紫閣山中月，身過黃堆峯上雲。
年髮拚從書劍老，戎衣今作李將軍。

【校】

①婦，柳浪館本誤作「歸」。②啼，各本俱誤作「題」。③胡，清暉閣、柳浪館本俱誤作「湖」。④入，清暉閣本誤作「人」。⑤羽，各本俱誤作「點」。⑥烽，原作「峰」，據各本改。⑦隕，原誤作「鄖」，據繼志齋本改。

第二十七齣　女俠輕財

【月兒高】①〔旦上〕嫌單愛偶，迭②的腰肢瘦。離愁動頭，正是愁時候。首夏如秋，這冷落誰生受？君知否？池塘緑皺，雙鴛鎮並頭。

【生查子】③花月湊新歡，弄雨晴初愜。夫壻不風流，取次看承妾。去去怎回頭？路轉屏風摺。一點在眉心，懶蘸花黄帖。浣紗，相公去了幾日也。〔浣〕好幾日了。〔旦〕崔韋二秀才説④，李郎出境回音，還不見來。想起當初呵，

【銷金帳】花燈會偶，驀地情拋受。短金釵斜鬌溜，姻緣那般輻輳，那般圓就。不枉了一對，靈心兒聚頭。翠淺紅深，揉定花間手。看他取次，取次兒偎融個透。〔浣背唱〕

【前腔】他雲嬌雨弱，倚定個陽臺岫。唱陽關春事休，看他那般迤逗，那般僝僽。逞纖腰暮雨，暮雨河橋折柳。帶結同心，翠濕了啼痕袖。少不得一聲去也，去也摧攢的勾。

〔旦〕浣紗，咱夜夢見也。

【前腔】心情宛舊，繞定咱身前後。咱低聲問還去否？問他這般不湊，那般不抖。〔低介〕便待窗前，窗前推枕兒索就。呀！回首空牀，斜月疎鐘後。猛跳起人兒不見，不見枕根底扣。

〔浣〕小姐，且向相公書房中閒走散心。〔行介〕

【前腔】〔旦〕綠窗塵覆，硯中琉璃漚。〔浣〕怎生秋鴻遺下這文房四寶哩？〔旦〕行箱内他自有。瑣窗兒都是嫩苔也，看他那邊鋪皺，這邊縈繡。不信蒼苔，蒼苔比情較⑤厚。浣紗，想有人來也。〔低〕榻影明窗，曾和他書齋後。〔浣〕有人來。〔旦作慌介〕猛擡頭聽窗外，窗外啼鶯一晝。

浣紗，書窗外半枝青梅，好摘下也。〔虛避介〕〔韋崔上〕

【前腔】長安盡頭，送別個儒林秀。怕斷腸人倚樓，兩個一時歡湊，一時愁就。則爲個些，個些兒香温膩柔。呀！門兒裏可是小玉姐走閃也？見客人來，襪剗金釵溜。和羞走也，走也撚青梅做嗅。

〔旦〕浣紗，來的韋崔二先生，問他送李郎何處？有甚回言？

【前腔】知他去後，個底思量否？長相見還怕舊，禁的⑥真個開頭，真個丟手。便送了他幾個長亭，出秦關訴⑦休。有的情詞，寄上⑧俺妝臺右⑨。這幾日孤單單，教人快⑩瘦。

【風入松】〔韋崔〕浣紗，你聽俺道來： 俺送他一鞭行色照河洲，伴皇華兩三宿。見他向彩雲斷處頻回首，青衫上閣淚偷流。 拜上郡主： 待寫萬金書別來未久，囑付你千金體免離憂。

〔浣〕還有甚話？〔崔〕秋鴻叫你個浣紗姐，不要胡行亂走。〔浣〕啐！帶脚的不飛勾了。〔旦嘆介〕原來李郎回音，叫俺將息。俺霍府偌大家門，李郎去了，他可有甚房分在這長安？央他一個來看守家門到好。你請韋崔二先生⑪外坐，俺這裏問他。〔浣請韋崔外坐介〕〔韋崔〕郡主欲問何事？〔旦〕李郎去住匆匆，妾身未得細詢家世。二位交遊既久，知他更有何人？〔崔〕郡主，敢是怕十郎有前夫人麽？

【前腔】 他從來鰥處比目不曾睞。〔旦〕不爲此，問他身傍帶有甚麽人？〔崔〕只有秋鴻小廝，問前魚何處有？〔旦〕不爲此，問他骨肉有何人？〔韋〕他身星照定無骨肉，儘四海爲家浪遊。〔旦〕也可憐他少年才子，恁的孤窮。〔崔〕也是他奇遇，看藍橋遇仙是有，平白地顯風流。

〔旦自云〕原來如此。且住，俺家也無以次人丁⑫，便要訪問李郎消息，也没個人。前日李郎説，他與二人至厚，兼他客中貧窘，咱家少甚麽來？不如因而濟之，以收其用。浣紗，請二位秀才聽俺道來：

【前腔】 鳳抛凰去孤冷了鵲巢鳩。既無眷屬，二位先生便是嫡親相看也，緩急要個鶺鴒兒答救。〔崔〕二生客中貧⑬忙，怕没工夫看管。〔旦〕這個不妨，衣食薪⑭芻，咱家支分。尋常金幣不着你求，咱家私要的是有。毛詩云：丈夫之友，將雜佩以贈之。雜佩因何贈投，望看承報瓊玖。

〔韋〕既承委託，凡有所聞，託崔兄轉聞。〔崔〕使得。〔韋〕

【前腔】你凝妝穩坐在鳳簫樓，有甚事，教浣紗姐傳示便了。〔崔〕付青雀傳言他即溜。俺二人不便頻來，怕外觀不雅往來稠，專打聽遠信邊州。〔韋〕是則是弟兄朋友，閨門裏要你自持籌。

浣紗姐拜上郡主，咱二人去也。

【尾聲】生涯牢落長安走，向朱門領取閒愁。這女子賢哉！女俠叢中他可也出的手。〔下〕

〔浣〕兩個窮酸，貼他怎的？

只因夫壻遠參軍⑮，　急難之中也要人。
正是禮從人意起，　何須財出嗇家門。

【校】

①【月兒高】本爲仙吕過曲，葉譜以其不合本調，改爲引子，題作【繞池春】，謂【繞池游】犯【洞房春】。②迭，各本俱作「軟」。獨深居本並注云：「軟，一作『迭』。」③【生查子】，原題【卜算子】，當改。④「説」字下，各本俱有「送」字。⑤較，各本俱作「交」。⑥禁的，「的」，原誤作「約」，據各本改；禁，清暉閣本誤作「麓」。⑦訴，清暉閣本誤作「訢」。⑧上，清暉閣、獨深居本作「他」。⑨右，清暉閣、獨深居本作「有」。⑩快，清暉閣本誤作「怏」。⑪先生，柳浪館本作「秀才」。⑫丁，清暉閣本誤作「下」。⑬貧，清暉閣本誤作「負」。⑭薪，原誤作「新」，據各本改。⑮參，各本俱作「從」。

第二十八齣　雄番竊霸

【點絳唇】〔浄吐蕃將上〕生長番家，天西一架，撐犁大。家世零逋，番帳裏收千馬。

塞外陰風捲白蘆，金衣瑟瑟氣豪粗。邏娑一望無邊際，殺氣飄翻小拂廬。咱家吐蕃大將是也。吐蕃熟路①，穿心七千②餘里。生羌殺手二十萬人。横行崑崙嶺西，片片雪花吹鐵甲。直透赤濱③河北，雄雄星宿立鑌④刀。休在話下。所有小河西、大河西二國，原屬咱吐蕃部下，近日唐憲宗皇帝中興，與俺相争，要彼臣服。那大河西出葡萄酒，小河西出五色鎮心瓜，正用⑤搔擾時節，不免唤集把都們號令一會。〔衆上〕

【水底魚】白雁黄花，塵飛黑海涯。番家兒十歲，能騎馬鳴笳。皮帽兒夥着，黑神鴉風聲大。撞的個行家，鐵里温都答喇。

〔見介〕〔浄〕俺國年年收取大河西國葡萄酒，小河西國進五色鎮心瓜，如今正是時候，點起部落們去搶他一番！⑥〔衆應介〕

【清江引】皮囊氈帳不着家，四面天圍野。漢兒防甚秋？塞草偏肥夏。一弄兒

把都們齊上馬。〔作嗅香介〕

【前腔】葡萄酒熟了香打辣，凹鼻子寒毛⑦乍，醉了咬西瓜。劄起雪山花，趲行程番鼓兒好一會價打。

初夏草生齊，番家馬正肥。

射飛清海上⑧，傳箭玉關西。

【校】

①熟路，柳浪館本作「路熟」。②千，各本俱作「百」。③濱，應作「賓」。④鑌，獨深居本誤作「鎗」。柳浪館本作「鑌」。⑤用，清暉閣、柳浪館本俱作「要」。⑥「一番」下，各本俱有「聽令」二字。⑦毛，清暉閣、柳浪館本誤作「色」。⑧清海，當作「青海」。

第二十九齣　高宴飛書

【一枝花】〔劉上〕牙旗翻翠葆，彈壓燕支道。轅門金甲偃，閒吟眺①。玄鬢初驚，坐聽新蟬噪。大樹將軍老，柳色槐陰，偏稱羽扇綸巾清嘯。

【臨江仙】河漢千年鳳舞，煙沙萬里龍荒。封侯只愛酒泉鄉，關山瞻漢月，戈劍宿胡霜。紫塞夜搖風角，薇垣曉動星芒。翩翩書記舊河梁，幕中邀謝鑒，麾下得周郎。自家劉公濟是也。承天子命，拜朔方河西二道節鎮，近移軍玉門關外，奏准聖旨，親點狀元李益參軍，乃吾故人也。報説今日到任，已分付各邊城②，旌旗號令，精整一番。堂候官備酒。〔内鼓吹介〕

【滿江紅】〔生衆擁上〕寶③馬嘶雲，青絲鞚籠鞭袖裊。河橋聽鳴笳疊鼓，暮山欲噪。玉帳門前歌吹動，戍樓嶺上紅旛繞。〔衆〕風煙河畔引王孫，青青草。

〔見介〕〔劉〕④詞場第一名，〔生〕軍事得參卿。〔劉〕客冠三台坐，〔生〕人依萬里城。〔劉笑介〕李君虞，今日劉公濟可是喜也！左右看酒。〔堂候〕日永篆香宜畫軸，風清繡幙好投壺。酒到。

【梁州序】⑤〔劉〕玉堂年少，日華天表，共仰雍容廊廟。何緣關塞，逢迎仙旆飄搖。似你三千禮樂，十萬甲兵，百二山河小。自來帷幄裏，夢賢豪，萬里雲霄一羽毛。

〔合〕清和侯⑥，煙塵道，展營門細柳平安報。軍中宴，鎮歡笑。

【前腔】〔生〕非熊奇貌，卧龍風調，緑鬢朱顔榮耀。長城萬里，君侯坐擁幢旄。快覩軍容出塞，將禮登壇，冠世英雄表。金湯生氣象，迥銅標，圖畫在麒麟第一高。〔合前〕

〔劉〕參軍到此，即有軍中一大事請教。玉關之外，有小河西、大河西二國，自漢武皇開西域四郡，隔斷匈奴，這兩國年年貢獻大漢。大河西獻葡萄酒，送在酒泉郡賜宴。小河西獻五色鎮心瓜，送在北瓜州犒賞。到大唐初年，舊規不改。近自吐蕃挾制，貢獻全疎，意欲興兵，相煩草奏。〔生〕容下官措思。

【前腔】〔劉〕碧油幢燕雀風高，金字旗龍蛇雲繞。聽單于吹徹，平安烽早。深感主恩鄭重，軍令分明，你筆陣狼煙掃。試揮毫，倚馬西飛插羽翿。〔合前〕

〔生〕老節鎮在上，河西貢獻不至，興兵主見不錯。但是四五月間，晴雨不常，天氣未便。下官叨以筆墨從事，願草咫尺之書，先寒二國之膽。更容下官分兵，戍守回中受降城外，綴吐蕃之路，使他不敢空國而西。則酒泉不竭于唐，甘瓜復延于漢矣。〔劉〕參軍高見，此乃王粲登樓之才，李白嚇蠻之計也。左右，取大觥進酒。

【前腔】〔生〕染宮袍來附金貂，總戎陣未妨魚鳥。擣花邊簇馬，風前欹帽。憶西清別騎，東府君侯，不信邊頭好。侍雄豪，書劍從軍敢告勞。〔合前〕

〔衆上〕整頓舞衣雲出塞，動摇歌扇月臨邊。〔衆旦樂介〕

【節節高】金花貼鼓腰，一聲敲，紅牙歌板齊來到。龜茲樂，于闐操，花門笑。怕人間譜換伊梁調，某州入⑦破橫雲叫。〔合〕酒灑西風茜征袍，軍中且唱從軍樂。

【前腔】〔衆旦舞介〕裁停碧玉簫，陣花飄，河西錦帶翩翻耀。風前掉，掌上嬌，盤中俏。胭脂山下人年少，紅氍隊裏華燈照。〔合前〕

【尾聲】聽鳴笳芳樹篇篇好，小梁州宴罷人長嘯，單則是玉門關外老班超。

軍中高宴夜堂開，　城上烏驚探馬來。
火照墨花飛草檄，　衆傳君負佐王才。

〔劉弔場〕叫中軍官，明早到參軍府領下檄文二道。矯詔宣諭大小河西，責⑧其貢獻。不服之時，興兵未遲。正是：鞍馬不教生髀肉，檄書端可愈頭風。〔下〕

【校】

①眺，清暉閣本誤作「脁」。　②城，清暉閣本誤作「賊」。　③寶，竹林本誤作「實」。

④原缺「劉」字，當補。　⑤【梁州序】，當作【梁州新郎】。【梁州序】犯【賀新郎】也。第三、四支，句格又自不同。不强爲點定。　⑥候，柳浪館本誤作「侯」。　⑦入，獨深居本誤作「人」。　⑧責，清暉閣本誤作「黃」。

第三十齣　河西款檄

【粉蝶兒】〔大河西回回粉面大鼻鬍鬚上〕撒采天西，泥八喇相連葛剌，咱占定失蠻田地。馬辣酥拌飲食，人兒肥美。花蕊布纏匝胸臍，骨碌碌眼凹兒滴不出胡①桐半淚。

自家大河西國王是也。天時葡萄②正熟，東風起釀酒，貢獻吐蕃。今又聞得大唐天子起兵把定玉門關，要咱國伏降。咱國無定，先到者爲大。咱便釀下葡萄酒，看大唐吐蕃誰先到也？〔番卒上〕報報報，大唐使臣到。〔内呼介〕使臣到。大唐皇帝詔諭大河西王跪聽宣讀：昔漢西域説開葡萄歸漢，今遣劉節鎮李參軍鎮定大河西，可從節制，不服者興兵誅之。叩頭謝恩！〔番王起介〕請大唐使臣喫馬桐宴。〔内應介〕即往小河西③，不可久停，請了。〔番王〕俺國降唐也。自古④河西稱大國，從今北斗向中華。〔下〕〔小河西回回青面大鼻鬍鬚上〕

【新水令】火州西撒馬兒田地大狻猊，降伏了覆着氈旃兒做坐席。恰咬了些達郎古賓蜜⑤，澡了些火敦腦⑥兒水。鑌鐵刀活伶俐，燒下些大尾子羊好不攙人的鼻。

自家小河西國王是也。先年臣伏大唐，近來貢奉吐蕃。到瓜熟時，吐蕃便來蹂踐一番。若再來擾，到不如降了大唐也。〔内呼介〕詔使到。大唐皇帝詔諭小河西王跪聽宣讀：皇帝念小河西絶遠，今遣劉節鎮李參軍撫之，逆者興兵誅討。叩頭謝恩！〔番王起介〕請大唐使臣喫了燒羊尾巴去。〔内應介〕使臣便往回中受降城，斷絶吐蕃西路，不得遲留，請了。〔番王〕咱降唐罷。正是：詔從天上下，嚇殺小河西。〔下〕

【一枝花】〔吐蕃將黑臉領衆上〕當風白蘭路，避暑黄楊渡，槍槊兒剔透在三門豎。閃閃風沙，陣脚紅旗布，打一聲力骨碌。俺帽結朝霞，袍穿氊氇，劍彈金縷。

天⑦西靠着悶摩黎，回鶻龜兹拜舞齊。只有河西雙鷂子，西風吹去向南飛。自家吐番大將，起了部落，搔擾大小河西。好景致也！〔行路打圍介〕

【端正好】旗面日頭黄，馬首雲頭緑。草萋⑧迷遮不斷長途，大打圍領着番土魯，繞札定黄花谷。

【滚繡球】風吹的草葉低，甚時節青疎疎柳上絲？聽的咿呀呀雁行鴉侶，吱哳哳野雉山狐。急張拘句⑨的捧頭獐，赤溜出律的決口兔。戰篤速驚起些窣格落的豪豬，咕叭喇喝翻⑩了黑林郎雕虎。急迸咯啷的順邊風，幾捧攔腰鼓。濕溜颯喇的是染塞草、雙雕濺血圖，錦袖上模糊。

呀！到大河西了，問葡萄⑪酒熟麽？〔内應介〕大唐使臣到此，俺國降唐了。〔番將怒云〕呀！大河西降了唐也。

【倘秀才】 呆不鄧的大河西受了那家們制伏，滿地上綻葡萄亂熟，醖就了打辣酥兒香碧緑。你獻了呵三盃和萬事，降唐呵也依樣畫葫蘆，罵你個醉無徒！

把都們且搶殺他一番！〔作走殺介〕呀！前面小河西了，問他鎮心瓜熟麼？〔內應介〕大唐使臣到此，已降唐了。〔番將怒介〕呀！小河西又降了唐也⑫。

【幺篇】⑬ 些娘大的小河西生性兒撇古，東瓜大的小西瓜瓤紅子烏，刺蜜樣香甜冰雪髓。小河西你獻咱瓜呵省可了咱心煩暑，不獻呵瓜分你國土，敢待何如？

〔內〕大唐分兵去截你歸路了，你國敢怕唐朝也！〔番將〕説大唐麼？

【尾聲】 暫回去放你一綫降唐路，咱則怕大唐家做不徹拔刀相助。咱不道決撒了呵，有日和你打幾陣戰河西得勝鼓。

番家射獵氣雄粗⑭， 去向河西嘴骨都。

似倚南朝做郎主， 可知西域怕匈奴。

【校】

① 胡，清暉閣本誤作「梧」。 ② 葡萄，原誤作「萄葡」，據清暉閣、柳浪館本改。

③「小河西」下，各本俱有「去」字。　④古，各本俱作「有」。　⑤蜜，各本俱誤作「密」。
⑥腦，據葉譜改。各本俱誤作「胸」。　⑦天，清暉閣本作「大」。　⑧萋，各本俱誤作「棲」。
⑨句，原誤作「勾」，當改。此四字原作「急張拘諸」，如金元雜劇虎頭牌第一折作「急張拒逐」；薛仁貴第三折作「急獐拘豬」。　⑩翻，原作「番」。當改。　⑫各本俱缺【倘秀才】至「降了唐也」一段。　⑬原仍題【倘秀才】，據葉譜改。　⑭雄粗，各本俱作「普魯」。

第三十一齣　吹臺避暑

【西地錦】〔劉上〕西地涼州無暑，有中天冰雪樓居。一時勝事誇河朔，看他小飲如無。

【一落索】　畫戟垂楊吹幕府，臺館新成，燕雀窺簷語。珠簾暮，涼州唱徹人無暑。　參佐風流時一聚，肯學妬才鸚鵡？雨洗燕支路，且須高宴凝歌舞。①俺劉公濟，鎮守關西，李君虞參吾軍事，可謂翩翩記室。且喜征塵路净，避暑筵開。近報得河西納款，早則喜也！〔内作樂介〕〔生上〕

【番卜算】　六月罷西征，燕幙風微度。雅歌金管按投壺，將軍多禮數。

〔相見介〕〔劉〕避暑新成百尺②臺，〔生〕軍中高宴管絃催。〔劉〕知君不少登樓賦，〔生〕正爾初逢袁紹盃。〔劉〕參軍，俺二人以八拜之交，同三軍之事，西事匆匆，未遑高宴。今兹天氣炎暑，小飲涼臺。左右看酒。〔堂候上〕臺高欲下陰山雪，晝永堪銷沈水香。酒到。

【惜奴嬌】③　〔劉〕萬里長驅，喜軍中高宴、正屬吾徒。邊塵静、日永放衙休務。正午，槐展油幢，苔卧沈槍，花催羯鼓。難度，六月裏染征雲，怎不向吹臺歌呼？

【前腔】　〔生〕男兒，坐擁銅符，喜繡旗風偃、畫棨雲舒。涼州路、日遠炎蒸不住。

正爾，羽扇綸巾，據牀清嘯，圍棋賭墅。凝佇，看燕寢恁幽香，時裊碧窗煙霧。

〔卒捧酒甕上〕水色清浮竹葉，霧華香沁葡萄。稟老爺：酒泉郡獻大河西國葡萄④酒。〔劉〕此酒參軍之功也！堂候行酒。

【黑蟔序】⑤ 香浮，頓逐醍醐，鎮葡萄亂潰，鴨頭新緑。也索向酒泉移封，把涼州換取。〔生〕清酣，想一⑥年風色阻，千日凍花敷。暈珍珠，醡盡酸甜，留下水晶天乳。

〔卒捧瓜上〕北斗高如南斗，西瓜大似東瓜。稟老爺：瓜州獻小河西國鎮心瓜。〔劉〕此亦參軍之功也。堂候進瓜。

【前腔】 清虛，冰井沈餘，等半輪青破，一襟涼貯。鎮紫瓤浮動，素津流注。〔生〕冰筋，甘垂承掌露。寒濺泣盤珠。沁肌膚，迸玉綻紅，跳顯出個人風度。

〔劉〕好上望京樓一望也。〔生〕望京有甚好處？

【錦衣香】 〔劉〕闢樹鋪，濃陰護。水萍紆，微風度。飛樓外望京何處？〔生〕怕乘鸞煙去。鳳臺孤，邊聲似楚，雲影留吳。據胡牀三弄，影扶疎。嘯欹樓柱。聽胡笳悲切訴，似訴年光流欲去。正繞鵲休枝，驚蟬墜露。

【漿水令】 〔合〕家何在畫屏煙樹？人一天關山夢餘，砑光盃影醉蟾蜍。便待敲殘玉唾，擊碎珊瑚。心未愜，鬢先素，慢尋河影斷長安路。樽俎內，樽俎內，風雲才聚。旗門外，旗門外，河漢星疎。

【尾聲】〔劉〕參軍呵，和咱沈李浮瓜興不俗。你要受降城去⑦也，早則秋風別哨關南路。則怕你要喻檄還朝賦子虛。

〔生〕下官感公侯知遇，口占一詩。〔劉笑介〕請教。〔生吟介〕

日日醉涼州，笙歌卒未休。

感恩知有地，不上望京樓。

【校】

①此詞句格與欽定詞譜所載本調各體俱異，或别有所據。「肯學妬才」，原作「閒學如才」，據繼志齋本、獨深居本改。②尺，柳浪館本誤作「天」。③【惜奴嬌】，不合曲譜句格。葉譜改題【夜行船序】，亦不全合。④葡萄，原誤作「萄葡」，據别本改。⑤【黑嘛序】，原誤作【鬬寶蟾】，當改。按，此曲例用前腔换頭，非本調也。⑥一，獨深居本、柳浪館本俱作「十」。⑦原無「去」字，據獨深居本補。

第三十二齣　計局收才

【夜行船】〔盧上〕一品當朝橫玉帶，婣連外戚勢遊中貴。世事推呆，人情起賽，可嗔那書生無賴！

兵權掌握勢爲尊，奉詔移軍鎮孟門。獨倚文章傲朝貴，賈生空遇聖明君。自家盧太尉，三年前因李益恃才氣高，計遣參軍西塞。聽見李生有詩獻劉鎮帥：感恩知有地，不上望京樓。即當奏知，怨望朝廷。只是一件，咱方奉命把守河陽孟門山外，召回劉節鎮暫掌殿前諸軍。咱將計就計，今早奏准聖人，加李君虞秘書郎，改參孟門軍事，不必過家。看他到咱軍中，情意如何，招他爲壻。如再不從，奏他怨望未晚。已遣人請他朋友京兆人韋夏卿商量，早來也。〔韋上〕

【薄倖】暑色初分，秋聲一派。看長安馳道，秋風冠蓋。天涯有客，幾時能會？俺消停處，見畫棨朱門橋外，好參謁中朝太尉。

〔見介〕〔盧〕好客勞①西笑，〔韋〕人雄鎮北軍。〔盧〕折簡求三益，〔韋〕旌旄謁使君。〔盧〕韋先生，你是李君虞好友，俺今移鎮孟門，奏改他參吾軍事，可好麽？〔韋〕李君虞三年在邊，資當内轉。今又參卿軍事，恐非文人所堪！〔盧〕他有詩劉鎮帥，怨望朝廷，又何必强他入朝，咱招賢館勝如望京樓也。

【羅②鼓令】他朝中文章後輩，曾喜他相見只尋常到來，知他性兒那些尷尬？

〔韋〕都是些少年情態，怎知的千金賦今人不買？枉了筆生災，題鸚鵡教誰喝采？〔盧〕咱無文的太尉何禁怪？只可惜賈長沙干死了洛陽才。〔合〕他鄉歲月，遠水樓臺。今朝領旨，知他便回。相逢到此好佳懷，秋江寂寞也自放花開。

【前腔】〔盧〕當初也浪猜，咱移軍把着孟門去來，參軍事請他優待。〔韋〕文章士自有廟堂除拜，作參軍知幾載？〔盧〕孟門喜非邊塞也。〔韋〕便做道非邊塞，曾如站立在白玉階。〔盧〕咱軍容將禮好不雄哉！早難道古來書記都不是翰林才？〔合前〕

〔韋〕既將軍厚待，李君虞自有國士之報。小生告行。

【餘文】爲交情，一笑來。〔盧〕須知吾意亦憐才。韋先生，休道俺少禮數的將軍做不的招賢宰。

〔韋下〕〔盧弔場〕可笑！可笑！韋生豈知俺計也？候旨官兒怎的不見到來？〔堂候上〕微聞禁漏穿花遠，獨詔邊機出殿遲。稟爺，聖旨已下，李益以秘書郎改參孟門軍事，即日離鎮，不許過家。〔盧笑介〕書記在吾算中矣。分付諸軍起行。

孟門關外擁羆貅，打鳳撈龍意不休。

但得他來府門下，那時誰敢不低頭！

【校】

①勞，獨深居本作「來」。

②羅，原誤作「鑼」，據獨深居本改。謂【刮鼓令】犯【皂羅袍】、【包子令】也。

第三十三齣　巧夕驚秋

【念奴嬌】①〔旦同浣上〕梧桐乍雨，正碧天秋色，霧華煙暝②。浴罷晚妝凝望立，簾漾玉鈎風定。〔浣〕别院吹笙，高樓掩鏡，泛灩銀河影。〔合〕幽期無限，佩環聲裏人静。

【臨江仙】〔旦〕炎光初洗輕塵雨，飛星寄恨迢迢。〔浣〕金風玉露翠華摇，暫③停鮫泣翠，相看鵲填橋。〔旦〕占得歡娱今夜好，一年幽恨平消。〔浣〕綵樓人語暗香飄，〔合〕不知誰得巧？空度可憐宵。〔旦〕浣紗，今當七月七夕，織女渡河，香燭瓜果，已備樓中。去請老夫人、鮑四娘同會綵筵，可早到也。〔老旦上〕

【似娘兒】閨閣露華零，感佳期愁絶惺惺，聽機中織女啼紅迸。望牽郎河漢，烏飛涼夜，鬢染秋星。

〔鮑上〕兒，請俺怎的？〔旦〕母親萬福！今逢巧夕，請④母親同鮑四娘消遣一回。〔老〕鮑四娘可待來麽？

【繞池遊】綵樓清迥⑤，燭閃紅妝靚，笑年年乞巧誰賸？

〔見介〕鄭夫人郡主萬福！今夕香燭果筵，莫非穿鍼故事乎？〔老〕咱老人家乞⑥巧何用？正爲兒女相邀，四娘同此。〔鮑〕從來乞巧，凡有私願，只許在心，不許出⑦口。但看蟢子縈盤，便是人間巧到。老夫人，你我心中暗祝，同拜雙星便了。〔拜介〕烏鵲橋成上界通，千秋靈會此宵同。綵盤花閣無窮意，只在遊絲一縷中。〔老〕此夕真佳景也。

【念奴嬌序⑧】人間天上，數佳期新近，秋容太液波澄。院宇黄昏，河正上，幾看清淺閒庭。輝映，雲母屏開，水晶簾捲，月微風細淡煙景。〔合〕同看取，千門影裏，誰似雙星。

【前腔】〔旦〕河影，層波夜炯。怕空濛⑨霧染機絲，翠花寒凝。一水仙郎，遥望處，脈脈此情誰證？傒幸，喜極慵妝，歡來罷織，倚星眸曾傍暗河行。〔合前〕

【前腔】〔鮑〕還倩，那些縹緲銀鸞，參差烏鵲，斷虹低處翠橋成。清佩隱，似濕雲含雨流聲。清興，按户斜窺，凌波微步，一天秋色今宵勝。〔合前〕

【前腔】〔浣〕端正，步障停雲，眉梁瀉月，一年情向此中傾。清虚處，微茫香霧⑩盈盈。私聽，百子池邊，長生殿上，〔内作笑介〕便風中微語⑪笑分明。〔合前〕

【古輪臺】〔老〕夜雲輕，秋光銀燭畫圍屏，水沈細縷香生鼎。〔鮑〕綵樓低映，問誰許宵征，鈿合金釵私慶？似恁幽歡十分清，把人間私願一時并。〔旦〕商量不定，暗風吹羅帶輕縈。柔情似水，佳期如夢，碧天瑩净，河漢已三更。〔浣〕良宵耿，算此時誰在迴廊影？

【前腔】〔鮑〕含情，若是長久似深盟，又豈在暮暮朝朝，歡娱長並？〔旦悲介〕玉漏無聲，恨浥西風不盡。忍顧河西人遠，斷河難倩。重歸向舊鴛機上，拂流螢殘絲再整。〔合〕想牽郎還望儜停，鮫綃幾尺，淚花猶瑩。臨河私贈，時有墮釵横。便道是天河永，他年年風浪幾時生？

【意不盡】明朝烏鵲到人間境，試説向青樓薄倖，你可也卧看牽牛織女星。

阿母天孫恨幾端，　九微燈影佇青鸞。

誰尋仙客乘槎路？　且伴佳人乞巧盤。

【校】

①原作【念奴嬌序】，當改。　②暝，各本俱誤作「瞑」。　③暫，清暉閣本誤作「暬」。

④原無「請」字，據各本補。　⑤迴，清暉閣、柳浪館本誤作「迴」。　⑥乞，獨深居本作「得」。　⑦出，清暉閣本作「由」。　⑧原缺「序」字，當補。　⑨濛，原誤作「蒙」，據各本改。

⑩霧，繼志齋本、柳浪館本作「露」。　⑪語，原作「雨」，據各本改。

第三十四齣　邊愁寫意

北【點絳唇】〔衆邊將上〕紫塞飛霜，平沙月上，旌旗晃。劍戟排墻，擁定銅符帳。

一聲參佐發蘭州，萬火屯雲映緑油。邊鋪恐巡旗盡换，山城欲過館重修。咱們是朔方劉節鎮部下，因李參軍分兵回樂峯受降城，斷截吐蕃西路。今夜巡塞，各城堡守瞭軍人嚴緊伺候。〔衆應介〕〔衆鼓吹燈籠，擁生上〕

【金瓏璁】萬里逐龍荒，擁弓刀千騎成行。刁斗韻悠揚，畫角聲悲壯。錦盤花袍袖生涼，纔起點報星霜。

邊霜昨夜墮關榆，吹角當城片月孤。無限塞鴻飛不度，秋風吹入小單于。自家本用文墨起家，翻以弓刀出塞。既有三軍之事，豈無一夕之勞。分付將官軍士，用心巡守。〔衆應介〕〔生〕將帳門捲上，一望塞外風煙。

【一江風】碧油幢，捲上牙門帳，步上嚴城壯。漢旌旗，數點燈前，掩映紗籠絳。遠望火光，可是胡兒夜獵也？〔衆〕非關獵火光，非關獵火光，是平安報久常，玉門關守定這封侯相。

回樂峯前了。

【前腔】〔生〕那邊廂，淡素鋪平敞，堆積的淒寒狀。敢是下雪也？〔衆〕是沙也。〔生〕①是氤氳幾垜平沙，似雪紛②彌望。瑶池在瀚海傍，瑶池在瀚海傍。〔衆〕梁園在古戰場，築沙堤等不得沙河將。

是受降城也③。

【前腔】〔生〕冷清光，氣色霏微漾，暈影兒矇朧晃。敢是霜也？〔衆〕是月亮。〔生〕步寒宫認得分明，不道昏黄相。衣痕上辨曉霜，衣痕上辨曉霜。〔衆〕是嫦娥在女墻，照愁人白髮三千丈。

〔生〕俺坐一會也。

【前腔】據胡牀，沙月浮清況，〔內吹笛介〕猛聽的音嘹亮。〔衆〕何處吹笛也？這吹的是關山月也？是思歸引也？〔衆作回頭望鄉介〕〔指云〕那不是俺家鄉洛陽？那不是俺家鄉長安？那不是他家鄉隴頭？〔生亦作望鄉掩泣〕〔衆〕被關山横笛驚吹，一夜征人望。家山在那方？家山在那方？離情到此傷，斷腸聲淚譜在羅衫上。

〔王哨上〕龍吟塞笛空横淚，雁足吴箋好寄書。稟參軍爺，小卒是京師盧太尉府中王哨兒便是。因來劉節度軍中探取軍情回京，可有平安書寄？〔生〕正好相煩。情書不盡，暫將屏風數摺，對此清光，畫出邊城夜景，見咱凄凉也。秋鴻，取畫筆丹青聽用。〔鴻上〕王會圖中開粉本，陽關曲裏寄丹青。紙屏風蛾墨在此。〔生做畫介〕

【三仙橋】陽關落照，儘斷煙衰草。河流一綫，那更鴻縹緲。邊城上，着幾點，漢旌摇，盼胡天恁遥。呀！俺提起潤生綃，拂拭些情淚落。還倚着路數④分斜，隨着素毫，展風沙蘸的個墨花淡了。屏風呵，一遞遞短長城，做不出疊巫山清曉。

待畫這沙似雪，月如霜。

【前腔】卻怎生似雪樣偎沙迴⑤杳？一抹兒峯前回樂。則道是拂不去受降城上清霜，看則是永夜征人沙和月長恁照也⑥。影飄飄，碧濛濛，把關河罩，幕寒生夜悄。四下裏極目暗魂銷，清寒似寂寥。這幾筆兒輕勾淡繞，撇綽的暮光浮，隱映的朦朧曉。屏風呵，恁路數兒是分明，可引的夢沙場人到。

待畫着征人聞笛望鄉也。

【前腔】一笛關山韻高，偏趁⑦着月明風裊，把一夜征人，故鄉心暗叫。齊回首，鄉淚閣，並城堞兒相偎靠，望眼兒直恁喬。想故園楊柳，正西風摇落。便做洗邊塵⑧霜天乍⑨曉，也星似嘹雲飄⑩，銜入遍梁州未了。屏風呵，比似俺吹徹梅花，怎遞送的倚樓人知道？

畫完，題詩一絕：回樂峯前沙似雪，受降城外⑪月如霜。不知何處吹蘆管？一夜征人盡望鄉。詩已題下，王哨兒寄去也。〔哨〕自有回報。

【尾聲】做不得李將軍畫漢宮春曉，俺這裏捲不去的雪月霜沙映白描，趁着這一天鴻雁秋生早。〔哨下〕

〔走報人上〕烏鵲南飛終是喜，馬首西來知爲誰？自家長安門走報的便是。來報李參軍轉官，不免徑入。〔見介〕恭喜老爺，新奉聖旨，加秘書省清銜，改參盧太尉孟門軍事，即日起程。〔生〕何因有此？先賞報人去，便寫書謝了劉節鎮起程。〔報〕節鎮劉爺，也欽取還朝，總管殿前諸軍事。〔生〕呵！原來如此。

西塞東歸總戰塵，畫屏風裏獨沾巾。
閨中只是空相憶，若見沙場愁殺人。

【校】

①原無「生」字，據獨深居本補。②紛，獨深居本誤作「粉」。③也，各本俱作「了」。④數，原誤作「敷」，據獨深居本改。⑤迴，原誤作「迴」，據繼志齋本、獨深居本改。⑥葉譜據律刪「也」字。⑦趁，原誤作「起」，據獨深居本改。⑧塵，原誤作「城」，據各本改。⑨乍，清暉閣本誤作「年」。⑩也星似嘹雲飄，費解，疑有誤字。星，各本作「心」；嘹，獨深居本、柳浪館本作「嘹」。葉譜作「聲逐塞雲飄」。⑪外，各本作「上」。

第三十五齣　節鎮還朝

【寶鼎兒】〔衆擁劉節鎮上〕旗門占氣色，鳳尾雲飄，旄頭宿落。匣劍老轆轤繡澀，邊烽冷兜笭苔卧。共仰清時留節鎮，萬里關河紫邏。〔合〕正簫鼓鳴秋，牙幢清晝，貂蟬繞座。

獨攜堂印坐西州，一劍霜飛雁影秋。卻笑班超容易老，焉知李廣不封侯？自家劉公濟，鎮守玉門關外，推轂幾年，拓地千里。落日已收番帳盡，長河流入漢家清。昨奉聖旨，着下官還朝，總管殿前諸軍事。李君虞加秘書郎，改參盧太尉孟門軍，早晚參軍書到也。〔卒持書上〕雲沈老上飛鴻去，日落回中探馬還。〔叩頭介〕參軍爺有書。〔劉笑念書介〕參軍李益頓首劉節鎮開府麾下：愚生書劍西征，拜瞻台座，三載于兹，恩禮兼至。袁本初書記，時有優渥之言；王仲宣從軍，不無思鄉之感。意難遥别，道阻回長。所深幸者，君侯膺歸衮之期，賤子附遷鶯之役。風期未遠，存問非遥。虎變龍蒸，風雲自愛。不宣。益再頓首。呀！李君虞早向孟門去也。下官既受君命，不俟駕行。堂候官，請征西大將軍金印出來，交與副將軍權領，即日起行。〔副將領衆上〕關西諸將謁①容光，曾入甘泉侍武皇。今日路傍誰不羡②，功業汾陽異姓王！恭賀老爺還朝。〔劉〕老夫有何功績，得此皇宣？

【啄木兒】心雖赤鬢欲皤，意氣當年漢伏波。念少游歸興如何？相憐我得遂婆娑。〔舉手介〕忝元戎多暇勞參佐，甚西風別去情無那，〔淚介〕吹起袍花淚點多。

〔衆〕老爺呵，

【前腔】你倚天劍迴日戈，一卷陰符萬揣摩。洗兵風坐挽銀河，比凌煙漢將功多。〔跪拜〕③詔東歸少不的齊聲賀！〔衆淚介〕這歡聲有淚向悲笳墮，再不見尊俎投壺聽雅歌。

〔劉〕就此別了。〔衆〕願攀留信宿而行，盡邊關父老降附番戎之意。〔劉〕京營務重，不敢稽延。俺所佩平西大將軍金印，權交副將軍收掌，好珍重也！〔交印介〕

【三段子】〔劉〕黃金斗大，肘間懸龜紋綬花。權時未挂，卧内前牀兒護他。有如姬要不的他閒偷把，朱司農用不着那橫文打。怕漏使模行，軍機怎耍！

〔將〕敢問老爺，軍機那一件最大？〔劉〕漢置四郡，斷匈奴入羌之路。今當護羌，使吐蕃不得連和，陽關内外可無事矣。

【前腔】甘涼以下，望長安天涯海涯。爲甚屯田建牙？斷番戎羌家漢家。〔將〕兵法願一指授。〔劉〕聽老夫八個字兵法：銷兵日久休頹塌，生羌歲久防奸詐。八個字「奈④苦同甘、信賞必罰」。

起行，諸軍將不許離信地遠送。〔内報介〕受降城外諸夷長送老爺。〔劉〕不須遠送，只一心事唐便

了。〔行介〕

【歸朝歡】歸朝去，歸朝去，萬里胡沙。秦川雨，杜陵花。關山路，關山路，畫角鳴笳。送將歸，兩鬢華。秋光塞上人如畫，黃宣去把團營押，看細柳春風大將牙。

秦時明月漢時關，繡纛人看上將還。
但使龍城飛將在，不教胡馬度陰山。

【校】

①謁，各本俱作「揖」。　②羨，獨深居本作「指」。　③拜，繼志齋本作「科」，獨深居本作「介」。　④奈，當作「耐」。

第三十六齣　淚展銀①屏

【菊花新】〔旦浣上〕舉頭驀見雁行單，無語秋空頻倚闌。寒花蘸雨斑，應將我好景摧殘。

【河滿子】露冷蓮房墜粉，霜清竹院餘香。偏照畫堂秋思朗，垂簾半捲瀟湘。幾回斷鴻影裏，無言立盡斜陽。奴家自别李郎，三秋杳無一字。正是：叢菊兩開人不至，北書不寄雁無情也。〔浣〕早晚佳音，不須煩惱。

【桂枝香】〔旦〕水雲天淡，弄妝晴晚。映清虚倚定屏山，暢好處被閒愁占斷。減香温一半，減香温一半，洞房清嘆。影闌珊，幾般兒夜色無人玩，着甚秋光不耐看？〔浣〕上鳳簫樓望一回也。

【前腔】〔旦〕捲簾無限，山明水遠。殘霞外煙抹晴川，淡霜容葉橫清漢。正關山一點，正關山一點，遥望處平沙落雁。倚危闌，淚來濕臉還誰見？愁至知心在那邊？〔哨持小屏風上〕

【賺】塞上飛馳，報與朱門人自喜。〔旦〕試聽晚妝慵，那重門深閉。知他甚底，悶把珠簾輕揭起？〔哨叫介〕〔浣〕寂静堂前，數聲兒客至，迴廊半倚閒窺覷。是誰？〔哨〕陽關哨卒來傳示。〔旦驚喜介〕你可曾從事李參軍，俺這裏寒衣未寄。〔哨出屏介〕怕寄平安書不的，小屏風上傳詩意。〔旦〕這書封幾夜霜華脆，雁足寒飛繞月枝，黄花酌酒相勞你。〔浣出酒飲哨介〕〔哨〕主公威令難遲滯。〔浣〕夫人鄭重留人醉。〔旦〕主公是誰？〔哨〕盧太尉。〔旦〕太尉何人？〔哨〕乃當朝丞相盧杞之弟，穿宫盧中貴老公公之兄，第一富貴人家也。〔旦〕且問你：參軍甚時可回？〔哨〕小的在關西，聽的參軍爺題詩與劉節鎮説，不上望京樓了。〔旦惱介〕〔哨〕不須煩惱，俺歸到中途聞聖旨，别有差除疾和遲，少不得榮歸故里。喈階前拜酒忙回去。〔下〕〔旦〕三年 一字三千里，非同容易，非同容易。

【金索挂梧桐】② 寒鴉帶晚暉，喜鵲傳新霽。遠水凝眸，折盡層波翠。〔開屏風介〕夫，你三年没紙書，難道短相思？屏風呵，爲甚封了重封出落的呈妝次。李郎，你感劉君恩遇，不上望京樓呵，你只知紅妝夜宴軍中美，可也回首望京樓上覷。風塵起，千尋落葉離不的花根裏。〔合〕知他是何日歸期？且接着平安喜。

歸意可知，且展畫屏詩句一玩。呀！原來十郎手自丹青也。〔詠詩介〕回樂③峯前沙似雪，受降城外④月如霜。不知何處吹蘆管？一夜征人盡望鄉。你看幾疊⑤屏山，詩中有畫，畫中有詩，滿目邊愁也。

【前腔】 沙如雪靄微，月似霜華積。月杳⑥沙虚，冷淡傳蹤跡⑦。俺不曾到萬里短長城，這幾叠畫屏兒，寫陽關只少個瀟湘對。夫，俺這裏平沙瀚海把圍屏指，你那裏落月關山横笛吹。心兒記，夢魂中有路透河西。〔合前〕

〔浣〕小姐，三年李郎不歸，家門漸次零落也。

【梧桐花】⑧ 是綺羅叢，春富貴，儘花月無邊受用美。如今金谷田園誰料理？把這舊家門户空禁持，老夫人一段傷心難寄與。〔合〕算只有歸來是。

〔旦〕道甚家資⑨？可惜秋光也。

【前腔】 你道爲甚呵，勾引的黄昏淚？向蓮葉寒塘秋照裏，偷把胭脂勻注喜。這其間芳心泣露許誰知？俺待寫半幅秋光還寄與。〔合前〕

【意不盡】 連天衰草砧聲起，〔浣〕他還鄉早晚不索寄寒衣，〔合〕盼得他錦繡團欒真是美。

邊月胡沙泣向君，　　畫屏紅粉漬氤氳。
明年若更陽關戍，　　化作西飛一片雲。

【校】

①銀，繼志齋本、獨深居本作「吟」。 ②【金索挂梧桐】，南詞新譜作【金絡索】。注云：「或作【金索挂梧桐】，非也。」 ③樂，原作「雁」，據獨深居本改。 ④外，各本俱作「上」。 ⑤疊，原誤作「壘」。 ⑥杳，清暉閣本誤作「沓」。 ⑦跡，清暉閣本、柳浪館本誤作「踪」。 ⑧此曲獨深居本作旦唱，誤。 ⑨資，各本俱作「貧」。

第三十七齣　移參孟門

【番卜算】〔盧上〕秋草塞門煙，河上西風偃。洛陽才子赴招賢，鼓吹軍中宴。

一家何止十朱輪，兄弟雙飛秉大鈞。獨向河陽征戰浄，今朝開閤引詞人。自家盧太尉，鎮守孟門關外，奏准李君虞參我軍事。報説今日走馬到任，左右營門伺候。〔生衆上〕

【神仗兒】河西路轉，河西路轉，赴河陽幕選。①〔王哨叩頭〕②參軍爺到來，前日萬金家報，是小軍送上夫人。〔生〕勞你！夫人安否？〔哨〕平安。只是望爺過家。〔生〕取一錠花銀賞他。哨兒，你是咱故人，以後太尉爺差你長安，帶書往來，也不慢你。〔哨〕當得，當得。〔生〕報平安陣前飛雁，便玉人無恙，怎生排遣？只怕這磨旗門，盼不到吹笙院。

〔見介〕〔盧〕聞君西域奏詞鋒，〔生〕天柱山高太華東。〔盧〕鴛鷺好歸仙仗裏，〔生〕熊羆還在禁庭中。〔盧〕參軍，洛下一見，至今懷仰，何幸得參吾軍！看酒。〔堂候上〕幕府求才子，將軍作主人。酒到。

【瑣窗寒】③〔盧〕倚風塵萬里中原，大將登壇④尺五天。孟門關外，少華峯前。繞旌旗萬點，河流一綫，還倚仗詞鋒八面。〔合〕難言，人生遇合總情緣，且須高宴留連。

【前腔】〔生〕筆花梢慣掃狼煙，誰待吹嘘送上天？改河陽贊佐，塞上回旋。便相如喻檄，終軍乘傳，也不似恁般蓬轉。〔合前〕

〔盧〕聞參⑤軍有詩，不上望京樓，然否？〔生〕醉後餘談，何勞遠聽！〔净⑥笑介〕

【前腔】你佩恩華意氣成篇，不把望長安心事懸。君虞，休嫌文官武職。看參軍楚楚，書記翩翩。有賦河清鮑照。登樓王粲，總不礙禁庭清選。〔合前〕

〔盧〕參軍，可有夫人在家？〔生〕秀才時已贅霍王府中。〔盧〕原來如此。古人貴易妻，參軍如此人才，何不再結豪門？可爲進身之路。〔生〕已有盟言，不忍相負。

【前腔】淚花彈袍袖香殷，數遍秋花人少年。〔盧〕可有平安信？〔生〕下官進轅門時，老太尉麾下一人，三年纔傳得一信。〔盧〕受命在君，何戀戀兒女乎？〔生〕晚風砧杵，夜月刀環。正尋常歸燕，幾行征雁，怎隔斷關河別怨？〔合前〕

〔生〕請罷酒。〔盧〕軍中一日一宴也。

【尾聲】爲憐才子聲光遠，〔生〕自是將軍禮數寬。〔合〕指日呵文武朝班歸漢苑。

〔生下〕

〔盧弔場〕衆將官，查那一個傳李參軍家信？〔哨〕是小的。〔盧〕拿去綁下！〔哨乞饒介〕〔盧〕且記着，許你將功贖罪。差你京師慶賀劉節鎮還朝，便到參軍家，說他咱府招贅，好歹氣死他前妻，是你功也。

〔哨〕理會得。

八柱擎天起畫樓， 一般才子要低頭。
非關鬼蜮含沙影， 自要蛟龍上釣鉤。

【校】

①「幕選」下原有「又」字，衍。 ②「叩頭」下，各本俱有「科」字。 ③窗寒，原誤作「寒窗」，當改。 ④壇，各本俱作「臺」。 ⑤參，各本俱誤作「將」。 ⑥净，當作「盧」。

第三十八齣　計哨訛傳

【薄倖】〔鮑上〕翠館雲閒，陽臺雨過。正夕陽閃淡，秋光無那。鏡中略約，年華多大。君知麽？夢不斷梧桐金井，雨偏打閒愁獨坐。

【西江月】舊日長裙廣袖，如今窄襪弓鞋。朝花冷落暮花開，不唱賣花誰買。　時學養娘催繡，閒陪幼婦題詞。春絲盡也絡秋絲，心緒啼痕似此。俺鮑四娘，數日伴小玉姐消遣。聞道朝廷將取李郎回家，竟無消息，終日翠減香消。俺因自想青樓時節，伴着五陵年少，今日獨自，好悽惶也呵，

【羅江怨】①　無奈這秋光老去何，香消翠譌。聽秋蛩度枕没騰那，數秋螢團扇暗消磨，也怎生個芭蕉夜雨閒吟聒？燈兒和咱麽，影兒和咱麽，好一個悽惶的我！

〔王哨兒上〕去爲撈酒客，來作拗花人。小軍王哨兒便是。主公盧太尉差往長安霍府行事，只説②俺老爺招贅李參軍，要暗死那前位夫人。太尉不將心比心，小子待將計就計。前日與李爺寄書，那夫人待我不輕。正要説知，未可造次。打聽得這曲頭有個鮑四娘，走動他家，且向他一問。〔見介〕老娘，有漿水喫③一碗與行路人。〔鮑〕客官何來？〔哨〕李參軍帳下。〔鮑驚介〕參軍在那裏？〔哨〕正待朝廷取歸，被當朝盧太尉奏點孟門關外參軍去了。〔鮑〕可就回來？〔哨〕早哩，敢要就了盧太尉小姐也。〔鮑〕怎麽説？〔哨〕敢招贅在盧家了。〔鮑〕十郎好薄倖也！

【香遍滿】④ 秀才無賴，死去也不着骸。越様風流賽，真個難猜，不道將人害。是佳人命薄，慣了些呆打孩。咱横枝兒聽着，也不分把闌干拍。

你同俺去他家説個端詳，定不慢你。〔哨〕使得。

【前腔】〔鮑〕幾分消息，輕可的洩漏些。帶的個愁來也，怎一個「愁」字兒了得！今番夜，倩你教喫敲才，好歹將意兒團弄，他歸來時，待扭碎花枝打。

【尾聲】 這段情詞真也假？〔哨〕不假。你爲咱順西風傳與小窗紗。〔合〕只怕斷腸人聽不起這傷情話。

秋風遠信雁鴻低， 春色天邊鶯燕疑。
雪隱鷺鷥飛始見， 柳藏鸚鵡語方知。

【校】

①【羅江怨】，南詞新譜云一名【羅帶風】，謂【香羅帶】犯【一江風】。葉譜題作【羅江醉】，謂【香羅帶】犯【醉太平】、【一江風】。 ② 説，原作「是」，據獨深居本改。 ③ 喫，當作「乞」。

④ 玉茗堂香遍滿與曲譜句格每多不合，疑別有依據。

第三十九齣　淚燭裁詩

【望遠行】①〔旦上〕寒鬢寶釵猶挂，倚秋窗數點黄花。扶頭酒醒爐香灺，墮淚妝殘柳暈斜，西風涼似夜來些。

【好事近】簾外雨絲絲，淺恨輕愁碎滴。玉骨西風添瘦，趁相思無力。　小蟲機杼隱秋窗，黯淡煙紗碧。落盡紅衣池面，苦在蓮心菂。　自從十郎屏風寄後，轉忽經秋，欲寄迴文，曾無便使，好不傷感人也！浣紗，這幾日鮑四娘都不見來，卻爲何的？正是：秋風滿院無人見，怕到黄昏獨倚門。

【眼兒媚】〔鮑上〕匆匆消息報君家，繡鞋兒陡的未寬些。想②他暮雲樓畔，悶拈簫管，憔悴煙花。

〔見介〕〔旦〕幾日不來隨喜，卻是因何？〔鮑〕偶爲貧忙，有乖清候。敢問十郎去幾年了？〔旦〕將次三秋。〔鮑〕如今早則喜也！〔旦驚介〕知他甚喜？〔鮑〕你猜來。

【紅衲襖】〔旦〕莫不是掃南蠻把謫仙才御筆拿？莫不是定西番把洛陽侯金印挂？莫不是虎頭牌先寫着秦關驛駐皇華？莫不是鳳尾旗緊跟上他渭河橋敲駿馬？得他個俊參軍功級多，少不得把咱小縣君封號加。可知是喜早些兒傳下也，這些時挑燈衠弄花。

【前腔】〔鮑〕則道他顯威風拄倒了崑崙北海涯，則道他凱歌聲喧動了長安西日下，則道他覓封侯時運底有甚巧争差，受皇宣道途中有些閒蹭答。怎知他做官兒不着家？比似你做縣君喬坐衙。其間就裏有話難提也，則怕你猜得來愁悶煞。

〔旦〕你怎生又道是喜也？

【前腔】莫不是玉門關拘的俊班超青鬢華？莫不是望鄉臺站的個老蘇卿紅淚灑？莫不是他戰酣了落日摧寒③甲？莫不是客犯了災星墜漢槎？十郎夫，若是你走陰山命不佳，俺拚了壞長城哭向他。不然你死丢下了玉鏡臺也，恁孤鸞偏照咱。

【前腔】〔鮑〕你怕他胭脂山血淚花，你怕他拂雲堆魂墜馬。他原來斷腸流别賺了個香羅帕，磨旗峯轉添上些紅臂紗。他則待要艷湖陽窺宋家，你拚了個錦迴文學竇娥。待不信呵，有個人兒傳示也，慢消詳尋問咱。

〔哨兒上〕好作事因尋浪子，怕將消息惱山兒。夫人叩頭！〔旦〕是去歲寄屏風的王哨兒。〔哨〕夫人眼裏出水。〔鮑〕胡説！〔哨〕是是是秋波，秋波。〔旦〕太尉爺幾個女兒，招了參軍爺做女壻？〔哨〕只是這個小姐，十分才貌，參軍爺相隨太尉爺移鎮孟門，郎才女貌，四眼相顧，因此上商量這門親事。〔旦〕就了麼？〔哨〕敢待就也。〔旦泣〕④李郎薄倖呵，

【泣顔回】提起淚無涯，憶相逢淡月梅花。天應錯與，風萍露柳榮華。等閒招嫁，劣身奇賺上了他虛脾話。便今朝死待何如，分薄書生奚落奴家。

〔老旦上〕無事護窗紗，嬌看萼緑華。沈香熏小像，楊柳伴啼鴉。原來鮑四娘在此。這個軍兒何處來？爲甚小姐悲啼不止？〔鮑〕這是前度寄屏⑤的王哨兒，報説李郎議親盧府，因此傷心。〔老〕那個盧府？李郎好不小覷了人家哩！

【前腔】⑥如花，俺幾年培養出牡丹芽。春風一度，有甚年華？幾曾消乏，恁⑦般時節滿堂如畫，做門楣不成低亞。待餘⑧生分付青鸞，你玉鏡臺又過送了誰家？

〔哨〕天晚告行。〔旦〕浣紗，張上燈來，俺寄一詩去也。〔浣持燈上〕〔旦寫介〕

【榴花泣】驚魂蘸影飛恨遶螓蛾，咱也曾記舊約，點新霜被冷餘燈臥。除夢和他知他們和夢呵，也有時不作。這答兒心情你不着些兒個，是新人容貌争多，舊時人嫁你因何？

〔老〕詩可寫就了？〔作看詩介〕藍葉鬱重重，藍花石榴色。少婦歸少年，光華自相得。愛如寒爐火，棄若秋風扇。山嶽起面前，相看不相見。春至草亦生，誰能無别情？殷勤展心素，見新莫忘故。遥望孟門山，殷勤報君子。既爲隨陽雁，勿學西流水。

【前腔】⑨你可非煙染筆是那畫眉螺，蘸的秋痕淚點層波，佩香囊翦燭親封過。

〔鮑〕你端詳待他，望夫臺詩句也則斟量和。〔老〕便分明説與如何？雨雲場幾大風波。

【漁家犯】⑩〔旦〕俺爲甚懶腰肢似楊柳綫欹斜？暈眉窩似紅蕉心窄狹？有家法拘當得才子天涯，没朝綱對付的宰相人家。比似你插金花招小姐，做官人自古有偏房正榻。也索是，從大小那些商度，做姊妹大家歡恰。

【前腔】⑪〔老〕你則待錦迴文煙冷了窗紗，淚封書烘破了銀蠟。是他弄簫臺把雲影重遮，〔指鮑介〕你個定昏店把月痕偷掐。〔鮑〕只怪得定雙飛釵燕插，便和那引同夢的花燈恰。知他，厭了家鷄挑鳳，背了鴛鴦打鴨。

【撲燈蛾】〔旦〕書生直恁邪，見色心兒那。把他看不上，早則吞他不下也。是風流儒雅，没禁持做出些些，也則索輕憐輕罵。説他知⑫咱小膽兒，見了士女争夫怕。

【前腔】〔老〕天教有日逢，不道無言罷。〔鮑〕他當初相見咱，直恁眉梢眼抹也。等閒回話，費了幾餅香茶。又不是路墻花朵，則問他怎生奚落，好人家的女嬌娃？〔哨叩頭作去介〕〔旦〕哨兒，

【意不盡】你説與他把烏絲闌詩句冷吟哦，從今後⑬悶增多，長則是鬼胡由摸不上心頭可⑭。

雖言千騎上頭居，　一世生離恨有餘。

葉下綺窗銀燭冷，　含啼自草錦中書。

【校】

① 葉譜作【破陣樂】，謂【破陣子】犯【齊天樂】，亦不全合。凡此等處，不必强作解人，聽之可也。 ② 想，清暉閣、柳浪館本俱誤作「恩」。 ③ 寒，繼志齋、清暉閣、柳浪館三本俱作「韓」。 ④「泣」字下，各本俱有「科」字。 ⑤「屏」字下，各本俱有「風」字。 ⑥ 前腔，葉譜作【顏子泣】，謂【泣顏回】犯【刷子序】。 ⑦ 恁，原誤作「您」，據葉譜改。 ⑧ 餘，原誤作「余」。當改。 ⑨ 原誤作【幺篇】。此曲九宮大成卷一二引，題作【榴花好】，即【榴花泣】，謂犯【泣顏回】也。【泣顏回】又名【好事近】。 ⑩【漁家犯】，葉譜題作【雙燈舞宮娥】，謂【漁家燈】犯【剔銀燈】、【舞霓裳】、【宮娥泣】。 ⑪ 原誤作【幺篇】，當改。此曲葉譜題作【三燈照宮娥】，謂【漁家燈】犯【山漁燈】、【剔銀燈】、【宮娥泣】。 ⑫ 他知，獨深居、柳浪館本誤作「知他」。 ⑬「後」字下，葉譜有「愁」字。 ⑭「頭可」下，各本俱有「哨兒下」三字。

第四十齣　開箋泣玉

〔生上〕幾樹好花閒白晝，滿庭芳草易黄昏。心隨嶽色留秦地，夢逐河聲出禹門。自家一從玉關移鎮，參軍孟門，聽的盧太尉有招親之意，俺這裏只作不知。呀，怎忘的我小玉妻也！

【刮鼓令】① 閒想意中人，好腰身似蘭蕙薰。長則是香衾睡懶，斜粉面玉纖紅襯。和嬌鶯枕上聞，乍起向鏡臺新。似無言桃李，相看片雲。春有韻月無痕，難畫取容態盡天真。

【前腔】無事愛嬌嗔，況②伊邊少個人。當初擬畫屏深寵，又誰知生暗塵。他獨自個易黄昏，將咱身心想伊情分。則他遠山樓上費精神，舊模樣直恁翠眉顰。

〔王哨上〕愁眠客舍衣香滿，走渡河橋馬汗新。俺王哨兒，奉太尉命，去傳播招親之事與李參軍前妻，到替他捎一首詩來。此是參軍别館，不免進兒。〔生〕③是王哨兒，從何而來？〔哨〕俺前日爲帶夫人平安信，太尉惱了。近遣俺京中慶賀，間到霍府中看看，悄的帶有夫人家信也。〔叩頭送詩上介〕〔生〕原來是小玉姐詩也。〔作念詩介〕藍葉鬱重重，藍花石榴色。少婦歸少年，光華自相得。愛如寒爐火，棄若秋風扇。山嶽起面前，相看不相見。春至草亦生，誰能無别情？殷勤展心素，見新④莫忘故。

遥望孟門山，殷勤報君子。既爲隨陽雁，勿學西流水。

【三换頭】鶯猜燕忖，疊就綵鸞清韻。稱吳牋膩粉，啼紅嬌暮雲。雁來成陣，這其間訴不盡，有片影横秋雙未穩。一種心頭悶，書中説幾分。〔合〕且報平安，怎只把閒愁來殢人？

哨兒，你敢在夫人前講甚話來？〔哨〕没有。〔生〕詩意蹺蹊！〔哨〕是，是，是，那日遞家報與參軍爺，太尉要拷打小的，説俺府裏待招贅參軍，你敢再傳他家信！小的見夫人，依實説了。〔生〕好不胡説也！

【前腔】太尉呵，他杯中笑言，花邊閒論。尋常風影，你怎生偏認真，無端要人生分？夫人呵，這其間也索問個詳因，難憑口信。一摺詩兒也，九迴腸怕損。〔合前〕

河陽不似舊關西，　夜夜城南夢故妻。
坐想寒燈挑錦字，　紅綿粉絮裛妝啼。

【校】

①【刮鼓令】，葉譜題作【鶯囀遍東甌】，謂【黄鶯兒】犯【囀林鶯】、【香遍滿】、【東甌令】。

② 况，原作「没」。據清暉閣、柳浪館本改。　③ 生，各本俱誤作「鴻」。　④ 新，原誤作「親」，據上齣詩改。

第四十一齣　延媒勸贅

【字字雙】〔堂候官上〕陞官圖上没行頭，堂候。髫鬏上挂鼻膿頭，怪臭。老爺説話耳根頭，最厚。精銅響鈔尋事頭，儘勾。

自家太尉府中堂候官便是。官雖無一品二品，錢到有九分十分。俺太尉爺在京管七十二衛，在外管六十四營，每日各衛府營討些分例，私衙買辦刻些等頭，説事過錢，偷功摸賞，從早到夜，爛鐵精銅，約有一紗帽回去。〔内〕可不發迹了你？〔堂〕你不知紗帽破了，漏去了些。遠遠聽得傳呼，太尉爺升帳。〔盧上〕

【一疋布】倚君王，爲將相，勢壓朝綱。三台印信都權掌，誰敢居吾上！

身居太尉勢傾朝，有女盧家字莫愁。選得鳳凰飛不偶，可堪鴛鷺意難投。盧太尉①，從孟門召取還都，仍管太尉府事。又賜俺勢刀銅鍛一副，凡都城内外着俺巡緝，有不如意的，都許先斬後奏。單生一女，未逢佳壻。我一心看上了李參軍，可恨此人性資奇怪，一味撇清。在孟門關外年餘，都未通説。咋日還朝，恐他回去，安置他招賢館内，分付把門官校，不許通其出入，要他慣見俺家威勢，自然從允。雖然如此，還須請他朋友韋夏卿勸他，可知來也。

【寶鼎兒】②〔韋上〕太尉勢傾朝堂，何事書生相訪？

〔見介〕〔韋〕寒儒久別威嚴③，復覿台顔，拜揖。〔盧〕秀才暫須免禮，近前有事端詳。〔韋〕老太尉有何分付？〔盧〕

【瑣窗郎】④李參軍蓋世文章，俺家中有淑女正紅妝。夏卿呵，你和他好友借重你商量，要他坦腹不須强項。夏卿知俺家威勢否？俺撈龍打鳳由他撞，怎脱得，這羅網。

〔韋背介〕原來太尉要招贅李君虞，怕不孤了那小玉姐一段心事，俺且告稟他知：

【前腔】論攀高貴壻非常，有一言須代稟試參詳。他有了頭妻小玉盟誓無雙，怕做不得負心喬様。〔盧笑嗔介〕説甚麽小玉，便大玉要粉碎他不難！〔韋背介〕李郎，這太山只好作冰山傍，怕難做，這冰相。

〔堂候低云〕韋先生，俺太尉爺小姐招人，托先生贊相，誰敢不從！

【前腔】他領鴛班勢壓朝廊，招女壻要才郎。威寵翡翠勢鎖鴛鴦，你把絲鞭領取美言加上。〔韋〕也不須領絲鞭作官媒，只用朋情勸他便好。〔回身合〕婚姻簿上看停當，但勸取，由他想。

金屋藏嬌錦繡叢，定須才子作乘龍。
饒他別插鴛鴦翅，難出天羅地網中。

【校】

①盧太尉前奪「自家」二字。 ②【寶鼎兒】，當作【寶鼎現】。此是前二句。葉譜改題【玉井蓮】〔後〕，不妥。 ③嚴，原誤作「岩」，據獨深居本改。 ④【瑣窗郎】，原作【瑣窗兒】，據繼志齋本改，謂【瑣窗寒】犯【賀新郎】。

第四十二齣　婉拒强婚

【小蓬萊】〔生上〕憔悴尋常風月，甚拘留咫尺關山。花無人問，酒無人勸，醉也無人管。

【南鄉子】一去幾驚秋？淚老西風只暗流。夢裏也知歸去好，遲留，咫尺秦簫不自由。　準上望京樓，望得伊家見始休。還怕那人知道了，悠悠，自鎖重門一段愁。自家李十郎，從孟門關外還朝，即擬還家，與小玉姐歡聚。不料太尉倚着威權，館俺别宅，不放閒游，知他主甚意兒？早晚堂候官來，探知分曉也。

【喜相逢】〔韋同堂候上〕風流誰絆？知他相府池蓮。怕無端引起，緑窗紅怨。〔見介〕〔生〕别館驚逢韋夏卿，〔韋〕參軍此日見交情。〔生〕歸心紫塞三千里，〔韋〕君虞，你薄倖青樓第一名。〔生〕夏卿，怎説俺青樓薄倖也？〔韋〕且住，有堂候在此。〔堂候見介〕〔生〕夏卿，説俺薄倖何事？〔韋〕君虞，今日全不想着賀新郎席上情詞①。〔生〕怎生忘了？

【雁魚錦】俺想風前月下人倚闌，這些時秋色芙蓉綻。恨造次春殘香夢遠，家在秦樓，人上雕鞍。〔韋〕有書報平安否？〔生〕俺寫雲屏好寄平安，他也回文淚錦斑。〔韋〕

今日早已雁來也。〔生〕早難道俺獨館孤眠慣，雁兒呵，恰正恁時尋伴好愁煩。

〔韋〕今日送個伴來。〔生驚問〕送誰②？

【二段】③〔韋〕朱顔，有分孤單，怎把雲雨騰那再匀香汗？〔生〕誰家有此？〔韋〕太尉有一小姐，央小弟爲媒，你可把東牀再坦，做嬌賓貴壻也無輕慢。〔生嘆介〕罷了！這恩愛前慳後慳，這姻緣④左難右難，我就裏好胡顔。〔韋低問〕你就此親受用也？〔生低語〕夏卿，李君虞何處不討得受用，豈須于此？只此人兄弟將相，文武皆拜其下風，既有此情，不可驟然觸忤。承顧眷，只説俺多愁緒成病看看。堂候官，看俺出塞星霜鬢影殘。盧小姐呵，他正是畫梁曉日朝雲盼，肯⑤向咱客舍秋風暮雨闌？

【三段】〔堂〕丘山，他勢壓朝班，只爲憐才肯把仙郎盼。你怎推辭？只怕就裏一段風波，到爲雲雨摧殘。〔低語云〕參軍爺，豈不知太尉威福齊天？你且從權機變，暫時應諾，再取次支吾脱綻。〔韋〕堂候此言有理也。你不是倦遊司馬朝參懶，俺只怕丞相嗔來炙手難。

【四段】〔生〕無端，宦興歸期晚。没緣故掙着雙眼，自投羈絆。〔悲介〕誤嬋娟幾年，俺萬千相思，重門阻人離恨關。堂候，你爲我多多拜上老太尉呵，中情一點愁無限，全仗你這其間作方便，看天上人間。〔堂〕俺小人自能回話，參軍不可固辭。〔生〕怎忘得他探燈醉玉釵頭煖，誓枕餘香袖⑥口寒。

【五段】〔堂〕愁煩，待把佳期緩，也須咱言語轉旋。〔韋〕此事堂候回報，不須小生再行。〔對堂候低介〕天賜好姻緣，看仙郎有意，和俺對腹難言。〔生〕撥不斷的紅絲怎纏？這紅鸞且求他寬限。〔堂辭介〕〔生〕堂候且住呵，逢好事望周全。夏卿兄，俺在此花陰月色難驅遣，你去呵柳影風聲莫浪傳。

〔韋〕可知道，請了。〔生〕故人相見話匆匆，〔韋〕自有新人富貴叢。〔堂〕有緣千里能相會，〔生〕無緣對面不相逢。〔下〕〔韋弔場〕嫦娥不見影沈沈，儘把閒愁占伏吟。畫虎畫皮難畫骨，知人知面不知心。俺夏卿怎生道這幾句？當初李十郎花燈之下，看上鄭家小玉姐，拾釵定盟，拈香發誓，擬待雙眠雙起，必須同死同生。一旦征驂，三年斷雁。現留西府，還推無可奈何；聽説東牀，全不見有些決斷。言來語去，盡屬模糊；移高就低，總成繾綣。看來世間癡心女子，反面男兒也。我且在此評跋他一番：

【金⑦梧桐】才子忒多才，才子多人愛。插上⑧了短金釵，又掺上個同心帶。看他呵，心兒裏則弄乖，口兒裏則道白。李生一句分明罷了，卻又囑付我「柳影風聲莫浪傳」。呀！這段風聲，也不索燕猜鶯怪。待説與崔允明去。小玉姐呵，送紅顏這一段腌臢害。半吞半吐話周章，定是青樓薄倖郎。

大鵬飛上梧桐樹，　　自有傍人説短長。

【校】

①「情詞」下，清暉閣、柳浪館本俱有「也」字。　②「送誰」下，各本俱有「爲伴」二字。
③以下四曲，原俱題作「前腔」。案：【雁魚錦】一套五曲，調各不同，從葉譜改稱「二段」、「三段」、「四段」、「五段」。　④姻緣，各本俱作「婚姻」。　⑤肯，清暉閣、柳浪館本作「閒」。
⑥袖，清暉閣、柳浪館本誤作「神」。　⑦「金」字下原有「井」字，衍。　⑧上，柳浪館本作「下」。

第四十三齣　緩婚收翠

【望江南】①〔盧太尉上〕倚天家、甲第擬雲臺，有女如花新粉黛。向朝班玉筍選多才，紅葉上秋階。

劍佩秋風擁漢官②，芙蓉吹綻錦雕闌。生成女子爲蛇虺，配得才人似鳳鸞。俺盧太尉，富貴已足，只少個佳壻。已央韋夏卿同堂候官去，招轉李參軍爲壻，衙門多遠？還不見到來。〔堂候上〕聽罷紫鸞人縹緲，語傳青鳥事從容。稟老爺：小的與韋秀才同去招賢館説親，李參軍不敢推辭，只説從容再論。韋秀才着小的稟復：

【剗鍬兒】③說他有恩山義海朝花在，盟山誓海曾把夜香排。〔盧笑介〕他知俺愛他麼？〔堂〕感得相公愛，紅蓮命乖。〔合〕佳期要諧，合婚有待。到裏團欒，從頭插戴。

【前腔】〔盧〕少甚麼相門出相男文采，他敢道俺將門出將女麤材？〔堂〕他怎敢！〔盧〕怎不低眉拜？辱没他鏡臺。〔合前〕

【前腔】〔堂〕驚風鳥去辭林快，慢水魚終自上鉤來。好事須寬耐，嗔他秀才。〔合前〕

〔盧〕俺看中了他，少不得在俺門下。小姐將次上頭，五色玉釵齊備方好。

【前腔】 那小姐呵，如花早晚要頭花蓋，上頭時幾對鳳頭釵。好玉多收買，憑他價裁。〔合前〕

〔堂〕稟老爺：有個老玉工侯景先鋪，常有人將珠翠現成寄賣。④〔盧〕有精巧的着他送⑤來。

美玉釵頭珠翠濃，紅絲繫足好從容。

羈縻鸞鳳青絲網，牢落鴛鴦碧玉籠。

【校】

①【望江南】，曲中無此調名。葉譜作【梁州陣】，謂【梁州令】犯【破陣子】。按，此曲與詞牌【望江南】大同小異。或作者別有所據，不必强爲扭合。

②官，原誤作「宮」，據各本改。

③此是正宮近詞【剗鍬令】。香囊記亦作【剗鍬兒】。

④賣，原誤作「買」，據各本改。

⑤送，原誤作「進」，據各本改。

第四十四齣　凍賣珠釵

【薄倖】〔旦上〕虛閣籠煙，小簾通月。倚香篝清絶，弄梅花寒玉。稱黄沙雁影，寄來横幅。愁凝睩，秦雲黯待成飛絮，誰説與玉肌生粟？

【訴衷情】捲簾呵手拂煙霜，病起怯殘妝。一段梅花幽意，雲和雪費商量。催短影，念餘香，病成傷。寒鴉色斂，凍雁聲悽，一寸柔腸。奴家府中，一自李郎去後，家事飄零。望他回來，從新整理，誰知他議婚盧府，一去不還？我展轉尋思，懷疑未信。知他還歸京邸？還在孟門？已曾博求師巫，遍詢卜①筮。果有靈驗，何惜布施。一向賂遺親知，使求消息。尋求既切，資用屢空。前②着浣紗，將篋中服玩之物，向鮑四娘家寄賣，還未到來。天呵！苦③自愁煩，有何音耗？〔尼持籤筒上〕

【水底魚】一點凡胎，到了九蓮臺。相思打乖，救苦的那些來？④

自家水月院中小尼姑便是。久聞鄭小玉姐爲夫遠離，祈求施捨，不免奉此靈籤，哄他幾貫鈔使。又一道姑來也。〔道姑拿畫軸小龜上〕

【前腔】冠兒正歪，人道小仙才。這龜兒俊哉，前去打光來。

〔尼惱介〕光頭儘你打！〔道〕不是，吾乃王母觀道姑，聞得鄭小玉姐尋夫施捨，要去光他一光。〔尼〕要龜兒、畫軸何用？〔道〕畫上有悲歡離合故事，看龜兒所到，定其吉凶。〔尼〕這等，同進去。〔旦見介〕

姑姑何來？〔尼〕水月觀音院小尼便是。〔道〕小尼住持西王母觀。兩人聽得夫人爲官兒遠去，尋訪祈求，各請神香，來憑信願。〔旦〕既蒙神香下降，奴家敬求籤卦，少效虔誠。〔尼〕請先拜了觀世音。〔道惱介〕我西王母娘娘有丈夫，絶會保得夫妻相見。你觀世音一個赤脚老寡婦，有甚神通？〔尼惱介〕呸！你西王母有了東王公，又搭上個周穆王老頭兒，這等做神道不識羞，拜他怎的？〔旦〕一⑤樣西方美人，還讓觀音居長。〔拈香拜觀音介〕

【江兒水】⑥十指纖纖拜，白蓮花根裏來。離恨天看不見人兒在，相思海摸不着鍼兒怪，救苦的慈悲活在。〔尼請抽籤介〕好，好，得夫妻會和⑦上籤，討⑧緣簿來。〔旦寫介〕水月道場助三十萬貫，信女鄭小玉爲求見夫主拜施。〔合〕説甚凡財，早償了尊神願債⑨。

〔道〕也到俺王母娘娘顯靈顯聖了。

【前腔】〔旦拈香拜王母介〕青鳥銜書去，他何曾八駿來。怎得似東王公相守到頭花白？怕李夫人看不見蟠桃核？誤了俺少年顔色。〔道〕没籤，看這畫軸上龜兒卦。〔捉龜兒錯走〕〔諢介〕好，好，龜兒走在破鏡重圓故事上，不久團圓，請寫施簿。〔旦寫介〕瑤池會香錢三十萬貫，信女鄭小玉拜題。〔合前〕

〔尼〕俺們謝了！〔旦〕有勞了！但得兒夫意回，還有報心在後。正是：題緣簿證煙花簿，頂禮香催盟誓香。〔尼道下〕〔旦弔場〕好也！兩位娘娘都許我夫妻團圓，待浣紗賣錢來也。〔浣上〕白玉郎君連歲去，珍珠小娘何處來？郡主，賣錢得七十餘萬在此。〔旦〕好了！就將六十萬貫了其香願，留餘以度

歲寒，春來李郎回也。金界暫酬香火祝，門楣還望藁砧歸。〔崔允明上〕

【亭前柳】半壁舊樓臺，風裏畫屏開。凍雲飛不去，長自黯青苔。俺傳消遞息須擔帶，把從頭訴與那人來。

〔敲門相見介〕〔浣〕崔秀才，這幾時可聽得十郎消息？〔崔〕正來傳與郡主知道：

【一封書】曾經打聽來，他離孟門好一回。〔浣〕可徑到這裏來？〔崔〕他何曾徑歸？到盧家居外宅。〔浣驚介〕回在太尉府了！同在都城中，怎不回步？是誰見來？〔崔〕是韋夏卿見來。報道青娥有意相留待，則怕烏鵲傳言也浪猜。〔浣〕當真了。〔合〕怪從來，心性乖，飽病難醫是這窮秀才。

〔浣説與旦驚介〕王哨兒傳言，猶恐未的，聽崔君之談，他真個有了人家也。〔崔〕夫人且休惱，盧太尉高拱⑩侯門，十郎深居別宅，夏卿傳言，仍恐未的。爲感夫人看禮，故此報知。〔旦〕更煩到盧府求一真信。〔崔〕寒酸如何去得？〔旦〕適纔浣紗賣典，餘有青蚨三百，少⑪佐君酒。日後諸費，更容賣釵相補。〔崔〕誰⑫憐十二金釵客，剩有三百青銅錢。〔下〕〔旦〕浣紗，薄倖郎到了太尉府，容易打聽，只是少貲財央及人也。看妝臺摘下玉燕釵去，賣百萬錢，盡用爲尋訪之費。〔浣〕這是聘釵，如何頓賣？〔旦〕他既忘懷，俺何用此！

【羅江怨】提起玉花釵，羞臨鏡臺。內家好手費雕排。上頭時候送將來也，落在天街，那拾的人何在？今朝釵股開，何年燕尾回？鎮雙飛閃出這妝奩外。落在誰邊？他笑向齊眉戴。將他去下財，將他去插釵，知他後來人不似俺前人賣。

【前腔】知他受分該，纖纖送來。舊人頭上價難裁，新人手裏價難擡也。〔浣〕俺去也。〔旦哭介〕

【香柳娘】看釵頭玉燕，看釵頭玉燕，嘴翅兒活在，銜珠點翠堪人愛。雙飛玉鏡臺，雙飛玉鏡臺，當初爲此諧，一旦將他賣。〔合〕好擎奇此釵，好擎奇此釵，裏定紅絲，還把香奩試蓋。〔浣〕俺去也。〔旦〕俺再囑付你，燕釵呵：

【前腔】燕釵梁乍飛，燕釵梁乍飛，舊人看待，你休似古釵落井差池壞。倘那人到來，倘那人到來，百萬與差排，贖取你歸來戴。〔合前〕

【尾聲】少錢財使費恨多才，玉釵無分、有分戴荊釵，俺只怕沒頭興的東西遇不着個人兒買。

從此賣花釵，蛛絲罥鏡臺。
憑誰招薄倖，還與拾釵來。

【校】

①卜，清暉閣、柳浪館本誤作「小」。②「前」字下，獨深居本有「後」字。③苦，獨深居本作「只」。④救苦的那些來，葉譜有疊句。下曲，同。按，此曲爲【水底魚兒】，原八句。前半闋不當有重句。⑤一，繼志齋本、柳浪館本俱作「這」。⑥【江兒水】，葉譜强作解人，題作【梧葉覆江水】，謂【梧葉兒】犯【江兒水】。⑦和，各本俱作「合」。⑧「討」字下，獨深居本有「募」字。⑨債，清暉閣本誤作「倩」。⑩拱，柳浪館本誤作「撰」。⑪少，清暉閣本誤作「步」。⑫誰，原誤作「惟」，據各本改。

第四十五齣　玉工傷感

【縷縷金】〔浣紗捧盒盛釵上〕螺髻點，畫眉纖。衣衫氣脂粉麝，醋茶鹽。玉釵金盒子，絨絲襯坫。向誰家妝閣燕穿簾，做不出牙婆臉①。

揎薪斜皓腕，吹火弄朱唇。可憐羅襪步，更作賣釵人。且看前面來的，像是玉工侯景先老②兒。咱且在勝業坊裏隱着，待他商量，俺女丫頭怎去賣釵也？〔侯上〕

【番卜算】切玉小刀銛，刻盡崑山琰。年來袖手粲霜髯，眼看繁華厭。

眼復幾時暗，耳從前月聾。平章金落索，編檢玉玲瓏。〔浣〕老侯那裏來？〔侯〕小娘子有幾分面善，到忘了，可是誰家？〔浣〕我且把一件東西來你認。〔出釵介〕〔侯〕這是紫玉釵一雙，俺曾那裏見來。〔細看介〕

【太師引】③把水色覰雙鈎兒咭，玲瓏煞珠嵌翠黏。呀！是俺老侯做就的。曾記取玉鷄冠艷，倍工夫碾琢操箝。〔浣〕老侯，你那討這手段？〔侯〕是老手擅場非僭，你看穿花鳥分明堪驗。〔浣〕你做的釵，可記得爲誰？〔侯〕④這到忘了。敢問小娘子誰家出來的？〔浣〕霍府出來的。〔侯〕是了，昔歲霍王小姐⑤將欲上鬟，令我做此，酬我萬錢，可得忘懷。長留念春寒玉纖，釵頭上那般喜愜紅暈翠眉尖。

〔浣〕着了，俺小姐即霍王女也。〔侯〕此玉釵價值萬鎰，怎生把出街來？〔浣〕要賣。〔侯〕帝種王孫，芳年艷質，何至賣此？〔浣〕家事破散，迥⑥不同前了。〔侯〕小玉姐敢配人了？

【前腔】〔浣〕招的個秀才欣⑦將風月占，〔侯〕好了，嫁得個秀才。〔浣〕誰知他形飄影潛？〔侯〕呀！丢他去了。〔浣〕孤另的青樓冷冷。〔侯〕門户大。〔浣〕折倒盡朱户炎炎。〔侯〕守麽？〔浣〕他心字香誓盟無玷，〔侯〕還奢華麽？〔浣〕怎奢華十分寒儉？〔侯〕還待怎生？〔浣〕還在賣珠典衣，賂遺于人，使求音信。　背妝欠珠釵賣添，〔侯〕小姐訪得到⑧那人時罷了，若訪不得時，可知道紅顏薄命都則是病懨懨。

〔作泣介〕貴人男女，失機落節，一至于此！我殘年向盡，見此盛衰，不勝感傷也。

【鏵鍬兒】⑨　你王家貴嚴，生長在花濃酒釅。少甚朝雲畫棟，暮雨珠簾。因何自掘斷煙花塹？把長籌短簽⑩。　小娘子，俺老侯看盡許多豪門，似小玉姐這般零落呵，〔合〕窮不贍，病怎兼？提起賣釵情事淚痕淹，想的他啼紅萬點。

小娘子請行，小老兒去哩。〔浣嘆〕少不得女兒家沿街撞户，送此輕華之物也。

【前腔】　把金釵盒掩，捧起意慵心歉。怎走的街塵鬧雜，有甚觀瞻。怯生生抱玉向重門險，高低遠嫌。〔住介〕老侯，賠你個小心也。〔拜介〕非笑諂，有事沾。　提起賣釵情事淚痕淹，好看承俺雙尖半點。

〔侯〕老人家看你鞋尖兒中甚用？〔浣〕脚小，走不得也那。

【前腔】〔侯〕看你眉低意甜，會打價彈牙笑掂。〔浣〕非掂，説小玉姐賣釵，也辱没了王家體面。〔侯〕動説到王家體面，教俺好會沈潛。〔背介〕到好一個丫頭，小妮⑪子非抛閃，知羞識廉。也罷，領了去把妝盒檢，繡線撏。提起賣釵情事淚痕淹，略效軀勞半點。

〔浣〕老侯，休貶了價也。

【前腔】你看珠釵點染，燕雙雙棲香鏡奩。好飛入阿嬌金屋，頭上窺覘。老侯，便要交錢過手也。怕煞干風欠，要青蚨白拈。老侯着緊些，離寶店，向畫簷。提起賣釵情事淚痕淹，望斷他愁眉一點。

俺去也，得⑫價回來相謝。〔侯〕且住，説與俺那薄倖是誰？俺一面賣釵，一面尋訪，可不兩便？〔浣〕你這老兒，俺教你出個招子，帖在長安街上：某年某月某日，有霍王府小玉姐，走出漢子一名李益，派行十郎，隴西人也；官拜參軍，年可二十多歲；頭戴烏紗冠帽，身穿紫羅袍，腰繫鞓金寶帶，脚踏倒提雲一線粉朝靴；身中材，面團白，微鬚。有人收得者，謝銀一錢；報信者，銀二錢。〔侯〕忒輕薄了。〔浣〕俺浣紗昔年跟人走失了一次，也是這般招帖，酬謝也只是一錢二錢。〔侯〕骨頭輕重不同。〔浣〕儘這釵兒賸了他罷。憑在玉人離説去，但求金子倒迴來。〔下〕〔侯弔場〕獻玉要逢知玉主，賣金須遇買金人。小玉姐託身非人，家門零落，不惜分釵之費，求全合璧之歡。只是一件，紫玉釵工費價須百萬，急節難遇其人。尋思起來，誰家最好？有了，數日前盧太尉堂候哥來說，盧小姐成婚，要對紫玉釵。舉頭一望，朱門畫棨，便是他府，堂候哥有麽？〔堂候上〕不畏金吾杖，誰敲銅獸環。原來是老侯，紫玉釵有麽？〔侯〕恰好一對，小姐早則喜也。〔堂〕誰家 之物？〔侯〕不好說。〔堂〕來處不明，別衙去。〔侯〕實不相瞞，霍王府中之物。〔堂〕是他家小姐出賣？〔侯〕怪事！怪事！你怎得知？〔堂〕老侯，你一向夢裏，他先招了俺府裏參軍李爺，新近李爺招在俺府，正是俺家太尉小姐新婚，要紫玉釵用。你今日來得正好得價也。〔侯〕敢別是一人？〔堂〕是隴西人，叫做李十郎。〔侯〕是了，是了，他家到處找尋，怎知在這裏做女壻。央你引我見那喬才一面。〔堂〕府門深遠，怎生見的？他也發誓不歸了。〔侯〕聽得他和前妻也發了誓。〔堂〕你休要閒管，在此待俺取錢還他。〔侯〕一對釵兒百萬錢。〔堂〕牙錢要分取十三千。〔侯嘆介〕這般一個薄情人，也唱個曲兒罵他：

【清江引】籠花撇柳不透風兒颭，知他火死要絶了餤。逐廟裏討靈籤，卦上早陰人占。李十郎，李十郎，怕你一處無情處處情兒欠。

〔堂捧錢上〕這百萬釵價，這十萬牙錢。快去，太尉爺升帳了。〔侯〕這也罷了。俺且閒問，李參軍怎生發付那前妻？〔堂〕有甚發付？教他生寡不成！

秦樓咫尺似天涯，雙雙釵燕落誰家？
寄語紅顏多薄命，莫怨東風當自嗟。

【校】

①做不出牙婆臉，葉譜當有疊句。　②老，清暉閣、柳浪館本誤作「生」。　③【太師引】，葉譜題【太師令】，謂【太師引】犯【刮鼓令】。　④「俟」字下，各本俱有「想科」二字，惟獨深居本「科」作「介」。　⑤姐，各本俱作「女」。　⑥迥，柳浪館本誤作「逈」。　⑦欣，獨深居本作「忺」，意同。　⑧到，各本俱誤作「倒」。　⑨【鏵鍬兒】，葉譜題作【鏵鍬子】，謂【鏵鍬兒】犯【江神子】。　⑩簽，繼志齋、柳浪館本誤作「嶮」。　⑪妮，清暉閣、柳浪館本作「尼」。　⑫得，原作「賣」。據各本改。

第四十六齣　哭收釵燕

【風馬兒】〔盧上〕兵符勢劍玉排衙，春色照袍花。千官日擁旗門下，當朝第一人家。

欲作江河惟畫地，能迴日月試排天。人生得意雖如此，卻笑書生强項前。我盧太尉，嫁女豈無他士，只爲李參軍作挺，偏要降伏其心。早晚收買玉釵，與我女兒上①頭之用，還未整齊，堂候官好没用也！〔堂候上〕屏畫彩鸞金帖尾，鏡描紅燕玉搔頭。稟老爺：買得侯景先紫玉釵一對在此。〔盧〕好精工也，景先從何得此？〔堂〕説來可憐，便是參軍爺先位夫人霍王府中之物，家貧零落，賣此爲生。〔盧作沈吟介〕俺正思一計，牢籠李君虞，此事諧矣。問堂候官，霍家有甚女流往來？〔堂〕聽得王哨兒説，有個鮑四娘往來。〔盧〕你可去請參軍到此，敘事②中間，教你妻子扮作鮑四娘之姊鮑三娘來獻此釵，説他前妻有了别人，將此棄賣，待李郎見惱，自然棄舊從新。你就請李參軍去。正是：暗施刻燕釵頭計，明要乘龍錦腹猜。〔堂候下〕〔生上〕

【霜天曉角】③春明翠瓦，户戟門如畫。徘徊青蓋拂烏紗，寶鐙雕牀下馬。

〔堂候通報見介〕〔盧〕客館提春興，〔生〕軍麾拜下風。〔盧〕江山養豪傑，〔生〕禮數困英雄。〔盧笑介〕好一個禮數困英雄，且請坐談。下官有一小女及笄，昨請韋先生爲媒，願配君子，説有前夫人在此，乃不忘舊也。不知④當初何以招贅王門？〔生〕容訴來：

【東甌令】人兒那，花燈姹，淡月梅横釵玉挂。拾釵相見迴廊下，一面許招嫁。恩深發得誓盟大，的的去時話。

〔盧〕容易成婚，不爲美重也。

【前腔】相逢乍，忒沾惹。燈影裏挑心非正大，墜釵兒納采真低亞。就裏有些怕，易相交必定意情雜⑤，容易撇人下。

〔丑鮑三娘持釵盒上〕注嘴凸來紅一寸，粉腮凹去白三分。假作鮑四娘姊妹都相像，則怕踹不的紅靴脚太尊。〔見介〕太尉爺，老婦人叩頭。〔盧〕你是誰家？〔丑〕鮑家。〔盧〕因何而來？〔丑〕聞公相家小姐要紫玉釵，有見成的獻上。〔盧〕正好，取來看。〔堂候取釵上介〕〔盧同生細看介〕〔盧〕好精細，小燕穿花，誰家的？把紅絲繫了，好一個鈿⑥金絲盒兒。〔生作驚，背云〕這釵似曾見來，他説姓鮑，敢認得鮑四娘，就問霍家消息。〔回身問介〕賣釵的婆子姓鮑，敢有姊妹麽？〔丑〕有七姊妹，老婆子第三。〔生〕可有鮑四娘？〔丑〕是俺妹子。他詼諧會作媒，老婆子性直，做些小交易。〔生〕這釵何來？〔丑〕是婆子的。〔生〕看你衣妝，不似有此釵。〔丑〕實不相瞞，是妹子鮑四娘央我賣的。〔生〕何從得此？〔丑〕賞元宵拾來的。〔生〕

【獅子序】來何處是誰家？猛然間提起賞元宵歲華。嘆墜釵人遠，還記些些。甚來由向靈心兒撇打？多則是雲髻懶，月梳斜，鏡臺邊，那年留下。〔丑〕李老爺好俊俏眼哩。〔生驚介〕終不然霍府來的？〔看釵介〕覷了他兩行飛燕，一樣銜花。

〔悲介〕此釵緣何到此？

【太平歌】別他三載，長是泣年華，眼見得去後人亡將物化。〔丑〕活在。〔生〕終不然舊家門户恁消乏？沿門送上金釵價。〔丑〕那裏討舊家門户哩？〔生〕終不然到⑦嫁了人。那裏有彩鳳去隨鴉，老鸛戲彈牙？

〔丑〕李老爺這般傷感，敢認的他家？老婆子若説起，一發可憐！這府裏有個郡主，招了個丈夫，一去不來。有個甚麽韋秀才，報説他丈夫誰家招贅了。不信，訪得明白，整呪了一個月日。又是我妹子爲媒，招了個後生相伴，因此賣了這釵。〔生哭介〕我的妻呵！〔丑驚介〕原來就是參軍爺夫人，老婆子萬死，萬死。〔生悶倒，扶起介〕妻呵，是俺負了你也！

【賞宮花】是真是假？似釵頭玉筍芽。便做道釵無價，做不得玉無瑕。〔丑〕參軍爺，夫人忘了你去哩。〔生〕妻呵，你去即無妨誰伴咱？他縱然忘俺，依舊俺憐他。

〔丑〕好個參軍爺念舊。〔生再提釵看介〕

【降⑧黄龍】冤家，真個無差。好些時肉跳心驚，這場兜答。妻呵，常言道配了千個，不如先個。你聽後夫説，賣了釵，有日想李十郎來，要你悔也。妻，那人怎麽？記當年曾愛西家。〔盧〕參軍，婦人水性，大丈夫何愁無女子乎！昨遣韋夏卿相勸，今霍家既去，此天緣也。〔生〕休喳，俺見鞍思馬，難道他是野草閒花？小玉姐⑨，痛殺我也！氣咽喉嗄，恨不得把玉釵吞下。

〔盧〕不消如此，嗄死了人身難得！參軍不如且收此釵，百萬價府中自還。〔生謝尉收釵介〕

【大聖樂】懷袖裏細捧輕拿，似當初梅月下。還記他齊眉舉案斜飛插，枕雲橫惜着香肩壓。〔盧〕便倩鮑三娘爲媒，將此玉釵行聘小女⑩如何？〔生〕早難道釵分意絶由他罷？少不得鈿合心堅要再見他。〔盧〕待咱敲斷了這釵。〔生〕伊閒刮，您玉釵敲斷鎮淚珠盈把。

〔盧〕堂候，送參軍館中去。〔堂候送生介〕

【哭相思】⑪〔生〕蚤則枉了咱五百年遇釵人也！〔下〕

〔盧弔場〕叫堂候的妻子上來，分付你不許漏洩，事成，賞你丈夫一個中軍官。〔丑叩頭謝介〕

秋風紅葉不成媒，　分付春庭燕子知。
好去將心託明月，　管勾明月上花枝。

【校】

① 上，獨深居本作「花」。　② 事，獨深居本作「話」。　③【霜天曉角】，應有八句，下缺四句。　④ 知，柳浪館本誤作「如」。　⑤ 雜，柳浪館本作「難」。　⑥ 鈿，原誤作「細」。據各本改。　⑦ 到，各本俱作「別」。　⑧ 降，原誤作「絳」，當改。　⑨ 姐，獨深居本作「妻」。　⑩ 女，柳浪館本作「姐」。　⑪【哭相思】，缺三句。

第四十七齣　怨撒金錢

【行香子】〔旦作病上〕去也春光，月地花天，相思影瘦的不成模樣。爲伊蹤跡，費盡思量。〔浣〕歸來好，空迷戀，有何長？

【集句】① 〔旦〕蕙帳金爐冷篆煙，寶釵分股合無緣。菱花塵滿慵將照，多病多愁損少年。浣紗，紫玉釵頭，是咱心愛。幾時賣去呵，好悶也！

【玉山鶯】② 玉釵拋漾，上頭時縈紅膩香。爲冤家物在人亡，這幾日意迷神恍。每早起呵，窺妝索向，還疑在枕邊牀上，又似在妝奩響。猛思量，原來賣了，空自揾啼妝。

【前腔】如今可賣了也，賣釵停當，喜孜孜誰家艷陽！那插釵人温存的依前還價，遇着那一等呵，笑窮婦人無分承當，擡高價作他喬樣。俺霍③小玉一眼看上李十郎，今日賣了釵也，路傍誼講，道當初墜釵情況，自把前程颺。爲誰行，斷簪殘髻，留伴鏡中霜？

〔侯景先上〕杜鵑花暖碧桃稀，兩處紅妝一處悲。個裏囊中忒羞澀，他邊頭上有光輝。自家侯景先便是。替霍家郡主賣釵，得百萬錢，在店中半年多月，没人取去，老子親送來。內有人麽？〔浣〕老侯到了，待咱通報。〔見介〕〔旦〕賣釵得價了？

【桂花鎖南枝】④〔侯〕咱登時發付，珠釵兩股。舊時價不減些兒，任姹女把金錢細數。〔浣數錢介〕是百萬了，牙錢那家有？〔旦〕問他賣在那家？〔侯〕是當朝太尉姓盧⑤，玉僊停上頭須此。〔旦驚介〕浣紗，問他到盧府裏，可打聽來？〔侯〕且喜！且喜！有個李參軍。你這裏尋故夫，他那邊衙新壻。〔旦〕當真了。〔侯〕府門外，久躊躇。是他堂候官，親説與。

〔旦泣介〕天下寧有是事乎！霍小玉釵頭，到去盧家插戴也。〔悶倒介〕〔侯〕玉翦江魚尋老手，釵分海燕泣春心。〔下〕

【小桃紅】〔旦〕俺提起曉妝樓上玉纖閒，他斜倚妝奩盼也。則道鏡臺中長則是兩相看，閒吟嘆把玉釵彈。人去後香肩嚲，畫眉殘，將他來斜撥爐香篆也。又誰知誓冷盟寒空擲斷釵頭玉，雙飛燕不上俺雲鬟？

〔浣〕這錢愛殺俺也。〔旦〕要錢何用！

【下山虎】一條紅線，幾個「開元」。濟不得俺閒貧賤，綴不得俺永團圓。他死圖個子母連環，生買斷俺夫妻分緣。你沒耳的錢神聽俺言：正道錢無眼，我爲他疊盡同心把淚滴穿，覷不上青苔面。〔撒錢介〕俺把他亂灑東風，一似榆莢錢。

〔浣〕怎生撒去？可是撒漫使錢哩！

【醉歸遲】⑥〔旦〕那其間、成宅眷，俺不是見錢兒熱賣圖長便，誰承望這一對金釵胡串？青樓信遠，知他向紅妝⑦啼箋。他雖然能掇綻慣賠錢，你敢也承受俺貫⑧熟的文鴛，又蘸上那現成釵燕。

【五般宜】想着那初相見、長安少年，把俺似玉天仙、花邊笑嫣，滿着他含笑拾花鈿。終不然那一霎兒燈前幾年，到如今那買釵人插妝鬟儼然，俺賣釵人照容顔慘然。知他是別樣嬋娟？也則是前生分緣。

〔崔上〕旅舍貧儒閒踏草，高樓思婦怕看花。這幾日不曾問霍府李郎消息，取幾貫錢使用。裏面甚事悲諠？徑入則個。〔見錢撒地，作驚介〕浣紗姐，俺書生終日奔波覓錢，如何亂撒滿地？〔浣〕你不知，要找訪李郎，貲費乏絶，將玉釵倒與玉工，正賣向盧太尉府中，果然百萬錢買去，盧小姐插戴，與李郎成親了。〔崔〕真個了，李君虞，你可也有時遇着俺崔允明，數落你一番，怕你不動頭也！〔旦〕果如所言，崔君清客，浣紗將錢奉上，薄爲酒費，容奴拜懇也：〔拜介〕

【憶多嬌】借美言，續斷緣，斷續姻緣須問天。〔崔〕滿眼春愁花樹邊，要得團圓，要得團圓，還似巧相逢那年。

【哭相思】⑨〔旦〕俺心中人近人心遠，説教他心放心邊。他錢堆裏過好日，俺釵斷處惜華年。〔崔辭介〕〔旦〕加婉轉，促留連，看落花飛絮是俺命絲懸。若得他心香轉作迴心院，抵多少買賦千金這酒十千。

真成薄命久尋思，夢見雖多覺後疑。買斷人間不平事，金錢還自有圓時。〔下〕〔崔弔場〕好花期客客不至，病鳥依人人自憐。看來小玉姐爲尋訪李郎，破散家貲百萬，俺三年間受之惶愧。要徑造李郎，他又被盧府拘制，早朝晚歸，不放參謁，怎生是好？〔想介〕有了，崇敬寺今春牡丹盛開，約韋夏卿酒館商量，去請李郎玩賞，酒中交勸，或肯乘⑩興而歸。正是：欲見夫妻一片心，須聽朋友三分話。〔下〕⑪

【校】

①集句，獨深居本作「集唐」。②【玉山鶯】，南詞新譜卷二三下作【玉供鶯】，謂【玉胞肚】犯【五供養】、【黃鶯兒】，即以本曲爲例。首句「漾」，原作「樣」。據譜改。窺妝，譜作「妝臺」。③霍，清暉閣、柳浪館本作「鄭」。④【桂花鎖南枝】，南詞新譜作【桂月鎖南枝】，謂【桂枝香】犯【月上海棠】、【鎖南枝】。⑤「姓盧」，平仄不協，葉譜改作「盧家」。⑥【醉歸遲】，南詞新譜卷一六云：「【五韻美】，或作【醉歸遲】，或作【恨薄情】，皆非。」下連【五般宜】，當作另一曲牌。原本合二曲爲一，統名【醉歸遲】，今爲分作二曲。⑦妝，繼志齋本、獨深居本俱作「粉」。⑧貫，疑當作「慣」。⑨【哭相思】，當作【鷓鴣天】。⑩乘，清暉閣、柳浪館本誤作「垂」。⑪「欲見夫妻」二句是下場詩，例應大字分行。

第四十八齣　醉俠閒評

〔老旦酒保上〕遊人醉殺牡丹時，立誓無賒挂酒旗。一斗十千教滿腹，十分一盞即開眉。自家乃崇敬寺前大街頭一個有名酒館小二哥便是。恭喜今年①牡丹盛開，約有半月日，看花君子往來遊賞，須索在此守候。凡有喫寡酒的，喫案酒的，兑②酒去的，包酒來的，咱都不誤主顧。正是：有物任教攜酒去，無人不道看花來。遠遠一個活神道來也。〔豪士輕紗巾黃衫，挾弩彈騎馬，跟從數人打獵上〕

【鎖南枝】風光粲，雲影摇，矯帽輕衫碧玉縧。花襯着馬蹄驕，俠骨天生傲。自家埋名豪客是也。春歸花落草齊，彈鳥一會。呀，前面是個大酒店，胡雛叫酒保，可有淡黃清數十瓶，待俺打鳥回來飲唱也。〔保〕知道了。〔豪〕你把珍珠茜，滴幾槽。待俺打圍歸，醉花鳥。

去也。〔下〕〔崔上〕

【前腔】春多少，紅樹梢，長安看花愁思敲。一步步倚斜橋，詩打就殘紅稿。酒保哥有麽？〔保上〕〔崔〕你把冷燒刀，不用的熬。水晶蔥，鹽花兒搗。

俺有朋友韋夏卿來此講話，案酒排幾個來。〔保〕請裏面坐。〔崔自飲介〕〔韋上〕

【前腔】青旗上，酒字兒飄，步轉東風尋故交。原來崔允明先在此。〔見介〕〔崔笑介〕如此春光十分，怎生不醉也！〔韋〕你窮暴的不鏖糟，忖③沙恁還俏。〔崔〕酒保取酒來。聽提壺喚，春色澆。免把俺老明經，乾渴倒。

〔韋〕允明兄，敢待商量李君虞一事？〔崔〕便是。聞得崇敬寺牡丹盛開，小弟要將小玉姐所贈金錢作酒，邀請李君虞吟賞。席上使幾句，攢聒得他慌，不由不回頭也。〔韋〕你不知盧太尉當朝權勢，出入有兵校挾着，分付有説及霍府事者，以白梃推之。且盧家刺客布滿長安，好不精細哩！〔崔〕得人錢貫，與人消算，盡你我一點心也。

【前腔】把他孤鸞賺，去鳳招，受了他殷勤難暗消。俺二人呵，似接樹老花妖，惜樹憐枝好。〔韋〕只怕他冷心情，會作喬。苦了俺熱肝腸，替煩惱。

〔崔〕此事就煩這酒家做酒三筵，明後日崇敬寺牡丹花下，就煩他去盧府下請書，催請李參軍赴宴。〔保〕門上難進，怕他生疑。〔韋〕俺有一計，只做無相禪師請他便了。〔保〕知道了。二位與俺再倒一壺。〔豪上〕

【前腔】流鶯巧，翡翠嬌，彈珠兒打來雲漢高。金鐙寶鞭敲，旗亭外把銀瓶弔。呀，兩個秀才在此，忍耐不住，教他迴避便了。那魯兩生，可也不伏嘲。困黃粱，是④這邯鄲道。

〔作舉手介〕請了！〔韋、崔作辭避介〕高樓後客催前客，深院新人換舊人。請了，崇敬寺相候也。〔下〕

〔豪笑，目送二生云〕何處攛出兩個大酸倈。〔從〕這兩個秀才好生眼熟，似三年前一個借鞍馬的韋先兒，一個求俊僮的崔先兒。〔豪〕借人馬何用？〔從〕李十郎就親霍府，借去風光也。〔豪問保〕兩個酸倈到此許久？〔保〕好一會了。〔豪覷殘殽笑介〕這盤中何所有？〔保〕是五香豆豉。〔豪〕那盤中？〔保〕十樣錦豆腐。〔豪作笑介〕這狗才，幾縷兒豆腐皮，做出這十樣錦去哄弄那窮酸，可憐人也！兩人消了你幾大瓶酒？〔保〕每人倒了一瓶。〔豪看壺介〕呀，是夾鑞壺，人不上五六小盃，有甚商量，消停許久？〔保〕爲那隴西李十郎，贅了盧府小姐，棄了前妻。那前妻害的懨懨，病待不起，兩人商量，俺家包了酒，到崇敬寺，請⑤李十郎去賞牡丹，勸他回心轉意。又怕盧府威勢，不敢深説。説起那前妻，好不悽惶人也！〔哭介〕〔豪〕原來有此不平之事！酒保且將酒過來。〔酒到介〕〔豪〕近間可有名姬喚來？〔保〕對門有王大姐，隔壁有劉八兒，都好。〔豪〕這怎生使得？都是些菜瓜行院也。

【前腔】掀黄袖，拂鬢毛，看花的紅塵飛大道。無過是李和桃，好共朱顔笑。紅一點，酒千瓢。是雄豪，喜長嘯。

〔保〕動問怎生喚做雄豪？〔豪〕雄豪二字，不是與你們講的。〔保〕小人不認得雄豪，認得個雌豪。〔豪〕怎喚雌豪？〔保〕這京兆府前⑥，有個鮑四娘，揮金養客，韜玉擡身。如常富貴，不能得其歡心；越樣風流，纔足回其美盼⑦。可不⑧是雌豪也？〔豪〕久聞其名，可請相見。〔保〕兀的不是鮑四娘來也。〔鮑上〕

【前腔】欹紅袖，嚲翠翹，聽子規窗前啼不了。覷了那病多嬌，淚向王孫草。〔保出接介〕鮑四娘，小堂有客相請。〔鮑作打覷介〕覷他丰神俊，結束標。料多情，非惡少。

〔保〕識貨，識貨。〔豪作見介〕他便是鮑四娘，名不虛傳。

【前腔】他是閨中俠，錦陣豪，聞名幾年還未老。他略約眼波瞧，咱驀地臨風笑。人如此，興必高。〔回身介〕指銀瓶，共傾倒。

〔揖鮑介〕久聞鮑四娘女中俠氣，纔一見也。【菩薩蠻】赤闌橋盡香街直，牡丹風外垂楊碧。〔鮑〕疊損縷金衣，相逢憔悴時。〔豪〕黄衫騎白馬，日日青樓下。〔鮑〕金彈惜流鶯，留他歌一聲。〔豪笑介〕咱悶弓兒打不上老鶯也。爲咱歌來。

【繡帶兒】〔鮑進酒介〕金盃小，把偌大的閒愁向此消，多情長似無聊。暗香飛何處？青樓歌韻遠，一聲蘇小。含笑，倚風無力還自嬌。好些時，吹不去綵雲停着。

【白練序】〔豪〕妖嬈，恁還好。花到知名分外標，恨不得逐日買花簪帽。暗香消年來覺，咱四海無家有二毛。更着甚，錦鞍呼妓，金屋藏嬌。

【醉太平】〔鮑〕休喬，有如許風韶。便敲殘玉鳳，換典金貂。風雲事業，忍負尊前談笑。閒眺，緑楊風老雉媒嬌，古道獵痕青燒。一般兒草緑裙腰，花紅袖⑨口，殘春恁好。

【白練序】〔豪〕虛囂，那年少。曾赴金釵會幾宵，如天杳、江南一夢迢遥。酒醒後思量着，折莫摇斷了吟鞭碧玉梢。從誰道，兀的是渭水，西風殘照⑩。

四娘踏草何來？〔鮑〕看霍王府小玉姐病來。〔豪〕因何病害？〔鮑〕貪了才子李十郎，因而招嫁，十郎薄倖，就親盧太尉府中，再不回步。小玉姐病染傷春，敢待不起也？〔豪〕可也有了人麼？〔鮑〕謹守誓言，有死而已。〔豪〕世間怎有這不平之事！家貲如何？

【醉太平】〔鮑〕多嬌，一種情苗。貪看才子，致令家計⑪蕭條。把珠釵折賣，訪問薄情音耗。他病癆，鎮薰香帕裏鬟雲喬，枕伏定把淚花彈卻。〔豪〕病可好？〔鮑〕多應不好。〔豪〕那人可回？〔鮑〕再休提薄倖，咱爲他煩惱。〔豪作惱介〕

【降⑫黄龍】心憔⑬，難聽他緑慘紅銷。爲他半倚雕闌，恨妬花風早。四娘，飲一大盃何如？倩盈盈衫袖⑭，灑酒臨風，泱⑮住這英雄淚落。〔豪作醉，鮑扶介〕〔豪〕還勞，你把玉山扶着，恁多情似伊個中絶少。胡雛，取紅綃十匹⑯，與四娘作爲纏頭之費。暮雲飄寸心何處？一曲醉紅綃。

【尾聲】你凄凄切切愁色冷金蕉，只俺臂鷹老手拈不出鳳絃膠，〔舉手介〕四娘，一笑相逢咱兩人心上曉。〔鮑下〕

〔豪弔場〕冷眼便爲無用物，熱心長⑰爲不平人。花前側看千金笑，醉後平消萬古嗔。俺看李十郎這負心人，爲盧府所劫，使前妻小玉一寒至此。此乃人間第一不平事也，俺不拔刀相救，枉爲一世英雄！叫蒼頭，你將金錢半萬，送與霍府，叫他明後日作大酒筵。他問設酒因何？你只説到時自有分曉。〔雜〕稟主翁，畢竟爲何？〔豪〕不須閒問，明後日人馬整齊妝束，跟俺崇敬寺賞牡丹花去。正是：立拔寶刀成義士，坐敲金盞勸佳人。⑱〔并下〕

【校】

①「今年」下，獨深居本有「寺中」二字。②兑，原作「賖」，據繼志齋、柳浪館本改。③忖，當是「村」之誤。④是，各本俱作「只」。⑤「請」字下，獨深居本有「出」字。⑥獨深居本無「前」字。⑦纔足回其美盼，美，獨深居本作「巧」；足，清暉閣本誤作「是」，美，誤作「矣」。⑧可不，柳浪館本誤作「不可」。⑨袖，原誤作「繡」，據獨深居本改。⑩照，清暉閣、柳浪館本誤作「點」。⑪計，清暉閣本誤作「討」。⑫降，原誤作「絳」，當改。⑬憔，當作「焦」。⑭「衫袖」下原有〔又〕字，衍。⑮泱，疑當作「揾」。辛棄疾詞水龍吟原句作：「倩何人喚取紅巾翠袖，揾英雄淚。」⑯匹，清暉閣本誤作「四」。⑰長，原作「常」。據各本改。⑱下場詩例應大字分行。

第四十九齣　曉窗圓夢

【一江風】〔旦病，浣扶上〕睡紅姿，夢去了多迴次，爲思夫愁病死。侍兒扶花鬟風絲，把不住香魂似。〔内作鸚鵡叫介〕姐姐可憐。〔浣〕好個鸚哥兒，叫道姐姐可憐也。〔旦〕鸚鵡會心慈，鸚鵡會心慈，狂夫不轉思，悶悠悠記不起花前事。

【集句】花恨紅腮柳恨眉，形同春後牡丹枝。緑窗孤寢難成寐，説與傍人未必知。浣紗，俺自聞李郎盧氏之事，懷憂抱恨，周歲有餘。羸卧空閨，遂成沈疾。如何是好？〔浣〕郡主，你日夜悲啼，都忘寢食。期一相見，竟無因由。冤憤益深，委頓牀枕。依浣紗愚見，想李郎素心，當初懇切盟言，未必抛殘至此。倘期後會，且自寬懷。

【集賢賓】〔旦〕道相看三十言在耳，做夫妻到此無詞。别後無書知不美，没來由折了身奇，陪了家計，博得那一聲將息。堪憔悴，不傷心也是舊時相識。〔作嘔介〕

【前腔】〔浣〕你愛寒酸嘔出些黄淡水，唾花中怕見紅絲，你瘦盡了腰肢。愁不起女兒家折盡便宜，更賠閒氣，偏會假尋尋覓覓。如何的？且恁消除把翠紅排比。

〔浣〕郡主，將管絃消遣一會也。〔旦〕與我拿過一邊去。

【前腔】無情無緒㩅甚的，任朱絃綱遍塵絲。姤女争夫因甚起？偏兒家没個男兒。不成夫壻，不死時偌長的日子。傷心事，花燈下一時難悔。

【前腔】〔浣〕你可也自把千金軀愛惜，少年人生寡難爲。你蘸住紅顔圖後會，也須是進些茶食，穩些眠睡，好在翠圍香被。儻然是，夢中來故人千里。

〔旦〕也説得是，待我睡些時。〔浣〕待我收拾茶飯①來。〔下〕〔鮑上〕才郎薄倖愁回首，美女傷春病捧心。咱鮑四娘，貧忙數日，不知小玉姐病體如何？呀，原來孤眠在此。浣紗何處也？〔旦驚醒介〕四娘來幾時也？

【黄鶯兒】正好夢來時，户通籠一覺回。〔鮑〕可夢到好處？〔旦〕陽臺暮雨愁難做，〔鮑〕李郎可來夢中？〔旦〕咱思量夢伊，他精神傍誰？四娘，咱夢來，見一人似劍俠非常遇，着黄衣。分明遞與，一緉②小鞋兒。

〔鮑〕鞋者，諧也。李郎必重諧連理。

【前腔】此夢不須疑，是黄神喜可知，一尖生色鞋兒記。費金貲訪遺，卜金錢禱祈，惹下這劍天仙託上金蓮配。賀郎回，同諧並履，行住似錦鴛齊。

〔末豪奴持錢上〕世上無名客，天下有心人。拔劍誰無義？揮金卻有仁。俺主翁乃是埋名豪客，分付將錢十萬③，送霍府廣張酒筵，知他主甚意兒？已到他門首，内有人麽？〔浣上〕是誰？〔末〕俺家主翁要借尊府會客，送錢十萬，求做酒筵。〔旦〕差矣！這不是包酒人家，何得如此？〔末〕敢借花竹亭臺一座④。〔旦〕鮑四娘，你説俺家近日不同了。昔日梁園多種竹，歲久無人森似束。舞榭傾欹樹少紅，歌臺黯淡苔攢緑。塵埋粉壁舊花鈿，鳥啄風箏碎珠玉。至今簾影反挂珊瑚鉤，指似傍人堪痛哭。咱家做⑤不得也。〔末〕到頭自有分曉，知音那用推辭！〔下〕〔浣〕這廝是何主意也？

【簇御林】〔旦〕非親故，甚意兒？無名錢天上至。〔浣〕似金錢夜落花容易，恁青衣童子來傳示。〔合〕轉堪疑，舊家零落，何客賜光輝？

【前腔】〔鮑〕咱來圓夢，覺有奇，送金錢甚所爲？〔旦〕怕又是買釵的姤女來調戲？可便似文君新寡惹這閒車騎？〔合〕事難知，不速之客，或是好因依。

〔鮑〕浣紗，且扶小姐裏面睡，咱去也。

【尾聲】〔旦〕四娘，你看咱病身軀送不⑥的你，薄倖呵，共長安又不隔千山萬水，甚意兒教人不恨個死！

心病除非心藥醫，繡鞋猶有夢來時。
何人詔此金錢會⑦，喜鵲烏鴉總未知。

【校】

①飯，清暉閣、柳浪館本作「飲」。②輛，當作「緉」。③上齣豪云「金錢半萬」，而此云「十萬」，前後不一。④座，獨深居本作「坐」。⑤做，獨深居本作「坐」。⑥送不，獨深居本作「不送」。⑦詔，獨深居本誤作「照」。

第五十齣　玩釵疑嘆

【金瓏璁】〔生上〕鶯語記丁寧，訴①春心空回雁影。人去眼，未分明，釵②落手還僥倖。正覩物懷人對景，到此若爲情！

【鷓鴣天】薄命情知怨負深，個中消息費沈吟。能存鏡裏纖纖玉，那得釵頭艷艷金？　思往昔，辨來今，上頭時候鏡初臨。分明認得還疑錯，袖向青衫淚滿衿。咱李十郎，爲因盧家勢壓，霍府情疏，不知小③玉姐存亡。忽見賣釵情事，使人氣傷咽倒。今日閒④坐無聊，秋鴻開箱，取那燕釵端詳一回也。〔鴻持釵上〕衣箱正合金魚袋，鈿合斜分玉燕釵。稟老爺，釵在此。

【江頭金桂】〔生〕提起燕釵相並，向紫玉啼痕柱欲冰。更碧葱纖指，紅絲纏定，怕分飛要孤另。早知他要孤另，怎教前生相承相應？偏他兩條紅潤，一片清泠，雙清妙手制作精。向晚妝時候⑤，朝雲初映。畫眉輕，看他立定釵猶顫，妝成鏡越清。〔鴻〕釵有甚好處？這般看承⑥他。

【前腔】〔生〕這釵好助情添興，壓半朵棠梨風裊擎。係玉牌花勝，翠點絲縈，步玲瓏插端正。俺和他日暖吹笙，人間對鏡。和他看花笑笑，踏草停停，柔情一種畫不成。向晚妝時候，暮雲低映。鳳燈凝，笑摘下釵頭燕，待嬌回枕上鶯。

〔鴻〕不想下得賣了這釵也。

【前腔】〔生〕難道紅顔薄命，你正好樓心看月明。爲問玉人何處？雲鬟偷並。好姻緣看忒輕，虧你别弄簫聲，再填河影。是誰做了領頭鳳史，接脚的牛⑦星？你全然忘卻那會情。想他賣釵時候，翠殘香賸。恣胡行，雖然背後成千里，也在你跟前住一程。

〔鴻〕爺看甚釵？就了盧府親罷。

【前腔】〔生〕難道俺多才薄倖，俺這裏無情還有情。料他兩層招嫁，一時乘興。冷思量閒記省，他所事精靈，自心盟證。怎肯因而奚落，遂爾飄零？想來莫是他魂夢境。記墜釵時候，十分僥倖。美前程，縱然他水性言難定，俺則怕風聞事欠明。

〔鴻〕這事不的猶可，當真時節，連俺那浣紗也跟了人去也。

【大迓鼓】〔生〕他千金肯自輕，玉樓無恙，伴侶飛瓊。若不是誥命夫人正，怎惜得添香侍女清？〔合〕持取釵頭，再作證盟。

秋鴻，想⑧家門寒落難堪也！

【前腔】便桑田似海傾，要嫦娥斟酌，耐冷娉婷。妻，你敢疑我招了盧府也？你那知

俺客舍閒風景，常則怕幽閨欠老成。〔合前〕

〔老酒保送請書上〕來邀帥府風流客，去看空門富貴花。小子是酒肆人家，明日爲崔韋二秀才置酒崇敬寺，請李參軍爺賞牡丹，來下請書。怕他門下有人隄防，只說老和尚請他便了。〔把門軍校上〕哇！誰人行走？〔保〕崇敬寺無相長老，請參軍爺隨喜片時。〔校〕敢邀那裏去？〔保〕老禪師有何處去？〔校通報介〕〔生取書看介〕知道了。禪師與我有舊，明日就來。〔校〕太尉爺分付，參軍爺所在行動，着軍校十數人白梃護從。〔生〕這也使得。

侯門春色苦相禁，　暫話塵緣一散心。
從此山頭似人石，　丈夫形狀淚痕深。

【校】

①訴，清暉閣、柳浪館本誤作「訢」。　②釵，原誤作「錢」，據獨深居本改。　③各本俱無「小」字。　④閒，繼志齋本、獨深居本俱作「悶」。　⑤「時候」下原有〔又〕字，謂重句。按，此句可重，也可不重。下三曲，同。　⑥承，獨深居本誤作「成」。　⑦牛，清暉閣本誤作「半」。　⑧「想」字下，各本俱有「俺」字。

第五十一齣　花前遇俠

【窣地錦襠】〔外老僧上〕色到空門也著花，佛桑春老散香霞。買栽池館意無涯，看到子孫能幾家。

自家乃是崇敬寺中一個無相法師便是。坐禪出定，偶見牡丹盛開，必有冠蓋遊賞，不免叫弟子們出來支對。弟子何在？〔末丑弟子上〕

【前腔】僧家亦有芳春興，鼻觀偷香色塵映。試看清池與明鏡，何曾不受花枝影。

師父，問訊了。師父，牡丹折一枝，膽瓶中供佛①也好。〔外〕那枝色相兒好？〔丑〕大紅、桃紅、粉紅、紫紅，百十餘種，老師父要插時，第一是醉楊妃，肉西施，花頭兒好。〔外〕胡說！〔末〕白净的是觀音面，佛頭青，可好？〔外〕使得。名花盛發，俗眼争看。你兩人在此支持，咱去入定也。正是：生香世界錦斕斑，天雨曼陀照玉槃。一朵宫②黄微拂掠，鞓紅髻紫不須看。〔下〕〔丑〕兄弟，冠蓋來賞牡丹，有費迎待。你看那崔韋二秀才張筵設席，請盧府李參軍去了。俺們不如鎖上禪堂，别處隨喜。正是：酒駐賞心客，花催行脚僧。〔下〕〔韋崔上〕

【西地錦③】〔崔〕艷萼奇葩翠捧，翦裁費盡春工。〔韋〕徑尺平頭，幾重深影，一片雲紅。

〔崔〕夏卿兄，這寺中酒筵已設，李郎早晚到來。好盛的牡丹也！

【高陽臺④】〔兵校數人持白棍擁生上〕芳月融晴，禁煙熏煖，金界瑞光巃嵸。靄靄霏霏，未怕宿醒寒中。綺門御陌啼鶯午，恰來舊約賓從。望花宮，翠霧連帷，彩霞飛棟。〔見介〕〔韋崔笑介〕君虞，久別也！一春幾許閒空？恁錦城香國，蜂浮蝶冗。羅綺笙歌，春光無奈嬌縱。〔生〕宮袍荏苒花間意，倩東風盡日傳送。〔韋崔合〕倚新妝，沈香亭畔，那年供奉。

〔衆揖介〕〔崔〕燕歸巢後即離羣，〔韋〕吟倚東風怯晚春。〔生〕獨坐⑤侯家正惆悵，〔合〕牡丹時候一逢君。〔崔〕十郎，自別秦川，數年不見，好忘舊也！〔韋〕今日請十郎花前玩賞，是話休提，且看酒來。〔校〕韋相公怎生替了和尚作東？〔韋〕你不知，這和尚唤作見花羞。〔酒保上〕佛座竟聞香世界，豪遊須結醉因緣。稟相公，酒到了。〔韋崔送酒介〕

【高陽臺序⑥】〔韋〕翠蓋籠嬌，青猊裊韻，綴壓枝頭春重。繡轂晴雷，飛斷六街塵鞚。歡閧，倚妝深色如有意，怕春去未禁攔縱。齊解逞千層一捻，殿住春紅勒迸。

【前腔】〔生〕誰種，鶴頂移紅，檀心倒暈，旋瓣重瓤⑦争聳。渲紫生緋，袍帶壽安圍擁。晴弄，絳羅高捲春正永，渾自倚玉樓香夢。須護取錦帳流蘇，映日飄摇螮蝀。

【前腔】〔崔〕珍重，駝褐霏煙，鵝黄漾日，都不似翠苞凝鳳。暮雨朝雲，紅香醉來幾甕。閒詠，司花疑與根別染，依約傍九霞仙洞。誰分許精神萬點？長則是花王出衆。

【前腔】〔生〕清供，赤玉盤欹，錦絲毬簇，百寶雕闌低控。絕艷濃胭，矗矗彩雲飛滃。還用，嫣然宜笑花片裏，指痕上粉香彈動。趁靈心袖籠輕翦，翦下斷紅偷送。⑧

【前腔】〔韋〕吟弄，向孔雀圖中，流鶯隊裏，多麗恣妖迎寵。近紅藥天階，衣香夜染扶從。正恐，譃花士女閒贈取，還應羨洛陽舊種。春老也怎得名花傾國，一尊長共？

〔崔〕君虞，胭紅粉紫，誰不玩賞？只那幽廊絕壁之下，有白牡丹一株，素色清香，無人瞅採，好可憐也！

【前腔】心痛，素色鸞嬌，青心鳳尾，別自玲瓏一種。悵瑤臺月下初歸，東風倚闌誰共。〔韋〕相諷，他閒庭一枝渾⑨似水，便雲想衣裳何用？〔合〕李郎，他無限恨斷魂欲語，兀自幽香遥⑩送。

〔韋〕君虞，今日玩賞，就將牡丹聯成一絕如何？〔生〕正好。〔崔〕君虞請先。〔生〕長安年少惜春殘，

〔崔〕争認慈恩紫牡丹。〔韋〕待小弟湊成：別有玉盤承露冷，無人起就月中看。〔生作嘆息介〕〔崔〕君虞爲甚沈吟？再向迴廊外散心也。〔行介〕〔豪士黄衫帶翦髮胡奴捧劍上〕〔豪笑介〕好不盛的牡丹也！羯鼓催敲⑪一捻痕，艷高堪領百花尊。紅羅一尺春風髻，翠袖三生日暮魂。自家埋名豪客便是。聽得負心漢李參軍在此賞花，没些時酒闌何處也？

北【新水令】⑫俺則爲這牡丹風吹起鬢邊絲，抵多少會賓堂酒牌金字？須不是宴慈恩塔上題，又不是和靈隱月中詞。兩三個細酸倈在兹，消受些喫一看二拿三説四。

猛想起來，咱要誅了這無義漢何難！只是惜樹怕拿修月斧，愛花須築避風臺。且跟那些聽説甚來？

【步步嬌】〔崔〕提起可憐人是鄭家子，〔生低問〕近日如何？〔韋〕他鎮日裏啼紅漬。流光去幾時，子母孤貧，靠你成何事？〔生嘆介〕道他有個人了。〔崔〕他甘心爲你守相思，怎生棄置他在空房死？

〔校上〕崔先兒，你説甚麼相思死？你管閒事！一個黄衫人來也。

北【折桂令】〔豪〕暗端相典雅風姿，怪不的有了舊人，湊上新知。漢相如似此情詞，怎尋覓文君瑕疵。早則是有情人教他悶死，惜花人心事憐慈。聽他刎頸交切切偲偲⑬，惹的俺斷腸人，急急孜孜。再聽他一會也。

【江兒水】〔生〕接葉心如刺，看花淚欲滋。〔韋〕風光甚麗，草木榮華，傷哉鄭君，銜冤空室！恨嬌香他只爲多情死。〔生泣介〕二君定不知我，因盧太尉恩禮，宛轉支吾，那曾就親⑭盧府？誓盟香那得無終始？傍權門取次看行止。〔崔〕君虞，乘興一見鄭君何如？〔生嘆介〕怎敢造次便去也。〔韋〕那人早晚待君永訣，足下終能棄置，實是忍人！〔韋崔合〕好爲思之，丈夫不宜如此。

〔校上〕韋先兒管閒事！黄衫人又來也。〔豪士上〕俺聽説了多時也，列公請了！公非李十郎者乎？某族本山東，姻連外戚，雖乏文藻，心嘗樂賢。仰公聲華，常思覯止。今日幸會，得覩清揚。某之敝居，去此不遠，亦有聲樂，足以娱情。妖姬八九人，駿馬十數匹，惟公所要，但願一過。〔韋崔〕有這繁華所在，且往領盛意，美酒笙歌，放懷爲妙。〔豪〕在下有馬數匹，揀一匹駿氣的背上李郎，二君緩來。〔崔韋〕請了！且逐金丸去，高嘶寶馬來。〔下〕〔豪〕胡奴，快取兩匹追風駿馬來。〔胡奴二人做馬嘶上〕

北【雁兒落帶得勝令⑮】〔豪〕有幾匹駿雕鞍是俺家雪花獅，有幾個俊蒼頭是俺家花鳥使。馬呵，消得你一鞭兒；奴呵，做得你三分事。馬呵，三花乍翦絡青絲；奴呵，雙眉如畫粉紅姿。咱呵，甚意兒把良馬思君子，將紅粉贈男兒，家貲？咱那裏金谷園難似此，你辭也麽辭，看咱點鞭頭雲外指。

〔校惱介〕又一個管閒事的人也！你不聽得俺盧府威風麽？參軍爺待做俺府裏東牀，引他那裏去？看我手中白棍兒麽！

【僥僥令】⑯ 摩娑起手底、棍兒打這廝，棍兒上有盧字。〔豪笑介〕有字怎的？〔校〕明寫着你肉眼迷廝，逞搊查强死。參軍呵，他坦腹乘龍衣金紫，好不受用也，你有銅斗兒家貲你自家使。

北【收江南】〔豪〕呀！禁持的李學士没參差，盧太尉甚娘兒！比似俺將你老東牀去了也那廝，和你家小姐對情詞。〔做拔劍介〕看劍兒雄雌，不甫你一個來一個兒死。

〔校收棍做怕介〕和你耍哩！提刀怎的？難道殺人不償命？看你家金谷園去，管俺們一個醉。〔豪〕叫胡奴挾李十郎上馬。〔並馬行介〕〔生〕前路相似勝業坊？〔又行〕〔問介〕前面望見曲頭？〔又行介〕將次是霍王府哩？〔豪〕問他怎麽？〔生私云〕怎認得這所在也？

【園林好】 似曾相識這花驄和小廝。〔奴〕參軍爺好眼哩。〔生〕轉前坊舊家兒在兹。承相招，可有別路到潭府？〔豪〕徑須從此。〔生〕迤邐驀然來至，過他門⑰甚意兒！過他門甚意兒！

〔豪〕這不妨，坊門多有⑱似也。

北【沽美酒帶太平令⑲】 穩着你個鎖鞍韁花外嘶，鎖鞍韁花外嘶，夾着你黑崑崙海山使，這些時那一個不醉染紅香弄晚颸。是誰家美人獨自？是誰家門巷偏似？

我呵心知肚知，萍水契相知幾時？煙花擔嗟咨怎辭？呀，比似你逞精神，長則在醉紅鄉逗人閒事。

〔生〕天晚，小生薄有事故，改日奉拜。〔作鞭馬欲回〕〔豪控生袖介〕敝居咫尺，忍相棄乎！

【尾聲】問你個賞花人有甚麽窮薄事？則待拗雙飛撇馬多回次，可也要會人情把似你秀才家性兒使。〔下〕

【校】

①佛，各本俱作「奉」。②宫，原誤作「官」，據清暉閣本改。③「錦」字下原有「引」字，衍。④「臺」字下原有「引」字，衍。⑤坐，柳浪館本作「在」。⑥原無「序」字，當補。⑦鬫，清暉閣本誤作「鬭」。⑧翦下斷紅偷送，清暉閣本作「下斷紅偷送翦」。⑨渾，原作「横」。據各本改。⑩遥，各本俱作「遠」。⑪敲，獨深居本作「花」。⑫以下十曲，爲北雙調、南仙吕入雙調南北合套。今北曲注明，南曲不注以求一致。⑬偲偲，各本俱誤作「思思」。⑭親，獨深居本作「盟」。⑮原奪「帶得勝令」四字，當補。⑯【僥僥令】，一名【綵旗兒】，犯【錦衣香】，有題作【綵衣舞】者。⑰門，原作「們」，據柳浪館本改。⑱「有」字下，各本俱有「相」字。⑲原奪「帶太平令」四字，當補。

第五十二齣　劍合釵圓

【怨東風】〔浣上〕去去春難問，翠屏人不穩。添香侍女費精神，悶悶悶。卜筮無憑，仙方少驗，求神未準。

自家浣紗便是。奉侍郡主，懨懨一病經年，又逢春盡。多少遊春士女，日永風暄；只俺家守着病多嬌，長似淒風短日，料應不久。扶他出來消遣一回。〔浣請介〕〔旦扶病上〕

【前腔】鬼病懨懨損，落花風片緊。多應無分意中人，恨恨恨。夢淺難飛，魂搖①欲墜，人扶越困。

浣紗，俺病症多應不好也！扶我起來怎的？〔浣〕幾年春色凋零，今歲名花盛發。郡主，你消遣些兒。〔旦〕浣紗，你看孤禽側畔千鶯曉，病樹前頭萬木春。教咱怎生消遣也？

【山坡羊】冷清清遭值這般星運，鬧氳氳②攪人的方寸。虛飄飄躭捱了己身，軟咍咍没個他豐韻。浣紗呵，病的昏，問你個春幾分？睡也睡也睡不穩，過眼花殘，斷頭香盡。傷神，病在心頭一個人。消魂，人似風中一片雲。

【前腔】〔浣〕他瘦厓厓香肌消盡，昧蚩蚩眼波層困。怯設設聲息兒一絲，惡丕丕嘔不出心頭悶。他脱了神，當時畫的人，猛然間想起今難認。一會兒精靈，一會兒昏暈。花神，多則是殘紅送了春。東君，你早辨名香爲反魂。〔旦作昏介〕〔鮑上〕

【玩仙燈】淑女病留連，憔悴煞落花庭院。

俺鮑四娘，數日未知小玉姐病體若何？呀，原來又睡在此。老夫人何在？〔老旦上〕若無少女憑花老，爲有嫦娥怕月沈。四娘，看俺孩兒病體若何？〔旦醒介〕俺娘，不好了也！四娘幾時到來？

【山桃紅】彩雲輕散，好夢難圓。是前生姻緣欠，又拚了今生命填。魂縹緲風裏殘霞，你把俺火燒埋向星前暮煙。多管香早寒玉早塵，除卻寸靈心還活現也，待他淚滴成灰還和他夢裏言。〔合〕〔衆哭介〕忍淚灑落花片，惺惺可憐，等不的薄倖人兒和你做個長別筵。

〔老〕還有甚話也？兒。〔旦〕娘叫俺道個甚來？特爲俺把多才拜上③：

【前腔】教他看俺萱堂一面，半子前緣。叫浣紗，若秋鴻回來，你夫妻好生看覷奶奶。待拜你呵，〔作跌介〕你當了嫡親眷，替俺看他老年。鮑四娘，早晚也來看覷奶奶。當初是你作媒，以後見那薄倖呵，教他好生兒看待新人，休爲俺把歡情慘然。倘然他念舊情過墓邊，把碗涼漿瀽也。便死了呵，也做個蝴蝶單飛向紙錢。〔合前〕

〔衆背介〕〔老〕李郎不到，怎生區處？〔鮑〕覷他形骸死瘦，眉氣生黃，敢待變症也？〔浣〕則管昏上來哩。〔摩介〕〔老〕李郎好薄倖也！〔鮑〕小玉姐好薄命也！〔旦醒介〕咳！娘，你孩兒好些了。李十郎到來哩。〔老〕那討這話來也？兒。〔旦〕咱待起來，娘替咱梳洗哩。〔老〕兒，久病之人，心神惑亂，且自安息。

〔旦〕娘不信呵，四娘扶咱。

【尾聲】④一邊梳洗不妨眠，聽呵那馬蹄聲則俺心坎兒上打盤旋。浣紗，敢踏着門那人⑤來不遠。〔並下〕〔豪與生並馬，羞不肯行〕〔豪家奴數人擁扯生馬上〕

【不是路】〔豪〕路轉橋灣，勝業坊西迤逗間。花如霰，似武陵溪上舊⑥桃丹。暮光闌，你怎生乘興人空返？陡住你花驄去住難。〔生掩面介〕羞殺俺也！含羞眼，舊家門户誰曾盼？怕人偷唤，怕人偷唤。

【前腔】〔豪〕玉碎香慳，爲你怒冲冠把劍彈。朱門限，幾年山上更安山。秀才，不是請你到俺家去，是請你到你家去⑦。好傷殘，你騎着俺將軍戰馬平心看，抵多少野草閒花滿目斑。〔生〕則怕盧太尉害了人也。〔豪〕怎生這般畏之如虎！〔生〕足下不知，小生當初玉門關外參軍，受了劉節鎮之恩，題詩感遇，有「不上望京樓」之句。因此盧太尉常以此語相挾，説要奏過當今，罪以怨望。所畏一也。又他分付，但回顧霍家，先將小玉姐了當，無益有損。所畏二也。白梃手日夜跟隨廝禁，反傷朋友。所畏三也。因此沈吟去就，不然，小生豈是十分薄倖之人。今日相見，怎生嘴臉也！〔豪〕結髮夫妻，賠個小心便了。盧太尉俺自有計處，不索驚心。無危難，把雕鞍勒住胡奴唤，亂敲門

瓣，亂敲門瓣。〔奴扣門介〕

【前腔】〔老浣同上〕燕子凋殘，王謝堂中去不還。誰清盼，聽重門閉了響銅環。〔奴〕舊門闌，多應是昨夜燈花粲，好事臨門你可也不等閒。〔老浣〕人喧亂，多應客赴金錢宴，啓門偷看，啓門偷看。

〔豪衆作擁生馬進門〕〔豪指生問老云〕認得此人否？〔老驚哭介〕薄情郎，何處來也？〔豪〕且下了馬，請小玉姐來對付他。〔老〕小女沈綿日久，轉側須人，不能自起。〔旦作在内介〕娘，你孩兒起的來也。〔鮑扶旦上〕

【哭相思】待飛殘一枕香魂，誰向窗前喚轉？

〔見介〕〔豪〕鮑四娘在此。小玉姐，可認得這秀才？〔生見哭介〕我的妻，病得這等了。〔旦斜視掩面長嘆介〕〔豪〕真個可憐人也！

【不是路】看他病倚危闌，似欲墜風花幾陣寒。斜凝盼，眼皮兒也應不似舊時單。小玉姐，俺將薄倖郎交付與你。病到這般呵，命多難。李郎，我聞東方朔先生云，惟酒可以消憂，咱已送金錢辦酒。酒呵，能消鬱塊忘憂散。只一味〔指生介〕當歸勾七還。俺去也！〔生〕感足下高義，杯酒爲謝，何去之速也？〔豪〕某非爲酒而來。〔生〕願留姓名，書之不朽。〔豪笑介〕休也！英雄眼，偶然蘸上你紅絲綻，爲誰羈絆？爲誰羈絆？

〔豪舉手介〕請了！〔衆〕花邊馬嚼金環去，樓⑧上人回玉筯看。〔下〕〔生〕豪士之言有理，將酒來爲小玉姐把一杯。〔送酒與旦〕〔旦作嘆介〕我爲女子，薄命如斯；君是丈夫，負心若此！韶顔穉齒，飲恨而終。慈母在堂，不能供養。綺羅絃管，從此永休。徵痛黄泉，皆君所致。李君，李君，今當永訣矣！〔作左手握生臂，擲盃于地，長嘆⑨數聲倒地悶絶介〕〔老做扶旦倒于生懷〕〔哭介〕憑十郎喚醒也。

【二郎神】〔生〕年光去，辜負了如花似玉妻。嘆一綫功名成甚的？生生的無情似翦，有命如絲。妻呵，別的來形模都不似你。〔作扶旦不起介〕怎擡的起這一座望夫山石？〔合〕尋思起，你恁般捨得死別生離。

【前腔】〔旦作醒介〕昏迷，知他何處，醉裏夢裏？纔博的哏郎君一口氣。俺娘呵，怕香魂無着，甚東風把柳絮扶飛？〔生〕是我扶你。〔旦〕扶我則甚那？生不面死時偏背了你，活現的陰司訴你。〔合前〕

〔旦〕唱別陽關時節，多少話來，都不提了。

【囀林鶯】〔生〕陽關去後難提起，畫屏無限相思。轉孟門太尉參軍事，動勞你翦燭裁詩。〔旦〕詩可到麽？〔生〕到來，那裏有斷雲重繫，都則是風聞不實。〔旦〕是韋夏卿爲媒，崔允明報信，還是風聞？〔合〕等虚脾，只看俺啼紅染遍羅衣。

【前腔】〔旦〕盧家少婦直恁美，教人守到何時？他得到⑩了一日是一日，我過了

一歲無了一歲。要你兩頭迴避，不如死一頭伶俐。〔生〕死則同穴。〔旦〕誰信你？〔合前〕

〔旦〕賣釵你可知俺家貧了，看釵子不上？〔生〕説那裏話！

【啄木鸝】釵兒燕不住你頭上棲，那釵脚兒在俺心頭刺。〔旦〕新人插釵可好？〔生〕誰曾送玉鏡妝臺？從那裏照斜插雙飛？〔旦〕釵呵，可知新人惱了，賞那丫⑪頭去了。〔生〕甚麽話！那賣釵人還説的你好哩。説伊家忘舊把釵兒棄，咱堅心不信悄⑫地籠將去。〔旦〕籠去怎麽？〔合〕〔生〕翠巍巍，許多珍重，記取上頭時。

你病勢定了些，待咱尋個人兒。〔作尋介〕〔旦〕尋個甚的？〔生〕鮑三娘賣釵，説你又有了一個後生。〔旦惱介〕好不羞！那裏有鮑三娘？是玉工侯景先哩。甚麽後生，都是你先坐下俺一個罪名兒。

【前腔】你爲男子不敬妻，轉關兒使見識，到底你看成甚的？〔生〕怎又討氣！〔旦〕不如死他甚的淘閒氣。既説我忘舊，取釵還我。〔生〕要還不難。〔旦〕是了，還了咱家，討個明白去。他妝奩厭的餘香膩，待抛還別上個新興髻。你還咱也好。〔合前〕

〔老〕也罷，此事問秋鴻。〔鴻上〕盧府親事，真個不曾成。

【啼鶯兒】那太尉呵，籠鶯打翠真是奇；家主爺呵，背東風不願于飛。〔浣〕爺不願，怎生不回？〔鴻〕俺爺呵，雖有嫌雲妬雨心期，他可有立海飛山權勢。正怕觸了那些，併累咱府。要圖美滿春光保全，因此上受羈棲把風波權避。〔合〕聽因依，玉花釵燕，他長在袖中攜。

〔鮑〕參軍爺，也不念咱舊媒人了。〔鴻〕你家做媒又做牙，賣釵人便是你家姐姐。〔鮑〕俺家有許多姐姐？〔鴻〕都是太尉倒鬼。

【前腔】〔老〕他大風要吹倒桐樹枝，喜到頭依舊連理。〔鮑〕想起黄衫豪客也。女伴們袖手傍觀，英雄拔刀相濟。郡主呵，顯靈心黄衫夢奇，果應口同諧卧起。〔合前〕

〔旦〕也罷，釵可帶來？〔生做袖中出釵介〕〔旦〕真個在你袖中也。〔拈釵喜介〕

【玉鶯兒】玉釵紅膩，尚依然紅絲繫持。磊心情幾粟明珠，點顔色片茸香⑬翠。側鬟兒似飛，懶妝時似頹，病懨懨怎插向菱花對？〔合〕事真奇，相看領取，還似墜釵時。

〔老〕浣紗，取鏡奩脂粉，從新插戴。〔生作扶旦笑介〕看你羸質嬌姿，如不勝致，更覺可人也！〔旦作插釵，顫介〕〔生〕正是：【浣溪沙】淺畫香膏拂紫綿。〔老〕牡丹花瘦翠雲偏。〔鮑〕手扶釵顫並郎肩。〔旦〕李郎，俺病起心情終是怯，困來模樣不禁憐。〔合〕今生重似再生緣。

【前腔】〔生〕燕釵重會，與舊人從新有輝。影差池未漬香泥，翅毰毸尚縈纖蕊。壓雲梳半犀，嫋風鬟半絲，恨呢喃訴不出從頭事。〔合前〕

〔老〕俺一家兒感的是豪客。〔旦〕似那年元夜會他來。

【尾聲】李郎，夢還真敢是那黃衫子，病玉腰肢你着意偎。十郎，不要又去也。再替俺燒一炷誓盟香寫向烏絲闌湊尾。

薄命迴生得俊雄，感恩積恨兩無窮。
今宵賸把銀釭照，猶恐相逢是夢中。

【校】

①搖，獨深居本誤作「遥」。 ②氳氳，各本作「温温」。 ③拜上，各本誤作「拜拜」。 ④尾聲，當作「隔尾」。 ⑤「人」字下，各本俱有「兒」字。 ⑥原作「舉」，據清暉閣、柳浪館本改。 ⑦「去」字下，獨深居本有「哩」字。 ⑧樓，原誤作「報」，據清暉閣本、柳浪館本改。 ⑨嘆，各本俱作「哭」。 ⑩清暉閣、柳浪館本俱無「到」字。 ⑪丫，原誤作「釵」，據獨深居本改。 ⑫悄，原誤作「俏」。當改。 ⑬香，清暉閣本、柳浪館本俱作「春」。

第五十三齣　節鎮宣恩

【憶多嬌】〔崔韋上〕花事催，酒力微，歌吹風光在水西。他昨夜燈花今夜喜，向朱門報知，向朱門報知，褒封節義吾皇旨。

天下多有不平事，世上難遇有心人。俺們生受小玉姐許多錢鈔，到惹起黄衫豪客來，與這段烟花結了公案。真乃是千家吃酒，一家還錢，事不偶然①。〔韋〕只一件，十郎既就了霍府，那盧太尉怎肯干休？他輕輕地下手，都成齏粉，卻如之奈何？〔崔〕你不知道，那黄衫豪士雖係隱姓埋名，他力量又能暗通宫掖。他近日探得主②上因盧府專權，心上也忌他了；他有人在主上前行了一譖，聖上益發忿怒，如今盧府着忙，不暇理論到此事。那黄衫豪士隨有人竄掇言官，將小玉姐這段節義上了，又見得盧府强婚之情。蒙主上褒嘉，遣劉節鎮來處分，怕甚麽事！〔韋〕原來如此，妙哉，快哉！我們先去報喜，賀喜。

【長命女③】〔老生旦上〕春風轉，新婚久别重相見。〔見介〕便是崔韋二兄。依然舊客來庭院。

〔崔作笑云〕小玉姐，不空費了你金錢也。劉節鎮奉詔處分來此，快備香案迎接。〔劉節鎮奉詔書上〕加冠進職君臣禮，合鏡還珠夫婦恩。聖旨④已到，跪聽宣讀。皇帝詔曰：朕惟伉儷之義，末世所輕；任俠之風，昔賢所重。每觀圖史，在意斯人。若爾參軍李益，冠世文才，驚人武略。不婚權豔，甚曉夫綱。可封賢集⑤殿學士、鸞臺侍郎。霍小玉憐才誓死，有望夫石不語之心；破産回生，有懷清臺衛足之智。可封太原郡夫人。鄭氏相夫翦桐葉而王，擇壻顯桃夭之女。慈而能訓，老益幽貞。可進封滎陽郡太夫人。盧太尉徒以勢壓郎才，强其奠雁。幾乎威逼人命，碎此團鸞。宜削太尉之銜，以申少婦之氣。其黄衣豪客，援⑥釵幽淑女，有助綱常；擬⑦劍不平人，無傷律令。可遥封無名郡公。嗚呼！凡贊相于王風，皆揚名于白日。受兹敕命，欽哉！謝恩。〔生衆作謝恩介〕〔劉〕君虞，别來久矣！紫玉釵一事，細説一番。

【催拍】〔生〕是當年天街上元，絳籠紗燈前一面，兩下留連，兩下留連。幸好淡月梅花，拾取釵鈿，將去納采牽紅，成就良緣。〔合〕今日紫誥皇宣，夫和婦永團圓。

【前腔】〔旦〕梳妝罷春遊翠園，人别去觀花上苑。他衣錦言旋，他衣錦言旋，怎知他簫歇秦樓，唱斷陽關？别去鸞儔，曾歸到鴛班。〔合前〕

【前腔】〔老〕只道你⑧幽歡别憐，幾年間未蒙清盼。看看的門户凋殘，看看的門户凋殘，爲尋訪多情，費盡金錢。賣到珠釵，苦恨難言。〔合前〕

【前腔】〔鮑〕真乃是前生分定，重遇着玉釵雙燕。因此上再整雲鬟，因此上再整雲鬟，也當個再接瓊簪，更續危絃。異國香燒，倩女魂還。〔合前〕

〔韋〕此豪客之功也。

【前腔】〔崔〕閒⑨説起有個英雄恨然，路相看不平拔劍。〔韋〕把雌雄重會龍泉，把雌雄重會龍泉，不教你斷了香魂，枕畔燈前；負了盟言，月下花前。〔合前〕

【一撮棹】〔衆〕離和合，嘆此情須問天。是多才，非薄倖枉埋⑩冤。須記取，花燈後牡丹前。釵頭燕，鞋兒夢酒家錢⑪。堪留戀，情世界業姻緣。儘人間諸⑫眷屬，看到兩團圓。

【尾聲】一般才子會詩篇，難遇的是知音宅眷，也只爲豪士埋名萬古傳。

紫玉釵頭恨不磨，黄衣俠客奈情何！
恨流歲歲年年在，情債朝朝暮暮多⑬。
炊徹黄粱非北里，斟翻緑蟻是南柯。
花封桂瘴知何意，赢得敲尊一笑歌。

【校】

①「偶然」下，繼志齋、柳浪館本有「也」字。 ②主，獨深居本作「聖」。下「主」字同。
③「女」字下原有「前」字，衍。 ④旨，各本俱作「恩」。 ⑤賢集，疑是「集賢」之訛。

⑥援，原作「拔」。據清暉閣、柳浪館本改。　⑦擬，原作「提」。據繼志齋、柳浪館本改。

⑧你，各本作「他」。　⑨閒，清暉閣、柳浪館本作「聞」。　⑩理，清暉閣、柳浪館本誤作「理」。

⑪錢，各本誤作「釵」。　⑫諸，清暉閣本作「諧」。　⑬債，柳浪館本誤作「倩」。

湯顯祖集全編戲曲卷之三

牡丹亭

牡丹亭目録

【箋】

牡丹亭，全稱爲牡丹亭還魂記，作者題辭自署「萬曆戊戌秋」，即萬曆二十六年（一五九八），作者離遂昌知縣任歸里後。第一齣標目。【蝶戀花】云「忙處抛人閒處住」。忙處指官場，閒處謂林下，其意甚明。或云閒處指遂昌知縣，然則若士自徐聞典史添注量移遂昌。添注官掛名不視事，固不得以爲忙處也。

牡丹亭成於遂昌説，難以自圓其理。

一、或以若士尺牘答習之云：「平昌（遂昌）令得意處别自有在。第借俸著書，亦自不惡。」古人以小説戲曲爲小道，不登大雅之堂，不入著作之列。作者何得于人前以牡丹亭爲著作耶？

二、梅鼎祚鹿裘石室集卷八致若士信云：「近傳新著業已殺青，許八丈可爲置郵，何不以一部乞我？」鼎祚鄉人許國忠時任處州府同知。殺青原指脱稿，然據其下句實指出版。此信作於萬曆二十五年。三年後，若士答張夢澤猶云：「餘若牡丹魂、南柯夢繕寫而上」，至此時猶未付梓也。

三、或以賀貽孫激書卷二滌習爲據，斷言黄君輔萬曆二十八年秋試告捷，得益于萬曆二十五年若士牡丹亭填詞之啓發。原文生動有致，然小説家言固無與于考證。據吉安府志，萬曆二十二、二十五、二十八年三次秋試，無黄姓人中式，而黄君輔是副貢，固未嘗秋試中舉也。

此記據杜麗娘慕色還魂話本改編，見何大掄重刻增補燕居筆記卷九。亦有簡稱此記爲還魂記者，以其與另一南戲同名，以不用爲宜。

本書以明懷德堂重鐫繡像牡丹亭還魂記爲底本。鄭振鐸劫中得書記云：「（石林居士）本版片，至明清間似猶在人間。歙縣朱元鎮嘗得版，重加刷印……惟去石林居士序，並于題下多『歙縣玉亭朱元鎮校』數字爲異耳。」清光緒丙戌（十二年，一八八六）上海同文書局曾據以石印，但削去其插圖中刻工署名。原書插圖作者端甫、吉甫、鳴岐、一鳳、出黄等，率爲新安虬村黄氏刻工。牡丹亭他本甚多，一九五七年爲作校注，曾一一比勘。校後始知皆不足校，蓋異文都出於有意竄改，不屬于傳統意義之校閲範圍之内。編者對此劇之校閲費力最多而着墨最少，實由此故。

本劇之校閲不似其它四劇，將各傳本一視同仁以作比勘，而以朱元鎮校本爲準。其它各本皆有竄改，唯此本未發現此種痕跡。

清人校訂牡丹亭以鈕少雅之格正本、葉堂之四夢曲譜爲代表。一有不合，即以原題曲牌名爲非，另爲命名。如第五齣【浣溪沙】（原作【浣沙溪】，疑是刊誤）採用該曲牌前四句，不必强改爲【搗練子】。又如第八齣、第四十二齣【夜遊朝】，當爲【夜遊湖】之訛。據九宮正始，此誤由來已久，不必改爲【夜行船】（按，【夜遊湖】、【夜行船】句格同）。又如第十二齣【瑣寒窗】，南詞新譜卷一二上云：「（【瑣窗寒】）今作【瑣寒窗】，非也。」可見當時二名通用，曲家雖以爲非，然已積重難返，不得遽爾斥之也。

曲牌始起于民間小調。其得名之由來，其句格之演變，今已不可詳考。湯氏答孫俟居（如法）評沈璟曲譜云：「且所引腔證，不云未知出何調犯何調，則云又一體又一體。彼所引曲未滿十，然已如是，復何能縱觀而定其字句音韻耶。」未盡悉一曲牌在異地異時之種種變格，而欲繩之以一律。此之謂曲律之絶對化。湯氏此評可謂一清涼劑。民間曲調知之不能盡，故湯氏牡丹亭第十八齣以【金絡索】及【金索掛梧桐】各二曲並列，不知其實爲一曲二名。固不必爲賢者諱也。

清人每見句格一有不合，即創爲犯調。犯調原爲戲曲音樂發展之正常現象。其流弊所至，以一句爲一曲牌之零摘，四犯五犯而不止，勢必導至曲牌體之否定。本劇之校訂，一反鈕少雅、葉堂之師心自用，寧守舊而不妄出新意，如第三齣之【玉山頹】，寧取香囊記之舊名，而不欲如清人之改題【玉山供】也。

第一齣【蝶戀花】叙作者緣起，【漢宫春】爲内容提要。懷德堂本【蝶戀花】爲大字，【漢宫春】以小字附于其後，或有特重作者自叙之微意在焉，一仍其舊，不加改動。

第一齣　標目

【蝶戀花】〔末上〕忙處抛人閒處住，百計思量，没箇爲歡處。白日消磨腸斷句，世間只有情難訴。玉茗堂前朝復暮，紅燭迎人，俊得江山助。但是相思莫相負，牡丹亭上三生路。

【漢宮春】杜寶黃堂，生麗娘小姐，愛踏春陽。感夢書生折柳，竟爲情傷。寫真留記，葬梅花道院淒涼。三年上，有夢梅柳子，於此赴高唐。果爾回生定配，赴臨安取試，寇起淮揚。正把杜公圍困，小姐驚惶。教柳郎行探，返遭疑激惱平章。風流況，施行正苦，報中狀元郎。

杜麗娘夢寫丹青記，陳教授説下梨花槍。
柳秀才偷載回生女，杜平章刁打狀元郎。

第二齣　言懷

【真珠簾】〔生上〕河東舊族、柳氏名門最，論星宿連張帶鬼。幾葉到寒儒，受雨打風吹。謾説書中能富貴，顔如玉、和黄金那裏？貧薄把人灰，且養就這浩然之氣。

【鷓鴣天】刮盡鯨鰲背上霜，寒儒偏喜住炎方。憑依造化三分福，紹接詩書一脈香。能鑿壁，會懸梁，偷天妙手繡文章。必須砍①得蟾宫桂，始信人間玉斧長。小生姓柳，名夢梅，表字春卿。原係唐朝柳州司馬柳宗元之後，留家嶺南。父親朝散之職，母親縣君之封。〔嘆介〕所恨俺自小孤單，生事微渺。喜的是今日成人長大，二十過頭；志②慧聰明，三場得手。只恨未遭時勢，不免飢寒。賴有始祖柳州公帶下郭橐駝，柳州衙舍，栽接花果。橐駝遺下一個跎孫，也跟隨我廣州種樹，相依過活。雖然如此，不是男兒結果之場。每日情思昏昏，忽然半月之前，做下一夢。夢到一園，梅花樹下，立着個美人。不長不短，如送如迎。説道：柳生，柳生，遇俺方有姻緣之分，發跡之期。因此改名夢梅，春卿爲字。正是：夢短夢長俱是夢，年來年去是何年？

【九迴腸】〔解三醒〕雖則俺改名换字，俏魂兒未卜先知？定佳期盼煞蟾宫桂，柳夢梅不賣查梨。還則怕嫦娥妬色花頹氣，等的俺梅子酸心柳皺眉，渾如醉。〔三學士〕

無螢鑿遍了鄰家壁，甚東墻不許人窺。有一日春光暗度黄金柳，雪意冲開了白玉梅。〔急三鎗〕那時節走馬在，章臺内，絲兒翠，籠定個百花魁。雖然這般説，有個朋友韓子才，是韓昌黎之後，寄居趙佗王臺。他雖是香火秀才，卻有些談吐，不免隨喜一會。

門前梅柳爛春暉，張窈窕　夢見君王覺後疑。王昌齡

心似百花開未得，曹　松　托身須上萬年枝。③韓　偓

【校】

①砍，朱墨本作「斫」。　②志，清暉閣本作「智」。　③下場詩均爲集唐。間有略作改動以合曲意者，不備注。

第三齣　訓女

【滿庭芳】〔外杜太守上〕西蜀名儒，南安太守，幾番廊廟江湖。紫袍金帶，功業未全無。華髮不堪回首，意抽簪萬里橋西。還只怕君恩未許，五馬欲踟躕。

一生名宦守南安，莫作尋常太守看。到來只飲官中水，歸去惟看屋外山。自家南安太守杜寶，表字子充。乃唐朝杜子美之後，流落巴蜀，年過五旬。想廿歲登科，三年出守。清名惠政，播在人間。內有夫人甄氏，乃魏朝甄皇后嫡派。此家峨嵋山，見①世出賢德夫人。單生小女，才貌端妍，喚名麗娘，未議婚配。看起自來淑女，無不知書。今日政有餘閒，不免請出夫人，商議此事。正是：中郎學富單傳女，伯道官貧更少兒。

【繞池遊】②　〔老旦上〕甄妃洛浦，嫡派來西蜀，封大郡南安杜母。

〔見介〕〔外〕老拜名邦無甚德，〔老旦〕妾沾封誥有何功？〔外〕春來③閨閣閒多少，〔老旦〕也長向花陰課女工。〔外〕女工一事，女孩兒精巧過人。看來古今賢淑，多曉詩書。他日嫁一書生，不枉了談吐相稱。你意下如何？〔老旦〕但憑尊意。

【前腔】〔貼持酒壺隨旦上〕嬌鶯欲語，眼見春如許，寸草心怎報得春光一二？

〔見介〕爹娘萬福！〔外〕孩兒，後面捧着酒肴，是何主意？〔旦跪介〕今日春光明媚，爹娘寬坐後堂。

女孩兒敢進三爵之觴，少效千春之祝。〔外笑介〕生受你！

【玉山頽】④〔旦進酒介〕爹娘萬福，女孩兒無限歡娱。坐黄堂百歲春光，進美酒一家天禄。祝萱花椿樹，雖則是子生遲暮，守得見這蟠桃熟。〔合〕且提壺花間竹下長引着鳳凰雛。

〔外〕春香，酌小姐一杯。

【前腔】吾家杜甫，爲漂零老愧妻孥。〔淚介〕夫人，我比子美公公更可憐也！他還有念老夫詩句男兒，俺則有學母氏畫眉嬌女。〔老旦〕相公休焦，儻若招得好女壻，與兒子一般。〔外笑介〕可一般呢？〔老旦〕做門楣古語，爲甚的這叨叨絮絮，纔到的中年路。〔合前〕

〔外〕女孩兒，把臺盞收去。〔旦下介〕〔外〕叫春香，俺問你：小姐終日繡房，有何生活？〔貼〕繡房中則是繡。〔外〕繡的許多？〔貼〕繡了打綿。〔外〕什麽綿？〔貼〕睡眠。〔外〕好哩，好哩，夫人，你纔説長向花陰課女工，卻縱容女孩兒閒眠，是何家教！叫女孩兒。〔旦上〕爹爹有何分付！〔外〕適問春香，你白日眠睡，是何道理？假如刺繡餘閒，有架上圖書，可以寓目。他日到人家，知書知禮，父母光輝。這都是你娘親失教也。

【玉抱肚】宦囊清苦，也不曾詩書誤儒。你好些時做客爲兒，有一日把家當户。

是爲爹的疎散不兒拘，道的個爲娘是女模。

【前腔】〔老旦〕眼前兒女，俺爲娘心蘇體劬。嬌養他掌上明珠，出落的人中美玉。兒呵，爹三分説話你自心模，難道八字梳頭做目呼。

【前腔】〔旦〕黄堂父母，倚嬌癡慣習如愚。剛打的鞦韆畫圖，閒榻着鴛鴦繡譜。從今後茶餘飯飽破工夫，玉鏡臺前插架書。〔老旦〕雖然如此，要個女先生講解纔好。〔外〕不能勾。

【前腔】後堂公所，請先生則是黌門腐儒。〔老旦〕女兒呵，怎念遍的孔子詩書，但略識周公禮數。〔合〕不枉了銀娘玉姐只做個紡磚兒，謝女班姬女校書。〔外〕請先生不難，則要好生管待。

【尾聲】説與你夫人愛女休禽犢，館明師茶飯須清楚，你看我治國齊家也則是數卷書。

往年何事乞西賓？柳宗元　主領春風只在君。王　建

伯道暮年無嗣子，苗　發　女中誰是衛夫人？劉禹錫

【校】

①見，朱墨本、獨深居本俱作「澗」，如是則應屬上句。②【繞池遊】曲應有六句，下缺三句。③來，獨深居本作「秋」。④【玉山頹】，南詞新譜題作【玉山供】，謂【玉抱肚】犯【五供養】。香囊記始以此曲標【玉山頹】。

第四齣　腐嘆

【雙勸酒】〔末老儒上〕燈窗苦吟，寒酸撒吞。科場苦禁，蹉跎直恁。可憐辜負看書心，吼兒病年來迸侵。

咳嗽病多疎酒盞，村童俸薄減廚煙。爭知天上無人住？弔下春愁鶴髮仙。自家南安府儒學生員陳最良，表字伯粹。祖父行醫，小子自幼習儒，十二歲進學，超增補廩，觀場一十五次。不幸前任宗師，考居劣等停廩，兼且兩年失館，衣食單薄，這些後生都順口叫我陳絶糧。因我醫卜地理，所事皆知，又改我表字伯粹做百雜碎。明年是第六個旬頭，也不想甚的了。有個祖父藥店，依然開張在此。儒變醫，菜變齏，這都不在話下。昨日聽見本府杜太守，有個小姐，要請先生。好些奔競的鑽去，他可爲甚的？鄉邦好説話，一也；通關節，二也；撞太歲，三也；穿他門子管家，改竄文卷，四也；别處吹噓進身，五也；下頭官兒怕他，六也；家裏騙人，七也。爲此七事，没了頭要去。他們都不知：官衙可是好踏的。況且女學生，一發難教，輕不得，重不得。倘然間體面有些不臻，啼不得，哭不得。似我老人家罷了。正是有書遮老眼，不妨無藥散閒愁。〔丑府學老門子上〕天下秀才窮到底，學中門子老成精。〔見介〕陳齋長報喜！〔末〕何喜？〔丑〕杜太爺要請個先生教小姐，掌教老爹開了十數名去都不中，説要老成的。我去掌教老爹處稟上了你，太爺有請帖在此。〔末〕人之患在好爲人師。

〔丑〕人之飯，有得你喫哩。〔末〕這等便行。〔行介〕

【洞仙歌】咱頭巾破了修，靴頭綻了兜。〔丑〕你坐老齋頭，衫襟没了後頭。〔合〕硯水漱净口，去承官飯溲，剔牙杖敢黄齏臭?

【前腔】〔丑〕咱門兒尋事頭，你齋長干罷休。〔末〕要我謝酬，知那裏留不留?〔合〕不論端陽九，但逢出府遊，則捻着衫兒袖。

〔丑〕望見府門了。

世間榮樂本逡巡①，李商隱　〔末〕誰睬髭鬚白似銀。曹唐

〔丑〕風流太守容閒坐，朱慶餘　〔合〕便有無邊求福人。韓愈

【校】

① 樂，原作「落」，據清暉閣本改。

第五齣　延師

【浣沙溪】① 〔外引貼扮門子丑扮皂隸同上〕山色好，訟庭稀。朝看飛鳥暮飛回，印牀花落簾垂地。

杜母高風不可攀，甘棠遊憩在南安。雖然爲政多陰德，尚少階前玉樹蘭。我杜寶，出守此間，只有夫人一女，尋個老儒教訓他。昨日府學開送一名廩生陳最良，年可六旬，從來飽學。一來可以教授小女，二來可以陪伴老夫。今日放了衙參，分付安排禮酒。叫門子伺候。〔衆應介〕

【前腔】〔末儒巾藍衫上〕須抖擻，要拳奇。衣冠欠整老而衰，養浩然分庭還抗禮。

〔丑禀介〕陳齋長到門。〔外〕就請衙内相見。〔丑唱門介〕南安府學生員進。②〔末跪，起揖，又跪介〕生員陳最良禀拜。〔拜介〕廣學開書院，〔外〕崇儒引席珍。〔末〕獻酬樽俎列，〔外〕賓主位班陳。叫左右，陳齋長在此清叙，着門役散回，家丁伺候。〔衆應下〕〔浄家童上〕〔外〕久聞先生飽學，敢問尊年有幾？祖上可也習儒？〔末〕容禀：

【鎖南枝】③ 將耳順，望古稀，儒冠誤人霜鬢絲。〔外〕近來？〔末〕君子要知醫，懸壺舊家世。〔外〕原來世醫，還有他長？〔末〕凡雜作，可試爲。但諸家，略通的。

〔外〕這等，一發有用。

【前腔】聞名久，識面初，果然大邦生大儒。〔末〕不敢！〔外〕有女頗知書，先生長訓詁。〔末〕當得，則怕做不得小姐之師。〔外〕那女學士，你做的班大姑。今日選良辰，叫他拜師傅。

〔外〕院子，敲雲板，請小姐出來。

【前腔】〔旦引貼上〕添眉翠，搖佩珠，繡屏中生成士女圖。蓮步鯉庭趨，儒門舊家數。〔貼〕先生來了，怎好？〔旦〕少不得去。丫頭，那賢達女，都是些古鏡模。你便略知書，也做好④奴僕。

〔净報介〕小姐到。〔見介〕〔外〕我兒過來：玉不琢，不成器；人不學，不知道。今日吉辰，來拜了先生。〔内鼓吹〕〔旦拜介〕學生自愧蒲柳之姿，敢煩桃李之教！〔末〕愚老恭承捧珠之愛，謬加⑤琢玉之功。〔外〕春香丫頭，向陳師父叩頭，着他伴讀。〔貼叩頭介〕〔末〕敢問小姐所讀何書！〔外〕男女四書，他都成誦了，則看些經旨罷。易經以道陰陽，義理深奥；書以道政事，與婦女没相干；春秋禮記，又是孤經。則詩經開首，便是后妃之德。四個字兒順口，且是學生家傳，習詩經罷。其餘書史儘有，則可惜他是個女兒。

【前腔】我年將半，性喜書，牙籤插架三萬餘。〔嘆介〕我伯道恐無兒，中郎有誰付？先生，他要看的書儘有⑥。有不臻的所在，打丫頭。〔貼〕哎喲！〔外〕冠兒下，他做個女秘書。小梅香，要防護。

〔末〕謹領。〔外〕春香伴小姐進衙，我陪先生酒去。〔旦拜介〕酒是先生饌，女爲君子儒。〔下〕〔外〕請先生後花園飲酒。

門館無私白日閒，薛能　百年粗糲腐儒餐。杜甫

在家弄玉惟嬌女，柳宗元　花裏尋師到杏壇。⑦錢起

【校】

①【浣沙溪】，不誤。格正、葉譜妄改爲【搗練子】，可謂多此一舉。　②「生員進」下原本、朱墨、清暉閣、獨深居各本俱有〔下〕字，衍。　③【鎖南枝】，格正題作【孝南枝】，謂【孝順歌】犯【鎖南枝】。　④做好，朱墨本作「好做」。　⑤加，清暉閣本作「叨」。　⑥有，原本、朱墨本俱作「看」。　⑦下場詩，各本一、三兩句上俱有「外」字，二句上俱有「末」字，四句上俱有「合」字。

第六齣　悵眺

【番卜算】〔丑韓秀才上〕家世大唐年，寄籍潮陽縣。越王臺上海連天，可是鵬程便。

榕樹梢頭訪古臺，下看甲子海門開。越王歌舞今何在？時有鷓鴣飛去來。自家韓子才，俺公公唐朝韓退之，爲上了破佛骨表，貶落潮州。一出門，藍關雪阻，馬不能前。先祖心裏暗暗道：第一程采頭罷了。正苦中間，忽然有個湘子侄兒，乃下八洞神仙，藍縷相見。俺退之公公一發心裏不快，呵融凍筆，題一首詩在藍關草驛之上。末二句單指着湘子說道：知汝遠來應有意，好收吾骨瘴江邊。湘子袖了這詩，長笑一聲，騰空而去。果然後來退之公公潮州瘴死，舉目無親，那湘子恰在雲端看見，想起前詩，按下雲頭，收其骨殖。到得衙中，四顧無人，單單則有湘子原妻一個在衙。四目相視，把湘子一點凡心頓起。當時生下一支，留在水潮，傳了宗祀，小生乃其嫡派苗裔也。因亂流來廣城，官府念是先賢之後，表請勅封小生爲昌黎祠香火秀才，寄居趙佗王臺子之上。正是：雖然乞相寒儒，卻是仙風道骨。呀！早一位朋友上來，誰也？

【前腔】〔生上〕經史腹便便，晝夢人還倦。欲尋高聳看雲煙，海色光平面。

〔相見介〕〔丑〕是柳春卿，甚風兒吹的老兄來！〔生〕偶爾孤遊上此臺。〔丑〕這臺上風光儘可矣，〔生〕

則無奈登臨不快哉。〔丑〕小弟此間受用也。〔生〕小弟想起來，到是不讀書的人受用。〔丑〕誰？〔生〕趙佗王便是。

【瑣窗寒】祖龍飛、鹿走中原，尉佗呵，他倚定着摩崖半壁天。稱孤道寡，是他英雄本然。白占了江山，猛起些宮殿。似吾儕讀盡萬卷書，可有半塊土麽？那半部上山河不見。〔合〕由天，那攀今弔古也徒然，荒臺古樹寒煙。

〔丑〕小弟看兄氣象言談，似有無聊之嘆。先祖昌黎公有云：不患有司之不明，只患文章之不精；不患有司之不公，只患經書之不通。老兄還則怕工夫有不到處？〔生〕這話休提。比如我公公柳宗元，與你公公韓退之，他都是飽學才子，卻也時運不濟，你公公錯題了佛骨表，貶職潮陽；我公公則爲在朝陽殿與王叔文丞相下碁子，驚了聖駕，直貶做柳州司馬。都是邊海煙瘴地方。那時兩公一路而來，旅舍之中，兩個挑燈細論。你公公說道：宗元，宗元，我和你兩人文章，三六九比勢：我有王泥水傳，你便有梓人傳；我有毛中書傳，你便有郭駝子傳；我有祭鱷魚文，你便有捕蛇者說。這也罷了。則我進平淮西碑，取奉取奉朝廷，你卻又進個平淮西的雅。一篇一篇，你都放俺不過。恰如今貶竄煙方，也合着一處，豈非時乎？運乎？命乎？韓兄，這長遠的事休提了。假如俺和你論如常，難道便應這等寒落？因何俺公公造下一篇乞巧文，到俺二十八代玄孫，再不曾乞得一些巧來？便是你公公立意做下送窮文，到老兄二十幾輩了，還不曾送的個窮去。算來都則爲時運二字所虧。〔丑〕是也。春卿兄，

【前腔】你費家資製買書田，怎知他賣向明時不值錢？雖然如此，你看趙佗王當時，也有個秀才陸賈，拜爲奉使中大夫到此，趙佗王多少尊重他。他歸朝燕，黄金累千。那時漢高皇厭見讀書之人，但有個帶儒巾的，都拿來溺尿。這陸賈秀才，端然帶了四方巾，深衣大擺，去見漢高皇。那高皇望見，這又是個掉尿鱉子的來了，便迎着陸賈駡道：你老子用馬上得天下，何用詩書！那陸生有趣，不多應他，只回他一句：陛下馬上取天下，能以馬上治之乎？漢高皇聽了，呀然一笑，説道：便依你説，不管什麽文字，念了與寡人聽之。陸大夫不慌不忙，袖裏出一卷文字，恰是平日燈窗下纂集的新語一十三篇，高聲奏上。那高皇纔聽了一篇，龍顔大悦。後來一篇一篇，都喝采稱善，立封他做個關内侯。那一日好不氣象！休道漢高皇，便是那兩班文武，見者皆呼萬歲。一言擲地，萬歲諠天。〔生嘆介〕則俺連篇累牘無人見。〔合前〕

〔丑〕再問春卿：在家何以爲生？〔生〕寄食園公。〔丑〕依小弟説，不如干謁些須，可圖前進。〔生〕你不知今人少趣哩。〔丑〕老兄，可知有個欽差識寶中郎苗老先生，到是個知趣人兒。今秋任滿，例于香山嶴多寶寺中賽寶，那時一往何如？〔生〕領教。

應念愁中恨索居，段成式　青雲器業俺全疎。李商隱

越王自指高臺笑。皮日休　劉項原來不讀書。章　碣

第七齣　閨塾

〔末上〕吟餘改抹前春句，飯後尋思午晌茶。蟻上案頭沿硯水，蜂穿窗眼咂瓶花。我陳最良，杜衙設帳，杜小姐家傳毛詩，極承老夫人管待。今日早膳已過，我且把毛注潛玩一遍。〔念介〕關關雎鳩，在河之洲。窈窕淑女，君子好逑。好者，好也；逑者，求也。〔看介〕這早晚了，還不見女學生進館，卻也嬌養的凶，待我敲三聲雲板。〔敲雲板介〕春香，請小姐上書。

【繞池遊】〔旦引貼捧書上〕素裝纔罷，緩步書堂下，對净几明窗瀟灑。〔貼〕昔氏賢文，把人禁殺，恁時節則好教鸚哥喚茶。

〔見介〕〔旦〕先生萬福。〔貼〕先生少怪！〔末〕凡爲女子，鷄初鳴，咸盥漱櫛笄，問安于父母。日出之後，各供其事。如今女學生以讀書爲事，須要早起。〔旦〕以後不敢了。〔貼〕知道了，今夜不睡，三更時分，請先生上書。〔末〕昨日上的毛詩，可温習？〔旦〕温習了，則待講解。〔末〕你念來。〔旦念書介〕關關雎鳩，在河之洲。窈窕淑女，君子好逑。〔末〕聽講：關關雎鳩，雎鳩，是個鳥；關關，鳥聲也。〔貼〕怎樣聲兒？〔末作鳩聲〕〔貼學鳩聲諢介〕〔末〕此鳥性喜幽静，在河之洲。〔貼〕是了。不是昨日是前日，不是今年是去年，俺衙内關着個斑鳩兒，被小姐放去，一去去在何知州家。〔末〕胡説！這是興。〔貼〕興個甚的那？〔末〕興者，起也，起那下頭。窈窕淑女，是幽閒女子，有那等君子好好的來求他。〔貼〕爲甚好好的求他？〔末〕多嘴哩。〔旦〕師父，依注解書，學生自會，但把詩經大意，敷①演一番。

【掉角兒】〔末〕論六經詩經最葩，閨門内許多風雅。有指證姜嫄産哇，不嫉妬后妃賢達。更有那詠鷄鳴，傷燕羽，泣江皋，思漢廣，洗浄鉛華。有風有化，宜室宜家。〔旦〕這經文偌多？〔末〕詩三百，一言以蔽之，没多些，只「無邪」兩字，付與兒家。

書講了，春香，取文房四寶來模字。〔貼下取上〕紙筆墨硯在此。〔末〕這甚麼墨？〔旦〕丫頭，錯拿了。這是螺子黛，畫眉的。〔末〕這甚麼筆？〔旦作笑介〕這便是畫眉細筆。〔末〕俺從不曾見，拿去，拿去。這是甚麼紙？〔旦〕薛濤箋。〔末〕拿去，拿去，只拿那蔡倫造的來。這是甚麼硯？是一個？是兩個？〔旦〕鴛鴦硯。〔末〕許多眼。〔旦〕淚眼。〔末〕哭甚麼子？一發換了來。〔貼背介〕好個標老兒，待換去。〔下換上〕這可好？〔末看介〕着！〔旦〕學生自會臨書，春香還勞把筆。〔末〕看你臨。〔旦寫字介〕〔末看驚介〕我從不曾見這樣好字，這甚麼格？〔旦〕是衛夫人傳下，美女簪花之格。〔貼〕待俺寫個奴婢學夫人。〔旦〕還早哩。〔貼〕先生，學生領出恭牌。〔下〕〔旦〕敢問師母尊年？〔末〕目下平頭六十。〔旦〕待學生繡對鞋兒上壽，請個樣兒。〔末〕生受了！依孟子上樣兒，做個「不知足而爲屨」罷了。〔旦〕還不見春香來。〔末〕要喚他麼？〔末叫三度介〕〔貼上〕害淋的！〔旦作惱介〕劣丫頭！那裏來？〔貼笑介〕溺尿去來。原來有座大花園，花明柳緑，好耍子哩！〔末〕哎也！不攻書，花園去，待俺取荆條來。〔貼〕荆條做甚麼？

【前腔】女郎行那裏應文科判衙，止不過識字兒書涂嫩鴉。〔起介〕〔末〕古人讀書，有囊螢的，趁月亮的。〔貼〕待映月耀蟾蜍眼花，待囊螢把蟲蟻兒活支煞。〔末〕懸梁刺股呢?〔貼〕比似你懸了梁，損頭髮；刺了股，添疤痆，有甚光華?〔内叫賣花介〕〔貼〕小姐，你聽一聲聲賣花，把讀書聲差。〔末〕又引逗小姐哩，待俺當真打一下!〔末做打介〕〔貼閃介〕你待打打這哇哇，桃李門墻，嶮把負荆人諕煞。

〔貼搶荆條投地介〕〔旦〕死丫頭!唐突了師父，快跪下。〔貼跪介〕〔旦〕師父恕他初犯，容學生責認一遭兒。

【前腔】手不許把鞦韆索拿，脚不許把花園路踏。〔貼〕則瞧罷。〔旦〕還嘴，這招風嘴把香頭來綽疤，招花眼把繡針兒簽瞎。〔貼〕瞎了中甚用!〔旦〕則要你守硯臺，跟書案，伴詩云，陪子曰，没的争差。〔貼〕争差些罷。〔旦搯貼髮介〕則問你幾絲兒頭髮?幾條背花?敢也怕些些，夫人堂上，那些家法?

〔貼〕再不敢了!〔旦〕可知道。〔末〕也罷，鬆這一遭兒，起來。〔貼起介〕

【尾聲】〔末〕女弟子則争箇不求聞達，和男學生一般兒教法。你們工課完了，方可回衙，咱和公相陪話去。〔合〕怎辜負的這一弄明窗新絳紗。〔下〕

〔貼作從背後指末罵介〕村老牛!癡老狗!一些趣也不知。〔旦作扯介〕死丫頭!一日爲師，終身爲父，他打不的你?俺且問你：那花園在那裏?〔貼作不説〕〔旦笑問介〕〔貼指介〕兀那不是?〔旦〕可有什麽景致?〔貼〕景致麽?有亭臺六七座，鞦韆一兩架，繞的流觴曲水，面着太湖山石，名花異草，委實華麗。

〔旦〕原來有這等一個所在。且回衙去。

〔旦〕也曾飛絮謝家庭，李山甫　〔貼〕欲化西園蝶未成。張泌

〔旦〕無限春愁莫相問，趙嘏　〔合〕緑陰終借暫時行。張祜

【校】

①敷，原作「教」，據朱墨本改。

第八齣　勸農

【夜遊朝①】〔外引净扮皂隸，貼扮門子同上〕何處行春開五馬，采邠風物候穠②華。竹宇聞鳩，朱幡引鹿，且留憩甘棠之下。

【古調笑】時節，時節，過了春三二月。乍晴膏雨煙濃，太守春深勸農。農重，農重，緩理征徭詞訟。俺南安府，在江廣之間，春事頗早，想俺爲太守的，深居府堂，那遠鄉僻塢，有抛荒遊懶的，何由得知？昨已分付該縣置買花酒，待本府親自勸農，想已齊備。〔丑扮縣吏上〕承行無令史，帶辦有農民。稟爺爺，勸農花酒，俱已齊備。〔外〕分付起行。近鄉之處，不許多人囉唣。〔衆應，喝道起行介〕〔外〕正是：爲乘陽氣行春令，不是閒遊玩物華。〔下〕

【前腔】〔生末扮父老上〕白髮年來公事寡，聽兒童笑語諠譁。太守巡遊，春風滿馬，敢借着這務農宣化。

俺等乃是南安府清樂鄉中父老，恭喜本府杜太爺，管治三年，慈祥端正，弊絶風清。凡各村鄉約保甲，義倉社學，無不舉行，極是地方有福。現今親自各鄉勸農，不免官亭伺候。那祇候們扛擡花酒到來也。

【普賢歌】〔丑老旦扮公人扛酒提花上〕俺天生的快手賊無過，衙舍裏消消没的睃，扛酒去前坡。〔做跌介〕幾乎破了哥，捽破了花花你賴不的我。

〔生末〕列位祗候哥到來。〔老旦丑〕便是這酒埕子漏了，則怕酒少，煩老官兒遮蓋些﹖。〔生末〕不妨，且擡過一邊，村務裏嗑酒去。〔老旦丑下〕〔生末〕地方端正坐椅，太爺到來。〔虛下〕

【排歌】〔外引衆上〕紅杏深花，菖蒲淺芽，春疇漸暖年華。竹籬茅舍酒旗兒叉，雨過炊煙一縷斜。〔生末接介〕〔合〕提壺叫，布穀喳，行看幾日免排衙。休頭踏，省諠譁，怕驚他林外野人家。

〔皂稟介〕稟爺：到官亭。〔生末見介〕〔外〕衆父老，此爲何鄉何都？〔生末〕南安縣第一都清樂鄉。〔外〕待我一觀。〔望介〕美哉此鄉！真個清而可樂也。【長相思】你看：山也清，水也清，人在山陰道上行，春雲處處生。〔生末〕正是：官也清，吏也清，村民無事到公庭，農歌三兩聲。〔外〕父老，知我春遊之意乎？

【八聲甘州】平原麥灑，翠波摇翦翦，緑疇如畫。如酥嫩雨，繞塍春色蘼苴。趁江南土疎田脈佳，怕人户們抛荒力不加。還怕，有那無頭官事誤了你好生涯。

〔父老〕以前晝有公差，夜有盜警。老爺到後呵，

【前腔】③千村轉歲華，愚父老香盆，兒童竹馬。陽春有脚，經過百姓人家。月

明無犬吠黄花，雨過有人耕緑野。真個，村村雨露桑麻。

〔内歌「泥滑喇」介〕〔外〕前村田歌可聽。

【孝白歌】〔浄扮田夫上〕泥滑喇，脚支沙，短耙長犁滑律的拿。夜雨撒菰麻，天晴出糞渣，香風餣鮓。〔外〕歌的好！夜雨撒菰麻，天晴出糞渣，香風餣鮓，是説那糞臭。父老呵，他卻不知這糞是香的，有詩爲證：焚香列鼎奉君王，饌玉炊金飽即妨。直到飢時聞飯過，龍涎不及糞渣香。與他插花，賞酒。〔浄插花飲酒，笑介〕好老爺，好酒。〔合〕官裏醉流霞，風前笑插花，把農夫們俊煞。〔下〕

〔門子稟介〕一個小廝唱的來也。

【前腔】〔丑扮牧童拿笛上〕春鞭打，笛兒唦，倒牛背斜陽閃暮鴉。〔笛指門子介〕他一樣小腰㨥，一般雙髻鬌，能騎大馬。〔外〕歌的好！怎生指着門子，唱一樣小腰㨥，一般雙髻鬌，能騎大馬？父老，他怎知騎牛的到穩？有詩爲證：常羨人間萬户侯，只知騎馬勝騎牛。今朝馬上看山色，争似騎牛得自由？賞他酒，插花去。〔丑插花飲酒介〕〔合〕官裏醉流霞，風前笑插花，村童們俊煞。〔下〕

〔門子稟介〕一對婦人歌的來也。

【前腔】〔旦老旦採桑上〕那桑陰下，柳篓兒搓，順手腰身翦一丫。呀！甚麼官員在此？俺羅敷自有家，便秋胡怎認他？提金下馬。〔外〕歌的好！説與他：不是魯國秋胡，不是秦家使君，是本府太爺勸農。見此勤劬採桑，可敬也。有詩爲證：一般桃李聽笙歌，此地桑陰十畝多。不比世間閒草木，絲絲葉葉是綾羅。領酒插花去。〔二旦背插花飲酒介〕〔合〕官裏醉流霞，風前笑插花，采桑人俊煞。〔下〕

〔門子稟介〕又一對婦人唱的來也。

【前腔】〔老旦④丑持筐採茶上〕乘穀雨，採新茶，一旗半槍金縷芽。呀！甚麼官員在此？學士雪炊他，書生困想他，竹煙新瓦。〔外〕歌的好！説與他：不是郵亭學士，不是陽羨書生，是本府太爺勸農。看你婦女們采桑采茶，勝如采花。有詩爲證：只因天上少茶星，地下先開百草精。閒煞女郎貪鬬草，風光不似鬬茶清。領了酒，插花去。〔淨丑插花飲酒介〕〔合〕官裏醉流霞，風前笑插花，采茶人俊煞。〔下〕

〔生末跪介〕稟老爺：衆父老茶飯伺候。〔外〕不消。餘花餘酒，父老們領去，給散小鄉村，也見官府勸農之意。叫祗候們起馬。〔生末做攀留不許介〕〔起叫介〕村中男婦領了花賞了酒的，都來送太爺。

【清江引】〔前各衆插花上〕黄堂春遊韻瀟灑，身騎五花馬。村務裏有光華，花酒藏風雅。〔外〕男女們請了。你德政碑，隨路打。

閭閻繚繞接山顛，杜甫　春草青青萬頃田。張繼

日暮不辭停五馬，羊士諤　　桃花紅近竹林邊。薛能

【校】

①【夜遊朝】，當作【夜遊湖】。據九宫正始，此誤由來已久。不必如格正本改題【夜行船】也。

②穠，原作「濃」。據格正本改。③此曲，原作外唱，誤。④老旦當作浄，後世演出都以小旦扮演。

第九齣　肅苑

【一江風】〔貼上〕小春香，一種在人奴上，畫閣裏從嬌養。侍娘行，弄粉調朱，貼翠拈花，慣向妝臺傍。陪他理繡牀，陪他燒夜香。小苗條喫的是夫人杖。

花面丫頭十三四，春來綽約省人事。終須等着個助情花，處處相隨步步覷。俺春香，日夜跟隨小姐。看他名爲國色，實守家聲。嫩臉嬌羞，老成尊重。只因老爺延師教授，讀到毛詩第一章，「窈窕淑女，君子好逑」。悄然廢書而嘆曰：聖人之情，盡見於此矣。今古同懷，豈不然乎？春香因而進言，小姐讀書困悶，怎生消遣則個？小姐一會沈吟，逡巡而起，便問道：春香，你教我怎生消遣那？俺便應道：小姐，也没個甚法兒，後花園走走罷。小姐說：死丫頭！老爺聞知怎好？春香應說：老爺下鄉，有幾日了。小姐低回不語者久之，方纔取過曆書選看。說明日不佳，後日欠好，除大後日，是個小遊神吉期。預喚花郎，掃清花逕。我一時應了，則怕老夫人知道，卻也由他。且自叫那小花郎分付去。呀，迴廊那廂，陳師父來了。正是：年光到處皆堪賞，說與癡翁總不知。

【前腔】〔末上〕老書堂，暫借扶風帳，日暖鉤簾蕩。呀！那迴廊，小立雙鬟，似語無言，近看如何相？是春香，問你恩官在那廂？夫人在那廂？女書生怎不把書來上？

〔貼〕原來是陳師父，俺小姐這幾日没工夫上書。〔末〕爲甚？〔貼〕聽呵：

【前腔】甚年光，忒煞通明相，所事關情況。〔末〕有甚麽情況？〔貼〕老師父還不知，老爺怪你哩。〔末〕何事？〔貼〕説你講毛詩，毛的忒精了。俺小姐呵，爲詩章，講動情腸。〔末〕則講了個關關雎鳩。〔貼〕故此了。小姐説：關了的雎鳩，尚然有洲渚之興，可以人而不如鳥乎？書要埋頭，那景致則擡頭望。如今分付，明後日游後花園。〔末〕爲甚去游？〔貼〕他平白地爲春傷，因春去的忙，後花園要把春愁漾。

〔末〕一發不該了。

【前腔】論娘行，出入人觀望，步起須屏幛。春香，你師父靠天也六十來歲，從不曉得傷個春，從不曾游個花院。〔貼〕爲甚？〔末〕你不知，孟夫子説得好：聖人千言萬語，則要人收其放心，但如常，着甚春傷，要甚春遊，你放春歸，怎把心兒放？小姐既不上書，我且告歸幾日。春香呵，你尋常到講堂，時常向瑣窗，怕燕泥香點涴在琴書上。

我去了。繡户女郎閒鬭草，下帷老子不窺園。〔下〕〔貼弔場〕且喜陳師父去了，叫花郎在麽？〔叫介〕花郎！

【普賢歌】〔丑扮小花郎醉上〕一生花裏小隨衙，偷去街頭學賣花。令史們將我揸，祗候們將我搭，狠燒刀險把我嫩盤腸生灌殺。

〔見介〕春姐在此。〔貼〕好打！私出衙前騙酒，這幾日菜也不送。〔丑〕有菜夫。〔貼〕水也不挸。

〔丑〕有水夫。〔貼〕花也不送。〔丑〕每早送花，夫人一分，小姐一分。〔貼〕還有一分哩。〔丑〕這該打。〔貼〕你叫什麽名字？〔丑〕花郎。〔貼〕你把花郎的意思，搊個曲兒俺聽。搊的好，饒打。〔丑〕使得。

【梨花兒】小花郎看盡了花成浪，則春姐花沁的水洸浪，和你這日高頭偷眼眼。嗏，好花枝干鱉了作麽朗。

〔貼〕待俺還你也哥。

【前腔】小花郎做盡花兒浪，小郎當夾細的大當郎，〔丑〕哎喲！〔貼〕俺待到老爺回時説一浪。〔揪丑髮介〕嗏，敢幾個小榔頭把你分的朗。

〔丑倒介〕罷了。姐姐，爲甚事光降小園？〔貼〕小姐大後日來瞧花園，好些掃除花逕。〔丑〕知道了。

東郊風物正薰馨，崔日用　應喜家山接女星。陳　陶

莫遣兒童觸紅粉，韋應物　便教鶯語太丁寧。①杜　甫

【校】

① 下場詩，一、三兩句上原有「貼」字，二、四兩句上原有「丑」字。

第十齣　驚夢

【繞池遊】〔旦上〕夢回鶯囀，亂煞年光遍，人立小庭深院。〔貼〕注盡沈煙，拋殘繡綫，恁今春關情似去年。

【烏夜啼】〔旦〕曉來望斷梅關，宿妝殘。〔貼〕你側着宜春髻子，恰憑闌。〔旦〕剪不斷，理還亂，悶無端。〔貼〕已分付催花鶯燕，借春看。〔旦〕春香，可曾叫人掃除花徑？〔貼〕分付了。〔旦〕取鏡臺衣服來。〔貼取鏡臺衣服上〕雲髻罷梳還對鏡，羅衣欲換更添香。鏡臺衣服在此。

【步步嬌】〔旦〕裊晴絲吹來閒庭院，搖漾春如綫。停半晌整花鈿，沒揣菱花，偷人半面，迤逗的彩雲偏。〔行介〕步香閨怎便把全身現？〔貼〕今日穿插的好。

【醉扶歸】〔旦〕你道翠生生出落的裙衫兒茜，艷晶晶花簪八寶填，可知我常一生兒愛好是天然。恰三春好處無人見，不隄防沈魚落雁鳥驚諠，則怕的羞花閉月花愁顫。〔貼〕早茶時了，請行。〔行介〕你看：畫廊金粉半零星，池館蒼苔一片青。踏草怕泥新繡襪，惜花疼煞小金鈴。〔旦〕不到園林，怎知春色如許？

【皂羅袍】原來姹紫嫣紅開遍，似這般都付與斷井頹垣。良辰美景奈何天，賞心樂事誰家院。恁般景致，我老爺和奶奶再不提起。〔合〕朝飛暮捲，雲霞翠軒。雨絲風片，煙波畫船：錦屏人忒看的這韶光賤。

〔貼〕是花都放了，那牡丹還早。

【好姐姐】〔旦〕遍青山啼紅了杜鵑，荼蘼外煙絲醉軟。春香呵，牡丹雖好，他春歸怎占的先！〔貼〕成對兒鶯燕呵。〔合〕閒凝眄，生生燕語明如翦，嚦嚦鶯歌溜的圓。

〔旦〕去罷。〔貼〕這園子委是觀之不足也。〔旦〕提他怎的？〔行介〕

【隔尾】觀之不足由他繾，便賞遍了十二亭臺是枉然，到不如興盡回家閒過遣。

〔作到介〕〔貼〕開我西閣門，展我東閣牀。瓶插映山紫，鑪添沈水香。小姐，你歇息片時，俺瞧老夫人去也。〔下〕〔旦嘆介〕默地遊春轉，小試宜春面。春呵，得和你兩留連。春去如何遣？咳！恁般天氣，好困人也。春香那裏？〔左右瞧介〕〔又低首沈吟介〕天呵，春色惱人，信有之乎？常觀詩詞樂府，古之女子，因春感情，遇秋成恨，誠不謬矣。吾今年已二八，未逢折桂之夫；忽慕春情，怎得蟾宮之客？昔日韓夫人得遇于郎，張生偶逢崔氏，曾有題紅記、崔徽傳二書。此佳人才子，前以密約偷期，後皆得成秦晉。〔長嘆介〕吾生於宦族，長在名門。年已及笄，不得早成佳配，誠爲虛度青春。光陰如過隙耳。〔淚介〕可惜妾身顏色如花，豈料命如一葉乎！

【山坡羊】〔旦〕没亂裏春情難遣，驀地裏懷人幽怨。則爲我生小嬋娟，揀名門一例一例裏神仙眷。甚良緣，把青春抛的遠。俺的睡情誰見？則索因循靦腆。想幽夢誰邊？和春光暗流轉。遷延，這衷懷那處言？淹煎，潑殘生，除問天。

身子困乏了，且自隱几而眠。〔睡介〕〔夢生介〕〔生持柳枝上〕鶯逢日暖歌聲滑，人遇風情笑口開。一徑落花隨水入，今朝阮肇到天台。小生順路兒跟着杜小姐回來，怎生不見？〔回看介〕呀！小姐，小姐。〔旦作驚起，相見介〕〔生〕小生那一處不尋訪小姐來，卻在這裏。〔旦作斜視不語介〕〔生〕恰好花園内折取垂柳半枝，姐姐，你既淹通書史，可作詩以賞此柳枝乎？〔旦作驚喜，欲言又止介〕〔背云〕這生素昧平生，何因到此？〔生笑介〕小姐，咱愛殺你哩。

【山桃紅】則爲你如花美眷，似水流年。是答兒閑尋遍，在幽閨自憐。小姐，和你那答兒講話去。〔旦作含笑不行〕〔生作牽衣介〕〔旦低問介〕那邊去？〔生〕轉過這芍藥欄前，緊靠着湖山石邊。〔旦低問〕秀才，去怎的？〔生低答〕和你把領扣鬆，衣帶寬，袖稍兒揾着牙兒苫也，則待你忍耐温存一晌眠。〔旦作羞〕〔生前抱〕〔旦推介〕〔合〕是那處曾相見，相看儼然，早難道這好處相逢無一言。〔生强抱旦下〕

〔末花神束髮冠紅衣插花上〕催花御史惜花天，檢點春工又一年。蘸客傷心紅雨下，勾人懸夢綵雲邊。吾乃掌管南安府後花園花神是也。因杜知府小姐麗娘，與柳夢梅秀才，後日有姻緣之分。杜小姐遊春感傷，致使柳秀才入夢。咱花神專掌惜玉憐香，竟來保護他，要他雲雨十分歡幸也。

【鮑老催】單則是混陽烝變，看他似蟲兒般蠢動把風情搧，一般兒嬌凝翠綻魂兒顫。這是景上緣，想內成，因中見。呀！淫邪展污了花臺殿。咱待拈片落花兒驚醒他。〔向鬼門丟花介〕他夢酣春透了怎留連？拈花閃碎的紅如片。

秀才，纔到得半夢兒，夢畢之時，好送杜小姐仍歸香閣。吾神去也。〔下〕

【山桃紅】〔生旦攜手上〕這一霎天留人便，草藉花眠。小姐可好？〔旦低頭介〕〔生〕則把雲鬟點，紅鬆翠偏。小姐，休忘了呵，見了你緊相偎，慢廝連，恨不得肉兒般團成片也，逗的個日下胭脂雨上鮮。〔旦〕你可去呵？〔合前〕

〔生〕姐姐，你身子乏了，將息，將息。〔送旦依前作睡介〕〔輕拍旦介〕姐姐，俺去了。〔作回顧介〕姐姐，你可十分將息，我再來瞧你那。行來春色三分雨，睡去巫山一片雲。〔下〕〔旦作驚醒低叫介〕秀才，秀才，你去了也。〔又作癡睡介〕〔老上〕夫壻坐黃堂，嬌娃立繡窗。怪他裙衩上，花鳥繡雙雙。孩兒，孩兒，你爲甚瞌睡在此？〔旦作醒，叫秀才介〕咳也！〔老〕孩兒怎的來？〔旦作驚起介〕奶奶到此。〔老〕我兒何不做些鍼指，或觀玩書史，舒展情懷？因何晝寢于此？〔旦〕兒適花園中閒玩，忽值春暄惱人，故此回房，無可消遣，不覺困倦少息。有失迎接，望母親恕兒之罪！〔老〕孩兒，這後花園中冷靜，少去閒行。〔旦〕領母親嚴命。〔老〕孩兒，書堂看書去。〔旦〕先生不在，且自消停。〔老嘆介〕女孩家長成，自有許多情態，且自由他。正是：宛轉隨兒女，辛勤做老娘。〔下〕〔旦長嘆介，看老旦下介〕哎也天那！今日杜麗娘有些僥倖也。偶到後花園中，百花開遍，覩景傷情，没興而回。晝眠香閣，忽遇一生，年可弱冠，丰姿俊姸。於園中折得柳絲一枝，笑對奴家説：姐姐既淹通書史，何不將柳枝題賞一篇。那時待要應他一聲，心中自忖，素昧平生，不知名姓，何得輕與交言。正如此想間，只見那生向前，説了幾句傷心話兒，將奴摟抱去牡丹亭畔，芍藥闌邊，共成雲雨之歡。兩情和合，真個是千般愛惜，萬種温存。歡畢之時，又送我睡眠，幾聲「將息」。正待自送那生出門，忽直母親來到，喚醒將來。我一身冷汗，乃是南柯一夢。忙身參禮母親，又被母親絮了許多閒話。奴家口雖無言答應，心内思想夢中之事，何曾放懷？行坐不寧，自覺如有所失。娘呵，你叫我學堂看書去，知他看那一種書消悶也？〔作掩淚介〕

【綿搭絮】雨香雲片，纔到夢兒邊。無奈高堂，喚醒紗窗睡不便。潑新鮮冷汗黏煎。閃的俺心悠步嚲，意軟鬟偏。不爭多費盡神情，坐起誰忺，則待去眠。

〔貼上〕晚妝銷粉印，春潤費香篝。小姐，熏了被窩睡罷。

【尾聲】〔旦〕困春心遊賞倦，也不索香熏繡被眠。天呵，有心情那夢兒還去不遠。

春望逍遥出畫堂。張説　間梅遮柳不勝芳。羅隱
可知劉阮逢人處，許渾　回首東風一斷腸。韋莊

第十一齣　慈戒

〔老旦上〕昨日勝今日，今年老去年。可憐小兒女，長自繡窗前。幾日不到女孩兒房中，午晌去瞧他，只見情思無聊，獨眠香閣，問知他在後花園回，身子困倦。他年幼不知，凡少年女子，最不宜艷妝戲遊空冷無人之處。這都是春香賤才逗引他。春香那裏？〔貼上〕閨中圖一睡，堂上有千呼。奶奶，怎夜分時節，還未安寢？〔老〕小姐在那裏？〔貼〕陪過夫人，到香閣中，自言自語，淹淹春睡去了。敢在做夢也？〔老〕你這賤才！引逗小姐後花園去。倘有疎虞，怎生是了？〔貼〕以後再不敢了。〔老〕聽俺分付：

【征胡兵】女孩兒只合香閨坐，拈花翦朵。問繡窗鍼指如何？逗工夫一綫多。更晝長閒不過，琴書外自有好騰那，去花園怎麼？〔貼〕花園好景。〔老〕丫頭，不說你不知。

【前腔】後花園窣靜無邊闊，亭臺半倒落。便我中年人要去時節，尚兀自裏打個磨陀。女兒家甚做作，星辰高猶自可。〔貼〕不高怎的？〔老〕廝撞着有甚不着科，教娘怎麼？

小姐不曾晚餐，早飯要早。你説與他：

〔老〕風雨林中有鬼神，蘇廣文　〔貼〕寂寥未是采花人。鄭谷

〔老〕素娥畢竟難防備，段成式　〔貼〕似有微詞動絳脣。唐彦謙

第十二齣　尋夢

【夜遊宮】〔貼上〕膩臉朝雲罷盥，倒犀簪斜插雙鬟。侍香閨起早，睡意闌珊：衣桁前，妝閣畔，畫屏間。

伏侍千金小姐，丫鬟一位春香。請過貓兒師父，不許老鼠放光。僥倖毛詩感動，小姐吉日時良。拖帶春香遣悶，後花園裏遊芳。誰知小姐瞌睡，恰遇着夫人問當。絮了小姐一會，要與春香一場。春香無言知罪，以後勸止娘行。夫人還是不放，少不得發咒禁當。〔内介〕春香姐，發個甚咒來？〔貼〕敢再跟娘胡撞，教春香即世裏不見兒郎。雖然一時抵對，烏鴉管的鳳凰？一夜小姐焦躁，起來促水朝妝。由他自言自語，日高花影紗窗。〔内介〕快請小姐早膳。〔貼〕報道官廚飯熟，且去傳遞茶湯。〔下〕

【月兒高】〔旦上〕幾曲屏山展，殘眉黛深淺。爲甚衾兒裏不住的柔腸轉？這憔悴非關愛月眠遲倦。可爲惜花，朝起庭院？

忽忽花間起夢情，女兒心性未分明。無眠一夜燈明滅，分煞梅香喚不醒。昨日偶爾春遊，何人見夢？綢繆顧盼，如遇平生。獨坐思量，情殊悵怳。真個可憐人也！〔悶介〕〔貼捧茶食上〕香飯盛來鸚鵡粒，清茶擎出鷓鴣斑。小姐，早膳哩。〔旦〕咱有甚心情也？

【前腔】梳洗了纔勻面，照臺兒未收展。睡起無滋味，茶飯怎生咽？〔貼〕夫人分付：早飯要早。〔旦〕你猛説夫人，則待把飢人勸。你説爲人在世，怎生叫做喫飯？〔貼〕一日三餐。〔旦〕咳！甚甌兒氣力與擎拳，生生的了前件。

你自拿去喫便了。〔貼〕受用餘杯冷炙，勝如賸粉殘膏。〔下〕〔旦〕春香已去。天呵，昨日所夢，池亭儼然。只圖舊夢重來，其奈新愁一段！尋思展轉，竟夜無眠。咱待乘此空閒，背卻春香，悄向花園尋看。〔悲介〕哎也！似咱這般，正是：夢無綵鳳雙飛翼，心有靈犀一點通。〔行介〕一逕行來，喜的園門洞開，守花的都不在，則這殘紅滿地呵，

【懶畫眉】最撩人春色是今年，少甚麼低就高來粉畫垣，原來春心無處不飛懸。〔絆介〕哎，睡荼蘼抓住裙衩綫，恰便是花似人心好處牽。

這一灣流水呵，

【前腔】爲甚呵玉真重遡武陵源？也則爲水點花飛在眼前。是天公不費買花錢，則咱人心上有題紅怨。咳，孤負了春三二月天。

〔貼上〕喫飯去，不見了小姐，則得一逕尋來。呀！小姐，你在這裏。

【不是路】何意嬋娟，小立在垂垂花樹邊？纔朝膳，個人無伴怎遊園？〔旦〕畫廊前，深深驀見銜泥燕，隨步名園是偶然。〔貼〕娘回轉，幽閨窣地教人見，那些兒閒串？

那些兒閒串？

【前腔】〔旦作惱介〕哇！偶爾來前，道的咱偷閒學少年。〔貼〕咳，不偷閒，偷淡。〔旦〕欺奴善，把護春臺都猜做謊桃源。〔貼〕敢胡言！這是夫人命，道春多刺繡宜添綫，潤逼罏香好膩箋。〔旦〕還説甚來？〔貼〕這荒園塹，怕花妖木客尋常見，去小庭深院，去小庭深院！

〔旦〕知道了，你好生答應夫人去，俺隨後便來。〔貼〕閒花傍砌如依主，嬌鳥嫌籠會駡人。〔下〕〔旦〕丫頭去了，正好尋夢。

【忒忒令】那一答可是湖山石邊？這一答似牡丹亭畔。嵌雕闌芍藥芽兒淺，一絲絲垂楊綫，一丟丟榆莢錢。綫兒春甚金錢弔轉。

呀！昨日那書生，將柳枝要我題詠，强我歡會之時，好不話長。

【嘉慶子】是誰家少俊來近遠？敢迤逗這香閨去沁園。話到其間靦腆，他捏這眼，奈煩也天，咱嗽這口，待酬言。

【尹令】那書生可意呵，咱不是前生愛眷，又素乏平生半面。則道來生出現，乍便今生夢見。生就個書生，恰恰生生抱咱去眠。

那些好不動人春意也，

【品令】　他倚太湖石，立着咱玉嬋娟。待把俺玉山推倒，便日暖玉生煙。捱過雕闌，轉過鞦韆，揹着裙花展。敢席着地，怕天瞧見。好一會分明，美滿幽香不可言。

夢到正好時節，甚花片兒弔下來也。

【豆葉黄】　他興心兒緊嘛嘛，嗚着咱香肩；俺可也慢掂掂做意兒周旋，等閒間把一個照人兒昏善。那般形現，那般軟綿。忑一片撒花心的紅影兒，弔將來半天，敢是咱夢魂兒廝纏。

咳！尋來尋去，都不見了。牡丹亭，芍藥闌，怎生這般悽涼冷落，杳無人跡？好不傷心也！〔淚介〕

【玉交枝】　是這等荒涼地面，没多半亭臺靠邊，好是咱瞇睽色眼尋難見。明放着白日青天，猛教人抓不到魂夢前。霎時間有如活現，打方旋再得俄延。呀，是這答兒壓黄金釧匾。

要再見那書生呵，

【月上海棠】　怎賺騙？依稀想像人兒見。那來時荏苒，去也遷延。非遠，那雨跡雲蹤纔一轉，敢依花傍柳還重現。昨日今朝，眼下心前，陽臺一座登時變。

再消停一番。〔望介〕呀，無人之處，忽然大梅樹一株，梅子磊磊可愛。

【二犯幺令】偏則他暗香清遠，傘兒般蓋的周全。他趁這，他趁這春三月紅綻雨肥天，葉兒青，偏迸着苦仁兒裏撒圓。愛煞這晝陰便，再得到羅浮夢邊。

罷了，這梅樹依依可人，我杜麗娘若死後，得葬于此，幸矣。

【江兒水】偶然間心似繾，梅樹邊。這般花花草草由人戀，生生死死隨人願，便酸酸楚楚無人怨。待打併香魂一片，陰雨梅天，守的個梅根相見。

〔倦坐介〕〔貼上〕佳人拾翠春亭遠，侍女添香午院清。咳，小姐走乏了，梅樹下盹。

【川撥棹】你遊花院，怎靠着梅樹偃？〔旦〕一時間望，一時間望眼連天，忽忽地傷心自憐。〔泣介〕〔合〕知怎生情悵然？知怎生淚暗懸？

〔貼〕小姐甚意兒？

【前腔】〔旦〕春歸人面，整相看無一言。我待要折，我待要折的那柳枝兒問天，我如今悔不與題箋。〔貼〕這一句猜頭兒是怎言？〔合前〕

〔貼〕去罷。〔旦作行又住介〕

【前腔】爲我慢歸休，款留連，〔内鳥啼介〕聽，聽這不如歸春暮天。難道我再，難道我再到這亭園，則掙的箇長眠和短眠？〔合前〕

〔貼〕到了，和小姐瞧奶奶去。〔旦〕罷了。

【意不盡】軟咍咍剛扶到畫闌偏，報堂上夫人穩便。咱杜麗娘呵，少不得樓上花枝也則是照獨眠。

（旦）武陵何處訪仙郎？釋皎然　（貼）只怪遊人思易忘。韋莊

（旦）從此時時春夢裏，白居易　（貼）一生遺恨繫心腸。張祜

第十三齣　訣謁

【杏花天】〔生上〕雖然是飽學名儒，腹中飢峥嶸脹氣。夢魂中紫閣丹墀，猛擡頭，破屋半間而已。

蛟龍失水硯池枯，狡兔騰天筆勢孤。百事不成真畫虎，一枝難穩又驚烏。我柳夢梅，在廣州學裏，也是個數一數二的秀才，捱了些數伏數九的日子。於今藏身荒圃，寄口髯奴。思之思之，惶愧惶愧！想起韓友之談，不如外縣傍州，尋覓活計。正是：家徒四壁求楊意，樹少千頭愧木奴。老園公那裏？

【字字雙】〔浄扮郭駝上〕前山低坬後山堆，駝背。牽弓射弩做人兒，把勢。一連十個偌來回，漏地。有時跌做繡毬兒，滚氣。

自家種園的郭駝子是也。祖公公郭橐駝，從唐朝柳員外來柳州。我因兵亂，跟隨他二十八代玄孫柳夢梅秀才的父親，流轉到廣，又是若干年矣。賣果子回來，看秀才去。〔見介〕秀才，讀書辛苦。〔生〕園公，正待商量一事。我讀書過了廿歲，並無發跡之期。思想起來，前路多長，豈能鬱鬱居此。搬柴運水，多有勞累，園中果樹，都判與伊。聽我道來：

【桂花鎖南枝】俺有身如寄，無人似你。俺喫盡了黄淡酸甜，費你老人家澆培接植。你道俺像甚的來？鎮日裏似醉漢扶頭，甚日的和老駝伸背？自株守，教怨誰？讓荒園，你存濟。

【前腔】〔净〕俺槖駝風味，種園家世。〔揖介〕不能彀展脚伸腰，也和你鞠躬盡力。秀才，你貼了俺果園，那裏去？〔生〕坐食三餐，不如走空一棍。〔净〕怎生叫做一棍？〔生〕混名打秋風呢。〔净〕咳，你費工夫去撞府穿州，不如依本分登科及第。〔生〕你説打秋風不好，茂陵劉郎秋風客，到大來做了皇帝。〔净〕秀才，不要攀今弔古的，你待秋風誰？你道滕王閣，風順隨。則怕魯顔碑，響雷碎。

〔生〕俺干謁之興甚濃，休的阻當。〔净〕也整理些衣服去。

【尾聲】把破衫衿徹骨捶挑洗。〔生〕學干謁黌門一布衣。〔净〕秀才，則要你衣錦還鄉俺還見的你。

〔生〕此身飄泊苦西東，杜甫　〔净〕笑指生涯樹樹紅。陸龜蒙
〔生〕欲盡出遊那可得？武元衡　〔净〕秋風還不及春風。王建

第十四齣　寫真

【破齊陣】〔旦上〕徑曲夢迴人杳，閨深珮冷魂銷。似霧濛花，如雲漏月，一點幽情動早。〔貼上〕怕待尋芳迷翠蝶，倦起臨妝聽伯勞，春歸紅袖招。

【醉桃源】〔旦〕不經人事意相關，牡丹亭夢殘。〔貼〕斷腸春色在眉彎，倩誰臨遠山？〔旦〕排恨疊，怯衣單，花枝紅淚彈。〔合〕蜀妝晴雨畫來難，高唐雲影間。〔貼〕小姐，你自花園遊後，寢食悠悠，敢爲春傷，頓成消瘦？春香愚不諫賢，那花園以後再不可行走了。〔旦〕你怎知就裏？這是春夢暗隨三月景，曉寒瘦減一分花。

【刷子序犯】〔旦低〕春歸恁寒悄，都來幾日，意懶心喬，竟妝成熏香獨坐無聊。逍遥，怎剗盡助愁芳草？甚法兒點活心苗？真情强笑爲誰嬌？淚花兒打迸着夢魂飄。

【朱奴兒犯】〔貼〕小姐，你熱性兒怎不冰着？冷淚兒幾曾乾燥？這兩度春遊忒分曉，是禁不的燕抄鶯鬧。你自窨約，敢夫人見焦？再愁煩，十分容貌怕不上九分瞧。

〔旦作驚介〕咳！聽春香言語，俺麗娘瘦到九分九了。俺且鏡前一照，委是如何？〔照，悲介〕哎也！俺往日艷冶輕盈，奈何一瘦至此！若不趁此時自行描畫，流在人間。一旦無常，誰知西蜀杜麗娘有如此之美貌乎？春香，取素絹丹青，看我描畫。〔貼下，取絹筆上〕三分春色描來易，一段傷心畫出難。絹幅丹青，俱已齊備。〔旦泣介〕杜麗娘二八春容，怎生便是杜麗娘自手生描也呵！

【普天樂】這些時把少年人如花貌，不多時憔悴了。不因他福分難銷，可甚的紅顏易老。論人間絶色偏不少，等把風光丢抹早。打滅起離魂舍欲火三焦，擺列着昭容閣文房四寶，待畫出西子湖眉月雙高。〔照鏡嘆介〕

【鴈過聲】輕綃，把鏡兒擘掠，筆花尖淡掃輕描。影兒呵和你細評度，你腮斗兒恁喜謔，則待注櫻桃染柳條，渲雲鬟煙靄飄蕭。眉梢青未了，個中人全在秋波妙，可可的淡春山鈿翠小。

【傾杯序】〔貼〕宜笑，淡東風立細腰，又似被春愁著。〔旦〕謝半點江山，三分門户，一種人才，小小行樂，撚青梅閒廝調。倚湖山夢曉，對垂楊風裊。忒苗條，斜添他幾葉翠芭蕉。春香，噔起來，可廝像也？

【玉芙蓉】〔貼〕丹青女易描，真色人難學。似空花水月，影兒相照。〔旦喜介〕畫的來可愛人也！咳，情知畫到中間好，再有似生成別樣嬌。〔貼〕只少個姐夫在身傍。若是姻緣早，把風流壻招，少甚麽美夫妻圖畫在碧雲高。

〔旦〕春香，咱不瞞你，花園遊玩之時，咱也有個人兒。〔貼驚介〕小姐，怎的有這等方便呵？〔旦〕夢哩。

【山桃犯】有一箇曾同笑，待想像生描着。再消詳邈入其中妙，則女孩家怕漏泄風情稿。這春容呵，似孤秋片月離雲嶠，甚蟾宮貴客傍的雲霄。

春香，記起來了。那夢裏書生，曾折柳一枝贈我，此莫非他日所適之夫姓柳乎？故有此警報耳。偶成一詩，暗藏春色，題于幀首之上，何如？〔貼〕卻好。〔旦題吟介〕近覩分明似儼然，遠觀自在若飛仙。他年得傍蟾宮客，不在梅邊在柳邊。〔放筆嘆介〕春香，也有古今美女，早嫁了丈夫相愛，替他描模畫樣；也有美人自家寫照，寄與情人。似我杜麗娘寄誰呵？

【尾犯序】心喜轉心焦，喜的明妝儼雅，仙珮飄颻。則怕呵，把俺年深色淺，當了個金屋藏嬌。虛勞，寄春容教誰淚落？做真真無人喚叫。〔淚介〕堪愁夭，精神出現留與後人標。

春香，悄悄喚那花郎分付他。〔貼叫介〕〔丑扮花郎上〕秦宮一生花裏活，崔徽不似卷中人。小姐有何分付？〔旦〕這一幅行樂圖，向行家裱去，叫人家收拾好些。

【鮑老催】　這本色人兒妙，助美的誰家裱？要練花綃，簾兒瑩，邊闌小。　教他有人問着休胡嘌，日炙風吹懸襯的好。　怕好物不堅牢，把咱巧丹青休涴了。

〔丑〕小姐，裱完了，安奉在那裏？

【尾聲】　〔旦〕儘香閨賞玩無人到，〔貼〕這形模則合挂巫山廟，〔合〕又怕爲雨爲雲飛去了。

〔貼〕眼前珠翠與心違，崔道融　〔旦〕卻向花前痛哭歸。韋莊

〔貼〕好寫妖嬈與教看，羅虬　〔旦〕令人評泊畫楊妃。韓偓

第十五齣　虜諜

【一枝花】〔浄扮番王引衆上〕天心起滅了遼，世界平分了趙。静鞭兒替了胡笳哨。擂鼓鳴鐘，看文武班齊到。骨碌碌南人笑，則個鼻凹兒蹻，臉皮兒皰，毛梢兒魋。

萬里江山萬里塵，一朝天子一朝臣。俺北地怎禁沙日月？南人偏占錦乾坤。自家大金皇帝完顔亮是也。身爲夷虜，性愛風騷。俺祖公阿骨都，搶了南朝天下，趙康王走去杭州，今又三十餘年矣。聽得他妝點杭州，勝似汴梁風景。一座西湖，朝歡暮樂。有個曲兒，説他「三秋桂子，十里荷花」。便待起兵百萬，吞取何難！兵法虛虛實實，俺待用個南人，爲我鄉導。喜他淮安賊漢李全，有萬夫不當之勇，他心順溜于俺，俺先封他爲溜金王之職。限他三年内，招兵買馬，騷擾淮揚地方，相機而行，以開征進之路。哎喲！俺巴不到西湖上散悶兒也。

【二犯江兒水】平分天道，雖則是平分天道，高頭偏俺照。俺司天臺標着那南朝，標着他那答兒好。〔衆〕那答裏好？〔浄笑介〕你説西子怎嬌嬈？向西湖上笑倚着蘭橈。〔衆〕西湖有俺這南海子、北海子大麽？〔浄〕周圍三百里，波上花摇，雲外香飄，無明夜、錦笙歌圍醉繞。〔衆〕萬歲爺，借他來耍耍。〔浄〕已潛遣畫工，偷將他全景來了。那湖上有吴山第一峯，畫俺立馬其上，俺好不狠也！吴山最高，俺立馬在吴山最高。江南低小，也看見了江南低小。〔舞介〕俺怕不占場兒砌一個錦西湖上馬嬌。

〔衆〕奏萬歲爺：怕急不能彀到西湖，何方駐駕？

【北尾】〔净〕呀！急切要畫圖中匹馬把西湖哨，且迤遞的看花向洛陽道。我呵，少不的把趙康王賸水殘山都占了。

線大長江扇大天，譚峭　旌旗遥拂鴈行偏。司空圖

可勝飲盡江南酒，張祜　交割山川直到燕。王建

第十六齣　詰病

【三登樂】〔老旦上〕今生怎生，偏則是紅顏薄命？眼見的孤苦仃俜。〔泣介〕掌上珍，心頭肉，淚珠兒暗傾。天呵！偏人家七子團圓，一個女孩兒厮病。

【清平樂】如花嬌怯，合得天饒借。風雨於花生分劣，作意十分凌藉。止堪深閣重簾，誰教月榭風簷？我髮短迴腸寸斷，眼昏眵淚雙淹。老身年將半百，單生一女麗娘，因何一病，起倒半年？看他舉止容談，不似風寒暑濕。其中緣故，春香必知，則問他便了。春香賤才那裏？〔貼上〕有哩。我眼裏不逢乖小使，掌中擎着個病多嬌。得知堂上夫人召，賸酒殘脂要咱消。春香叩頭。〔老〕小姐閒常好好的，纔着你賤才伏事他。不上半年，偏是病害，可惱！可惱！且問近日茶飯多少？

【駐馬聽】〔貼〕他茶飯何曾，所事兒休提叫懶應。看他嬌啼隱忍，笑譫迷厮，睡眼懵憕。〔老〕早早稟請太醫了。〔貼〕則除是八法針針斷軟綿情，怕九還丹丹不的腌臢證。〔老〕是甚麼病？〔貼〕春香不知。道他一枕秋清，卻怎生還害的是春前病。

〔老哭介〕怎生了！

【前腔】他一搦身形，瘦的龐兒没了四星。都是小奴才逗他，大古是煙花惹事，鶯燕成招，雲月知情。賤才！還不跪。取家法來。〔貼跪介〕春香實不知道。〔老〕因何瘦壞了玉娉婷？你怎生觸損了他嬌情性？〔貼〕小姐好好的拈花弄柳，不知因甚病了？〔老旦惱，打貼介〕打你這牢承，嘴骨稜的胡遮映。

〔貼〕夫人，休閃了手，容春香訴來。便是那一日，遊花園回來，夫人撞到時節，説個秀才，手裏拈的柳枝兒，要小姐題詩。小姐説：這秀才素昧平生，也不和他題了。〔老〕不題罷了，後來？〔貼〕後來那那那秀才就一拍手，把小姐端端正正抱在牡丹亭上去了。〔老〕去怎的？〔貼〕春香怎得知？小姐做夢哩。〔老驚介〕是夢麽？〔貼〕是夢。〔老〕這等着鬼了，快請老爺商議。〔貼請介〕老爺有請。〔外上〕肘後印嫌金帶重，掌中珠怕玉盤輕。夫人，女兒病體因何？〔老泣介〕老爺聽講：

【前腔】説起心疼，這病知他是怎生？看他長眠短起，似笑如啼，有影無形。原來女兒到後花園遊了，夢見一人，手執柳枝，閃了他去。〔作嘆介〕怕腰身觸污了柳精靈，虛囂側犯了花神聖。老爺呵，急與禳星，怕流星趕月相刑迸。

〔外〕卻還來，我請陳齋長教書，要他拘束身心，你爲母親的，到縱他閒遊。〔笑介〕則是些日炙風吹，傷寒流轉，便要禳解。不用師巫，則叫紫陽宮石道婆，誦些經卷可矣。古語云：信巫不信醫，一不治也。我已請過陳齋長，看他脈息去了。〔老〕看甚脈息？若早有了人家，敢没這病。〔外〕咳！古者，男子三十而娶，女子二十而嫁。女兒點點年紀，知道個什麽呢？

【前腔】忒恁憨生，一個哇兒甚七情？則不過往來潮熱，大小傷寒，急慢風驚。

則是你爲母的呵，真珠不放在掌中擎，因此嬌花不奈這心頭病。〔泣介〕〔合〕兩口丁零，告天天半邊兒是咱全家命。

〔丑扮院公上〕人來大庾嶺，船去鬱孤臺。稟老爺：有使客到。

【尾聲】〔外〕俺爲官公事有期程，夫人，好看惜女兒身命，少不的人向秋風病骨輕。〔下〕

〔老旦、貼弔場介〕〔老旦〕無官一身輕，有子萬事足。我看老相公則爲往來使客，把女兒病都不瞧，好傷懷也！〔泣介〕想起來，一邊叫石道婆禳解，一邊教陳教授下藥。知他效驗如何？咳！正是：世間只有娘憐女，天下能無卜與醫？〔下〕

第十七齣　道覡

【風入松】〔净扮老道姑上〕人間嫁娶苦奔忙，只爲有陰陽。問天天從來不具人身相，只得來道扮男妝。屈指有四旬之上，當人生，夢一場。

【集唐】紫府空歌碧落寒，竹石如山不敢安。長恨人心不如石，每逢佳處便開看。貧道紫陽宮石仙姑是也。俗家原不姓石，則因生爲石女，爲人所棄，故號石姑。思想起來，要還俗，百家姓上有俺一家；論出身，千字文中有俺數句。天呵，非是俺「求古尋論」，恰正是「史魚秉直」。俺因何住在這「樓觀飛驚」，打併的「勞謙謹敕」？看修行似「福緣善慶」，論因果是「禍因惡積」。有甚麽「榮業所基」？幾輩兒「林皋幸即」。生下俺「形端表正」，那些「性静情逸」。大便孔似「園莽抽條」，小净處也「渠荷滴瀝」。只那些兒正好叉着口「鉅野洞庭」，偏和你滅了縫「昆池碣石」。雖則石路上可以「路俠槐卿」，石田中怎生「我藝黍稷」？難道嫁人家「空谷傳聲」，則好守娘家「孝當竭力」。可奈不由人「諸姑伯叔」，聒噪俺「入奉母儀」。母親説：你内才兒雖然「守真志滿」，外像兒「毛施淑姿」。是人家有個「上和下睦」，偏你石二姐没個「夫唱婦隨」。便請了個有口齒的媒人「信使可復」，許了個大鼻子的女壻「器欲難量」。則見不多時，那人家下定了。説道：選擇了一年上「日月盈昃」，配定了八字兒「辰宿列張」。他過的禮「金生麗水」，俺上了轎「玉出崑岡」。遮臉的「紈扇圓潔」，引路的「銀燭煒煌」。那新郎好不打扮的頭直上「高冠陪輦」，咱新人一般排比了腰兒下「束帶矜莊」。請了些「親戚故舊」，半路上「接杯舉觴」。請新人「升階納陛」，叫女伴們「侍巾幃房」。合巹的「弦歌酒讌」，撒帳的「詩讚羔羊」。把俺做新人嘴臉兒一寸寸「鑒貌辨色」，將俺那寶妝奩一件件都「寓目囊箱」。早是二更時分，新郎緊上來了。替俺說：俺兩口兒活像「鳴鳳在竹」，一時間就要「白駒食場」。則見被窩兒「蓋此身髮」，燈影裏褪盡了這幾件「乃服衣裳」。天呵！瞧了他那「驢騾犢特」，教俺好一會「悚懼恐惶」。那新郎見我害怕，說道：新人，你年紀不少了「閏餘成歲」，俺也可不使狠和你慢慢的「律呂調陽」。俺聽了，口不應，心兒裏笑着：新郎，新郎，任你「矯手頓足」，你可也「靡恃己長」。三更四更了，他則待陽臺上「雲騰致雨」；怎生巫峽內「露結爲霜」？他一時摸不出路數兒，道是怎的？快取亮來。側着腦要「右通廣內」，踣①着眼在「籃筍象牀」。那時節俺口不說，心下好不冷笑，新郎，新郎，俺這件東西，則許你「徘徊瞻眺」，怎許你「適口充腸」？如此者幾度了，惱的他氣不分的嘴勞叨②「俊乂密勿」，累的他鑿不竅皮混沌的「天地玄黃」。和他整夜價則是「寸陰是競」，待講起醜煞那「屬耳垣墻」。幾番待懸梁，待投河，「免其指斥」；若還用刀鑽，用線藥，「豈敢毀傷」。便捹做尷了交「索居閒處」，甚法兒取他意「悅豫且康」。有了，有了，他沒奈何央及煞後庭花「背邙面洛」，俺也則得且隨順乾荷葉和他「秋收冬藏」。哎喲！對面兒做的個「女慕貞潔」，轉腰兒到做了「男效才良」。雖則暫時間「釋紛利俗」，畢竟意情兒「四大五常」。要留俺怕誤了他「嫡後嗣續」，要嫁了俺怕人笑「飢厭糟糠」。這時節俺也索勸了他，官人，官人，少不的請一房「妾御績紡」，省你氣那「烏官人皇」。俺情願「推位讓國」，則要你「得能莫忘」。後來當真討一個了，沒多時做小的「寵增抗極」，反撚去俺爲正的

「率賓歸王」。不怨他只「省躬譏誡」，出了家罷俺則「垂拱平章」。若論這道院裏，昔年也不甚「宫殿盤鬱」，到老身纔開闢了「宇宙洪荒」。畫真武「劍號巨闕」，步北斗「珠稱夜光」。奉香供「果珍李柰」，把齋素也是「菜重芥薑」。世間味識得破「海鹹河淡」，人中網逃得出「鱗潛羽翔」。俺這出了家呵，把那幾年前做新郎的臭黏涎「骸垢想浴」，將俺即世裏做老婆的乾柴火「執熱願凉」。則可惜做觀主「遊鶤獨運」，也要知觀的「顧答審詳」。赴會的都要「具膳餐飯」，行脚的也要「老少異糧」。怎生觀中再没個人兒？也都則是「沈默寂寥」，全不會「牋牒簡要」。俺老將來「年矢每催」，鏡兒裏「晦魄環照」。硬配不上士女圖「馳譽丹青」，也要接的着仙真傳「堅持雅操」。懶雲遊「東西二京」，端一味「坐朝問道」。女冠子有幾個「同氣連枝」，騷道士不與他「工顰妍笑」。怕了他暗地虎「布射遼丸」，則守着寒水魚「釣巧任釣」。使唤的只一個「猶子比兒」，叫做癩頭黿「愚蒙等誚」。〔内〕姑娘駡俺哩，俺是個妙人兒。〔净〕好不羞「殆辱近恥」，到誇獎你「并皆佳妙」。〔内〕杜太爺皁隸，拿姑娘哩。〔净〕爲甚麽？〔内〕説你是個賊道。〔净〕咳，便道那府牌來「杜藁鍾隸」，把俺做女妖看「誅斬賊盜」。俺可也「散慮逍遥」，不用你這般「虚輝朗耀」。〔丑府差上〕承差府堂上，提名仙觀中。〔見介〕〔净〕府牌哥，爲何而來？

【大迓鼓】〔丑〕府主坐黄堂，夫人傳示，衙内敲梆。知他小姐年多長，染成一疾半年光。〔净〕俺不是女科。〔丑〕請你修齋，一會祈禳。

【前腔】〔净〕俺仙家有禁方，小小靈符，帶在身傍，教他刻下人無恙。〔丑〕有這等靈符，快行動些。〔行介〕〔净〕叫童兒。〔内應介〕〔净〕好看守卧雲房，殿上無人，仔細燈香。

〔内〕知道了。

〔净〕紫微宫女夜焚香，王建　〔丑〕古觀雲根路已荒。釋皎然

〔净〕猶有真妃長命縷，司空圖　〔丑〕九天無事莫推忙。曹唐

【校】

①踣，原誤作「陪」，當改。　②叨，原誤作「刀」，據朱墨本改。

第十八齣　診祟

【一江風】〔貼扶病旦上〕病迷廝，爲甚輕憔悴？打不破愁魂謎。夢初回，燕尾翻風，亂颯起湘簾翠。春去偌多時，春去偌多時。①花容只顧衰②，井梧聲刮的我心兒碎。

【行香子】〔旦〕春香呵，我楚楚精神，葉葉腰身，能禁多病逡巡？〔貼〕你星星措與，種種生成。有許多嬌，許多韻，許多情。〔旦〕咳！咱弄梅心事，那折柳情人，夢淹漸暗老殘春。〔貼〕正好簟罏香午，枕扇風清。知爲誰顰？爲誰瘦？爲誰疼？〔旦〕春香，我自春遊一夢，卧病如今，不癢不疼，如癡如醉，知他怎生？〔貼〕小姐，夢兒裏事，想他則甚？〔旦〕你教我怎生不想呵？

【金落索】③貪他半晌癡，賺了多情泥。待不思量，怎不思量得？就裏暗消肌，怕人知，嗽腔腔嗽喘微。哎喲！我這慣淹煎的樣子誰憐惜？自噤窄的春心怎的支？心兒悔，悔當初一覺留春睡。〔貼〕老夫人替小姐冲喜。〔旦〕信他冲的個甚喜？到的年時，敢犯殺花園内。

【前腔】〔貼〕看他春歸何處歸，春睡何曾睡，氣絲兒怎度的長天日？把心兒捧湊眉，病西施。小姐，夢去知他實實誰？病來只送的個虛虛的你，做行雲先渴倒在巫陽會。全無謂，把單相思害得忒明昧。又不是困人天氣，中酒心期，魆魆地常如醉。

〔末上〕日下曬書嫌鳥跡，月中搗藥要蟾酥。我陳最良，承公相命，來診視小姐脈息。到此後堂，不免打叫一聲。春香賢弟有麽？〔貼見介〕是陳師父，小姐睡哩。〔末〕免驚動他，我自進去。〔見介〕小姐。〔旦作驚介〕誰？〔貼〕陳師父哩。〔旦起扶介〕〔旦〕師父，我學生患病，久失敬了。〔末〕學生，學生，古書有云：學精於勤，荒于嬉。你因爲後花園湯風冒日，感下這疾，荒廢書工。我爲師的在外，寢食不安。幸喜老公相請來看病，也不料你清減至此。似這般樣，幾時勾起來讀書，早則端陽節哩。〔貼〕師父，端節有你的。〔末〕我説端陽，難道要你糉子。小姐，望聞問切，我且問你：病症因何？〔貼〕師父問甚麽？只因你講毛詩，這病便是「君子好求」上來的。〔末〕是那一位君子？〔貼〕知他是那一位君子！〔末〕這般説，毛詩病，用毛詩去醫。那頭一卷就有女科聖惠方在哩。〔貼〕師父，可記的毛詩上方兒？〔末〕便依他處方，小姐害了君子的病，用的史君子。毛詩：既見君子，云胡不瘳？這病有了君子抽一抽，就抽好了。〔旦羞介〕哎也！〔貼〕還有甚藥？〔末〕酸梅十個。詩云：摽有梅，其實七兮。又説：其實三兮。三個打七個，是十個。此方單醫男女過時思酸之病。〔旦嘆介〕〔貼〕還有呢？〔末〕天南星三個。〔貼〕可少？〔末〕再添些。詩云：三星在天。專醫男女及時之病。〔貼〕還有呢？〔末〕俺看小姐一肚子火，你可抹净一個大馬桶，待我用梔子仁當歸瀉下他火來，這也是依方，之子于歸，言秣其馬。〔貼〕師父，這馬不同那「其馬」。〔末〕一樣髀鍬窟洞下。〔旦〕好個傷風切藥陳先生。〔貼〕做的按月通經陳媽媽。〔旦〕師父不可執方，還是診脈爲穩。〔末看脈錯按旦手背介〕〔貼〕師父，討個轉手。〔末〕女人反此背看之，正是王叔和脈訣。也罷，順手看是。〔脈介〕咳！小姐脈息，到這個分際了。

【金索掛梧桐】他人才忒整齊，脈息恁微細。小小香閨，爲甚傷憔悴？〔起介〕春香呵，似他這傷春怯夏肌，好扶持，病煩人容易傷秋意。小姐，我去咀藥來。〔旦嘆介〕師父，少不得情栽了竅髓針難入，病躲在煙花你藥怎知？〔泣介〕承尊覷，何時何日，來看這女顏回？〔合〕病中身怕的是驚疑，且將息休煩絮。

〔旦〕師父，且自在，送不得你了。可曾把俺八字推算麽？〔末〕算來要過中秋好。當生止有八個字，起死曾無三世醫。〔下〕〔貼〕一個道姑走來了。〔净上〕不聞弄玉吹簫去，又見嫦娥竊藥來。自家紫陽宮石道姑便是。承杜老夫人呼喚，替小姐禳解。〔見貼介〕〔貼〕姑姑爲何而來？〔净〕吾乃紫陽宮石道姑，承夫人命，替小姐禳解。不知害的甚病？〔貼〕尷尬病。〔净〕爲誰來？〔貼〕後花園耍來。〔净舉三指，貼搖頭介〕〔净舉五指，貼又搖頭介〕〔净〕咳！你説是三是五？與他做主。〔貼〕你自問他去。〔净見旦介〕小姐，小姐，道姑稽首那。〔旦作驚介〕那裏道姑？〔净〕紫陽宮石道姑，夫人有召，替小姐保禳。聞説小姐在後花園着魅，我不信。

【前腔】你惺惺的怎着迷，設設的渾如魅。〔旦作魘語介〕我的人那。〔净貼背介〕你聽他唸唸呢呢，作的風風勢。是了，身邊帶有個小符來。〔取旦釵挂小符作咒介〕赫赫揚揚，日出東方，此符屏卻惡夢，辟除不祥，急急如律令勅！〔插釵介〕這釵頭小篆符，眠坐莫教離，把閒神野夢都迴避。〔旦醒介〕咳，這符敢不中。我那人呵，須不是依花附木廉纖鬼，咱做的弄影團風抹媚癡。〔净〕再癡時，請個五雷打他。〔旦〕些兒意，正待攜雲握雨，你卻用掌心雷。〔合前〕

〔净〕還分明説與，起個三丈高咒旛兒。〔旦〕待説個甚麽子好？

【尾聲】〔旦〕依稀則記的箇柳和梅，姑姑，你也不索打符樁掛竹枝，則待我冷思量一星星咒向夢兒裏。〔貼扶旦下〕

〔貼〕緑慘雙蛾不自持，步非煙　〔净〕道家妝束厭禳時。薛　能

〔旦〕如今不在花紅處，僧懷濟　〔合〕爲報東風且莫吹。李　涉

【校】

① 春去偌多時，文林本、朱墨本俱作「春歸是幾時」。　② 只顧哀，朱墨本作「積漸摧」。

③【金落索】當作【金絡索】，南詞新譜卷一八云：「【金絡索】或作【金索掛梧桐】，非也」。可見俗有此二名。本齣四曲，分題兩名。依曲牌舊例譜曲，原不必細考。

第十九齣 牝賊

北【點絳脣】①〔凈扮李全引衆上〕世擾羶風，家傳雜種。刀兵動，這賊英雄，比不得穿墻洞。

野馬千蹄合一羣，眼看江海盡風塵。漢兒學得胡兒語，又替胡兒駡漢人。自家李全是也，本貫楚州人氏。身有萬夫不當之勇，南朝不用，去而爲盗，以五百人出没江淮之間，正無歸着。所幸大金皇帝，遥封俺爲溜金王，央我騷擾淮揚，看機進取。奈我多勇少謀，所喜妻子楊氏娘娘，能使一條梨花槍，萬人無敵。夫妻上陣，大有威風。則是娘娘有些喫醋，但是擄的婦人，都要送他帳下。便是軍士們，都只畏懼他。正是：山妻獨霸蛇吞象，海賊封王魚變龍。

【番卜算】〔丑扮楊婆持槍上〕百戰惹雌雄，血映燕支重。〔舞介〕一枝槍灑落花風，點點梨花弄。

〔見舉手介〕大王千歲！奴家甲胄在身，不拜了。〔凈〕娘娘，你可知大金皇帝封我做溜金王？〔丑〕怎麽叫做溜金王？〔凈〕溜者，順也。〔丑〕封你何事？〔凈〕央俺騷擾淮揚三年，待俺兵糧齊集，一舉渡江，滅了趙宋，那時還封我爲帝哩。〔丑〕有這等事，恭喜了！借此號令，買馬招軍。

【六幺令】 如雷喧鬨，緊轅門畫鼓鼕鼕，哨尖兒飛過海雲東。〔合〕好男女，坐當中，淮揚草木都驚動。

【前腔】 聚糧收衆，選高蹄戰馬青驄，閃盔纓斜簇玉釵紅。〔合前〕

〔净〕群雄競起向前朝，杜甫　折戟沈沙鐵未銷。杜牧
平原好牧無人放，曹唐　白草連天野火燒。王維

【校】

① 絳，原誤作「紅」，據各本改。

第二十齣　鬧殤

【金瓏璁】①〔貼上〕連宵風雨重，多嬌多病愁中。仙少效，藥無功。

顰有爲顰，笑有爲笑。不顰不笑，哀哉年少！春香侍奉小姐，傷春病到深秋。今夕中秋佳節，風雨蕭條，小姐病轉沈吟，待我扶他消遣。正是：從來雨打中秋月，更值風搖長命燈。〔下〕

【鵲橋仙】〔貼扶病旦上〕拜月堂空，行雲徑擁，骨冷怕成秋夢。世間何物似情濃？整一片斷魂心痛。

〔旦〕枕函敲破漏聲殘，似醉如呆死不難。一段暗香迷夜雨，十分清瘦怯秋寒。春香，病境沈沈，不知今夕何夕？〔貼〕八月半了。〔旦〕哎也！是中秋佳節哩。老爺奶奶都爲我愁煩，不曾玩賞了。〔貼〕這都不在話下了。〔旦〕聽見陳師父替我推命，要過中秋。看看病勢轉沈，今宵欠好，你爲我開軒一望，月色如何？〔貼開窗〕〔旦望介〕

【集賢賓】〔旦〕海天悠問冰蟾何處湧？玉杵秋空②，憑誰竊藥把嫦娥奉？甚西風吹夢無蹤。人去難逢，須不是神挑鬼弄。在眉峯，心坎裏別是一般疼痛。〔悶介〕

【前腔】〔貼〕甚春歸無端廝和哄，霧和煙兩不玲瓏。算來人命關天重，會消詳、直恁怱怱。爲着誰儂，俏樣子等閒拋送？待我謊他，姐姐，月上了。月輪空，敢蘸破你一牀幽夢。

〔旦望嘆介〕輪時盼節想中秋，人到中秋不自由。奴命不中孤月照，殘生今夜雨中休。

【前腔】你便好中秋月兒誰受用？翦西風淚雨梧桐。楞生瘦骨加沈重，趲程期是那天外哀鴻。草際寒蛩，撒刺刺紙條窗縫。〔旦驚作昏介〕冷鬆鬆，軟兀刺四梢難動。

〔貼驚介〕小姐冷厥了！夫人有請。〔老旦上〕百歲少憂夫主貴，一生多病女兒嬌。我的兒，病體怎生了？〔貼〕奶奶，欠好，欠好。〔老〕可怎了！

【前腔】不隄防你後花園閒夢銃，不分明再不惺忪，睡臨侵打不起頭梢重。〔泣介〕恨不呵早早乘龍。夜夜孤鴻，活害殺俺翠娟娟雛鳳。一場空，是這答裏把娘兒命送。

【囀林鶯】〔旦醒介〕甚飛絲繾的陽神動，弄悠揚風馬丁冬。〔泣介〕娘，兒拜謝你了！〔拜跌介〕從小來覷的千金重，不孝女孝順無終。娘呵，此乃天之數也。當今生花開一紅，願來生把萱椿再奉。〔衆泣介〕〔合〕恨西風，一霎無端，碎綠摧紅。

【前腔】〔老〕並無兒蕩得個嬌香種，繞娘前笑眼歡容。但成人索把俺高堂送，恨天涯老運孤窮。兒呵，暫時間月直年空，返將息你這心煩意冗。〔合前〕

〔旦〕娘，你女兒不幸，作何處置？〔老〕奔你回去也，兒。

【玉鶯兒】③〔旦泣介〕旅櫬夢魂中，盼家山千萬重。〔老〕便遠也去。〔旦〕是不是，聽女孩兒一言：這後花園中一株梅樹，兒心所愛，但葬我梅樹之下可矣。〔老〕這是怎的來？〔旦〕做不的病嬋娟桂窟裏長生，則分的粉骷髏向梅花古洞。〔老泣介〕看他强扶頭淚濛，冷淋心汗傾，不如我先他一命無常用。〔合〕恨蒼穹，妬花風雨，偏在月明中。

〔老〕還去與爹講，廣做道場也，兒。銀蟾謾搗君臣藥，紙馬重燒子母錢。〔下〕〔旦〕春香，咱可有迴生之日否？

【前腔】〔嘆介〕你生小事依從，我情中你意中。春香，你小心奉事老爺奶奶。〔貼〕這是當的了。〔旦〕春香，我記起一事來：我那春容，題詩在上，外觀不雅。葬我之後，盛着紫檀匣兒，藏在太湖石底。〔貼〕這是主何意兒？〔旦〕有心靈翰墨春容，儻直那人知重。〔貼〕姐姐寬心。你如今不幸，孤墳獨影；肯將息起來，稟過老爺，但是姓梅姓柳秀才招選一個，同生同死，可不美哉！〔旦〕怕等不得了。哎喲！哎喲！〔貼〕這病根兒怎攻？心上醫怎逢？〔旦〕春香，我亡後你常向靈位前叫喚我一聲兒。〔貼〕他一星星説向咱傷情重。〔合前〕

〔旦昏介〕〔貼〕不好了！不好了！老爺奶奶快來。

【憶鶯兒】〔外老旦上〕鼓三鼕，愁萬重，冷雨幽窗燈不紅，聽侍兒傳言女病凶。〔貼泣介〕我的小姐！小姐！〔外老同泣介〕我的兒呵！你捨的命終，抛的我途窮，當初只望把爹娘送。〔合〕恨匆匆，萍蹤浪影，風翦了玉芙蓉。

〔旦作醒介〕〔外〕快甦醒，兒，爹在此。〔旦作看外介〕哎喲！爹爹，扶我中堂去罷。〔外〕扶你也，兒。

〔扶介〕

【尾聲】〔旦〕怕樹頭樹底不到的五更風，和俺小墳邊立斷腸碑一統。爹，今夜是中秋？〔外〕是中秋也，兒。〔旦〕禁了這一夜雨，〔嘆介〕怎能勾月落重生燈再紅？〔並下〕

〔貼哭上〕我的小姐！我的小姐！天有不測之風雲，人有無常之禍福。我小姐一病傷春死了，痛殺了我家老爺，我家奶奶。列位看官們怎了也？待我哭他一會：

【紅衲襖】小姐，再不叫咱把領頭香心字燒，再不叫咱把剔花燈紅淚繳，再不叫咱拈花側眼調歌鳥，再不叫咱轉鏡移肩和你點絳桃。想着你夜深深放翦刀，曉清清臨畫稿。提起那春容，被老爺看見了，怕奶奶傷情，分付殉了葬罷。俺想小姐臨終之言，依舊向湖山石兒靠也，怕等得個拾翠人來把畫粉銷。

老姑姑你也來了。〔净上〕你哭得好，我也來幫你。

【前腔】春香姐，再不叫你煖朱脣學弄簫，〔貼〕爲此。〔净〕再不和你蕩湘裙閒鬭草。〔貼〕便是。〔净〕小姐不在，春香姐也鬆泛多少。〔貼〕怎見得？〔净〕再不要你冷温存熱絮叨，再不要得你夜眠遲朝起的早。〔貼〕這也慣了。〔净〕還有省氣力④的所在，鷄眼睛不用你做嘴兒挑，馬子兒不用你隨鼻兒倒。〔貼啐介〕〔浄〕還一件，小姐青春有了，没時間做出些兒也，那老夫人呵，少不的把你後花園打折腰。

〔貼〕休胡説！老夫人來也。〔老上哭介〕我的親兒！

【前腔】每日遶娘身有百十遭，並不見你向人前輕一笑。他背熟的班姬四誡從頭學，不要得孟母三遷把氣淘。也愁他軟苗條忒恁嬌，誰料他病淹煎真不好。〔哭介〕從今後誰把親娘叫也？一寸肝腸做了百寸焦。

〔老悶倒〕〔貼驚叫介〕老爺，痛殺了奶奶也！快來，快來。〔外哭上〕我的兒也！呀！原來夫人悶倒在此。

【前腔】夫人，不是你坐孤辰把子宿囂，則是我坐公堂冤業報。較不似老倉公多女好，撞不着賽盧醫他一病蹻。天天，似俺頭白中年呵，便做了大家緣何處消，見放着小門楣生折倒。夫人，你且自保重。便作你寸腸千斷了也，則怕女兒呵，他望帝魂歸不可招。

〔丑院公上〕人間舊恨驚鴉去，天上新恩喜鵲來。稟老爺：朝報高陞。〔外看報介〕吏部一本：奉聖旨金寇南窺，南安知府杜寶，可陞安撫使，鎮守淮陽。即日起程，不得違誤。欽此！〔嘆介〕夫人，朝旨催人北往，女喪不便西歸。院子，請陳齋長講話。〔丑〕老相公有請。〔末上〕彭殤真一壑，弔賀每同堂。

〔見介〕〔外〕陳先生，小女長謝你了。〔末哭介〕正是。苦傷小姐仙逝，陳最良四顧無門；所喜老公相喬遷，陳最良一發失所。〔衆哭介〕〔外〕陳先生，有事商量：學生奉旨，不得久停，因小女遺言，就葬後園梅樹之下。又恐不便後官居住，已分付割取後園，起座梅花庵觀，安置小女神位，就着這石道姑焚修看守。那道姑可承應的來？〔浄跪介〕老道婆添香换水，但往來看顧，還得一人。〔老〕就煩陳齋長爲便。〔末〕老夫人有命，情願效勞。〔老〕老爺，須置些祭田纔好。〔外〕有漏澤院二頃虚田，撥資香火。〔末〕這漏澤院田，就漏在生員身上。〔浄〕咱號道姑，堪收稻穀。你是陳絶糧，漏不到你。〔末〕秀才口喫十一方，你是姑姑，我還是孤老，偏不該我收糧。〔外〕不消争，陳先生收給。陳先生，我在此數年，優待學校。〔末〕都知道。便是老公相高陞，舊規有諸生遺愛記，生祠碑文，到京伴禮送人爲妙。〔浄〕陳絶糧，遺愛記是老爺遺下與令愛作表記麽？〔末〕是老公相政跡歌謡，甚麽令愛？〔浄〕怎麽叫做生祠？〔末〕大祠宇塑老爺像供養，門上寫着杜公之祠。〔浄〕這等，不如就塑小姐在傍，我普同供養。〔外惱介〕胡説！但是舊規，我通不用了。

【意不盡】陳先生，老道姑，咱女墳兒三尺暮雲高，老夫妻一言相靠。不敢望時時看守，則清明寒食一碗飯兒澆。

〔外〕魂歸冥漠魄歸泉，朱褒　〔老〕使汝悠悠十八年。曹唐
〔末〕一叫一回腸一斷，李白　〔合〕如今重説恨綿綿。張籍

【校】

①【金瓏璁】應有八句，下缺四句。　②此句本爲六字句。　③【玉鶯兒】，南詞新譜卷一八作【黄鶯玉肚兒】，謂【黄鶯兒】犯【玉抱肚】。　④原無「力」字，據朱墨本補。

第二十一齣　謁遇

【光光乍】〔老旦扮僧上〕一領破袈裟，香山嶴裏巴。多生多寶多菩薩，多多照證光光乍。

小僧廣州府香山嶴多寶寺一個住持。這寺原是番鬼們建造，以便迎接收寶官員。兹有欽差苗爺任滿，祭寶於多寶菩薩位前，不免迎接。

【掛真兒】〔净扮苗舜賓，末扮通事，外、貼扮皁卒，丑扮番鬼上〕半壁天南開海汊，向真珠窟裏排衙。〔僧接介〕〔合〕①廣利神王，善財、天女，聽梵放海潮音下。

〔净〕銅柱珠崖道路難，伏波横海舊登壇。越人自貢珊瑚樹，漢使何勞獬豸冠？自家欽差識寶使臣苗舜賓便是。三年任滿，例當祭賽多寶菩薩。通事那裏？〔末見介〕〔丑見介〕伽喇喇。〔老旦見介〕〔净〕叫通事，分付番回獻寶。〔末〕俱已陳設。〔净起看寶介〕奇哉寶也！真乃磊落山川，精熒日月，多寶寺不虚名矣。看香。〔内鳴鐘〕〔净禮拜介〕

【亭前柳】三寶唱三多，七寶妙無過。莊嚴成世界，光彩遍娑婆。甚多，功德無邊闊。〔合〕領拜南無多得寶，寶多羅，多羅。

〔浄〕和尚，替番回海商祝贊一番。

【前腔】〔老僧〕大海寶藏多，船舫遇風波。商人持重寶，險路怕經過。刹那，念彼觀音脱。〔合前〕

【掛真兒】〔生上〕望長安西日下②，偏吾生海角天涯。愛寶的喇嘛，抽珠的佛法，滑琉璃兩下難拿。

自笑柳夢梅，一貧無賴，棄家而遊。幸遇欽差，寺中祭寶，託詞進見。倘言話中間，可以打動，得其賑援，亦未可知？〔見外介〕〔生〕煩大哥通報一聲，廣州府學生員柳夢梅，來求看寶。〔報介〕〔浄〕朝廷禁物，那許人觀！既係斯文，權請相見。〔見介〕〔生〕南海開珠殿，〔浄〕西方掩玉門。〔生〕剖懷俟知己，〔浄〕照乘接賢人。敢問秀才以何至此？〔生〕小生貧苦無聊，聞得老大人在此賽寶，願求一觀，以開懷抱。〔浄笑介〕既逢南土之珍，何惜西崑之祕，請試一觀。〔浄引生看寶介〕〔生〕明珠美玉，小生見而知之。其間數種，未委何名，煩老大人一一指教。

【駐雲飛】〔浄〕這是星漢神沙；這是煑海金丹和鐵樹花。少什麽③貓眼精光射，母碌通明差。嗏，這是靺鞨柳金芽；這是温涼玉斝；這是吸月的蟾蜍，和陽燧冰盤化。〔生〕我廣南有明月珠，珊瑚樹。〔浄〕徑寸明珠等讓他，便是幾尺珊瑚碎了他。

〔生〕小生不遊大方之門，何因覩此！

【前腔】天地精華，偏出在番回到帝子家。稟問老大人：這寶來路多遠？〔净〕有遠三萬里的，至少也有一萬多程。〔生〕這般遠，可是飛來走來？〔净笑介〕那有飛走而至之理？只因朝廷重價購求，自來貢獻。〔生嘆介〕老大人，這寶物蠢爾無知，三萬里之外，尚然無足而至。生員柳夢梅，滿胸奇異，到長安三千里之近，倒無人購取，有脚不能飛。他重價高懸下，那市舶能奸詐。嗏，浪把寶船撁。〔净〕疑惑這寶物欠真麽？〔生〕老大人，便是真，飢不可食，寒不可衣。看他似虚舟飄瓦。〔净〕依秀才説，何爲真寶？〔生〕不欺，小生到是個真正獻世寶。我若載寶而朝，世上應無價。〔净笑介〕則怕朝廷之上，這樣獻世寶也多着。〔生〕但獻寶龍宫笑殺他，便鬬寶臨潼也賽得他。

〔净〕這等，便好獻與聖天子了。〔生〕寒儒薄相，要伺候官府，尚不能勾，怎見的聖天子？〔净〕你不知，到是聖天子好見。〔生〕則三千里路資難處。〔净〕一發不難，古人黄金贈壯士，我將衙門常例銀兩，助君遠行。〔生〕果爾，小生無父母妻子之累，就此拜辭。〔净〕左右，取書儀，看酒。〔丑上〕廣南愛喫荔枝酒，直北偏飛榆筴錢。酒到，書儀在此。〔净〕路費，先生收下。〔生〕謝了！〔净送酒介〕

【三學士】你帶微醺走出這香山鏬，向長安有路榮華。〔生〕無過獻寶當今駕，撒去收來再似他。〔合〕驟金鞭及早把荷衣掛，望歸來，錦上花。

【前腔】〔生〕則怕呵重瞳有眼蒼天瞎，似波斯賞鑒無差。〔净〕由來寶色無真假，只在淘金的會揀沙。〔合前〕

〔生〕告行了。

【尾聲】你贈壯士黃金氣色佳。〔净〕一杯酒酸寒奮發。則願你呵，寶氣冲天海上槎。

〔生〕烏紗巾上是青天，司空圖　〔净〕俊骨英才氣儼然。劉長卿

〔生〕聞道金門堪濟美④，張南史　〔净〕臨行贈汝繞朝鞭。李白

【校】

①〔合〕，原作〔净〕。　②據南詞新譜，首句應有七字。　③「少」字據朱墨本補。

④堪濟美，全唐詩卷二九六張南史江北春望贈皇甫補闕，作「堪避世」。

第二十二齣　旅寄

【搗練子】①〔生傘袱，病容上〕人出路，鳥離巢。〔内風聲介〕攪天風雪夢牢騷，這幾日精神寒凍倒。

香山嶴裏打包來，三水船兒到岸開。要寄鄉心值寒歲，嶺南南上半枝梅。我柳夢梅，秋風拜别中郎，因循親友辭餞，離船過嶺，早是暮冬。不隄防嶺北風嚴，感了寒疾，又無掃興而回之理。一天風雪，望見南安，好苦也！

【山坡羊】樹槎牙餓鳶驚叫，嶺迢遥病魂孤弔。破頭巾雹打風篩，透衣單傘做張兒哨。路斜抄，急没個店兒捎。雪兒呵，偏則把白面書生奚落，怎生冰凌斷橋，步高低蹬着？好了，有一株柳，酬將過去。方便處柳跎腰。〔扶柳過介〕虚囂，儘枯楊命一條。蹊蹺，滑喇沙跌一交。〔跌介〕

【步步嬌】〔末上〕俺是個卧雪先生没煩惱，背上驢兒笑，心知第五橋。那裏開年，有齋村學。〔生叫哎喲介〕〔末〕怎生來人怨語聲高？〔看介〕呀，甚城南破瓦窰，閃下個精寒料。

〔生〕救人！救人！〔末〕我陳最良，爲求館衝寒到此。彩頭兒恰遇着弔水之人，且由他去。〔生又叫介〕救人！〔末〕聽説救人，那裏不是積福處，俺試問他。〔問介〕你是何等之人，失脚在此？〔生〕俺是讀書之人。〔末〕委是讀書之人，待俺扶起你來。〔末扶生，相跌，諢介〕〔末〕請問何方至此？

【風入松】〔生〕五羊城一葉過南韶，柳夢梅來獻寶。〔末〕有何寶貨？〔生〕我孤身取試長安道，犯嚴寒少衾單病了。没揣的逗着斷橋溪道，險跌折柳郎腰。

〔末〕你自揣高中的，方可去受這等辛苦。〔生〕不瞞説，小生是個擎天柱，架海梁。〔末笑介〕卻怎生凍折了擎天柱？撲倒了紫金梁？這也罷了，老夫頗識醫理，邊近有梅花觀，權將息，度歲而行。

【前腔】尾生般抱柱正題橋，做倒地文星佳兆。論草包似俺堪調藥，暫將息梅花觀好。〔生〕此去多遠？〔末指介〕看一樹雪垂垂如笑，墻直上繡旛飄。

〔生〕這等，望先生引進。

〔生〕三十無家作路人，薛據　〔末〕與君相見即相親。王維
〔生〕華陽洞裏仙壇上，白居易　〔合〕似近東風别有因。羅隱

【校】

①【搗練子】，應有五句，缺一句。

第二十三齣　冥判

北【點絳脣】〔净扮判官，丑扮鬼持筆簿上〕十地宣差，一天封拜。閻浮界，陽世栽埋，又把俺這裏門桯邁。

自家十地閻羅王殿下一個胡判官是也。原有十位殿下，因陽世趙大郎家和金達子争占江山，損折衆生，十停去了一停。因此玉皇上帝，照見人民稀少，欽奉裁減事例。九州九個殿下，單減了俺十殿下之位，印無歸着。玉帝可憐見下官正直聰明，着權管十地獄印信。今日走馬到任，鬼卒夜叉，兩傍刀劍，非同容易也。〔丑捧筆介〕新官到任，都要這筆判刑名，押花字，請新官喝采他一番。〔净看筆介〕鬼使，捧了這筆，好不干係也。

【混江龍】這筆架在那落迦山外，肉①蓮花高聳案前排。捧的是功曹令史，識字當該。〔丑〕筆管兒呢？〔净〕筆管兒，是手想骨脚想骨竹筒般剉的圓滴溜。〔丑〕筆毫？〔净〕筆毫呵，是牛頭鬚夜叉髮鐵綫兒揉定赤支毸。〔丑〕判爺上的選了。〔净〕這筆頭公，是遮須國選的人才。〔丑〕有甚名號？〔净〕這管城子，在夜郎城受了封拜。〔丑〕判爺興哩。〔净作笑舞介〕嘯一聲支兀另漢鍾馗其冠不正，舞一回疎喇沙斗河魁近墨者黑。〔丑〕喜哩？〔净〕

喜時節渿河橋題筆兒耍去。〔丑〕悶呵？〔净〕悶時節鬼門關投筆歸來。〔丑〕判爺可上榜來？〔净〕俺也曾考神祇，朔望旦名題天榜；〔丑〕可會書來？〔净〕攝星辰井鬼宿，俺可也文會書齋。〔丑〕判爺高才。〔净〕做弗迭鬼儒才，白玉樓摩空作賦；陪得過風月主，芙蓉城遇晚書懷。便寫不盡四大洲轉輪日月，也差的着五瘟使號令風雷。〔丑〕判爺見有地分？〔净〕有地分，則合北斗司閻浮殿立俺邊傍；没衙門，卻怎生東嶽觀城隍廟也塑人左側？〔丑〕讓誰？〔净〕便百里城高捧手，讓大菩薩好相莊嚴乘坐位；〔丑〕惱誰？〔净〕怎三尺土低分氣，對小鬼卒清奇古怪立基階？〔丑〕紗帽古氣些。〔净〕但站脚，一管筆一本簿塵泥軒冕；〔丑〕筆乾了？〔净〕要潤筆，十錠金十貫鈔紙陌錢財。〔丑〕點鬼簿在此。〔净〕則見没掂三展花分魚尾册，無賞一掛日子虎頭牌。真乃是鬼董狐落了款，春秋傳某年某月某日下崩薨葬卒大注脚；假如他支祈獸上了樣，把禹王鼎各山各水各路上魍魎魑魅細分腮。〔丑〕待俺磨墨。〔净〕看他子時硯，忔忔察察烏龍蘸眼顯精神；〔丑〕鷄唱了。〔净〕聽丁字碑，冬冬登登金鷄翦夢追魂魄。〔丑〕稟爺點卷。〔净〕但點上格子眼，串出四萬八千三界有漏人名，烏星砲粲；怎按下筆尖頭，插入一百四十二重無間地獄，鐵樹花開？〔丑〕大押花。〔净〕哎也！押花字止不過，發落簿剉燒舂磨一靈兒；〔丑〕少一個請字。〔净〕登請書左則是，那虛無堂癱癆蠱膈四正客。〔丑〕弔起稱竿來。〔衆卒應介〕〔净〕髮稱竿看業重身輕，衡石程書秦獄吏；〔內作哎喲，叫饒也苦也介〕〔丑〕隔壁九殿下拷鬼。〔净〕肉鼓吹聽神啼鬼哭，毛鉗刀筆漢喬才。這時節呵，你便是没關節包待制「人厭其笑」；〔哭介〕恁風景，誰聽的無棺槨顔修文「子哭之哀」。〔丑〕判爺害怕哩。〔净惱介〕哎！樓炭經是俺六科五判，刀花樹是俺九棘三槐。臉婁搜風髯赳赳，眉剔竪電目崖崖。少不得中書鬼考，録事神差。比着陽世那金州判、銀府判、銅司判、鐵院判白虎臨官，一様價打貼刑名催伍作；實則俺陰府裏注溼生、牒化生、准胎生、照卵生青蠅報赦，十分的磊齊功德轉三階。威凜凜人間掌命，顫巍巍天上消災。

叫掌案的，這簿上開除都也明白，還有幾宗人犯，應該發落了？〔貼扮吏上介〕人間勾令史，地下列功曹。稟爺：因缺了殿下，地獄空虛三年，則有枉死城中輕罪男子四名。趙大、錢十五、孫心、李猴兒；女囚一名，杜麗娘；未經發落。〔净〕先取男犯四名。〔生末外老旦扮四犯，丑押上〕〔丑〕男犯帶到。〔净點名介〕趙大有何罪業，脱在枉死城？〔生〕鬼犯没甚罪，生前喜歌唱些。〔净〕一邊去。叫錢十五。〔末〕鬼犯無罪，則是做了一個小小房兒，沈香泥壁。〔净〕一邊去。叫孫心。〔老旦〕鬼犯些小年紀，好使些花粉錢。〔净〕叫李猴兒。〔外〕鬼犯是有些罪，好男風。〔丑〕是真。便在地獄裏，還勾上這小孫兒。〔净惱介〕誰叫你插嘴！起去伺候。〔做寫簿介〕叫鬼犯聽發落。〔四犯同跪介〕〔净〕俺初權印，且不用刑。赦你們卵生去罷。〔外〕鬼犯們稟問恩爺：這個卵是甚麽卵？若是回回卵，又生在邊方去了。〔净〕唗！還想人身，向彈殼裏走去。〔四犯泣介〕哎！被人宰了。〔净〕也罷，不教陽間宰喫你。趙大喜歌唱，貶做黃鶯兒。〔生〕好了，做鶯鶯小姐去。〔净〕錢十五住香泥房子，也罷，准你去燕窠裏受用，做個小小燕兒。〔末〕恰好做飛燕娘娘哩。〔净〕孫心使花粉錢，做個蝴蝶兒。〔外〕鬼犯便和孫心同做蝴蝶去。〔净〕你是那好男風的李猴，着你做蜜蜂兒去，屁窟裏長拖一個針。〔外〕哎喲，叫俺釘誰去？〔净〕四個蟲兒聽分付：

【油葫蘆】蝴蝶呵，你粉版花衣勝翦裁。蜂兒呵，你忒利害，甜口兒咋着細腰捱。燕兒呵，斬香泥弄影鉤簾内。鶯兒呵，溜笙歌警夢紗窗外。恰好個花間四友，無拘礙。則陽世裏孩子們輕薄，怕彈珠兒打的呆，扇梢兒撲的壞。不枉了你宜題入畫高人愛，則教你翅挪兒展將春色鬧場來。

〔外〕俺做蜂兒的不來，再來釘腫你個判官腦。〔净〕討打！〔外〕可憐見小性命。〔净〕罷了，順風兒放去。快走，快走。〔噀氣介〕〔四人做各色飛下〕〔净做向鬼門噓氣吷聲介〕〔丑帶旦上〕天台有路難逢俺，地獄無情欲恨誰？女鬼見。〔净擡頭背介〕這女鬼到有幾分顏色。

【天下樂】猛見了蕩地驚天女俊才，哈也麽哈，來俺裏來。〔旦叫苦介〕〔净〕血盆中叫苦觀自在。〔丑耳語介〕判爺，權收做個後房夫人。〔净〕唗！有天條，擅用囚婦者斬。則你那小鬼頭胡亂篩，俺判官頭何處買？〔旦叫哎介〕〔净回身〕是不曾見他粉油頭忒弄色。

叫那女鬼上來。

【那吒令】瞧了你潤風風粉腮，到花臺酒臺？溜些些短釵，過歌臺舞臺？笑微微美懷，住秦臺楚臺？因甚的病患來？是誰家嫡支派？這顔色不像似在泉臺。

〔旦〕女因不曾過人家，也不曾飲酒，是這般顔色。則爲在南安府後花園梅樹之下，夢見一秀才，折柳一枝，要奴題詠。留連宛轉，甚是多情。夢醒來沈吟，題詩一首：他年若傍蟾宫客，不是梅邊是柳邊。爲此感傷，壞了一命。〔净〕謊也！世有一夢而亡之理？

【鵲踏枝】一溜溜女嬰孩，夢兒裏能寧奈。誰曾掛圓夢招牌？誰和你拆字道白？哈也麼哈，那秀才何在？夢魂中曾見誰來？

〔旦〕不曾見誰，則見朵花兒閃下來，好一驚。〔净〕唤取南安府後花園花神勘問。〔丑叫介〕〔末扮花神上〕紅雨數番春落魄，山香一曲女消魂。老判大人請了。〔舉手介〕〔净〕花神，這女鬼説是後花園一纏夢，爲花飛驚閃而亡，可是？〔末〕是也。他與秀才夢的纏緜，偶爾落花驚醒，這女子慕色而亡。〔净〕敢便是你花神假充秀才，迷誤人家女子？〔末〕你説俺着甚迷他來？〔净〕你説俺陰司裏不知道呵。

【後庭花滚】但尋常春自在，恁司花忒弄乖。眨眼兒偷元氣艷樓臺，克性子費春工淹酒債。恰好九分態，你要做十分顔色。數着你那胡弄的花色兒來。②〔末〕便數來：碧桃花。〔净〕他惹天台。〔末〕紅梨花。〔净〕扇妖怪。〔末〕金錢花。〔净〕下的財。〔末〕繡球花。〔净〕結的綵。〔末〕芍藥花。〔净〕心事諧。〔末〕木筆花。〔净〕寫明白。〔末〕水菱花。〔净〕宜鏡臺。〔末〕玉簪花。〔净〕堪插戴。〔末〕薔薇花。〔净〕露渲腮。〔末〕臘梅花。〔净〕春點額。〔末〕翦春花。〔净〕羅袂裁。〔末〕水仙花。〔净〕把綾襪踹。〔末〕燈籠花。〔净〕紅影篩。〔末〕酴醿花。〔净〕春醉態。〔末〕金盞花。〔净〕做合卺杯。〔末〕錦帶花。〔净〕做裙褶帶。〔末〕合歡花。〔净〕頭懶擡。〔末〕楊柳花。〔净〕腰恁擺。〔末〕凌霄花。〔净〕陽壯的咍。〔末〕辣椒花。〔净〕把陰熱窄。〔末〕含笑花。〔净〕情要來。〔末〕紅葵花。〔净〕日得他愛。〔末〕女蘿花。〔净〕纏的歪。〔末〕紫薇花。〔净〕癢的怪。〔末〕宜男花。〔净〕人美懷。〔末〕丁香花。〔净〕結半躧。〔末〕豆蔻花。〔净〕含着胎。〔末〕奶子花。〔净〕摸着奶。〔末〕梔子花。〔净〕知趣乖。〔末〕柰子花。〔净〕恣情柰。〔末〕枳殻花。〔净〕好處揩。〔末〕海棠花。〔净〕春困怠。〔末〕孩兒花。〔净〕呆笑孩。〔末〕姊妹花。〔净〕偏妬色。〔末〕水紅花。〔净〕了不開。〔末〕瑞香花。〔净〕誰要採？〔末〕旱蓮花。〔净〕憐再來。〔末〕石榴花。〔净〕可留得在？幾椿兒你自猜。哎！把天公無計策。你道爲甚麽流動了女裙釵？剗地裏牡丹亭，又把他杜鵑花魂魄灑。

〔末〕這花色花樣，都是天公定下來的，小神不過遵奉欽依，豈有故意勾人之理？且看多少女色，那有玩花而亡？〔净〕你説自來女色，没有玩花而亡。數你聽着：

【寄生草】花把青春賣，花生錦繡災。有一箇夜舒蓮扯不住留仙帶，一箇海棠絲翦不斷香囊怪，一箇瑞香風趕不上非煙在。你道花容那箇玩花亡，可不道你這花神罪業隨花敗？

〔末〕花神知罪，今後再不開花了。〔净〕花神，俺這裏已發落過花間四友，付你收管。這女囚慕色而亡，也貶在鶯燕隊裏去罷。〔末〕稟老判，此女犯乃夢中之罪，如曉風殘月；且他父親爲官清正，單生一女；可以耽饒。〔净〕父親是何人？〔旦〕父親杜寶知府，今陞淮揚總制之職。〔净〕千金小姐哩。也罷，杜老先生分上，當奏過天庭，再行議處。〔旦〕就煩恩官替女犯查查，怎生有此傷感之事？〔净〕這事情，注在斷腸簿上。〔旦〕勞再查女犯的丈夫，還是姓柳姓梅？〔净〕取婚姻簿查來。〔作背查介〕是有個柳夢梅，乃新科狀元也，妻杜麗娘，前係幽歡，後成明配，相會在紅梅觀中。不可泄漏。〔回介〕有此人，和你姻緣之分。我今放你出了枉死城，隨風遊戲，跟尋此人。〔末〕杜小姐，拜了老判。〔旦叩頭介〕拜謝恩官，重生父母！則俺那爹娘在揚州，可能彀一見？〔净〕使得。

【幺篇】他陽禄還長在，陰司數未該。禁煙花一種春無賴，近柳梅一處情無外，望椿萱一帶天無礙。則這水玻璃堆起望鄉臺，可哨見紙銅錢夜市揚州界。

花神，可引他望鄉臺隨意觀玩。〔旦隨末登臺，望揚州哭介〕那是揚州，俺爹爹奶奶呵，待飛將去。〔末扯住介〕還不是你去的時節。〔净〕下來聽分付：功曹，給一紙遊魂路引去；花神，休壞了他的肉身也。〔旦〕謝恩官！

【賺尾】〔净〕欲火近乾柴，且留的青山在。不可被雨打風吹日曬，則許你傍月依星將天地拜。一任你魂魄來回，脱了獄省的勾牌，接着活免的投胎。那花間四友你

差排，叫鶯窺燕猜，倩蜂媒蝶採，敢守的那破棺星圓夢那人來。〔下〕

〔末〕小姐，回後花園去來。

〔末〕醉斜烏帽髮如絲，許渾　〔旦〕盡日靈風不滿旗。李商隱

〔淨〕年年檢點人間事，羅鄴　〔合〕爲待蕭何作判司。元稹

【校】

① 肉，原誤作「內」。

② 數着你那胡弄的花色兒來，原誤作小字白語，據朱墨本、葉譜改。

第二十四齣　拾畫

【金瓏璁】〔生上〕驚春誰似我？客途中都不問其他。風吹綻蒲桃褐，雨淋殷杏子羅。今日晴和，曬衾單兀自有殘雲渦。

脈脈梨花春院香，一年愁事費商量。不知柳思能多少？打迭腰肢鬬沈郎。小生卧病梅花觀中，喜得陳友知醫，調理痊可。則這幾日間，春懷鬱悶，何處忘憂？早是老姑姑回也。

【一落索】〔净上〕無奈女冠何，識的書生破。知他何處夢兒多？每日價欠伸千個。

秀才安穩！〔生〕日來病患較些，悶坐不過，偌大梅花觀，少甚園亭消遣。〔净〕此後有花園一座，雖然亭榭荒蕪，頗有閒花點綴。則留散悶，不許傷心。〔生〕怎的得傷心也？〔净嘆介〕是這般説，你自去遊便了。從西廊轉畫墻而去，百步之外，便是籬門；半里之遥，都爲池館。你盡情玩賞，竟日消停，不索老身陪去也。名園隨客到，幽恨少人知。〔下〕〔生〕既有後花園，就此迤邐而去。〔行介〕這是西廊下了。〔行介〕好個葱翠的籬門，倒了半架。〔嘆介〕【集唐】憑闌仍是玉闌干王初，四面墻垣不忍看張隱。想得當時好風月韋莊，萬條煙罩一時乾李山甫。〔到介〕呀！偌大一個園子也。

【好事近】則見風月暗消磨，畫墻西正南側左。〔跌介〕蒼苔滑擦，倚逗着斷垣低垛。因何，蝴蝶門兒落合？原來以前遊客頗盛，題名在竹林之上。客來過年月偏多，刻畫盡琅玕千個。咳！早則是寒花繞砌，荒草成窠。

怪哉！一個梅花觀女冠之流，怎起的這座大園子？好疑惑也。便是這灣流水呵，

【錦纏道】門兒鎖，放着這武陵源一座。恁好處教頽墮，斷煙中，見水閣摧殘畫船抛躲，冷鞦韆尚挂下裙拖。又不是曾經兵火，似這般狼藉呵，敢斷腸人遠，傷心事多？待不關情麽，恰湖山石畔留着你打磨陀。

好一座山子哩！〔窺介〕呀，就裏一個小匣兒，待把左側一峯靠着，看是何物？〔作石倒介〕呀，是個檀香匣兒。〔開匣看畫介〕呀，一幅觀世音喜相，善哉！善哉！待小生捧到書館，頂禮供養，强如埋在此中。

【千秋歲】〔捧畫回介〕小嵯峨，壓的旃檀合，便做了好相觀音俏樓閣。片石峯前，那片石峯前，多則是，飛來石三生因果。請將去，罏煙上過。頭納地，添燈火，照的他慈悲我。俺這裏盡情供養，他於意云何？

〔到介〕到了觀中，且安置閣兒上，擇日展禮。〔净上〕柳相公多早了？

【尾聲】〔生〕姑姑，一生爲客恨情多，過冷澹園林日午矬。老姑姑，你道不許傷心，你

爲俺再尋一個定不傷心何處可?

〔生〕僻居雖愛近林泉,伍喬

〔净〕早是傷春夢雨天。韋莊

〔生〕何處貌將歸畫府,譚用之

〔合〕三峯花半碧堂懸。錢起

第二十五齣　憶女

【玩仙燈】〔貼上〕睹物懷人，人去物華銷盡。道的個仙果難成，名花易隕。〔嘆介〕恨蘭昌殉葬無因，收拾起燭灰香燼。

自家杜府春香是也，跟隨公相夫人到揚州。小姐去世，將次三年。俺看老夫人那一日不作念，那一日不悲啼。縱然老相公暫時寬解，怎散真愁？莫説老夫人，便是俺春香，想起小姐平常恩養，病裏言詞，好不傷心也！今乃小姐生忌之辰，老夫人分付香燈，遥望南安澆奠。早已安排，夫人有請。

【前腔】〔老旦上〕地老天昏，没處把老娘安頓。思量起舉目無親，招魂有盡。〔哭介〕我的麗娘兒也，在天涯老命難存，割斷的肝腸寸寸。

【蘇幕遮】嶺雲沈，關樹杳。〔貼〕春思無憑，斷送人年少。〔老〕子母千迴腸斷繞，繡夾書囊，尚帶餘香裊。〔貼〕瑞煙清，銀燭皎。〔老〕繡佛靈辰，血淚風前禱。〔哭介〕〔合〕萬里招魂魂可到？則願的人天浄處超生早。〔老〕春香，自從小姐亡後，俺皮骨空存，肝腸痛盡。但見他讀殘書本，繡罷花枝；斷粉零香，餘簪棄履；觸處無非淚眼，見之總是傷心。算來一去三年，又是生辰之日。心香奉佛，淚燭澆天。分付安排，想已齊備。〔貼〕夫人，就此望空頂禮。〔老拜介〕【集唐】微香冉冉淚涓涓李商隱，酒滴灰香①似去年陸龜蒙。四尺孤墳何處是許渾？南方歸去再生天沈佺期。杜安撫之妻甄氏，敬爲亡女生辰，頂禮佛爺。願得杜麗娘皈依佛力，早早生天。〔起介〕春香，禱告了佛爺，不免將此茶飯，澆奠小姐。

【香羅帶】麗娘何處墳？問天難問。夢中相見得眼兒昏，則聽的叫娘的聲和韻也。驚跳起，猛回身，則見陰風幾陣殘燈暈。〔哭介〕俺的麗娘人兒也，你怎抛下的萬里無兒白髮親？〔貼拜介〕

【前腔】名香叩玉真，受恩無盡，賞春香還是你舊羅裙。〔起介〕小姐臨去之時，分付春香，長叫喚一聲。今日叫他小姐，小姐呵，叫的一聲聲小姐可曾聞也？〔老旦、貼哭介〕〔合〕想他那情切，那傷神，恨天天生割斷俺娘兒直恁忍。〔貼回介〕俺的小姐人兒也，你可還向這舊宅裏重生何處身？

〔跪介〕稟老夫人：人到中年，不堪哀毁。小姐難以生易死，夫人無以死傷生。且自調養尊年，與老相公同享富貴。〔老哭介〕春香，你可知老相公年來因少男兒，常有娶小之意。止因小姐承歡膝下，百事因循。如今小姐喪亡，家門無託，俺與老相公悶懷相對，何以爲情？天呵！〔貼〕老夫人，春香愚不諫賢，依夫人所言，既然老相公有娶小之意，不如順他，收下一房，生子爲便。〔老〕春香，你見人家庶出之子，可如親生？〔貼〕春香但蒙夫人收養，尚且非親是親；夫人肯將庶出看成，豈不無子有子？〔老〕好話！好話！

〔老〕曾伴殘蛾到女兒，徐　凝　〔貼〕白楊今日幾人悲？杜　甫
〔老〕須知此恨消難得，温庭筠　〔合〕淚滴寒塘蕙草時。廉　氏

【校】

①灰香，原誤作「香灰」，據陸龜蒙原詩改（見全唐詩卷二三和襲美初冬偶作）。

第二十六齣　玩真

〔生上〕芭蕉葉上雨難留，芍藥梢頭風欲收。畫意無明偏着眼，春光有路暗擡頭。小生客中孤悶，閒遊後園。湖山之下，拾得一軸小畫，似是觀音大士，寶匣莊嚴。風雨淹旬，未能展視，且喜今日晴和，瞻禮一會。〔開匣展畫介〕

【黄鶯兒】秋影掛銀河，展天身自在波，諸般好相能停妥。他真身在補陀，咱海南人遇他。〔想介〕甚威光不上蓮花座？再延俄，怎湘裙直下，一對小凌波？

是觀音，怎一對小脚兒？待俺端詳一會。

【二郎神慢】些兒個，畫圖中影兒則度。着了，敢誰書館中弔下幅小嫦娥？畫的這俜停倭妥。是嫦娥，一發該頂戴了。問嫦娥折桂人有我？可是嫦娥，怎影兒外没半朵祥雲托？樹皴兒又不似桂叢花瑣？不是觀音，又不是嫦娥，人間那得有此？成驚愕，似曾相識，向俺心頭摸。

待俺瞧，是畫工臨的，還是美人自手描的？

【鶯啼序】問丹青何處嬌娥，片月影光生豪末。似恁般一個人兒，早見了百花低躲。總天然意態難模，誰近得把春雲淡破？想來畫工怎能到此？多敢他，自己能描會脱。

且住，細觀他幀首之上，小字數行。〔看介〕呀，原來絶句一首。〔念介〕近覩分明似儼然，遠觀自在若飛仙。他年得傍蟾宫客，不在梅邊在柳邊。呀，此乃人間女子行樂圖也。何言不在梅邊在柳邊？奇哉怪事哩！

【集賢賓】望關山梅嶺天一抹，怎知俺柳夢梅過？得傍蟾宫知怎麽？待喜呵端詳停和，俺姓名兒直麽、費嫦娥定奪？打摩訶，敢則是夢魂中真個。

好不回盼小生。

【黄鶯兒】空影落纖蛾，動春蕉散綺羅，春心只在眉間鎖。春山翠拖，春煙淡和，相看四目誰輕可？恁横波，來迴顧影，不住的眼兒睃。

卻怎半枝青梅在手？活似提掇小生一般。

【鶯啼序】他青梅在手詩細哦，逗春心一點蹉跎。小生待畫餅充飢，小姐似望梅止渴。小姐，小姐，未曾開半點幺荷，含笑處朱脣淡抹。韻情多，如愁欲語，只少口氣兒呵。

小娘子畫似崔徽，詩如蘇蕙，行書逼真衛夫人。小子雖則典雅，怎到得這小娘子？驀地相逢，不免步韻一言。〔題介〕丹青妙處卻天然，不是天仙即地仙。欲傍蟾宮人近遠，恰些春在柳梅邊。

【簇御林】他能綽斡，會寫作，秀入江山人唱和。待小生狠狠叫他幾聲：美人！美人！姐姐！姐姐！向真真啼血你知麽？叫的你噴嚏似天花唾。動凌波，盈盈欲下，不見影兒那。

咳，俺孤單在此，少不得將小娘子畫像，早晚玩之，拜之，叫之，贊之。

【尾聲】拾的個人兒先慶賀，敢柳和梅有些瓜葛？小姐，小姐，則被你有影無形看殺我。

不須一向恨丹青，白居易　堪把長懸在户庭。伍喬
惆悵題詩柳中隱，司空圖　添成春醉轉難醒。章碣

第二十七齣　魂遊

【掛真兒】〔淨扮石道姑上〕臺殿重重春色上，碧雕闌映帶銀塘。撲地香騰，歸天磬響，細展度人經藏。

【集唐】　幾年紅粉委黃泥雍裕之，十二峯頭月欲低李涉。折得玫瑰花一朵李建勳，東風吹上窈娘堤羅虬。俺老道姑，看守杜小姐墳庵，三年之上。擇取吉日，替他開設道場，超生玉界。早已門外豎立招幡，看有何人來到？

【太平令】〔貼扮小道姑，丑扮徒弟上〕嶺路江鄉，一片彩雲扶月上，羽衣青鳥閒來往。〔丑〕天晚，梅花觀歇了罷。〔貼〕南枝外有鵲爐香。

小道姑乃韶陽郡碧雲庵主是也。遊方到此，見他莊嚴旛引，榜示道場。恰好登壇，共成好事。〔見介〕【集唐】〔貼〕大羅天上柳煙含魚玄機，〔淨〕你毛節朱旛倚石龕王維。〔貼〕見向溪山求住處韓愈，〔淨〕好哩，你半垂檀袖學通參女光。小姑姑從何而至？〔貼〕從韶陽郡來，暫此借宿。〔淨〕東頭房兒，有個嶺南柳相公養病，則下廂房可矣。〔貼〕多謝了，敢問今夕道場，爲何而設？〔淨嘆介〕則爲杜衙小姐去三年，待與招魂上九天。〔貼〕這等呵，清醮壇場今夜好，敢將香火助真仙。〔淨〕這等卻好。〔内鳴鐘鼓介〕〔衆〕請老師父拈香。〔淨〕南斗注生真妃，東嶽受生夫人殿下：〔拈香拜介〕

【孝南歌】鑽新火，點妙香，虔誠爲因杜麗娘。〔衆拜〕香靄繡旛幢，細樂風微颺。仙真呵，威光無量，把一點香魂，早度人天上。怕未盡凡心，他再作人身想。做兒郎，做女郎，願他永成雙，再休似少年亡。〔净〕想起小姐生前愛花而亡，今日折得殘梅，安在净瓶供養。〔拜神主介〕

【前腔】瓶兒净，春凍陽，殘梅半枝紅蠟裝。小姐呵，你香夢與誰行，精神忒孤往。〔衆〕老師兄，你説净瓶像什麽？殘梅像什麽？〔净〕這瓶兒空像，世界包藏，身似殘梅樣。有水無根，尚作餘香想。〔衆〕小姐，你受此供呵，教你肌骨涼，魂魄香。肯回陽，再住這梅花帳？

〔内風響介〕〔净〕奇哉！怪哉！冷窣窣一陣風打旋也。〔内鳴鐘介〕〔衆〕這晚齋時分，且喫了齋，收拾道場。正是：曉鏡抛殘無定色，晚鐘敲斷步虚聲。〔衆下〕

【水紅花】〔魂旦作鬼聲掩袖上〕則下得望鄉臺如夢俏魂靈，夜熒熒，墓門人静。〔内犬吠〕〔旦驚介〕原來是賺花陰小犬吠春星，冷冥冥，梨花春影。呀，轉過牡丹亭，芍藥闌，都荒廢盡。爹娘去了三年也。〔泣介〕傷感煞斷垣荒逕，望中何處也鬼燈青？〔聽介〕兀的有人聲也囉。

【添字昭君怨】昔日千金小姐，今日水流花謝。這淹淹惜惜杜陵花，太虧他。生性獨行無那，此夜星前一個。生生死死爲情多，奈情何？奴家杜麗娘女魂是也。只爲癡情慕色，一夢而亡。凄的十地閻君，奉旨裁革，無人發遣，女監三年。喜遇老判哀憐放假，趁此月明風細，隨喜一番。呀！這是書齋後園，怎做了梅花庵觀？好感傷人也！

【小桃紅】咱一似斷腸人和夢醉初醒，誰償咱殘生命也？雖則鬼叢中，姊妹不同行，窣地的把羅衣整。這影隨形，風沈露，雲暗斗，月勾星，都是我魂遊境也。到的這花影初更，〔内作丁冬聲〕〔旦驚介〕一霎價心兒瘆，原來是弄風鈴臺殿冬丁。

好一陣香也！

【下山虎】我則見香煙隱隱，燈火熒熒。呀，鋪了些雲霞幢，不由人打個讛掙。是那位神靈？原來是東嶽夫人，南斗真妃。〔稽首介〕仙真，仙真，杜麗娘鬼魂稽首。魆魆地投明證明，好替俺朗朗的超生注生。再看這青詞上，原來就是石道姑在此住持。一壇齋意，度俺生天。道姑，道姑，我可也生受你呵！再瞧這净瓶中，咳，便是俺那塚上殘梅哩。梅花呵，似俺杜麗娘半開而謝，好傷情也。則爲這斷鼓零鐘金字經，叩動俺黃粱境。俺向這地坼裏梅根迸幾程，透出些兒影。〔泣介〕姑姑們這般志誠，若不留些蹤影，怎顯的俺鑒知他？就將梅花散在經臺之上。〔散花介〕抵甚麽一點香銷萬點情。

想起爹娘何處？春香何處也？呀，那邊廂有沈吟叫喚之聲，聽怎來？〔内叫介〕俺的姐姐呵！俺

的美人呵！〔旦驚介〕誰叫誰也？再聽。〔内又叫介〕〔旦嘆介〕

【醉歸遲】生和死孤寒命，有情人叫不出情人應，爲甚麽不唱出你可人名姓？似俺孤魂獨趁，待誰來叫喚俺一聲？不分明無倒斷，再消停。〔内又叫介〕咳！敢邊廂甚麽書生，睡夢裏語言胡哩。

【黑麻令】① 不由俺無情有情，凑着叫的人，三聲兩聲，冷惺忪紅淚飄零。呀，怕不是夢人兒，梅卿柳卿？俺記着這花亭水亭，趁的這風清月清。則這鬼宿前程，盼得上三星四星。

呀，待即行尋趁，奈斗轉參横，不敢久停呵，

【尾聲】爲甚麽閃摇摇春殿燈？〔内叫介〕殿上響動。〔丑虚上望介〕〔又作風起介〕〔旦〕一弄兒繡旛飄迥，則這幾點落花風是俺杜麗娘身後影。

〔作鬼聲下〕〔丑打照面驚叫介〕師父們快來！快來！〔净貼驚上〕怎生大驚小怪？〔丑〕則這燈影熒煌，躲着瞧時，見一位女神仙，袖拂花旛，一閃而去。怕也！怕也！〔净〕怎生模樣？〔丑打手勢介〕這多高，這多大，俊臉兒，翠翹金鳳，紅裙緑襖，環珮玎璫，敢是真仙下降？〔净〕咳，這便是杜小姐生時樣子，敢是他有靈活現？〔貼〕呀，你看經臺之上，亂糝梅花，奇也！異也！大家再祝讚他一番。

【憶多嬌】〔衆〕風滅了香，月到廊。閃閃屍屍魂影兒涼，花落在春宵情易傷。願

你早度天堂，早度天堂，免留滯他鄉故鄉。

〔貼〕敢問杜小姐爲何病亡？以何因緣，而來出現？

【尾聲】〔净〕休驚恍，免問當，收拾起樂器經堂。你聽波：兀的冷窣窣珮環風還在迴廊那邊響。

〔净〕心知不敢輒形相，曹唐　〔貼〕欲話因緣恐斷腸。天竺牧童

〔丑〕若使春風會人意，羅鄴　〔合〕也應知有杜蘭香。羅虬

【校】

① 原無【黑麻令】曲牌名，此曲誤與【醉歸遲】合而爲一，今據格正、葉譜析出。

第二十八齣　幽媾

【夜行船】〔生上〕瞥下天仙何處也？影空濛似月籠沙。有恨徘徊，無言窨約，早是夕陽西下。

一片紅雲下太清，如花巧笑玉娉婷。憑誰畫出生香面？對俺偏含不語情。小生自遇春容，日夜想念。這更闌時節，破些工夫，吟其珠玉，玩其精神。儻然夢裏相親，也當春風一度。〔展畫玩介〕呀，你看美人呵，神含欲語，眼注微波。真乃落霞與孤鶩齊飛，秋水共長天一色。

【香徧滿】晚風吹下，武陵溪邊一縷霞，出落個人兒風韻殺。净無瑕，明窗新絳紗。丹青小畫叉①，把一幅肝腸掛。

小姐，小姐，則被你想殺俺也。

【懶畫眉】輕輕怯怯一個女嬌娃，楚楚臻臻像個宰相衙。想他春心無那對菱花，含情自把春容畫，可想到有個拾翠人兒也逗着他？

【二犯梧桐樹】他飛來似月華，俺拾的愁天大。常時夜夜對月而眠，這幾夜呵，幽佳，嬋娟隱映的光輝殺。教俺迷留没亂的心嘈雜，無夜無明怏着他。若不爲擎奇怕涴的丹青亞，待抱着你影兒横榻。

想來小生定是有緣也，再將他詩句朗誦一番。〔念詩介〕

【浣沙溪】拈詩話，對會家，柳和梅有分兒些𡿨。他春心迸出湖山罅，飛上煙綃萼緑華。則是禮拜他便了。〔拈香拜介〕傒倖殺，對他臉暈眉痕心上掐，有情人不在天涯。

小生客居，怎勾姐姐風月中片時相會也？

【劉潑帽】恨單條不惹的雙魂化，做個畫屏中倚玉蒹葭。小姐呵，你耳朵兒雲鬢月侵芽，可知他一些𡿨，都聽的俺傷情話？

【秋夜月】堪笑咱，説的來如戲耍。他海天秋月雲端掛，煙空翠影遥山抹。只許他伴人清暇，怎教人挑達？

【東甌令】俺如念呪，似説法，石也要點頭天雨花。怎虔誠不降的仙娥下？是不肯輕行踏。〔内作風起〕〔按住畫介〕待留仙怕殺風兒刮，黏嵌着錦邊牙。

怕刮損他，再尋個高手臨他一幅兒。

【金蓮子】閒嘖牙，怎能勾他威光水月生臨榻？怕有處相逢他自家，則問他許多情，與春風畫意再無差。

再把燈剔起細看他一會。〔照介〕

【隔尾】敢人世上似這天真多則假？〔内作風吹燈介〕〔生〕好一陣冷風襲人也，險些兒誤丹青風影落燈花。罷了，則索睡掩紗窗去夢他。

〔生睡介〕〔魂旦上〕泉下長眠夢不成，一生餘得許多情。魂隨月下丹青引，人在風前嘆息聲。妾身杜麗娘鬼魂是也。爲花園一夢，想念而終。當時自畫春容，埋于太湖石下，題有：他年得傍蟾宮客，不是梅邊在柳邊。誰想遊魂觀中幾晚，聽見東房之内，一個書生，高聲低叫：俺的姐姐，俺的美人。那聲音哀楚，動俺心魂。悄然驀入他房中，則見高掛起一軸小畫，細玩之，便是奴家遺下春容。後面和詩一首，觀其名字，則嶺南柳夢梅也。梅邊柳邊，豈非前定乎？因而告過了冥府判君，趁此良宵，完其前夢。想起來好苦也！

【朝天懶】怕的是粉冷香銷泣絳紗，又到的高唐館，玩月華。猛回頭羞颯髻兒鬖，自擎拿。呀，前面是他房頭了。怕桃源路徑行來詫，再得俄旋試認他。

〔生睡中念詩介〕他年若傍蟾宮客，不在梅邊在柳邊。我的姐姐呵。〔旦聽，打悲介〕

【前腔】是他叫喚的傷情咱淚雨麻，把我殘詩句，没争差。難道還未睡呵？〔瞧介〕〔生又叫介〕〔旦〕他原來睡屏中作念猛嗟呀。省諠譁，我待敲彈翠竹窗櫳下，〔生作驚醒，叫姐姐介〕〔旦悲介〕待展香魂去近他。

〔生〕呀，户外敲竹之聲，是風？是人？〔旦〕有人。〔生〕這咱時節有人，敢是老姑姑送茶來？免勞了。〔旦〕不是。〔生〕敢是遊方的小姑姑麽？〔旦〕不是。〔生〕好怪，好怪，又不是小姑姑，再有誰？待我

啓門而看。〔開門看介〕

【玩仙燈】②　呀，何處一嬌娃，艷非常使人驚詫。

〔旦作笑閃入〕〔生急掩門〕〔旦斂衽整容見介〕秀才萬福！〔生〕小娘子到來。敢問尊前何處？因何夤夜至此？〔旦〕秀才，你猜來。

【紅衲襖】〔生〕莫不是莽張騫犯了你星漢槎？莫不是小梁清夜走天曹罰？〔旦〕這都是天上仙人，怎得到此？〔生〕是人家彩鳳暗隨鴉？〔旦搖頭介〕〔生〕敢甚處裏綠楊曾繫馬？〔旦〕不曾一面。〔生〕若不是認陶潛眼挫的花？敢則是走臨邛道數兒差？〔旦〕非差。〔生〕想是求燈的，可是你夜行無燭也，因此上待要紅袖分燈向碧紗？

【前腔】〔旦〕俺不爲度仙香空散花，也不爲讀書燈閒濡蠟。俺不似趙飛卿舊有瑕，也不似卓文君新守寡。秀才呵，你也曾隨蝶夢迷花下，〔生想介〕是當初曾夢來。〔旦〕俺因此上弄鶯簧赴柳衙。若問俺妝臺何處也？不遠哩，剛則在宋玉東鄰第幾家。

〔生作想介〕是了。曾後花園轉西，夕陽時節，見小娘子走動哩。〔旦〕便是了。〔生〕家下有誰？

【宜春令】〔旦〕斜陽外，芳草涯，再無人有伶仃的爹媽。奴年二八，没包彈風藏葉裏花。爲春歸惹動嗟呀，瞥見你風神俊雅。無他③，待和你翦燭臨風，西窗閒話。

〔生背介〕奇哉！奇哉！人間有此艷色。夜半無故而遇明月之珠，怎生發付？

【前腔】他驚人艷，絶世佳，閃一笑風流銀蠟。月明如乍，問今夕何年星漢槎？金釵客寒夜來家，玉天仙人間下榻。〔背介〕知他，知他是甚宅眷的孩兒？這迎門調法。

待小生再問他：〔回介〕小娘子夤夜下顧小生，敢是夢也？〔旦笑介〕不是夢，當真哩。還怕秀才未肯容納。〔生〕則怕未真，果然美人見愛，小生喜出望外，何敢却乎？〔旦〕這等，真個盼着你了。

【耍鮑老】幽谷寒涯，你爲俺催花連夜發。俺全然未嫁，你個中知察，拘惜的好人家。牡丹亭，嬌恰恰，湖山畔，羞答答。讀書窗，淅喇喇。良夜省陪茶，清風明月知無價。

【滴滴金】〔生〕俺驚魂化，睡醒時涼月些些。陡地榮華，敢則是夢中巫峽？虧殺你走花陰不害些兒怕，點蒼苔不溜些兒滑。背萱親不受些兒嚇，認書生不着些兒差。你看斗兒斜，花兒亞，如此夜深花睡罷。笑咖咖，吟哈哈，風月無加。把他艷軟香嬌做意兒耍，下的虧他，便虧他則半霎。

〔旦〕妾有一言相懇，望郎恕責。〔生笑介〕賢卿有話，但説無妨。〔旦〕妾千金之軀，一旦付與郎矣，勿負奴心。每夜得共枕席，平生之願足矣。〔生笑介〕賢卿有心戀于小生，小生豈敢忘于賢卿乎？〔旦〕還有一言：未至鷄鳴，放奴回去。秀才休送，以避曉風。〔生〕這都領命。只問姐姐貴姓芳名？

【意不盡】〔旦嘆介〕少不得花有根元玉有芽，待説時惹的風聲大。〔生〕以後准望賢卿逐夜而來。〔旦〕秀才，且和俺點勘春風這第一花。

〔生〕浩態狂香昔未逢，韓　愈　〔旦〕月斜樓上五更鐘。李商隱

〔旦〕朝雲夜入無行處，李　白　〔生〕神女知來第幾峯。張子容

【校】

①叉，原誤作「又」，據南詞新譜卷十二改。　②【玩仙燈】，格正題作【金鷄叫】。此是【金鷄叫】首兩句，下面省去三句。如作爲【玩仙燈】，則首句五字，其中一字作襯字，亦合。　③原作「咱」一字句，據別本改。

第二十九齣　旁疑

【步步嬌】〔净扮老道姑上〕女冠兒生來出家相，無對向没生長。守着三清像，换水添香，鐘鳴鼓響。赤緊的是那走方娘，弄虚花扯閒帳。

世事難拚一個信，人情常帶三分疑。杜老爺爲小姐刱下這座梅花觀，着俺看守，三年水清石見，無半點瑕疵。止因陳教授老狗，引下個嶺南柳秀才，東房養病，前幾日到後花園回來，悠悠漾漾的，着鬼着魅一般，俺已疑惑了。湊着個韶陽小道姑，年方念八，頗有風情，到此雲游，幾日不去。夜來柳秀才房裏，唧唧噥噥，聽的似女兒聲息，敢是小道姑瞞着我，去瞧那秀才，秀才逆來順受了？俺且待他來，打覷他一番。

【前腔】〔貼扮小道姑上〕俺女冠兒俏的仙真樣，論舉止都停當，則一點情拋漾。步斗風前，吹笙月上。〔嘆介〕古來仙女定成雙，恁生來寒乞相。

〔見介〕〔貼〕常無欲以觀其妙，〔净〕常有欲以觀其竅。小姑姑，你昨夜遊方，遊到柳秀才房兒裏去，是竅？是妙？〔貼〕老姑姑，這話怎的起？誰看見來？〔净〕俺看見來。

【剔銀燈】你出家人芙蓉淡妝，翦一片湘雲鶴氅。玉冠兒斜插笑生香，出落的十分情況。斟量，敢則向書生夜窗，迤逗的幽輝半牀。

〔貼〕向那個書生？老姑姑，這話敢不中哩！

【前腔】俺雖然年青試妝，洗凡心冰壺月朗。你怎生剥落的人輕相？比似你半老的佳人停當。〔净〕倒栽起俺來。〔貼〕你端詳，這女貞觀傍，可放着個書生話長。

〔净〕哎也！難道俺與書生有賬？這梅花觀，你是雲遊道婆，他是雲遊秀才，你住的，偏他住不的？則是往常秀才夜静高眠，則你到觀中，那秀才夜半開門，唧唧噥噥的，不共你説話，共誰來？扯你道録司告去！〔扯介〕〔貼〕便去！你將前官香火院，停宿外方遊棍，難道偏放過你？〔扯介〕

【一封書】〔末上〕閒步白雲除，問柳先生何處居？扣梅花院主。〔見扯介〕呀，怎兩個姑姑争施主？玄牝同門道可道，怎不韞櫝而藏姑待姑？俺知道你是大姑，他是小姑，嫁的個彭郎港口無？

〔净〕先生不知，聽的柳秀才半夜開門，不住的唧噥，俺好意兒問這小姑，敢是你共柳秀才講話哩？這小姑則答應着誰共秀才講話來便罷，倒嘴骨弄的，説俺養着個秀才。陳先生，憑你説，誰引這秀才來？扯他道録司明白去，俺是石的。〔貼〕難道俺是水的？〔末〕噤聲！壞了柳秀才體面。俺勸你：

【前腔】教你姑徐徐，撒月招風實也虚。早則是者也之乎，那柳下先生君子儒。

到道録司牒你去俗還俗，敢儒流們笑你姑不姑？〔貼〕正是不雅相。〔末〕①好把冠子兒扶，水雲梳，裂了這仙衣四五銖。

〔净〕便依説開手罷。陳先生喫個齋去。〔末〕待柳秀才在時又來。

【尾聲】清絶處，再踟躇。〔淚介〕咳，糁②東風窮淚撲疎疎。道姑，杜小姐墳兒可上去。〔净〕雨哩。〔末嘆介〕則恨的鎖春寒這幾點杜鵑花下雨。〔下〕

〔净貼弔場〕〔净〕陳老兒去了。小姑姑好嚥。〔貼〕和你再打聽，誰和秀才説話來？

〔净〕煙水何曾息世機。温庭筠　〔貼〕高情雅淡世間稀。劉禹錫

〔净〕隴山鸚鵡能言語，岑参　〔貼〕亂向金籠説是非。僧子蘭

【校】

①原作「净」，當改。　②原作「慘」，當改。

第三十齣　歡撓

【搗練子】〔生上〕聽漏下，半更多，月影向中那，恁時節夜香燒罷麽？

一點猩紅一點金，十個春纖十個針。只因世上美人面，改盡人間君子心。俺柳夢梅是個讀書君子，一味志誠。止因北上南安，湊着東鄰西子。嫣然一笑，遂成暮雨之來；未是五更，便逐曉風而去。今宵有約，未知遲早。正是：金蓮若肯移三寸，銀燭先教刻五分。則一件，姐姐若到，要精神對付他。偷盹一會，有何不可！〔睡介〕

【稱人心】〔魂旦上〕冥途挣挫，要死卻心兒無那。也則爲俺那人兒忒可，教他悶房頭守着閒燈火。〔入門介〕呀，他端然睡磕，恁春寒也不把繡衾來摸，多應他祇候着我。

待叫醒他，秀才，秀才。〔生醒介〕姐姐，失敬也！〔起揖介〕

【雨中歸】① 待整衣羅，遠遠相迎個。這二更天風露多，還則怕夜深花睡麽。

〔旦〕秀才，俺那裏長夜好難過，纔着你無眠清坐。

〔生〕姐姐，你來的脚蹤兒恁輕，是怎的？【集唐】〔旦〕自然無跡又無塵朱慶餘，〔生〕白日尋思夜夢頻令狐楚。〔旦〕行到窗前知未寢無名氏，〔生〕一心惟待月夫人皮日休。姐姐，今夜來的遲些。

【繡帶兒】〔旦〕鎮消停不是俺閒情忒慢俄，那些兒忘卻俺歡哥。夜香殘迴避了尊親，繡牀偎收拾起生活，停脫，順風兒斜將金佩拖，緊摘離百忙的淡妝明抹。〔生〕費你高情。則良夜無酒，奈何？〔旦〕都忘了，俺攜酒一壺，花果二色，在楯欄之上，取來消遣。〔旦出，取酒果花上〕〔生〕生受了！是甚果？〔旦〕青梅數粒。〔生〕這花？〔旦〕美人蕉。〔生〕梅子酸似俺秀才，蕉花紅似俺姐姐。串飲一杯。〔共杯飲介〕

【白練序】〔旦〕金荷，斟香糯。〔生〕你醞釀春心玉液波，拚微酡，東風外翠香紅醱。〔旦〕也摘不下奇花果，這一點蕉花和梅豆呵，君知麽？愛的人全風韻，花有根科。

【醉太平】〔生〕細哦，這子兒花朵，似美人憔悴，酸子情多。喜蕉心暗展，一夜梅犀點污。如何？酒潮微暈笑生渦，待噷着臉恣情的嗚嘬。些兒個，翠偃了情波。潤紅蕉點，香生梅唾。

【白練序】〔旦〕活潑，死騰那，這是第一所人間風月窩。昨宵個微茫暗影輕羅。把勢兒忒顯豁，爲甚麽人到幽期話轉多？〔生〕好睡也。〔旦〕好月也。消停坐，不妬色嫦娥，和俺人三個。

【醉太平】〔生〕無多，花影阿那。勸奴奴睡也，睡也奴哥。春宵美滿，一煞暮鐘敲破。嬌娥，似前宵雨雲羞怯顫聲訛，敢今夜翠顰輕可？睡則那，把膩乳微搓，酥胸汗帖，細腰春鎖。

〔浄貼悄上〕〔貼〕道可道，可知道。名可名，可聞名。〔生旦笑介〕〔貼〕老姑姑，你聽，秀才房裏有人，這不是俺小姑姑了？〔浄作聽介〕是女人聲，快敲門去。〔敲門介〕〔生〕是誰？〔浄〕老道姑送茶。〔生〕夜深了。〔浄〕相公房裏有客哩。〔生〕没有。〔浄〕女客哩。〔生旦慌介〕怎好？〔浄急敲門介〕相公，快開門，地方巡警，免的聲揚哩。〔生慌介〕怎了！怎了！〔旦笑介〕不妨，俺是鄰家女子，道姑不肯干休時，便與他一個勾引的罪名兒。

【隔尾】〔旦〕便開呵，須撒和，隔紗窗怎守的到參兒趓。柳郎，則管鬆了門兒，俺影着這一幅美人圖那邊躲。

〔生開門〕〔旦作躲〕〔生將身遮旦〕〔浄貼闖進，笑介〕喜也！〔生〕什麽喜？〔浄前看〕〔生身攔介〕

【衮遍】② 〔浄貼〕這更天一點鑼，仙院重門闔。何處嬌娥？怕惹的乾柴火。〔生〕你便打睃，有甚着科？是牀兒裏窩？箱兒裏那？袖兒裏閣？

〔浄貼向前〕〔生攔不住〕〔内作風起〕〔旦閃下介〕〔生〕昏了燈也。〔浄〕分明一個影兒，只這軸美女圖在此，古畫成精了麽？

【前腔】 畫屏人踏歌，曾許你書生和。不是妖魔，甚影兒望風躲。相公，這是什麽畫？〔生〕妙娑婆，秀才家隨行的香火。俺寂靜裏暗祈求。你莽吆喝。〔净〕是了。不説不知，俺前晚聽見相公房内啾啾唧唧，疑惑這小姑姑。俺如今明白了，相公，權留小姑姑伴話。〔生〕請了。

【尾聲】動不動道録司官了私和，則欺負俺不分外的書生欺別個。姑姑，這多半覺美鼾鼾則被你奚落煞了我。〔净貼下〕

〔生笑介〕一天好事，兩個瓦剌姑，掃興！掃興！那美人呵，好喫驚也。

應陪秉燭夜深遊，曹松　惱亂春風卒未休。羅隱
大姑山遠小姑出，顧況　更憑飛夢到瀛洲。胡宿

【校】

①原無【雨中歸】曲牌名，將此曲混入【稱人心】，今據格正、葉譜析出。【雨中歸】，謂【梅子黃時雨】犯【醉中歸】。

②【袞遍】，原作【滾遍】。南詞新譜卷一四已云：「【黃龍袞】，今人只作【袞遍】」，無煩改正也。

第三十一齣　繕備

【番卜算】〔貼扮文官，净扮武官上〕邊海一邊江，隔不斷胡塵漲。維揚新築兩城墻，釃酒臨江上。

請了，俺們揚州府文武官僚是也。安撫杜老大人，爲因李全騷擾地方，加築外羅城一座。今日落成開宴，杜老大人早到也。〔衆擁外上〕

【前腔】三千客兩行，百二關重壯。〔文武迎介〕〔外〕維揚風景世無雙，直上層樓望。

〔見介〕〔衆〕北門卧護要耆英，〔外〕恨少胸中十萬兵。〔衆〕天借金山爲底柱，〔外〕身當鐵甕作長城。揚州表裏重城，不日成就，皆文武諸公士民之力。〔衆〕此皆老安撫遠略奇謀，屬官竊在下風，敢獻一杯，效古人城隅之宴。〔外〕正好。且向新樓一望。〔望介〕壯哉，城也！真乃江北無雙塹，淮南第一樓。〔衆〕請進酒。

【山花子】賀層城頓插雲霄敞，雉飛騰映壓寒江。據表裏山河一方，控長淮萬里金湯。〔合〕敵樓高窺臨女墻，臨風釃酒旌旆揚，乍想起瓊花當年吹暗香？幾點新亭，無限滄桑。

〔外〕前面高起如霜似雪，四五十堆，是何山也？〔衆〕都是各場所積之鹽，衆商人中納。〔外〕商人何在？〔末老旦扮商人上〕占種海田高白玉，掀翻鹽井横黄金。商人見。〔外〕商人麽？則怕早晚要動支兵糧，儹緊上納。

【前腔】這鹽呵，是銀山雪障連天晃，海煎成夏草秋糧。平看取鹽花竈場，儘支排中納邊商。〔合前〕

酒罷了。喜的廣有兵糧，則要衆文武關防如法。

【舞霓裳】〔衆〕文武官僚立邊疆，立邊疆。休壞了這農桑，士工商。〔合〕敢大金家早晚來無狀，打貼起炮箭旗槍。聽邊聲風沙迭蕩，猛驚起，見蟠花戰袍舊邊將。

【紅繡鞋】〔衆〕吉日祭賽城隍，城隍。歸神謝土安康，安康。祭旗纛，犒軍裝。陣頭兒，誰抵當？箭眼裏，好遮藏。

【尾聲】〔外〕按三韜把六出旗門放，文和武肅静端詳，則等待海西頭動邊烽那一聲砲兒響。

夾城雲煖下霓旄，杜牧　千里崤函一夢勞。譚用之
不意新城連嶂起，錢起　夜來冲斗氣何高！譚用之

第三十二齣　冥誓

【月雲高】〔生上〕暮雲金闕，風旛淡摇拽。但聽得鐘聲絶，早則是心兒熱。紙帳書生，有分氳蘭麝。喒時還早，蕩花陰單則把月痕遮。〔整燈介〕溜風光穩護着燈兒爗。〔笑介〕好書讀易盡，佳人期未來。前夕美人到此，並不隄防姑姑攪攘。今宵趁他未來之時，先到雲堂之上，攀話一回，免生疑惑。〔作掩門行介〕此處留人户半斜，天呵，俺那有心期在那些？〔下〕

【前腔】〔魂旦上〕孤神害怯，佩環風定夜。〔驚介〕則道是人行影，原來是雲偷月。〔到介〕這是柳郎書舍了。呀，柳郎何處也？閃閃幽齋，弄影燈明滅。魂再艷燈油接，情一點燈頭結。〔歎介〕奴家和柳郎幽期，除是人不知，鬼都知道。〔泣介〕竹影寺風聲怎的遮？黄泉路夫妻怎當賒？

待説何曾説，如嚬不奈嚬。把持花下意，猶恐夢中身。奴家雖登鬼録，未損人身。陽禄將回，陰數已盡。前日爲柳郎而死，今日爲柳郎而生。夫婦分緣，去來明白。今宵不説，只管人鬼混纏，到甚時節？則怕説時，柳郎那一驚呵，也避不得了。正是：夜傳人鬼三分話，早定夫妻百歲恩。

【懶畫眉】〔生上〕畫闌風擺竹横斜，〔内作烏聲驚介〕驚鴉閃落在殘紅榭。呀，門兒開也，玉天仙光降了紫雲車。〔旦出迎介〕柳郎來也。〔生揖介〕姐姐來也。〔旦〕剔燈花這咱望郎爺。〔生〕直恁的志誠親姐姐。

〔旦〕秀才，等你不來，俺集下了唐詩一首。〔生〕洗耳。〔旦念介〕擬託良媒亦自傷秦韜玉，月寒山色兩蒼蒼薛濤。不知誰唱春歸曲曹唐？又向人間魅阮郎劉言史。〔生〕姐姐高才。〔旦〕柳郎，這更深何處來也？〔生〕昨夜被姑姑敗興，俺乘你未來之時，去姑姑房頭，看了他動靜，好來迎接你，不想姐姐今夜來恁早哩。〔旦〕盼不到月兒上也。

【太師引】〔生〕歎書生何幸遇仙提揭，比人間更志誠親切。乍温存笑眼生花，正漸入歡腸啖蔗。前夜那姑姑呵，恨無端風雨把春抄截。姐姐呵，誤了你半宵周折，累了你好回驚怯。不嗔嫌，一逕的把斷紅重接。

【瑣寒牕】①〔旦〕是不隄防他來的嗹嗻，嚇的個魂兒收不迭。仗雲搖月躲，畫影人遮。則没揣的澀道邊兒，閃人一跌，自生成不慣這磨滅。險些些風聲揚播到俺家爺，先喫了俺狠尊慈痛決。

〔生〕姐姐費心。因何錯愛小生至此？〔旦〕愛的你一品人才。〔生〕姐姐，敢定了人家？

【太師引】〔旦〕并不曾受人家紅定迴鸞帖。〔生〕喜個甚樣人家？〔旦〕但得個秀才郎情傾意愜。〔生〕小生到是個有情的。〔旦〕是看上你年少多情，迤逗俺睡魂難帖。〔生〕

姐姐，嫁了小生罷。〔旦〕怕你嶺南歸客道途賒，是做小伏低難說。〔生〕小生未曾有妻。〔旦笑介〕少甚麼舊家根葉，着俺異鄉花草填接。

敢問秀才：堂上有人麼？〔生〕先君官爲朝散，先母曾封縣君。〔旦〕這等是衙内了。怎恁婚遲？

【瑣寒窗】〔生〕恨孤單飄零歲月，但尋常稔色誰沾藉。那有個相如在客，肯駕香車？蕭史無家，便同瑶闕？似你千金笑等閒抛泄。憑說，便和伊青春才貌恰爭些，怎做的露水相看仳別？

〔旦〕秀才有此心，何不請媒相聘？也省的奴家爲你擔慌受怕。〔生〕明早敬造尊庭，拜見令尊令堂，方好問親于姐姐。〔旦〕到俺家來，只好見奴家，要見俺爹娘還早。〔生〕這般說，姐姐當真是那樣門庭？〔旦笑介〕〔生〕是怎生來？

【紅衫兒】看他温香艷玉神清絶，人間迥別。〔旦〕不是人間，難道天上？〔生〕怎獨自夜深行，邊廂少侍妾？且說個貴表尊名。〔旦歎介〕〔生背介〕他把姓字香沈，敢怕似飛瓊漏洩？姐姐，不肯泄漏姓名，定是天仙了。薄福書生，不敢再陪歡宴。儘仙姬留意書生，怕逃不過天曹罰折。

【前腔】〔旦〕道奴家天上神仙列，前生壽折。〔生〕不是天上，難道人間？〔旦〕便作是私奔，悄悄何妨說。〔生〕不是人間，則是花月之妖？〔旦〕正要你掘草尋根，怕不待勾辰就月。〔生〕是怎麽説？〔旦欲説又止介〕不明白辜負了幽期，話到尖頭又咽。

【相思令】〔生〕姐姐，你千不説，萬不説，直恁的書生不酬決，更向誰邊説？〔旦〕待要説，如何説？秀才，俺則怕聘則爲妻奔則妾，受了盟香説。〔生〕你要小生發願，定爲正妻，便與姐姐拈香去。

【滴溜子】〔生旦同拜〕神天的，神天的，盟香滿爇。柳夢梅，柳夢梅，南安郡舍。遇了這佳人提挈。作夫妻，生同室，死同穴。口不心齊，壽隨香滅。

〔旦泣介〕〔生〕怎生弔下淚來？〔旦〕感君情重，不覺淚垂。

【鬧樊樓】② 你秀才郎爲客偏情絶，料不是虚脾把盟誓撇。哎，話弔在喉嚨翦了舌。囑東君在意者。精神打疊，暫時間奴兒迴避趄。些兒待説，你敢撲㦷忪害跌。

〔生〕怎的來？〔旦〕秀才，這春容得從何處？〔生〕太湖石縫裏。〔旦〕比奴家容貌争多？〔生看驚介〕可怎生一個粉撲兒。〔旦〕可知道，奴家便是畫中人也。〔生合掌謝畫介〕小生燒的香到哩。姐姐，你好歹表白一些兒。

【啄木犯③】〔旦〕柳衙内，聽根節：杜南安原是俺親爹。〔生〕呀，前任杜老先生陞任揚州，怎麽丢下小姐？〔旦〕你翦了燈。〔生翦燈介〕〔旦〕翦了燈，餘話堪明滅。〔生〕且請問芳名？青春多少？〔旦〕杜麗娘小字有庚帖，年華二八正是婚時節。〔生〕是麗娘小姐，俺的人那！〔旦〕衙内，奴家還未是人。〔生〕不是人是鬼？〔旦〕是鬼也。〔生驚介〕怕也！怕也！〔旦〕靠邊些，聽俺消詳說。話在前教伊休害怯，俺雖則是小鬼頭人半截。

〔生〕姐姐，因何得回陽世而會小生？

【前腔】〔旦〕雖則是，陰府別。看一面千金小姐，是杜南安那些枝葉。注生妃央及煞回生帖，化生娘點活了殘生劫，你後生兒蘸定俺前生業。秀才，你許了俺爲妻真切，少不得冷骨頭着疼熱。

〔生〕你是俺妻，俺也不害怕了。難道便請起你來？怕似水中撈月，空裏拈花。

【三段子】〔旦〕俺三光不滅，鬼胡由，還動迭，一靈未歇。潑殘生，堪轉折。秀才可諳經典？是人非人心不別，是幻非幻如何說？雖則似空裏拈花，卻不是水中撈月。

〔生〕既然雖死猶生，敢問仙墳何處？〔旦〕記取太湖石梅樹一株。

【前腔】愛的是花園後節，夢孤清，梅花影斜。熟梅時節，爲仁兒，心酸那些。〔生〕怕小姐別有走跳處？〔旦歎介〕便到九泉無屈折，銜幽香一陣昏黃月。〔生〕好不冷！〔旦〕凍的俺七魄三魂，僵做了三貞七烈。

〔生〕則怕驚了小姐的魂，怎好？

【鬭雙鷄】④〔旦〕花根木節，有一個透人間路穴，俺冷香肌早偎的半熱。你怕驚了呵，悄魂飛越，則俺見了你回心心不滅。〔生〕話長哩。〔旦〕暢好是一夜夫妻，有的是三生話說。〔生〕不煩姐姐再三，只俺獨力難成。〔旦〕可與姑姑計議而行。〔生〕未知深淺，怕一時開攢不徹？

【上小樓】⑤〔旦〕咨嗟，你爲人爲徹。俺砌籠棺勾有三尺疊，你點剛鍬和俺一謎掘。就裏陰風瀉瀉，則隔的陽世些些。〔内鷄鳴介〕

【鮑老催】⑥〔旦〕咳，長眠人一向眠長夜，則道鷄鳴枕空設。今夜呵，夢回遠塞荒鷄咽，覺人間風味别。曉風明滅，子規聲容易吹殘月，三分話纔做一分說。

【耍鮑老】俺丁丁列列，吐出在丁香舌。你拆了俺丁香結，須粉碎俺丁香節。休殘慢，須急切。俺的幽情難盡說，〔内風起介〕則這一翦風動靈衣去了也。〔旦急下〕

〔生驚癡介〕奇哉！奇哉！柳夢梅做了杜太守的女婿，敢是夢也？待俺來回想一番：他名字杜麗娘，年華二八，死葬後園梅樹之下。啐！分明是人道交感，有精有血，怎生杜小姐顛倒自己說是鬼？

〔旦又上介〕衙内還在此。〔生〕小姐，怎又回來？〔旦〕奴家還有叮嚀：你既以俺爲妻，可急視之，不宜自誤。如或不然，妾事已露，不敢再來相陪。願郎留心，勿使可惜。妾若不得復生，必痛恨君於九泉之下矣！

【尾聲】〔跪介〕柳衙内你便是俺再生爺，〔生跪扶起介〕〔旦〕一點心憐念妾。不着俺黄泉恨你，你只罵的俺一句鬼隨邪。〔旦作鬼聲下，回顧介〕

〔生弔場，低語介〕柳夢梅着鬼了。他說的恁般分明，恁般悽切，是無是有，只得依言而行。和姑姑商量去。

夢來何處更爲雲，李商隱　惆悵金泥簇蝶裙。韋氏子
欲訪孤墳誰引至？劉言史　有人傳示紫陽君。熊孺登

【校】

①【瑣寒牕】，格正、葉譜以爲是【瑣牕寒】之誤。南詞新譜卷一二云：「【瑣牕寒】與詩餘不同，今作【瑣寒牕】非也。」可見由來已久，非自我作古也。下同。　②【鬧樊樓】，格正、葉譜以爲當作【滴滴金】。二曲句格相近，偶有出入，似不必遽改。　③【啄木犯】即【啄木鸝】，謂【啄木兒】犯【黃鶯兒】也。　④【鬬雙鷄】即【滴溜子】，與此曲句格不合，格正題作【神仗子】，謂【神仗兒】犯【滴溜子】；葉譜題作【神仗雙聲】，謂【神仗兒】犯【雙聲子】。　⑤【上小樓】，爲避免與北曲同名曲牌混淆，或改【登小樓】，或改【下小樓】，手法不同，其意則一。　⑥【鮑老催】，格正將此曲與下【耍鮑老】合併，統題作【永團圓】。葉譜以此曲爲【滴滴金】；【耍鮑老】爲【三節鮑老】，謂首尾爲【鮑老催】，中間爲【倒接鮑老催】。文林本將兩曲都誤題【耍鮑老】；朱墨本合兩曲爲一，也作【耍鮑老】。

第三十三齣　祕議

【遶池遊】〔净上〕芙蓉冠帔，短髮難簪繫，一鑪香鳴鐘叩齒。人易老，事多妨，夢難長。一點深情，三分淺土，半壁斜陽。

【訴衷情】風微臺殿響笙簧，空翠冷霓裳。池畔藕花深處，清切夜聞香。俺這梅花觀，爲着杜小姐而建。當初杜老爺分付陳教授看管，三年之内，則見他收取祭租，並不常川行走。便是杜老爺去後，謊了一府州縣士民人等許多分子，起了個生祠。昨日老身打從祠前過，豬屎也有，人屎也有。陳最良，陳最良，你可也叫人掃刮一遭兒。到是杜小姐神位前，日逐添香换水，何等莊嚴清净！正是：天下少信掉書子，世外有情持素人。

【前腔】〔生上〕幽期密意，不是人間世，待聲揚徘徊了半日。〔見介〕〔生〕落花香覆紫金堂，〔净〕你年少看花敢自傷？〔生〕弄玉不來人换世，〔净〕麻姑一去海生桑。〔生〕老姑姑，小生自到仙居，不曾瞻禮寶殿。今日願求一觀。〔净〕是禮，相引前行。〔行到介〕〔净〕高處玉天金闕，下面東嶽夫人，南斗真妃。〔内鐘鳴〕〔生拜介〕中天積翠玉臺遥，上帝高居絳節朝。遂有馮夷來擊鼓，始知秦女善吹簫。好一座寶殿哩。怎生左邊這牌位上，寫着杜小姐神王？是那位女王？〔净〕是没人題①主哩，杜小姐。〔生〕杜小姐爲誰？

【五更轉】〔浄〕你説這紅梅院，因何置？是杜參知前所爲。麗娘原是他香閨女，
十八而亡，就此攢瘞。他爺呵，陞任急，失題主，空牌位。〔生〕誰祭掃他？〔浄〕好墓田留下
有碑記，偏他没頭主兒，年年寒食。

〔生哭介〕這等説起來，杜小姐是俺嬌妻呵。〔浄驚介〕秀才當真麽？〔生〕千真萬真！〔浄〕這等，你知
他那日生？那日死了？

【前腔】〔生〕俺未知他生，焉知死？死多年生此時。〔浄〕幾時得他死信？〔生〕這是
俺朝聞夕死了可人矣。〔浄〕是夫妻，應你奉事香火。〔生〕則怕俺未能事人，焉能事鬼？〔浄〕
既是秀才娘子，可曾會他來？〔生〕便是這紅梅院，做楚陽臺，偏倍了你。〔浄〕是那一夜？〔生〕
是前宵你們不做美。〔浄驚介〕秀才着鬼了，難道？難道？〔生〕你不信時，顯個神通你看。取筆來，
點的他主兒會動。〔浄〕有這等事，筆在此。〔生點介〕看俺點石爲人，靠夫作主。

你瞧，你瞧。〔浄驚介〕奇哉！奇哉！主兒真個會動也。小姐呵，

【前腔】則道墓門梅，立着個没字碑，原來柳客神纏住在香爐裏。秀才，既是你妻，
鼓盆歌廬墓三年禮。〔生〕還要請他起來。〔浄〕你直恁神通，敢閻羅是你？〔生〕少些人夫用。
〔浄〕你當夫，他爲人，堪使鬼。〔生〕你也幫一鍬兒。〔浄〕大明律開棺見屍，不分首從皆斬
哩。你宋書生是看不着皇明例，不比尋常，穿籬挖壁。

〔生〕這個不妨，是小姐自家主見。

【前腔】是泉下人，央及你，個中人誰似伊？〔净〕既是小姐分付，待俺檢個日子。〔看介〕恰好明日乙酉，可以開墳。〔生〕喜金鷄玉犬非牛日，則待尋個人兒，開山力士。〔净〕俺有個侄兒癩頭黿可用，只怕事發之時怎處？〔生〕但回生，免聲息，停商議，可有偷香竊玉劫墳賊？還一事，小姐儻然回生，要些定魂湯藥。〔净〕陳教授開張藥鋪，只說前日小姑姑黨了凶煞，求藥安魂。〔生〕煩你快去也，這七級浮圖，豈同兒戲。

〔净〕溼雲如夢雨如塵，崔魯　〔生〕初訪城西李少君。陳羽

〔净〕行到窈娘身没處，雍陶　〔生〕手披荒草看孤墳。劉長卿

【校】

① 題，原誤作「提」，當改。

第三十四齣　詗①藥

〔末上〕積年儒學理粗通，書簏成精變藥籠。家童喚俺老員外，街坊喚俺老郎中。俺陳最良失館，依然重開藥鋪。今日看有甚人來？

【女冠子】〔净上〕人間天上，道理都難講。夢中虛誑，更有人兒，思量泉壤。陳先生利市哩！〔末〕老姑姑到來。〔净〕好鋪面，這「儒醫」二字，杜太爺贈的。好道地藥材，這兩塊土中甚用？〔末〕是寡婦牀頭土，男子漢有鬼怪之疾，清水調服，良。〔净〕這布片兒何用？〔末〕是壯男子的褌襠，婦人有鬼怪之病，燒灰喫了，效。〔净〕這等，俺貧道牀頭三尺土，敢換先生五寸襠。〔末〕怕你不十分寡？〔净〕啐！你敢也不十分壯？〔末〕罷了，來意何事？〔净〕不瞞你説，前日小道姑呵，

【黄鶯兒】年少不隄防，賽江神歸夜忙。〔末〕着手了？〔净〕知他着甚閒空曠，被凶神煞黨，年災月殃，瞑然一去無回向。〔末〕欠老成哩。〔净〕細端詳，你醫王手段，敢對的住活閻王。

〔末〕是活的？死的？〔净〕死幾日了。〔末〕死人有口喫藥？也罷，便是這燒襠散，用熱酒調服下。

【前腔】海上有仙方，這偉男兒深褌襠。〔净〕則這種藥俺那裏自有。〔末〕則怕姑姑記

不起誰陽壯？翦裁寸方，燒灰酒娘，敲開齒縫把些兒放。不尋常，安魂定魄，賽過了反精香。

〔浄〕謝了！

〔末〕還隨女伴賽江神，于鵠　〔浄〕爭那多情足病身。韓偓

〔末〕巖洞幽深門盡鎖，韓愈　〔浄〕隔花催喚女醫人。②王建

【校】

①詷，原作「調」，當改。　②下場詩，各本一、三兩句上有「末」字，二、四兩句上有「浄」字。

第三十五齣　回生

【字字雙】〔丑扮疙童，持鍬上〕豬尿泡疙疸偌盧胡，没褲。鏵鍬兒入的土花疎，没骨。活小娘不要去做鬼婆夫，没路。偷墳賊拿倒做個地官符，没趣。

〔笑介〕自家梅花觀主家癩頭黿便是。觀主受了柳秀才之托，和杜小姐啓墳。好笑，好笑，説杜小姐要和他這裏重做夫妻。管他人話鬼話，帶了些黄錢，挂在這太湖石上，點起香來。

【出隊子】〔浄攜酒同生上〕玉人何處？玉人何處？近墓西風老緑蕪。竹枝歌唱的女郎蘇，杜鵑聲啼過錦江無？一窖愁殘，三生夢餘。

〔生〕老姑姑，已到後園，只見半亭瓦礫，滿地荆榛。繡帶重尋，裊裊藤花夜合；羅裙欲認，青青蔓草春長。則記的太湖石邊，是俺拾畫之處。依稀似夢，恍惚如亡，怎生是好？〔浄〕秀才不要忙，梅樹下堆兒是了。〔生〕小姐，好傷感人也！〔哭介〕〔丑〕哭甚的，趁時節了。〔燒紙介〕〔生拜介〕巡山使者，當山土地，顯聖顯靈。

【啄木鸝】①〔生〕開山紙草面上鋪，煙罩山前紅地爐。〔丑〕敢太歲頭上動土，向小姐脚跟乞窟。〔生〕土地公公，今日開山，專爲請起杜麗娘，不要你死的，要個活的。你爲神正直應無妬，俺陽神觸煞俱無慮。要他風神笑語都無二，便做着你土地公公女嫁吾。呀！春在小梅株。

好破土哩。

【前腔】〔丑净鍬土介〕這三和土一謎鉏。小姐呵，半尺孤墳你在這的無？〔生〕你們十分小心。〔看介〕到棺了。〔丑作驚丟鍬介〕到官没活的了。〔生摇手介〕禁聲！〔内旦作哎喲介〕〔衆驚介〕活鬼做聲了。〔生〕休驚了小姐。〔衆蹲向鬼門，開棺介〕〔净〕原來釘頭鏽斷，子口登開，小姐敢別處送雲雨去了。〔内「哎喲」介〕〔生見旦扶介〕〔生〕哎，小姐端然在此。異香襲人，幽姿如故。天也，你看正面上那些兒塵漬，斜空處没半米蚍蜉。則他煖幽香四片斑爛木，潤芳姿半榻黄泉路，養花身五色燕支土。〔扶旦軟軃介〕〔生〕俺爲你款款偎將睡臉扶，休損了口中珠。

〔旦作嘔出水銀介〕〔丑〕一塊花銀，二十分多重，賞了癩頭罷。〔生〕此乃小姐龍含鳳吐之精，小生當奉爲世寶，你們別有酬犒。〔旦開眼歎介〕〔净〕小姐開眼哩。〔生〕天開眼了。小姐呵，

【金蕉葉】〔旦〕是真是虚，劣夢魂猛然驚遽。〔作掩眼介〕避三光業眼難舒，怕一弄兒巧風吹去。

〔生〕怕風怎好？〔净扶旦介〕且在這牡丹亭内，進還魂丹，秀才翦襠。〔生翦介〕〔丑〕待俺湊些加味還魂散。〔生〕不消了，快熱酒來。

【鶯啼序】〔調酒灌介〕玉喉嚨半點靈酥，〔旦吐介〕〔生〕哎也，怎生呵落在胸脯。姐姐再進些，纔喫下三個多半口還無。〔覷介〕好了，好了，喜春生顔面肌膚。〔旦覷介〕這些都是誰？敢是些無端道途？弄的俺不着墳墓。〔生〕我便是柳夢梅。〔旦〕眳矇覷，怕不是梅邊柳邊人數。

〔生〕有這道姑爲證。〔净〕小姐可認得道姑麽？〔旦看不語介〕

【前腔】〔净〕你乍回頭記不起俺這姑姑。〔生〕可記的這後花園？〔旦不語介〕〔净〕是了，你夢境模糊。〔旦〕只那個是柳郎？〔生應〕〔旦作認介〕柳郎真信人也，虧殺你撥草尋蛇，虧殺你守株待兔。棺中寶玩收存，諸餘抛散池塘裏去。〔衆〕呸！〔丢去棺物介〕向人間別畫個葫蘆，水邊頭洗除凶物。〔衆〕虧小姐整整睡這三年。〔旦〕流年度，怕春色三分一分塵土。

〔生〕小姐，此處風露，不可久停，好處將息去。

【尾聲】死工夫救了你活地獄，七香湯瑩了美食相扶。〔旦〕扶往那裏去？〔净〕梅花觀。〔旦〕可知道洗棺塵都是這高唐觀中雨。

〔生〕天賜燕支一抹腮，羅隱　〔旦〕隨君此去出泉臺。景舜英
〔净〕俺來穿穴非無意，張祜　〔生〕願結靈姻愧短才。潘雍

【校】

①【啄木鸝】，格正本題作【啄木三鸝】，謂【啄木兒】犯【三段子】、【黄鶯兒】。葉譜題作【啄木三歌】，謂【啄木兒】犯【三段子】、【太平歌】。

第三十六齣　婚走

【意難忘】〔净扶旦上〕〔旦〕如笑如呆，歎情絲不斷，夢境重開。〔净〕你驚香辭地府，輿櫬出天台。〔旦〕姑姑，俺强挣作、軟咍咍，重嬌養起這嫩孩孩。〔合〕尚疑猜，怕如煙入抱，似影投懷。

【畫堂春】〔旦〕蛾眉秋恨滿三霜，夢餘荒冢斜陽。土花零落舊羅裳，睡損紅妝。〔净〕風定彩雲猶怯，火傳金炧重香。如神如鬼費端詳，除是高唐。〔旦〕姑姑，奴家死去三年，爲鍾情一點，幽契重生，皆虧柳郎和姑姑信心提救。又以美酒香酥，時時將養，數日之間，稍覺精神旺相。〔净〕好了，秀才三回五次，央俺成親哩。〔旦〕姑姑，這事還早，揚州問過了老相公老夫人，請個媒人方好。〔净〕好消停的話兒，這也由你。則問小姐前生事，可都記的些麼？

【勝如花】〔旦〕前生事、曾記懷，爲①傷春病害。困春遊夢境難捱，寫春容那人兒拾在。那勞承、那般頂戴，似盼天仙盼的眼咍，似叫觀音叫的口歪。〔净〕俺也聽見些，則小姐泉下怎生得知？〔旦〕雖則塵埋，把耳輪兒熱壞。感一片志誠無奈，死淋浸走上陽臺，活森沙走出這泉臺。

〔净〕秀才來哩。

【生查子】〔生上〕艷質久塵埋，又掙出這煙花界。你看他含笑插金釵，擺動那長裙帶。

〔見介〕麗娘妻。〔旦羞介〕〔生〕姐姐，俺地窟裏扶卿做玉真，〔旦〕重生勝過父娘親。〔生〕便好今宵成配偶，〔旦〕懵騰還自少精神。〔净〕起前説精神旺相，則瞞着秀才。〔旦〕秀才，可記的古書云：必待父母之命，媒妁之言。〔生〕日前雖不是鑽穴相窺，早則鑽墳而入了，小姐今日又會起書來。〔旦〕秀才，比前不同，前夕鬼也，今日人也。鬼可虚情，人須實禮，聽奴道來：

【勝如花】青臺閉、白日開，〔拜介〕秀才呵，受的俺三生禮拜。待成親少個官媒，〔泣介〕結盞的要高堂人在。〔生〕成了親，訪令尊令堂，有驚天之喜。要媒人，道姑便是。〔旦〕秀才，忙待怎的？也曾落幾個黄昏陪待。〔生〕今夕何夕？〔旦〕直恁的急色秀才。〔生〕小姐搗鬼。〔旦笑介〕秀才搗鬼。不是俺鬼奴台妝妖作乖。〔生〕爲甚？〔旦笑介〕半死來回，怕的雨雲驚駭。有的是這人兒活在，但將息俺半載身材，〔背介〕但消停俺半刻情懷。

【不是路】②〔末上〕深院閒階，花影蕭蕭轉翠苔。〔扣門介〕人誰在？是陳生探望柳君來。〔衆驚介〕〔生〕陳先生來了，怎好？〔旦〕姑姑，俺迴避去。〔下〕〔末〕忒奇哉，怎女兒聲息紗窗外？硬抵門兒應不開。〔又扣門介〕〔生〕是誰？〔末〕陳最良。〔開門見介〕〔生〕承車蓋，俺衣冠未整因遲待。〔末〕有些驚怪。〔生〕有何驚怪？

【前腔】〔末〕不是天台，怎風度嬌音隔院猜？〔净上〕原來陳齋長到來。〔生〕陳先生説裏面婦娘聲息，則是老姑姑。〔净〕是了，長生會，蓮花觀裏一個小姑來。〔末〕便是前日的小姑麼？〔净〕另是一衆。〔末〕好哩，這梅花觀一發興哩，也是杜小姐冥福所致。因此徑來相約，明午整個小盒兒，同柳兄往墳上隨喜去，暫告辭了。無閒會，今朝有約明朝在，酒滴青娥墓上回。〔生〕承拖帶，這姑姑點不出個茶兒待。即來回拜。〔末〕慢來回拜。〔下〕

〔生〕喜的陳先生去了，請小姐有話。〔旦上〕〔净〕怎了？怎了？陳先生明日要上小姐墳去，事露之時，一來小姐有妖冶之名；二來公相無閨閫之教；三來秀才坐迷惑之譏；四來老身招發掘之罪。如何是了？〔旦〕老姑姑，待怎生好？〔净〕小姐，這柳秀才待往臨安取應，不如曲成親事，叫童兒尋隻贛船，夤夜開去，以滅其蹤，意下何如？〔旦〕這也罷了。〔净〕有酒在此，你二人拜告天地。〔拜把酒介〕

【榴花泣】〔生〕三生一會，人世兩和諧，承合巹、送金杯。比墓田春酒這新醅，纔醱轉人面桃腮。〔旦悲介〕傷春便埋，似中山醉夢三年在。只一件來，看伊家龍鳳姿容，怎配俺這土木形骸。

〔生〕那有此話？

【前腔】相逢無路，良夜肯疑猜，眠一柳、當了三槐。杜蘭香真個在讀書齋，則柳耆卿不是仙才。〔旦歎介〕幽姿暗懷，被元陽鼓的這陰無賴。柳郎，奴家依然還是女身。〔生〕已經數度幽期，玉體豈能無損？〔旦〕那是魂，這纔是正身陪奉。伴情哥則是遊魂，女兒身依舊含胎。

〔外舟子歌上〕春娘愛上酒家子樓，不怕歸遲總弗子愁。推道那家娘子睡，且留教住要梳子頭。〔又歌〕不論秋菊和那春子個花，個個能噇空肚子茶。無事莫教頻入子庫，一名閒物他也要些子些。〔丑扮疙童上〕船，船，船，臨安去。〔外〕來，來，來。〔攏船介〕〔丑〕門外船便。相公纂下小姐班。〔淨辭介〕相公，小姐，小心去了。〔生〕小姐無人伏侍，煩老姑姑一行，得了官時相報。〔淨〕俺不曾收拾。〔背介〕事發相連，走爲上計。〔回介〕也罷，相公賞姪兒什麼？着他收拾俺房頭，俺伴小姐去來。〔丑〕使得。〔生〕便賞他這件衣服。〔解衣介〕〔丑〕謝了！事發誰當？〔生〕則推不知便了。〔丑〕這等請了。禿廝兒堪充道伴，女冠子權當梅香。〔下〕

【急板令】〔衆上船介〕別南安孤帆夜開，走臨安把雙飛路排。〔旦悲介〕〔生〕因何弔下淚來？〔旦〕歎從此天涯，從此天涯。歎三年此居，三年此埋。死不能歸，活了纔回。〔合〕問今夕何夕？此來、魂脈脈意咍咍。

【前腔】〔生〕似倩女返魂到來，采芙蓉回生並載。〔旦歎介〕〔生〕爲何又弔下淚來？〔旦〕想獨自誰挨？獨自誰挨？翠黯香囊，泥漬金釵。怕天上人間，心事難諧。〔合前〕

〔净〕夜深了，叫停船，你兩人睡罷。〔生〕風月舟中，新婚佳趣，其樂何如！

【一撮棹】藍橋驛，把奈河橋風月篩。〔旦〕柳郎，今日方知有人間之樂也。七星版，三星照，兩星排。今夜呵，把身子兒帶，情兒邁、意兒挨。〔净〕你過河，衣帶緊、請寬懷。〔生〕眉横黛，小船兒禁重載。這歡眠自在，抵多少嚇魂臺。

【尾聲】〔生〕情根一點是無生債。〔旦〕歎孤墳何處是俺望夫臺？柳郎，俺和你死裏淘生情似海。

〔生〕偷去須從月下移，吴融　〔净〕好風偏似送佳期。陸龜蒙

〔旦〕傍人不識扁舟意，張蠙　〔净〕惟有新人子細知。戴叔倫

【校】

①「爲」字下，朱墨本有「着」字。此句原應六字，格正注云：「『爲』字上脱一字。」②【不是路】，格正、葉譜題作【惜花賺】。

第三十七齣　駭變

【集唐】〔末上〕風吹不動頂垂絲雍陶，吟背春城出草遲朱慶餘。畢竟百年渾是夢元稹，夜來風雨葬西施韓偓。俺陳最良，只因感激杜太守，爲他看顧小姐墳塋。昨日約了柳秀才墳上望去，不免走一遭。〔行介〕巖扉不掩雲長在，院徑無媒草自生。待俺叫門。〔叫介〕呀，往常門兒重重掩上，今日都開在此。待俺參了聖。〔看菩薩介〕咳，冷清清没香没燈的。呀，怎不見了杜小姐牌位？待俺問一聲老姑姑。〔叫三聲介〕俗家去了？待俺叫柳兄問他。〔叫介〕柳朋友！〔又叫介〕柳先生！一發不應了。〔看介〕嗄，柳秀才去了。醫好了病，來不參，去不辭。没行止，没行止。待俺西房瞧瞧。哎喲，道姑也搬去了。磬兒鍋兒牀席，一些都不見了，怪哉！〔想介〕是了，日前小道姑有話，日昨又聽的小道姑聲息，於中必有柳夢梅勾搭事情，一夜去了。没行止，没行止。由他，由他。到後園看小姐墳去。〔行介〕

【懶畫眉】園深徑側老蒼苔，那幾所月榭風亭久不開，當時曾此葬金釵。〔望介〕呀，舊墳高高兒的，如何平下來了。緣何不見墳兒在？敢是狐兔穿空倒塌來？這太湖石，只左邊靠動了些，梅樹依然。〔驚介〕哎呀！小姐墳被劫了也。〔放聲哭介〕

【朝天子】① 小姐，天呵！是甚麼發冢無情短倖材？他有多少金珠葬在打眼來。

小姐，你若早有人家，也搬回去了。則爲玉鏡臺無分照泉臺，好孤哉！怕蛇鑽骨、樹穿骸，不隄防這災。

知道了，柳夢梅嶺南人，慣了劫墳，將棺材放在近所，截了一角爲記，要人取贖。這賊意思，止不過説，杜老先生聞知，定來取贖。想那棺材，只在左近埋下了，待俺尋看。〔見介〕咳呀！這草窩裏，不是硃漆板頭？這不是大鏽釘開了去？天呵！小姐骨殖，丢在那裏？〔望介〕那池塘裏浮着一片棺材，是了，小姐尸骨抛在河裏去了，狠心的賊也！

【普天樂】問天天你怎把他昆池碎劫無餘在？又不欠觀音鎖骨連環債，怎丢他水月魂骸？亂紅衣暗泣蓮腮，似黑月重抛業海。待車乾池水，撈起他骨殖來。怕浪淘沙碎玉難分派，到不如當初水葬無猜。賊眼腦生來毒害，那些個憐香惜玉，致命圖財。

先師云：虎兕出於柙，龜玉毁于櫝中，典守者不得辭其責。俺如今先稟了南安府緝拿，星夜往淮揚，報知杜老先生去。

【尾聲】石虔婆，他古弄裏金珠曾見來。柳夢梅，他做得個破周書汲冢才。小姐呵，你道他爲什麽向金蓋銀墻做打家賊？

丘墳發掘當官路，韓　愈　春草茫茫墓亦無。白居易

致汝無辜由俺罪，韓愈　狂眠恣飲是凶徒。僧子蘭

【校】

①【朝天子】，格正題作【花郎兒】，謂【福馬郎】犯【水紅花】、【紅衫兒】。

第三十八齣　淮警

【霜天曉角】①〔净引衆上〕英雄出衆，鼓譟紅旗動。三年繡甲錦蒙茸，彈劍把雕鞍斜鞚。

賊子豪雄是李全，忠心赤膽向胡天。靴尖踢倒長天塹，卻笑江南土不堅。俺溜金王，奉大金之命，騷擾江淮三年。打聽大金家兵糧湊集，將次南征，教俺淮揚開路，不免請出賤房計議。中軍快請。〔衆叫介〕大王叫箭坊。〔老旦軍人持箭上〕箭坊俱已造完。〔净笑惱介〕狗才，怎麽説？〔老旦〕大王説請出箭坊計議。〔净〕胡説，俺自請楊娘娘，是你箭坊？〔老旦〕楊娘娘是大王箭坊，小的也是箭坊。〔净喝介〕

【前腔】〔丑上〕帳蓮深擁，壓寨的陰謀重。〔見介〕大王興也，你夜來鏖戰好粗雄，困的俺垓心没縫。

大王夫，俺睡倦了，請俺甚事商量？〔净〕聞的金主南侵，教俺攻打淮揚，以便征進。思想揚州有杜安撫守鎮，急切難攻，如何是好？〔丑〕依奴家所見，先圍了淮安，杜安撫定然赴救，俺分兵揚州，斷其聲援，於中取事。〔净〕高，高。娘娘這計，李全要怕你了。〔丑〕你那一宗兒不怕了奴家。〔净〕罷了，未封王號時，俺是個怕老婆的强盜；封王之後，也要做怕老婆的王。〔丑〕着了！快起兵去攻打淮城。

【錦上花】② 撥轉磨旗峯，促緊先鋒。千兵擺列，萬馬奔冲。鼓通通，鼓通通，譟的那淮揚動。

【前腔】〔衆〕軍中母大蟲，綽有威風。連環陣勢，煙粉牢籠。哈哄哄，哈哄哄，哄的那淮揚動。〔丑〕溜金王聽俺分付：軍到處，不許你搶占半名婦女。如違，定以軍法從事。〔净〕不敢。

〔丑〕日暮風沙古戰場，王昌齡 〔净〕軍營人學内家妝。司空圖

〔衆〕如今領帥紅旗下，張建封 〔净〕擘破雲鬟金鳳凰。曹唐

【校】

①【霜天曉角】，格正、葉譜俱題作【霜天杏】，謂【霜天曉角】犯【杏花天】。②【錦上花】，格正、葉譜改題【青王歌】。按，【錦上花】，次句五字。

第三十九齣　如杭

【唐多令】〔生上〕海月未塵埋，〔旦上〕新妝倚鏡臺，〔生〕捲錢塘風色破書齋。〔旦〕夫，昨夜天香雲外吹，桂子月中開。

〔生〕夫妻客旅悶難開，〔旦〕待唤提壺酒一杯。〔生〕江上怒潮千丈雪，〔旦〕好似禹門平地一聲雷。〔生〕俺和你夫妻相隨，到了臨安京都地面，賃下一所空房，可以理會書史。争奈試期尚遠，客思轉深，如何是好？〔旦〕早上分付姑姑，買酒一壺，少解夫君之悶，尚未見回。〔生〕生受了。娘子，一向不曾説及，當初只説你是西鄰女子，誰知感動幽冥，匆匆成其夫婦？一路而來，到今不曾請教。小姐可是見小生於道院西頭？因何詩句上，不是梅邊是柳邊，就指定了小生姓名？這靈通委是怎的？〔旦笑介〕柳郎，俺説見你于道院西頭是假，俺前生呵，

【江兒水】偶和你後花園曾夢來，擎一朵柳絲兒要俺把詩篇賽。奴正題詠間，便和你牡丹亭上去了。〔生笑介〕可好哩？〔旦笑介〕咳，正好中間，落花驚醒。此後神情不定，一病奄奄。這是聰明反被聰明帶，真誠不得真誠在，冤親做下這冤親債。一點色情難壞，再世爲人，話做了兩頭分拍。

【前腔】〔生〕是話兒聽的都呆答孩，則俺爲情癡信及你人兒在。還則怕邪淫惹動陰曹怪，忌亡壙觸犯陰陽戒，分書生領受陰人愛。勾的你色身無壞，出土成人，又看見這帝城風采。

〔净提酒上〕路從丹鳳城邊過，酒向金魚館内沽。呀，相公小姐不知，俺在江頭沽酒，看見各路秀才，都赴選場去了，相公錯過天大好事。〔生旦作忙介〕〔旦〕相公，只索快行。〔净〕這酒便是狀元紅了。〔旦把酒介〕

【小措大】喜的一宵恩愛，被功名二字驚開。好開懷①，這御酒三杯，放着四嬋娟人月在。立朝馬五更門外，聽六街裏喧傳人氣概。七步才，蹬上了寒宫八寶臺。沈醉了九重春色，便看花十里歸來。

【前腔】〔生〕十年窗下，遇梅花凍九纔開。夫貴妻榮，八字安排。敢你七香車穩情載，六宫宣有你朝拜，五花誥封你非分外。論四德，似你那三從結願諧。二指大泥金報喜，打一輪皂蓋飛來。

〔旦〕夫，我記的春容詩句來，

【尾聲】盼今朝得傍你蟾宫客，你和俺倍精神金階對策。高中了，同去訪你丈人丈母呵，則道俺從地窟裏登仙那大喝采。

〔旦〕良人的的有奇才，劉氏　〔净〕恐失佳期後命催。杜甫

〔生〕紅粉樓中應計日，杜審言　〔合〕遥聞笑語自天來。李端

【校】

①格正云：「第三句脱一字。」

第四十齣　僕偵

【孤飛雁】①〔净郭駝挑擔上〕世路平消長，十年事老頭兒心上。柳郎君，翰墨人家長。無營運、單承望，天生天養，果樹成行。年深樹老，把園圍抛漾。你索在何方？好没主量。悽惶，趁上他身衣口糧。

家人做事興，全靠主人命。主人不在家，園樹不開花。俺老駝，一生依着柳相公，種果爲生。你説好不古怪？柳相公在家，一株樹上摘百十來個果兒。自柳相公去後，一株樹上生百十來個蟲；便胡亂長幾個果，小廝們偷個盡。老駝無主，被人欺負。因此發個老狠，體探俺相公過嶺北來了，在梅花觀養病，直尋到此。早則南安府大封條封了觀門，聽的邊廂人説，道婆爲事走了。有個姪兒癩頭黿，小西門住，找尋他去。〔行介〕抹過大東路，投至小西門。〔下〕

【金錢花】②〔丑扮疙童披衣笑上〕自小疙辣郎當，郎當。官司拿俺爲姑娘，姑娘。盡了法，腦皮撞。得了命，賣了房。充小廝，串街坊。

若要人不知，除非己不爲。自家癩頭黿便是。這無人所在，表白一會：你説姑娘和柳秀才那事，幹得好，又走得好。只被陳教授那狗才，稟過南安府，拿了俺去。拷問姑娘那裏去了？劫了杜小姐墳哩。你道俺更不聰明，卻也頗頗的，則掉着頭不做聲。那鳥官喝道：馬不弔不肥，人不拶不直。把這廝上起腦箍來。哎也！哎也！好不生疼。原來用刑人，先撈了俺一架金鐘玉磬，替俺方便，稟說：這小廝夾出腦髓來了。那鳥官喝道：撚上來瞧。瞧了，大鼻子一颩，說道：這小廝真個夾出腦漿來了。不知是俺癩頭上膿，叫鬆了刑，着保在外。俺如今有了命，把柳相公送俺這件黑海青，穿擺將起來。〔唱介〕擺摇摇，擺擺摇，没人所在，被俺擺過子橋。〔净向前叫揖介〕小官唱喏。〔丑作不回揖，大笑唱介〕俺小官子腰閃價，唱不的子喏。比似你個駝子唱喏，則當伸子個腰。〔净〕這賊種！開口傷人。難道做小官的，背偏不駝？〔丑〕刮這駝子嘴！偷了你什麽？賊！〔净作認丑衣介〕別的罷了，則這件衣服，嶺南柳相公的，怎在你身上？〔丑〕咳呀，難道俺做小官的，就没件干净衣服？便是嶺南柳家的。隔這般一道梅花嶺，誰見俺偷來？〔净〕這衣帶上有字，你還不認？叫地方！〔扯丑作怕倒介〕罷了，衣服還你去囉。〔净〕耍哩，我正要問一個人？〔丑〕誰？〔净〕柳秀才那裏去了？〔丑〕不知。〔净三問〕〔丑三不知介〕〔净〕你不說，叫地方去。〔丑〕罷了，大路頭難好講話，演武廳去。〔行介〕〔净〕好個僻静所在。〔丑〕柳秀才到有一個，可是你問的不是？你說的像，俺說；你說不像，休想。叫地方，便到官司，俺也只是不說。〔净〕這小廝到賊。聽俺道來：

【尾犯序】提起柳家郎，他俊白龐兒，典雅行藏。〔丑〕是了，多少年紀？〔净〕論儀表看他，三十不上。〔丑〕是了。你是他什麽人？〔净〕他祖上，傳留下俺栽花種糧，自小兒俺看成他快長。〔丑〕原來你是柳大官。你幾時別他？知他做出甚事來？〔净〕春頭別，跟尋至此，聞説的不端詳。

〔丑〕這老兒説的一句句着。老兒，若論他做的事，咦！〔作扯净耳語〕〔净不聽見介〕〔丑〕吆，左則無人，要他去。老兒，你聽者：

【前腔】他到此病郎當，逢着個杜太爺衙教小姐的陳秀才，勾引他養病菴堂，去後園遊賞。〔净〕後來？〔丑〕一遊遊到杜小姐墳兒上，拾的一軸春容，朝思暮想，做出事來。〔净〕怎的來？〔净〕秀才家爲真當假，劫墳偷壙。〔净驚介〕這卻怎了？〔丑〕你還不知，被那陳教授稟了官，圍住觀門，拖翻柳秀才，和俺姑娘，行了杖，棚琶拶壓，不怕不招。點了供紙，解上江西提刑廉訪司，問那六案都孔目，這男女應得何罪？六案請了律令，稟復道：但偷墳見屍者，依律一秋。〔净〕怎麽秋？〔丑作按净頭介〕這等秋。〔净驚哭介〕俺的柳秀才呵，老駝没處投奔了。〔丑笑介〕休慌，後來遇赦了，便是那杜小姐活轉來哩。〔净〕有這等事？〔丑〕活鬼頭還做了秀才正房，俺那死姑娘到做了梅香伴當。〔净〕何往？〔丑〕臨安去，送他上路，賞這領舊衣裳。

〔净〕嚇俺一跳，卻早喜也！

【尾聲】去臨安定是圖金榜，〔丑〕着了。〔净〕俺勒挣着軀腰走帝鄉。〔丑〕老哥，你路上精細些，現如今一路裏畫影圖形捕兇黨。

〔净〕尋得仙源訪隱淪，朱灣　〔丑〕郡城南下是通津。柳宗元

〔浄〕衆中不敢分明説，于鵠　〔丑〕遥想風流第一人。王維

【校】

①【孤飛雁】，格正題作【新郎撫孤雁】，謂【賀新郎】犯【孤飛雁】。譜以爲當改爲【紅繡鞋】。

②【金錢花】，格正、葉

第四十一齣　耽試

【鳳凰閣】〔净苗舜賓引衆上〕九邊烽火咤，秋水魚龍怎化？廣寒丹桂吐層花，誰向雲端折下？〔合〕殿闈深鎖，取試卷看詳回話。

【集唐】鑄時天匠待英豪譚用之，引手何妨一釣鼇李咸用？報答春光知有處杜甫，文章分得鳳凰毛元稹。下官苗舜賓便是。聖上因俺香山能辨番回寶色，欽取來京典試。因金兵搖動，臨軒策士，問和戰守三者孰便？各房俱已取中頭卷，聖旨着下官詳定。想起來看寶易，看文字難。爲什麼來？俺的眼睛原是貓兒睛，和碧綠琉璃水晶無二，因此一見真寶，眼睛火出；説起文字，俺眼裏從來没有。如今卻也奉旨無奈，左右開箱，取各房卷子上來。〔衆取卷上〕〔净作看介〕這試卷好少也。且取天字號三卷，看是何如？第一卷詔問和戰守三者孰便？臣謹對：臣聞國家之和賊，如里老之和事。呀，里老和事，和不的，罷；國家事，和不來，怎了？本房擬他狀元，好没分曉！且看第二卷，這意思主守。〔看介〕臣聞天子之守國，如女子之守身。也比的小了。再看第三卷，到是主戰。〔看介〕臣聞南朝之戰北，如老陽之戰陰。此語忒奇，但是周易有陰陽交戰之説。以前主和，被秦太師誤了，今日權取主戰者第一，主守者第二，主和者第三。其餘諸卷，以次而定。

【一封書】文章五色訛，怕冬烘頭腦多。總費他墨磨，筆尖花無一個。恁這裏

龍門日日開無那，都待要尺水翻成一丈波。卻也無奈了，也是浪桃花當一科，池裏無魚可奈何？〔封卷介〕

【神仗兒】〔生上〕風塵戰鬭，風塵戰鬭，奇才輻輳。〔丑〕秀才來的停當，試期過了。〔生〕呀！試期過了，文字可進呈麽？〔丑〕不進呈，難道等你？道英雄入彀，恰鎖院進呈時候。〔生〕怕没有狀元在裏也哥？〔丑〕不多，有三個了。〔生〕萬馬争先，偏驊騮落後。你快稟，有個遺才狀元求見。〔丑〕這是朝房裏面，府州縣道，告遺才哩。〔生〕大哥，你真個不稟？〔哭介〕天呵！苗老先賫發俺來獻寶，止不住卞和羞，對重瞳雙淚流。

〔净聽介〕掌門的，這什麽所在，拿過來！〔丑扯生進介〕〔生〕告遺才的，望老大人收考。〔净〕哎也，聖旨臨軒，翰林院封進，誰敢再收。〔生哭介〕生員從嶺南萬里帶家口而來，無路可投，願觸金階而死。〔生起觸階〕〔丑止介〕〔净背云〕這秀才像是柳生，真乃南海遺珠也。〔回介〕秀才上來，可有卷子？〔生〕卷子備有。〔净〕這等，姑准收考，一視同仁。〔生跪介〕千載奇遇。〔净念題介〕聖旨問汝多士：近聞金兵犯境，惟有和戰守三策，其便何如？〔生叩頭介〕領聖旨。〔起介〕〔丑〕東席舍去。〔生寫策介〕〔净再將前卷細觀看介〕頭卷主戰，二卷主守，三卷主和。主和的怕不中聖意？〔生交卷，净看介〕呀，風簷寸晷，立掃千言，可敬，可敬。俺急忙難看，只説和戰守三件，你主那一件兒？〔生〕生員也無偏主。可戰，可守，而後能和。如醫用藥，戰爲表，守爲裏，和在表裏之間。〔净〕高見，高見。則當今事勢何如？

【馬蹄花】① 〔生〕當今呵，寶駕遲留，則道西湖畫錦遊。爲三秋桂子，十里荷香，一段邊愁。則願的吴山立馬那人休，俺燕雲唾手何時就？若止是和呵，小朝廷羞殺江南；便戰守呵，請鑾輿略近神州。

〔净〕秀才言之有理。

【前腔】聖主垂旒，想泣玉遺珠一網收。對策者千餘人，那些不知時務，未曉天心，怎做儒流？似你呵，三分話點破帝王憂，萬言策檢盡乾坤漏。〔生〕小生嶺南之士。〔净低介〕知道了，你釣竿兒拂綽了珊瑚，敢今番着了鼇頭。

秀才，午門外候旨。〔生應出，背介〕這試官卻是苗老大人，嫌疑之際，不敢相認。且當青鏡明開眼，惟願朱衣暗點頭。〔下〕〔净〕試卷俱已詳定，左右跟隨進呈去。〔行介〕絲綸閣下文章静，鐘鼓樓中刻漏長。呀，那裏鼓響？〔内急擂鼓介〕〔丑〕是樞密府樓前邊報鼓。〔内馬嘶介〕〔净〕邊報警急，怎了？怎了？〔外老樞密上〕花萼夾城通御氣，芙蓉小苑入邊愁。〔見介〕〔净〕老先生奏邊事而來？〔外〕便是。先生爲進卷而來？〔净〕正是。〔外〕今日之事，以緩急爲先後，僭了！〔外叩頭奏事介〕掌管天下兵馬知樞密院事臣謹奏俺主。〔内宣介〕所奏何事？〔外〕

【滴溜子】金人的，金人的，風聞入寇。〔内〕誰是先鋒？〔外〕李全的，李全的，前來戰鬭。〔内〕到什麽地方了？〔外〕報到了淮揚左右。〔内〕何人可以調度？〔外〕有杜寶現爲淮揚安撫，怕邊關早晚休，要星忙厮救②。

（净叩頭奏事介）臣看卷官苗舜賓謹奏俺主：

【前腔】臨軒的，臨軒的，文章看就。呈御覽，呈御覽，定其卷首。黄道日傳臚祗候，衆多官在殿頭，把瓊林宴備久。

（内）奏事官午門外伺候。（外净同起介）（净）老先生，聽的金兵爲何而動？（外）適纔不敢奏知，金主此行，單爲來搶占西湖美景。（净）癡韃子，西湖是俺大家受用的，若搶了西湖去，這杭州通没用了。（内宣介）聽旨：朕惟治天下有緩有急，乃武乃文。今淮揚危急，便着安撫杜寶前去迎敵，不可有遲。其傳臚一事，待干戈寧輯，偃武修文，可諭知多士。叩頭！（外净叩頭呼萬歲起介）

（外）澤國江山入戰圖，曹　松　（净）曳裾終日盛文儒。杜　甫

（外）多才自有雲霄望，錢　起　（净）其奈邊防重武夫。杜　牧

【校】

①【馬蹄花】，格正題作【杏林馬】，葉譜題作【駐馬近】，俱謂【駐馬聽】犯【杏壇三操】（即【好事近】之别名）。　②格正云：「缺末二句；下曲亦然。」葉譜以爲是【滴溜子】的又一體。

第四十二齣　移鎮

【夜遊朝】①〔外杜安撫引衆上〕西風揚子津頭樹，望長淮渺渺愁予。枕障江南，鉤連塞北，如此江山幾處？

【訴衷情】　砧聲又報一年秋。江水去悠悠。塞草中原何處？一雁過淮樓。　天下事，鬢邊愁，付東流。不分吾家小杜，清時醉夢揚州。自家淮揚安撫使杜寶。自到揚州三載，雖則李全騷擾，喜得大勢平安。昨日打聽金兵要來，下官十分憂慮。可奈夫人不解事，偏將亡女絮傷心。

【似娘兒】〔老旦引貼上〕夫主掣兵符，也相從燕幙棲遲。〔歎介〕畫屏風外秦淮樹，看兩點金焦，十分眉恨，片影江湖。

〔老〕相公萬福。〔外〕夫人免禮。【玉樓春】〔老〕相公，幾年別下南安路，春去秋來朝復暮。〔外〕空懷錦水故鄉情，不見揚州行樂處。　〔老〕你摩挲老劍評今古，那個英雄閒處住？〔淚介〕〔合〕忘憂恨自少宜男，淚灑嶺雲江外樹。〔老〕相公，俺提起亡女，你便無言，豈知俺心中愁恨？一來爲苦傷女兒，二來爲全無子息。待趁在揚州，尋下一房，與相公傳後。尊意何如？〔外〕使不得，部民之女哩。〔老〕這等，過江金陵女兒可好？〔外〕當今王事悤悤，何心及此！〔老〕苦殺俺麗娘兒也！〔哭介〕〔浄扮報子上〕詔從日月威光遠，兵洗江淮殺氣高。稟老爺：有朝報。〔外起看報介〕樞密院一本，爲金兵寇淮事。奉聖旨：便着淮揚安撫使杜寶，刻日渡淮，不許遲誤。欽此！呀，兵機緊急，聖旨森嚴。夫人，俺同你移鎮淮安，就此起程了。〔丑扮驛丞上〕羽檄從參贊，牙籤報驛程。稟老爺：船隻齊備。〔内鼓吹介〕〔上船介〕〔内稟「合屬官吏候送」〕〔外分付「起去」介〕〔外〕夫人，又是一江秋色也。

【長拍】天意秋初，天意秋初，金風微度，城闕外畫橋煙樹。看初收潑火，嫩涼生微雨沾裾。移畫舸浸蓬壺，報潮生，風氣肅。浪花飛吐，點點白鷗飛近渡。風定也，落日摇帆映緑蒲，白雲秋窣的鳴簫鼓。何處菱歌，唤起江湖？

呀，岸上跑馬的什麽人？

【不是路】②〔末扮報子，跑馬上〕馬上傳呼，慢櫓停船看羽書。〔外〕怎的來？〔末〕那淮安府，李全將次逞狂圖。〔外〕可發兵守禦？〔末〕怎支吾，星飛調度憑安撫，則怕這水路裏躭延，你還走旱途。〔外〕休驚懼，夫人，吾當走馬紅亭路，你轉船歸去，轉船歸去。

〔老〕後面報馬又到哩。〔丑扮報子上〕

【前腔】萬騎胡奴，他要塹斷長淮塞五湖。老爺快行，休遲誤。小的先去也，怕圍城緩急要降胡。〔下〕〔老旦哭介〕待何如？你星霜滿鬢當戎虜，似這等烽火連天各路衢。〔外〕真愁促，怕揚州隔斷無歸路，再和你相逢何處？相逢何處？

夫人，就此告辭了。揚州定然有警，可徑走臨安。

【短拍】老影分飛，老影分飛，似參軍杜甫，把山妻泣向天隅。〔老哭介〕無女一身孤，亂軍中別了夫主。〔合〕有什麽命夫命婦，都是些鰥寡孤獨。生和死，圖的個夢和書。

【尾聲】〔老旦〕老殘生兩下裏自支吾。〔外〕俺做的是這地頭軍府。〔老旦〕老爺也，珍重你這滿眼兵戈一腐儒。

〔外下〕〔老旦歎介〕天呵，看揚州兵火滿道。春香，和你徑走臨安去也。

隋堤風物已淒涼，吳融　楚漢寧教作戰場。韓偓
閨閣不知戎馬事，薛濤　雙雙相趁下殘陽。羅鄴

【校】

①格正、葉譜作【夜行船】。參第八齣校①。　②【不是路】，格正、葉譜俱題作【惜花賺】。按，【不是路】爲賺之一種，句字原可增減。此改可謂多此一舉。

第四十三齣　禦淮

【六幺令】〔外引生末，衆扮軍上〕西風揚譟，漫騰騰殺氣兵妖，望黄淮秋捲浪雲高。排雁陣，展龍韜，斷重圍殺過河陽道①。

走乏了。衆軍士，前面何處？〔衆〕淮城近了。〔外望介〕天呵，【昭君怨】剩得江山一半，又被胡笳吹斷。〔衆〕秋草舊長營，血風腥。〔外〕聽得猿啼鶴怨，淚溼征袍如汗。〔衆〕老爺呵，無淚向天傾，且前征。〔外〕衆三軍，俺的兒，你看咫尺淮城，兵勢危急，俺們一邊捨死，先衝入城；一面奏請朝廷，添兵救助。三軍，聽吾號令，鼓勇而行。〔衆哭應介〕謹如軍令。〔行介〕

【四邊静】坐鞍心把定中軍號，四面旌旗繞。旗開日影摇，塵迷日光小。〔合〕胡兵氣驕，南兵路遥。血暈幾重圍，孤城怎生料？

〔外〕前面寇兵截路，衝殺前去！〔下〕

【前腔】〔浄引丑、貼扮衆軍喊上〕李將軍射雁穿心落，豹子翻身嚼。單尖寶蹬挑，把追風膩旗兒裊。〔合前〕〔浄笑介〕你看俺溜金王手下，雄兵萬餘，把淮陰城圍了七週遭，好不緊也。〔内擂鼓喊介〕〔浄〕呀，前路兵風，想是杜安撫來到。分兵一千，迎殺前去。〔虚下〕〔外、衆唱「合前」上〕

〔净衆上打話，單戰介〕〔净叫衆擺長陣攔路介〕〔外叫「衆軍，衝圍殺進城去」介〕〔净〕呀，杜家兵衝入圍城去了，且由他。喫盡糧草，自然投降也。〔合前〕〔下〕

【番卜算】〔老旦、末扮文官上〕鎮日陣雲飄，閃卻烏紗帽。〔净、丑扮武官上〕〔净〕長鎗大劍把河橋，〔丑〕鼓角如龍叫。

〔見介〕請了。【更漏子】〔老旦〕枕淮樓，臨海際，〔末〕殺氣騰天震地。〔丑〕聞炮鼓，使人驚，插天飛不成。〔净〕匣中劍，腰間箭，領取背城一戰。〔合〕愁地道，怕天衝，幾時來杜公。〔老旦〕俺們是淮安府行軍司馬，和這參謀，都是文官。遭此賊兵圍緊，久已迎取安撫杜老大人，還不見到。敢問二位留守將軍：有何計策？〔丑〕依在下所見，降了他罷。〔末〕怎説這話？〔丑〕不降，走爲上計。〔老旦〕走的一丁，走不的十個。〔丑〕這般説，俺小奶奶那一口，放那裏？〔净〕鎖放大櫃子裏。〔丑〕鑰匙呢？〔净〕放俺處。李全不來，替你託妻寄子。〔丑〕李全來呢？〔净〕替你出妻獻子。〔丑〕好朋友，好朋友。〔内擂鼓喊介〕〔生報子上〕報，報，報，正南一枝兵馬，破圍而來。杜老爺到也。〔衆〕快開城迎接去。天地日流血，朝廷誰請纓。〔並下〕

【金錢花】②〔外引衆上〕連天殺氣蕭條，蕭條。連城圍了週遭，週遭。風喇喇，陣旗飄。叫開城，下弔橋。〔老旦等上〕〔合〕文和武，索迎着。

〔跪迎介〕文武官屬，迎接老大人。〔外〕起來，敵樓相見。〔老旦等應，起，下〕

【前腔】〔外〕胡塵染惹征袍，征袍。血花風腥寶刀，寶刀。〔内擂鼓介〕淮安鼓，揚州簫。擺鸞旗，登麗譙。〔合〕排衙了，列功曹。

〔到介〕〔貼扮辦事官上〕稟老爺，升堂。

【粉蝶兒引】③ 〔外〕萬里寄龍韜，那得戍樓清嘯？

〔貼報門介〕文武官屬進。〔老旦等參見介〕孤城累卵，方當萬死之危；開府弄丸，來赴兩家之難。凡俺官僚，禮當拜謝！〔外〕兵鋒四起，勞苦諸公，皆老夫遲慢之罪。只長揖便了。〔衆應起揖介〕〔外〕看來此賊頗有兵機。放俺入城，其中有計。〔衆〕不過穿地道，起雲梯，下官粗知備禦。〔外〕怕的是鎖城之法耳。〔丑〕敢問何謂鎖城？是裏面鎖？外面鎖？外面鎖，鎖住了溜金王；若裏面鎖，連下官都鎖住了。〔外〕不提起罷了。城中兵幾何？〔净〕一萬三千。〔外〕糧草幾何？〔末〕可支半年。〔外〕文武同心，救援可待。〔内擂鼓喊介〕〔生扮報子上〕報，報，李全兵緊圍了。〔外長嘆介〕這賊好無理也！

【剷鍬兒】④ 兵多食廣禁圍繞，則要你文班武職兩和調。〔衆〕巡城徹昏曉，這軍民苦勞。〔内喊介〕〔泣介〕〔合〕那兵風正號，俺軍聲静悄。〔外拜天〕〔衆扶同拜介〕淚灑孤城，把蒼天暗禱。〔衆〕

【前腔】 危樓百尺堪長嘯，籌邊兩字寄英豪。〔外〕江淮未應小，君侯佩刀。

〔合前〕

〔外〕從今日起，文官守城，武官出城，隨機策應。〔丑〕則怕大金家來了。〔外〕金兵呵，

【尾聲】 他看頭勢而來不定交，休先倒折了趙家旗號。便來呵，也少不得死裏求

生那一着敲。

〔净〕日日風吹虜騎塵，陳　標〔丑〕三千犀甲擁朱輪。陳　陶

〔外〕胸中别有安邊計，曹　唐〔衆〕莫遣功名屬别人。張　籍

【校】

①「斷重圍」句，按譜疊一句。②【金錢花】，當作【紅繡鞋】。③【粉蝶兒引】，「引」字衍。此爲引子，但取首二句，首句應爲四字句。④【剷鍬兒】，南詞新譜作【刬鍬令】，是。

第四十四齣　急難

【菊花新】〔旦上〕曉妝臺圓夢鵲聲高，閒把金釵帶笑敲。博山秋影摇，盼泥金俺明香暗焦。

鬼魂求出世，貧落望登科。夫榮妻貴顯，凝盼事如何？俺杜麗娘，跟隨柳郎科試，偶逢天子招賢，只這些時還遲喜報。正是：長安咫尺如千里，夫壻迢遥第一人。

【出隊子】〔生上〕詞場湊巧①，無奈兵戈起禍苗。盼泥金賺殺玉多嬌，他待地窟裏隨人上九霄。一脈離魂，江雲暮潮。

〔見介〕〔旦〕柳郎，你回來了。望你高車晝錦，爲何徒步而回？〔生〕聽俺道來：

【瓦盆兒】去遲科試、收場鎖院散羣豪，〔旦〕咳，原來去遲了。〔生〕喜逢着舊知交。〔旦〕可曾補上？〔生〕虧他滿船明月又把去珠淘，〔旦喜介〕好了。放榜未？〔生〕恰正在奏龍樓、開鳳榜、蹊蹺。〔旦〕怎生蹊蹺？〔生〕你不知，大金家兵起，殺過淮揚來了。忙喇煞細柳營、權將杏苑抛，剛則遲誤了你夫人花誥。〔旦〕遲也不争幾時。則問你淮揚地方，便是俺爹爹管轄之處了？〔生〕便是。〔旦哭介〕天也，俺的爹娘怎了！〔泣介〕〔生〕直恁的活擦擦，痛生生腸斷了，比如你在泉路裏可心焦？〔旦〕罷了。奴有一言，未忍啓齒。〔生〕但説不妨。〔旦〕柳郎，放榜之期尚遠，欲煩你淮揚打聽爹娘消耗，未審許否？〔生〕謹依尊命，奈放小姐不下。〔旦〕不妨，奴家自會支吾。〔生〕這等就此起程了。

【榴花泣】〔旦〕白雲親舍，俺孤影舊梅梢，道香魂恁寂寥，怎知魂向你柳枝銷？維揚千里，長是一靈飄。回生事少，爹娘呵，聽的俺，活在人間驚一跳。平白地鳳壻過門，好似半青天鵲影成橋。

【前腔】〔生〕俺且行且止，兩處係心苗，要留旅店伴多嬌。〔旦〕有姑姑爲伴。〔生〕陰人難伴你這冷長宵，把心兒不定，還怕你舊魂飄。〔旦〕再不飄了。〔生〕俺文高中高，怕一時榜下歸難到。〔旦泣介〕俺爹娘呵！〔生〕你念雙親捨的離情，俺爲半子怎惜攀高？

小姐，卑人拜見岳翁岳母，起頭便問及回生之事了。

【漁家燈】〔旦歎介〕説的來似怪如妖，怕爹爹執古妝喬。〔想介〕有了，將奴春容帶在身傍，但見了一幅春容，少不的問俺兩下根苗。〔生〕問時，怎生打話？〔旦〕則説是天曹，偶然注定的姻緣到，驀踏着墓墳開了。〔生〕説你先到俺書齋纔好。〔旦羞介〕休喬，這話教人笑，略説與梅香賊牢。

【前腔】〔生〕俺滿意兒待駟馬過門，和你離魂女同歸氣高。誰承望掭高親去傍干戈？怕寒儒欠整衣毛。〔旦〕女壻老成些不妨，則途路孤悽，使奴罣念。〔生〕秋霄，雲横雁字斜陽道，向秦淮夜泊魂消。〔旦〕夫，你去時冷落些，回來報中狀元呵。〔生〕名標，大拜門喧笑，抵多少駙馬還朝。

〔净上〕雨傘晴兼雨，春容秋復春。包袱雨傘在此。

【尾聲】〔拜别介〕〔旦〕秀才郎探的個門楣着，〔生〕報重生這歡聲不小。〔旦〕柳郎，那裏平安了便回，休只顧的月明橋上聽吹簫。

〔生〕不爲經時謁丈人，劉商　〔旦〕囊無一物獻尊親。杜甫

〔生〕馬蹄漸入揚州路，章孝標　〔旦〕兩地各傷無限神。元稹

【校】

①「詞場湊巧」，清暉閣本疊一句。

第四十五齣　寇間

【包子令】〔老旦外扮賊兵巡哨上〕大王原是小嘍囉，嘍囉。娘娘原是小旗婆，旗婆。立下個草朝忒快活，虧心又去搶山河。〔合〕轉巡羅，山前山後一聲鑼。兄弟，大王爺攻打淮城，要個人見杜安撫打話，大路頭影兒没一個，小路頭尋去。〔唱前合下〕〔末雨傘包袱上〕

【駐馬聽】家舍南安，有道爲生新失館。要腰纏十萬，教學千年，方纔滿貫。俺陳最良，爲報杜小姐之事，揚州見杜安撫大人。誰知他淮安被圍，教俺没前没後。大路上不敢行走，抄從小路而去。學先師傳食走胡旋，怯書生避寇遭塗炭。你看樹影凋殘，猿啼虎嘯教人歎。

〔老外上〕明知山有虎，故向虎邊行。烏漢那裏去？〔拿介〕〔末〕饒命！大王！〔外〕還有個大王哩。〔末〕天天，怎了？正是：烏鴉喜鵲同行，吉凶全然未保。〔並下〕

【普賢歌】〔净丑衆上〕莽乾坤生俺賊兒頑，誰道賊人膽裏單？南朝俺不蠻，北朝俺不番。甚天公有處安排俺。

娘娘，俺和你圍了淮安許時，只是不下，要得個人去淮安打話，兼看杜安撫動定如何？則眼下無人可使哩。〔丑〕必得杜老兒親信之人，將計就計，方纔可行。〔外綁末上〕

【粉蝶兒】没路走羊腸，天天呵，撞入這屠門怎放？

〔見介〕〔外〕稟大王，拿得個南朝漢子在此。〔净〕是個老兒，何方人氏？作何生理？〔末〕聽稟：

【大迓鼓】生員陳最良，南安人氏，訪舊淮揚。〔净〕訪誰？〔末〕便是杜安撫。他後堂曾設扶風帳。〔丑〕你原來他衙中教學，幾個學生？〔末〕則他甄氏夫人，單生下一女。女書生年少亡①。〔丑〕還有何人？〔末〕義女春香，夫人伴房。

〔丑笑背介〕一向不知杜老家中事體，今日得知，吾有計矣。〔回介〕這腐儒，且帶在轅門外去。〔衆應，押末下介〕〔丑〕大王，奴家有了一計。昨日殺了幾個婦人，可於中取出首級二顆，則説杜家老小，回至揚州。被俺手下殺了，獻首在此。故意蘇放那腐儒，傳示杜老，杜老心寒，必無守城之意矣。〔净〕高見！高見！〔净起低聲分付介〕叫中軍。〔生上〕〔净〕俺請那腐儒講話中間，你可將昨日殺的婦人首級二顆來獻，則説是杜安撫夫人甄氏，和他使女春香，牢記着。〔生應下〕〔净〕左右，再拿秀才來見。〔衆押末上介〕〔末〕饒命！大王。〔净〕你是個細作，不可輕饒。〔丑〕勸大王鬆了他，聽他講些兵法到好。〔净〕也罷，依娘娘説，鬆了他。〔衆放末綁介〕〔末叩頭介〕叩謝大王、娘娘不殺之恩。〔净〕起來，講些兵法俺聽。〔末〕衛靈公問陳於孔子，孔子不對，説道吾未見好德如好色者也。〔净〕這是怎麼説？〔末〕則因彼時衛靈公有個夫人南子同座，先師所以怕得講話。〔净〕他夫人是「南子」，俺這娘娘是婦人。〔内擂鼓，生扮報子上〕報，報，報，揚州路上兵馬，殺了杜安撫家小。徑來獻首級討賞。〔净看介〕則怕是假的？〔衆〕千真萬真，夫人甄氏，這使女叫做春香。〔末做看認，驚哭介〕天呵！真個是老夫人和春香也。〔净〕哇！腐儒啼哭什麽？還要打破淮城，殺杜老兒去。〔末〕饒了罷，大王。〔浄〕要饒他，除非獻了這座淮安城罷。〔末〕這等，容生員去傳示大王虎威，立取回報。〔丑〕大王恕你一刀，腐儒快走。〔内擂鼓發喊，開門介〕〔末作怕介〕

【尾聲】顯威風記的這溜金王②，〔浄丑〕你去説與杜安撫呵，着什麽耀武揚威早納降，俺實實的要展江山非是謊。〔浄丑下〕

〔末打躬送介〕〔弔場〕活强盜，活强盜，殺了杜老夫人、春香，不免城中報去。

海神東過惡風迴，李白　日暮沙場飛作灰。常建

今日山翁舊賓主，劉禹錫　與人頭上拂塵埃。李山甫

【校】

①「女書生」句，格正云：「第五句脱一字。」　②此句原作浄唱，當改。

第四十六齣　折寇

【破陣子】①〔外戎裝佩劍引衆上〕接濟風雲陣勢，侵尋歲月邊陲。〔内擂鼓喊介〕〔外歎介〕你看虎咆般砲石連雷碎，雁翅似刀輪密雪施。李全，李全，你待要霸江山，吾在此。

【集唐】誰能談笑解重圍皇甫冉？萬里胡天鳥不飛高駢。今日海門南畔事高駢，滿頭霜雪爲兵機韋莊。我杜寶，自到淮揚，即遭兵亂。孤城一片，困此重圍。只索調度兵糧，飛揚金鼓。生還無日，死守由天。潛坐敵樓之中，追想靖康而後，中原一望，萬事傷心。

【玉桂枝】問天何意，有三光不辨華夷？把腥羶吹換人間，這望中原做了黃沙片地。〔惱介〕猛冲冠怒起，猛冲冠怒起，是誰弄的，江山如是？〔歎介〕中原已矣！關河困，心事違。也則要保揚州，濟淮水。俺看李全賊數萬之衆，破此何難？進退遲疑，其間有故，俺有一計可救圍，恨無人與遊説。

〔内擂鼓介〕〔净報子上〕羽檄場中無雁到，鬼門關上有人來。好笑，城圍的鐵桶似緊，有秀才來打秋風，則索報去。稟老爺：有個故人相訪。〔外〕敢是奸細？〔净〕説是江右南安府陳秀才。〔外〕這迂儒，怎生飛的進來？快請見〔末上〕

【浣溪紗】② 擺旌旗，添景致，又不是鬧元宵鼓炮齊飛。杜老爺在那裏。〔外笑出迎介〕忽聞的千里故人誰？〔歎介〕原來是先生到此，教俺驚垂淚。〔末〕老公相頭通白了。〔合〕白首相看俺與伊，三年一見愁眉。

〔拜介〕【集唐】〔末〕頭白乘驢懸布囊盧綸，〔外〕故人相見憶山陽譚用之。〔末〕橫塘一別千餘里許渾，〔外〕卻認并州作故鄉賈島。〔末〕恭諗公相，又苦傷老夫人回揚州，被賊兵所算了。〔外驚介〕怎知道？〔末〕生員在賊營中，眼同驗過老夫人首級，同春香都殺了。〔外哭介〕天呵，痛殺俺也！

【玉桂枝】 相夫登第，表賢名甄氏吾妻。稱皇宣一品夫人，又待伴俺立雙忠烈女。想賢妻在日，想賢妻在日，凄然垂淚，儼然冠帔。〔外哭倒，衆扶介〕〔末〕我的老夫人，老夫人，怎了！你將官們也大家哭一聲兒麼！〔衆哭介〕老夫人呵。〔外作惱，拭淚介〕呀，好没來由，夫人是朝廷命婦，罵賊而死，理所當然。我怎爲他亂了方寸，灰了軍心？身爲將，怎顧的私？任悽惶，百無悔。陳先生，溜金王還有講麽？〔末〕不好説得，他還要殺老先生。〔外〕咳，他殺俺甚意兒？俺殺他全爲國。

〔末〕依了生員，兩下裏都不要殺。〔做扯外耳語介〕那溜金王要這座淮安城。〔外〕噤聲！那賊營中，是一個座位？是兩個座位？〔末〕他和妻子連席而坐。〔外笑介〕這等，吾解此圍必矣。先生竟爲何來？〔末〕老先生不問，幾乎忘了。爲小姐墳兒被盜，徑來相報。〔外驚介〕天呵，塚中枯骨，與賊何仇，都則爲那些寶玩害了也。賊是誰？〔末〕老公相去後，石道姑招了個嶺南遊棍柳夢梅爲伴。見物起心，一夜劫墳逃去，尸骨丢在池水中，因此不遠千里而告。〔外歎介〕女墳被發，夫人遭難，正是：未歸三尺土，難保百年身；既歸三尺土，難保百年墳。也索罷了，則可惜先生一片好心。〔末〕生員拜別老公相後，一發貧薄了。〔外歎介〕軍中倉卒，無以爲情。我把一大功勞，先生幹去。〔末〕願效勞。〔外〕我久寫下咫尺之書，要李全解散三軍之衆。餘無可使，煩公一行。左右，取過書儀來，儻説得李全降順，便可歸奏朝廷，自有個出身之處。〔生取書儀上〕儒生三寸舌，將軍一紙書。書儀在此。〔末〕途費謹領。送書一事，其實怕人。〔外〕不妨。

【榴花泣】兵如鐵桶一使在其中，將折簡、去和戎，陳先生，你志誠打的賊兒通。雖然寇盜奸雄，他也相機而動。〔末〕恐遊説非書生之事。〔外〕看他開圍放你而來，其意可知。你這書生、正好做傳書用。〔末〕仗恩臺一字長城，借寒儒八面威風。〔内鼓吹介〕

【尾聲】〔外〕戍樓羌笛話匆匆，事成呵，你歸去朝廷沾寸寵。這紙書，敢則是保障江淮第一封。

〔外〕隔河征戰幾歸人，劉長卿　〔末〕五馬臨流待幕賓。盧　綸

〔外〕勞動先生遠相訪，王　建　〔末〕恩波自會惜枯鱗。劉長卿

【校】

①【破陣子】，實爲【破陣子】犯【齊天樂】。

②【浣溪紗】，格正、葉譜以爲【浣溪紗】犯【東甌令】。

第四十七齣　圍釋

【出隊子】〔貼通事上〕一天之下①，南北分開兩事家。中間放着個蓼兒洼，明助着番家打漢家。通事中間，撥嘴撩牙。

事有足詑，理有必然。自家溜金王麾下一名通事便是。好笑，好笑，俺大王助金圍宋，攻打淮城。誰知北朝，暗地差人去到南朝講話。正是：暫通禽獸語，終是犬羊心。〔下〕〔净引衆上〕

【雙勸酒】横江虎牙，插天鷹架。擂鼓揚旗，衝車甲馬。把座錦城墻圍的陣雲花，杜安撫你有翅難加。

自家溜金王，攻打淮城，日久未下。外勢雖然虎踞，中心未免狐疑。一來怕南朝大兵，兼程策應；二來怕北朝見責，委任無功；真個進退兩難。待娘娘到來計議。〔丑上〕驅兵捉將蚩尤女，捏鬼妝神豹子妻。大王，你可聽見，大金家有人南朝打話，回到俺營門之外了。〔净〕有這事。〔老旦扮番將，帶刀騎馬上〕

北【夜行船】② 大北裏宣差傳站馬，虎頭牌滴溜的分花。〔外扮馬夫趕上介〕滑了，滑了。〔老旦〕那古裏誰家？跑翻了拽喇。怎生呵，大營盤没個人兒答煞？〔外大叫介〕溜金爺，北朝天使到來。〔下〕〔净丑作慌介〕快叫通事請進。〔貼上，接跪介〕溜金王患病了，請那顏進。〔老旦〕可纔可纔，道句兒克卜喇。

〔下馬，上坐介〕都兒，都兒。〔净問貼介〕怎麽説？〔貼〕惱了。〔净丑舉手，老旦做惱不回介〕〔指净介〕鐵力温都答喇。〔净問貼介〕怎説？〔貼〕不敢説，要殺了。〔净〕卻怎了？〔老旦做看丑笑介〕忽伶，忽伶。〔丑問貼介〕〔貼〕歎娘娘生得妙。〔老旦〕克老，克老。〔貼〕説走渴了。〔老旦手足做忙介〕兀該打刺。〔貼〕叫馬乳酒。〔老旦〕約兒兀只。〔貼〕要燒羊肉。〔净叫介〕快取羊肉乳酒來。〔外持酒肉上介〕〔老旦灑酒取刀割羊肉吃，笑將羊油手擦胸介〕一六兀刺的。〔貼〕不惱了，説有禮體。〔老旦作醉介〕鎖陀八，鎖陀八。〔貼〕説醉了。〔老旦作看丑介〕倒喇，倒喇。〔丑笑介〕怎説？〔貼〕要娘娘唱個曲兒。〔丑〕使得。

北【清江引】呀，啞觀音，覷着個番答辣，胡蘆提笑哈。兀那是都麻，請將來岸答，撞門兒一句咬兒只不毛古喇。

通事，我斟一杯酒，你送與他。〔貼作送酒介〕阿阿兒該力。〔丑〕通事，説甚麽？〔貼〕小的稟娘娘送酒。〔丑〕着了。〔老旦作醉，看丑介〕孛知，孛知。〔貼〕又央娘娘舞一回。〔丑〕使得，取我梨花槍來。

【前腔】〔持槍舞介〕冷梨花、點點風兒刮，裊得腰身乍。胡旋兒打一車，花門折一花，把一個睃啜老那顏風勢煞。

〔老旦反背拍袖笑倒介〕忽伶，忽伶。〔貼扶起老旦介〕〔老擺手到地介〕阿來不來。〔貼〕這便是唱喏，叫唱一直。〔老笑點頭招丑介〕哈嗽，哈嗽。〔貼〕要問娘娘。〔丑笑介〕問甚麽？〔老扯丑輕説介〕哈嗽兀該毛克喇，毛克喇。〔丑笑問貼介〕怎説？〔貼作摇頭介〕問娘娘討件東西。〔丑笑介〕討甚麽？〔貼〕通事不敢説。〔老笑倒介〕古魯，古魯。〔浄背叫貼問介〕他要娘娘什麽東西？古魯古魯不住的。〔貼〕這件東西，是要不得的。便要時，則怕娘娘不捨的；便是娘娘捨的，大王也不捨的；便大王捨的，小的也不捨得。〔浄〕甚東西，直恁捨不的？〔貼〕他這話到明，哈嗽兀該毛克喇，要娘娘有毛的所在。〔浄作惱介〕氣也！氣也！這臊子好大膽，快取槍來。〔作持花槍趕殺介〕〔貼扶醉老旦走〕〔老提酒壺叫古魯古魯架住槍介〕

北【尾】〔浄〕你那醋葫蘆指望把梨花架，臊奴，鐵圍墻敢靠定你大金家。〔搊倒老介〕則踹着你那幾莖兒苫嘴的赤支沙，把那噷腥臊的啵子兒生搽殺。

〔丑扯住浄，放老介〕〔老〕曳喇曳喇哈哩。〔指浄介〕力婁吉丁母剌失，力婁吉丁母剌失。〔作閃袖走下介〕〔浄〕氣殺我也！那曳喇哈的什麽？〔貼〕叫引馬的去。〔浄〕怎指着我力婁吉丁母剌失？〔貼〕這要奏過他主兒，叫人來相殺。〔浄作惱介〕〔丑〕老大王，你可也當着不着的。〔浄〕啐！着了你那毛格喇哩。〔丑〕便許他在那裏，你卻也忒撚酸。〔浄不語介〕正是，我一時風火性，大金家得知，這溜金王到有些欠穩。〔丑〕便是，番使南朝而回，未必其中無③話。〔浄〕娘娘高見何如？〔丑〕容奴家措思。〔内擂鼓介〕〔帖扮報子上〕報，報，報，前日放去的老秀才，從淮城中單馬飛來，道有緊急，投見大王。〔丑〕恰好，着他進來。

【縷縷金】④〔末上〕無之奈，可如何？書生承將令，强嘍囉。〔内喊〕〔末驚跌介〕一聲金砲響，將人跌蹉。可憐，可憐，密札札干戈其間放着我。

〔貼唱門介〕生員進。〔末見介〕萬死一生，生員陳最良，百拜大王殿下，娘娘殿下。〔浄〕杜安撫獻了城池？〔末〕城池不爲希罕，敬來獻一座王位與大王。〔净〕寡人久已爲王了。〔末〕正是官上加官，職上添職。杜安撫有書呈上。〔净看書介〕通家生杜寶頓首李王麾下：〔問末介〕秀才，我與杜安撫有何通家？〔末〕漢朝有個李杜至交，唐朝也有個李杜契友，因此杜安撫斗膽稱個通家。〔净〕這老兒好意思，書有何言？

【一封書】〔讀書介〕聞君事外朝，虎狼心、難定交。肯回心聖朝，保富貴、全忠孝。平梁取采須收好，背暗投明帶早超。憑陸賈，説莊蹻，顒望麾慈即鑒昭。〔笑介〕這書勸我降宋，其實難從。外密啓一通，奉呈尊閫大人。〔笑介〕杜安撫也畏敬娘娘哩。〔丑〕你念我聽。〔净看書介〕通家生杜寶斂袵楊老娘娘帳前。咳也，杜安撫與娘娘，又通家起來。〔末〕大王通得去，娘娘也通得去。〔净〕也通得去。只漢子不該説斂袵。〔末〕娘娘肯斂袵而朝，安撫敢不斂袵而拜？〔丑〕説的好。細念我聽。〔净念書介〕通家生杜寶斂袵楊老娘娘帳前：遠聞金朝封貴夫爲溜金王，並無封號及於夫人，此何禮也？杜寶久已保奏大宋，勑封夫人爲討金娘娘之職。伏惟妝次，鑒納。不宣。好也，到先替娘娘討了恩典哩。〔丑〕陳秀才，封我討金娘娘，難道要我征討大金家不成？〔末〕受了封誥後，但是娘娘要金子，都來宋朝取用。因此叫做討金娘娘。〔丑〕這等是你宋朝美意。〔末〕不説娘娘，便是衛靈公夫人，也説宋朝之美。〔丑〕依你説，我冠兒上金子，成色要高。我是帶盔兒的娘子，近時人家首飾渾脱，就一個盔兒，要你南朝，照樣打造一付送我。〔末〕都在陳最良身上。〔净〕你只顧討金，討金，把我這溜金王溜在那裏？〔丑〕連你也做了討金王罷。〔净〕謝承了。〔末叩頭介〕

則怕大王娘娘退悔。〔丑〕俺主意定了，便寫下降表，齎發秀才回奏南朝去。

【前腔】〔净〕歸依大宋朝，怕金家成禍苗。〔丑〕秀才，你擔承這遭，要黄金須任討。〔末〕大王，你鄱陽湖磬響收心早；娘娘，你黑海岸回頭星宿高。〔合〕便休兵，隨聽招，免的名標在叛賊條。

〔净〕秀才，公館留飯，星夜草表送行。〔舉手送末拜别介〕

【尾聲】〔净〕咱比李山兒何足道，這楊令婆委實高。〔末〕帶了你這一紙降書，管取那趙官家歡笑倒。〔末下〕

〔净丑弔場〕〔净〕娘娘，則爲失了一邊金，得了兩條王。人要一個王不能勾，俺領下兩個王號，豈不樂哉！〔丑〕不要慌，還有第三個王號。〔净〕什麽王號？〔丑〕叫做齊肩一字王。〔净〕怎麽？〔丑〕殺哩。〔净〕隨順他，又殺什麽？〔丑〕你俺兩人作這大賊，全仗金韃子威勢，如今反了面，南朝拿你何難？〔净作惱介〕哎喲，俺有萬夫不當之勇，何懼南朝！〔丑〕你真是個楚霸王，不到烏江不止。〔净〕胡説！便作俺做楚霸王，要你做虞美人，定不把趙康王占了你去。〔丑〕罷，你也做楚霸王不成，奴家的虞美人也做不成，换了題目做。〔净〕什麽題目？〔丑〕范蠡載西施。〔净〕五湖在那裏？去做海賊便了。〔丑作分付介〕衆三軍，俺已降順了南朝，暫解淮圍，海上伺候去。〔衆應介〕解圍了。〔内鼓介〕船隻齊備了。〔内鼓介〕稟大王起行。〔行介〕

【江頭送别】〔净〕淮揚外，淮揚外，海波摇動。東風勁，東風勁，錦帆吹送。奪取蓬萊爲巢洞，鼇背上立着旗峯。

【前腔】〔丑〕順天道，順天道，放些兒閒空。招安後，招安後，再交兵言重。險做了爲金家傷炎宋，權袖手、做個混海癡龍。

〔衆〕稟大王娘娘，出海了。〔净〕且下了營，天明進發。

〔净〕干戈未定各爲君，許渾　〔丑〕龍鬭雌雄勢已分。常建

〔净〕獨把一麾江海去，杜牧　〔衆〕莫將弓箭射官軍。竇鞏

【校】

① 一天之下，清暉閣本有疊句。　② 北【夜行船】，格正本以爲當作北【夜行船帶過沽美酒】。　③ 無，原作「有」，據朱墨本改。　④ 【縷縷金】，格正題作【金孩兒】，謂【縷縷金】犯【耍孩兒】。葉譜題作【雙金圓】，謂【縷縷金】犯【小團圓】。末句「其間放着我」，兩本都作疊句。

第四十八齣　遇母

【十二時】①〔旦上〕不住的相思鬼，把前身退悔。土臭全消，肉香新長，嫁寒儒客店裏孤棲。〔浄上〕又着他攀高謁貴。

【浣溪沙】〔旦〕寂寞秋窗冷簟紋，〔浄〕明璫玉枕舊香塵，〔旦〕斷潮歸去夢郎頻。〔浄〕桃樹巧逢前度客，〔旦〕翠煙真是再來人，〔合〕月高風定影隨身。〔旦〕姑姑，奴家喜得重生，嫁了柳郎，只道一舉成名，同去拜訪爹娘。誰知朝廷爲着淮南兵亂，開榜稽遲。我爹娘正在圍城之内，只得賫發柳郎，往尋消耗。撇下奴家錢塘客店，你看那江聲月色，悽愴人也！〔浄〕小姐，比你黄泉之下，景致争多？〔旦〕這不在話下。

【針綫箱】雖則是荒村店江聲月色，但説着墳窩裏前生今世。則這破門簾亂撒星光内，煞强似洞天黑地。姑姑呵，三不歸父母如何的？七件事兒夫家靠誰？心悠曳，不死不活，睡夢裏爲個人兒。〔浄〕似小姐的罕有。

【前腔】伴着你半間靈位，又守見你一房夫壻。〔旦〕姑姑，那夜搜尋秀才，知我閃在那裏？〔浄〕則道晝幀兒怎放的個人迴避？做的事瞞神謊鬼。昏黑了，你看月兒黑黑的星兒晦，螢火青青似鬼火吹。〔旦〕好上燈了。〔浄〕没油。黑坐地，三花兩燄，留的你照解羅衣。

〔旦〕夜長難睡，還向主家借些油去。〔浄〕你院子裏坐坐，咱去借來。合着油瓶蓋，踏碎玉蓮蓬。

〔下〕〔旦玩月嘆介〕〔老旦貼行路上〕

【月兒高】江北生兵亂，江南走多半。不載香車穩，趿的鞋鞋斷。夫主兵權，望天涯生死如何判？前呼後擁、一個春香伴，鳳髻消除、打不上揚州纂。上岸了到臨安，趁黄昏黑影林巒，生忔察的難投館。

〔貼〕且喜到臨安了。〔老〕咳，萬死一逃生，得到臨安府。俺女娘無處投，長路多孤苦。〔貼〕前面像是個半開門兒，驀了進去。〔老進介〕呀，門房空静，内可有人？〔旦〕誰？〔貼〕是個女人聲息，待打叫一聲：開門。

【不是路】②〔旦驚介〕斜倚雕闌，何處嬌音唤啓關。〔老〕行程晚，女娘們借住霎兒間。〔旦〕聽他言，聲音不似男兒漢，待自起開門月下看。〔見介〕〔旦〕是一位女娘，請裏坐。〔老〕相提盼，人間天上行方便。〔旦〕趨迎遲慢，趨迎遲慢。〔打照面介〕〔老作驚介〕

【前腔】破屋頽椽，姐姐呵，你怎獨坐無人燈不燃？〔旦〕這閒庭院，玩清光長送過這月兒圓。〔老背叫貼〕春香，這像誰來？〔貼驚介〕不敢説，好像小姐。〔老〕你快瞧房兒裏面，還有甚人？若没有人，敢是鬼也。〔貼下〕〔旦背〕這位女娘好像我母親，那丫頭好像春香。〔作回問介〕敢問老夫人，何方而來？〔老歎介〕自淮安，我相公是淮揚安撫遭兵難，我避虜逃生到此間。〔旦背介〕是我母親了，我可認他。〔貼慌上，背語老介〕一所空房子，通没個人影兒，是鬼，是鬼。〔老作怕介〕〔旦〕聽他説起，是我的娘也。〔向前哭娘介〕〔老作避介〕敢是我女孩兒，怠慢了你，你活現了。春香，有隨身紙錢，快丢，快丢。〔貼丢紙錢介〕〔旦〕兒不是鬼。〔老〕不是鬼，我叫你三聲，要你應我，一聲高如一聲。〔做三叫三應聲漸低介〕〔老〕是鬼也。〔旦〕娘，你女兒有話講。〔老〕則略靠遠，冷淋侵一陣風兒旋，這般活現。〔旦〕那些活現？

〔扯老〕〔老作怕介〕兒，手恁般冷。〔貼叩頭介〕小姐，休要撚了春香。〔老〕兒，不曾廣超度你，是你父親古執。〔旦哭介〕娘，你這等怕，女孩兒死不放娘去了。

【前腔】〔浄持燈上〕門户牢拴，爲甚空堂人語諠？〔照地介〕這青苔院，怎生吹落紙黄錢？〔貼〕夫人，來的不是道姑？〔老〕可是。〔浄驚介〕呀，老夫人和春香那裏來？這般大驚小怪。看他打盤旋，那夫人呵，怕漆燈無燄將身遠，小姐，恨不得幽室生輝得近前。〔旦〕姑姑快來，奶奶害怕。〔貼〕這姑姑敢也是個鬼？〔浄扯老照旦介〕休疑憚，移燈就月端詳遍，可是當年人面？〔合〕是當年人面。

〔老抱旦泣介〕兒呵，便是鬼，娘也不捨的去了。

【前腔】腸斷三年，怎墜海明珠去復旋？〔旦〕爹娘面，陰司裏憐念把魂還。〔貼〕小姐，你怎生出的墳來？〔旦〕好難言。〔老〕是怎生來？〔旦〕則感的是東嶽大恩眷，托夢一個書生把墓踹穿。〔老〕書生何方人氏？〔旦〕是嶺南柳夢梅。〔貼〕怪哉，當真有個柳和梅。〔老〕怎同他來此？〔旦〕他來科選。〔老〕這等是個好秀才，快請相見。〔旦〕我央他看淮揚動静去把爹娘探，因此上獨眠深院，獨眠深院。

〔老背與貼語介〕有這等事。〔貼〕便是，難道有這樣出跳的鬼。〔老回泣介〕我的兒呵，

【番山虎】則道你烈性上青天，端坐在西方九品蓮，不道三年鬼窟裏重相見。哭的我手麻腸寸斷，心枯淚點穿，夢魂沈亂。我神情倒顛，看時兒立地，叫時娘各天。怕你茶飯無澆奠，牛羊侵墓田。〔合〕今夕何年？今夕何年？咦，還怕這相逢夢邊。

【前腔】〔旦泣介〕你拋兒淺土，骨冷難眠。喫不盡爺娘飯，江南寒食天。可也不想有今日，也道不起從前。似這般糊突謎，甚時明白也天？鬼不要，人不嫌。不是前生斷，今生怎得連。〔合前〕

〔老〕老姑姑，也虧你守着我兒。

【前腔】〔浄〕近的話不堪提嚥，早森森地心疎體寒。空和他做七做中元，怎知他

成雙成愛眷。〔低與老介〕我捉鬼拿姦，知他影戲兒做的恁活現。〔合〕這樣奇緣，這樣奇緣，打當了輪迴一遍。

【前腔】〔貼〕論魂離倩女是有，知他三年外靈骸怎全？則恨他同棺槨，少個郎官，誰想他爲院君這宅院？小姐呵，你做的相思鬼穿，你從夫意專。那一日春香不鋪其孝筵，那節兒夫人不哀哉醮薦。早知道你撇離了陰司，跟了人上船。〔合前〕

【尾聲】〔老〕感的化生女顯活在燈前面，則你的親爹，他在賊子窩中没信傳。〔旦〕娘放心，有我那信行的人兒，他穴地通天打聽的遠。

想像精靈欲見難，歐陽詹　碧桃何處便驂鸞？薛　逢
莫道非人身不煖，白居易　菱花初曉鏡光寒。許　逢

【校】

①【十二時】，格正、葉譜俱題作【十二漏聲高】，謂【玉漏遲】犯【十二時】、【高陽臺】。

②【不是路】，參第四十二齣箋文。

第四十九齣　淮泊

【三登樂】〔生包袱雨傘上〕有路難投，禁得這亂離時候。走孤寒落葉知秋。爲嬌妻，思岳丈，探聽揚州。又誰料他困守淮揚，索奔前答救。

【集唐】那能得計訪情親李白，濁水污泥清路塵韓愈。自恨爲儒逢世難，卻憐無事是家貧韋莊。俺柳夢梅，陽世寒儒，蒙杜小姐陰司熱寵，得爲夫婦，相隨赴科。且喜殿試攛過卷子，又被邊報躭誤榜期。因此小姐呵，聞説他尊翁淮揚兵急，叫俺沿路上體訪安危。親賫一幅春容，敬報再生之喜。雖則如此，客路貧難，諸凡路費之資，盡出壙中之物。其間零碎寶玩，急切典賣不來。有些成器金銀，土氣銷鎔有限。兼且小生看書之眼，並不認得等子星兒。一路上賺騙無多，逐日裏支分有盡。得到揚州地面，恰好岳丈大人移鎮淮城。賊兵阻路，不敢前進。且喜因循解散，不免迤邐數程。

【錦纏道】早則要、醉揚州尋杜牧、夢三生花月樓，怎知他長淮去休？那裏有纏十萬順天風跨鶴閒遊？則索傍漁樵尋食宿敗荷衰柳，添一抹五湖秋，那秋意兒有許多迤逗。咱功名事未酬，冷落我斷腸閨秀。堪回首，算江南江北有十分愁。

一路行來，且喜看見了插天高的淮城，城下一帶清長淮水。那城樓之上，還掛有丈六闊的軍門旗號。大吹大擂，想是日晚掩門了，且尋小店歇宿。〔丑上〕多攙白水江湖酒，少趲黄邊風月錢。秀才投宿麽？〔生進店介〕〔丑〕要果酒？案酒？〔生〕天性不飲。〔丑〕柴米是要的。〔生〕喫倒算。〔丑〕算倒喫。〔生〕花銀五分在此。〔丑〕高銀散碎些，待我稱一稱。〔稱介〕〔作驚叫介〕銀子走了。〔尋介〕〔生〕怎大驚小怪？〔丑〕秀才，銀子地縫裏走了，你看碎珠兒。〔生〕這等，還有幾塊在這裏。〔丑接銀又走，三度介〕呀，原來秀才會使水銀。〔生〕因何是水銀？〔背介〕是了，是小姐殯斂之時，水銀在口，龍含土成珠而上天，鬼含汞成丹而出世，理之然也。此乃見風而化。原初小姐死，水銀也死；如今小姐活，水銀也活了。則可惜這神奇之物，世人不知。〔回介〕也罷了。店主人，你將我花銀都消散去了，如今一釐也無。這本書是我平日看的，淮酒一壺。〔丑〕書破了。〔生〕貼你一枝筆。〔丑〕筆開花了。〔生〕此中使客往來，你可也聽見讀書破萬卷？〔丑〕不聽見。〔生〕可聽見夢筆吐千花？〔丑〕不聽得。〔生作笑介〕

【皂羅袍】可笑一場閒話，破詩書萬卷，筆蕊千花。是我差了，這原不是换酒的東西。〔丑笑介〕神仙留玉珮，卿相解金貂。〔生〕你説金貂玉珮，那裏來的？有朝貨與帝王家，金貂玉佩書無價。你還不知哩？便是千金小姐，依然嫁他。一朝臣宰，端然拜他。〔丑〕要他則甚？〔生〕讀書人把筆安天下。

不要書，不要筆，這把雨傘可好？〔丑〕天下雨哩。〔生〕明日不走了。〔丑〕餓死在這裏？〔生笑介〕你認的淮揚杜安撫麼？〔丑〕誰不認的！明日喫太平宴哩。〔生〕則我便是他女壻，來探望他。〔丑驚介〕喜是相公說的早，杜老爺多早發下請書了。〔生〕請書在那裏？〔丑〕和相公瞧去。〔請生行介〕待小人背褡袱雨傘。〔行介〕〔生〕請書那裏？〔丑〕兀的不是？〔生〕這是告示居民的。〔丑〕便是，你瞧：

【前腔】 禁爲閒遊奸詐，杜老爺是巴上生的，自三巴到此，萬里爲家。不教子姪到官衙，從無女壻親閒雜。這句單指你相公，若有假充行騙，地方稟拿。下面說小的了，扶同歇宿，罪連主家。爲此須至關防者。

右示通知。建炎三十二年五月日示。你看後面安撫司杜大花押，上面蓋着一顆欽差安撫淮揚等處地方提督軍務安撫司使之印，鮮明紫粉。相公，相公，你在此消停，小人告回了。各人自掃門前雪，休管他家屋上霜。〔下〕〔生哭介〕我的妻，你怎知丈夫到此，悽惶無地也。〔作望介〕呀，前面房子門上有大金字，咱投宿去。〔看介〕四個字：漂母之祠。怎生叫做漂母之祠？〔看介〕原來壁上有題：昔賢懷一飯，此事已千秋。是了，乃前朝淮陰侯韓信之恩人也。我想起來，那韓信是個假齊王，尚然有人一飯；俺柳夢梅是個真秀才，要杯冷酒不能勾。像這個漂母，俺拜他一千拜。

【鶯皂袍】① 〔拜介〕垂釣楚天涯，瘦王孫、遇漂紗，楚重瞳較比這秋波睛。太史公表他，淮安府祭他，甫能勾一飯千金價。看古來婦女多有俏②眼兒，文公乞食，僖妻禮他；昭關乞食，相逢浣紗。鳳尖頭叩首三千下。

起更了，廊下一宿，早去伺候開門。没水梳洗。〔看介〕好了，下雨哩。

舊事無人可共論，韓　愈　只應漂母識王孫。王　遵

轅門拜手儒衣弊，劉長卿　莫使沾濡有淚痕。韋洵美

【校】

①【鶯皂袍】，格正、葉譜俱謂【黄鶯兒】犯【皂羅袍】。　②俏，原誤作「悄」，當改。

第五十齣　鬧宴

【梁州令】〔外引丑衆上〕長淮千騎雁行秋，浪捲雲浮。思鄉淚國倚層樓。〔合〕看機遘，逢奏凱，且遲留。

【昭君怨】萬里封侯歧路，幾兩英雄草屨。秋城鼓角催，老將來。　烽火平安昨夜，夢醒家山淚下。兵戈未許歸，意徘徊。我杜寶，身爲安撫，時直兵衝。圍絶救援，貽書解散。李寇既去，金兵不來。中間善後事宜，且自看詳停當。分付中軍，門外伺候。〔衆下〕〔丑把門介〕〔外歎介〕雖有存城之懽，實切亡妻之痛。〔淚介〕我的夫人呵，昨已單本題請他的身後恩典，兼求賜假西歸，未知旨意何如？正是：功名富貴草頭露，骨肉團圓錦上花。〔看文書介〕

【金蕉葉】〔生破衣巾，攜春容上〕窮愁客愁，正摇落雁飛時候。〔整容介〕帽兒光整頓從頭，還則怕未分明的門楣認否？

〔丑喝介〕甚麽人行走！〔生〕是杜老爺女壻拜見。〔丑〕當真？〔生〕秀才無假。〔丑進稟介〕〔外〕關防明白了？〔問丑介〕那人材怎的？〔丑〕也不怎的，袖着一幅畫兒。〔外笑介〕是個畫師，則説老爺軍務不閒便了。〔丑見生介〕老爺軍務不閒，請自在。〔生〕叫我自在，自在不成人了。〔丑〕等你去，成人不自在。〔生〕老爺可拜客去麽？〔丑〕今日文武官僚喫太平宴，牌簿都繳了。〔生〕大哥，怎麽叫做太平宴？〔丑〕這是各邊方年例，則今年退了賊，筵宴盛些，席上有金花樹，金臺盤，長尺頭，大元寶，無數的。你是老爺女壻，背幾個去。〔生〕原來如此。則怕進見之時，考一首太平宴詩，或是軍中凱歌，或是淮清頌，急切怎好？且在這班房裏等着，打想一篇，正是有備無患。〔丑〕秀才還不走，文武官員來也。〔生下〕

【梁州令】〔末扮文官上〕長淮望斷塞垣秋，喜兵甲潛收，賀昇平、歌頌許吾流。〔淨武官上〕兼文武，陪將相，宴公侯。

請了。〔末〕今日我文武官屬太平宴，水陸務須華盛，歌舞都要整齊。〔末淨見介〕聖天子萬靈擁輔，老君侯八面威風。寇兵銷咫尺之書，軍禮設太平之宴。謹已完備，伏乞俯容。〔外〕軍功雖卑末難當，年例有諸公怎廢？難言奏凱，聊用舒懷。〔内鼓吹介〕〔丑持酒上〕黄石兵書三寸舌，清河雪酒五加皮。酒到。

【梁州序】①〔外澆酒介〕天開江左，地冲淮右，氣色夜連刁斗。〔末淨進酒介〕長城一綫，何來得御君侯！喜平銷戰氣，不動征旗，一紙書回寇。那堪羌笛裏、望神州，這是萬里籌邊第一樓。〔合〕乘塞草，秋風候，太平筵上如淮酒。盡慷慨，爲君壽。

【前腔】〔外〕吾皇福厚，羣才策湊，半壁圍城堅守。〔末淨〕分明軍令，杯前借箸題籌。〔外〕我題書與李全夫婦呵，也是燕支卻虜，夜月吹篪，一字連環透。不然無救也，怎生休？不是天心不聚頭。〔合前〕

〔内擂鼓介〕〔老旦扮報子上〕金貂並入三公府，錦帳誰當萬里城？報老爺：奏本已下，奉有聖旨，不准致仕。欽取老爺回朝，同平章軍國大事，老夫人追贈一品貞烈夫人。〔末净〕平章乃宰相之職，君侯出將入相，官屬不勝欣仰。〔末净送酒介〕

【前腔】攬貂蟬歲月淹留，慶龍虎風雲輻輳。君侯此一去呵，看洗兵河漢，接②天高手。偏好桂花時節，天香隨馬，簫鼓鳴清晝。到長安宫闕裏報高秋，可也河上砧聲憶舊遊。〔合前〕

〔外〕諸公皆高才壯歲，自致封侯。如杜寶者，白首還朝，何足道哉！

【前腔】每日價看鏡登樓，淚沾衣渾不如舊。似江山如此，光陰難又。猛把吴鉤看了，闌干拍遍，落日重回首。此去呵，恨南歸草草也寄東流。〔舉手介〕你可也明月同誰嘯庾樓？〔合前〕

〔生上〕腹稿已吟就，名單還未通。〔見丑介〕大哥替我再一稟。〔丑〕老爺正喫太平宴。〔生〕我太平宴詩也想完一首了，太平宴還未完。〔丑〕誰叫你想來？〔生〕大哥，俺是嫡親女壻，没奈何稟一稟。〔丑進稟介〕稟老爺，那個嫡親女壻没奈何稟見。〔外〕好打！〔丑出作惱，推生出介〕〔生〕老丈人高宴未終，咱半子禮當恭候。〔下〕〔旦、貼扮女樂上〕壯士軍前半死生，美人帳下能歌舞。營妓們叩頭。

【節節高】〔外〕轅門簫鼓啾，陣雲收，君恩可借淮揚寇？貂插首，玉垂腰，金佩肘。馬敲金鐙也秋風驟，展沙堤笑拂朝天袖。〔合〕但捲取江山獻君王，看玉京迎駕把笙歌奏。

〔生上〕欲窮千里目，更上一層樓。想歌闌宴罷，小生饑困了，不免衝席而進。〔丑攔介〕餓鬼不羞！〔生惱介〕你是老爺跟馬賤人，敢辱我乘龍貴壻，打不的你？〔打丑介〕〔外問介〕軍門外誰敢喧嚷？〔丑〕是早上嫡親女壻，叫做没奈何的，破衣、破帽、破褡褳、破雨傘，手裏拿一幅破畫兒，説他餓的荒了，要來衝席。但勸的都打，連打了九個半，則剩下小的這半個臉兒。〔外惱介〕可惡！本院自有禁約，何處寒酸，敢來胡賴？〔末净〕此生委係乘龍，屬官禮當攀鳳。〔外〕一發中他計了。叫中軍官暫時拿下那光棍，逢州換驛，遞解到臨安監候者。〔老旦中軍官應介〕〔出縛生介〕〔生〕冤哉！我的妻呵，因貪弄玉爲秦贅，且戴儒冠學楚囚。〔下〕〔外〕諸公不知，老夫因國難分張，心痛如割。又放着這等一個無名子來聒噪人，愈生傷感。〔末净〕老夫人受有國恩，名標烈史。蘭玉自有，不必慮懷。叫樂人進酒。

【前腔】〔末净〕江南好宦遊，急難休，樽前且進平安酒。看福壽有，子女悠，夫人又。〔外〕徑醉矣。〔旦貼作扶介〕〔外淚介〕閃英雄淚漬盈盈袖，傷心不爲悲秋瘦。〔合前〕

〔外〕諸公請了，老夫歸朝念切，即便起程。〔内鼓樂介〕

【尾聲】明日離亭一杯酒，〔末净〕則無奈丹青聖主求。〔外笑介〕怕畫的上麒麟人白首。

〔外〕萬里沙西寇已平，張喬　〔末〕東歸銜命見雙旌。韓翃

〔净〕塞鴻過盡殘陽裏，耿湋　〔衆〕淮水長憐似鏡清。李紳

【校】

①【梁州序】，格正、葉譜作【梁州新郎】，格正並云：「第六句脱一字。」葉譜作「幸喜平銷戰氣」。　②接，原作「掞」。當改。

第五十一齣　榜下

〔老旦丑扮將軍持瓜鎚上〕鳳舞龍飛作帝京，巍峨宮殿羽林兵。天門欲放傳臚喜，江路新傳奏凱聲。請了。聖駕升殿，在此祗候。

北【點絳唇】〔外扮老樞密上〕整點朝綱，運籌邊餉，山河壯。〔净扮苗舜賓上〕翰苑文章，顯豁的昇平象。

請了。恭喜李全納款，皆老樞密調度之功也。〔外〕正此引奏。前日先生看定狀元試卷，蒙聖旨武偃文修，今其時矣。〔净〕正此題請。呀，一個老秀才走將來，好怪！好怪！〔末破衣巾捧表上〕先師孔夫子，未得見周王。本朝聖天子，得覩我陳最良，非小可也。〔見外净介〕生員陳最良告揖。〔净驚介〕又是遺才告考麽？〔末〕不敢，生員是這樞密老大人門下引奏的。〔外〕則這生員，是杜安撫叫他招安了李全，便中帶有降表，故此引見。〔内響鼓介〕〔唱介〕奏事官上御道。〔外前跪，引末後跪，叩頭介〕〔外〕掌管天下兵馬知樞密院事臣謹奏：恭賀吾主，聖德天威。淮寇來降，金兵不動。有淮揚安撫臣杜寶，敬遣南安府學生員臣陳最良奏事，帶有李全降表進呈，微臣不勝歡忭。〔内〕杜寶招安李全一事，就着生員陳最良詳奏。〔外〕萬歲。〔起介〕〔末〕帶表生員臣陳最良謹奏：

【駐雲飛】淮海維揚，萬里江山氣脈長。那安撫機謀壯，矯詔從寬蕩。嗏，李賊快迎降，他表文封上。金主聞知，不敢兵南向。他則好看花到洛陽，咱取次擒胡過汴梁。

〔内介〕奏事的午門外候旨。〔末〕萬歲。〔起介〕〔净跪介〕前廷試着看詳文字官臣苗舜賓謹奏：

【前腔】殿策賢良，榜下諸生候久長。亂定人懽暢，文運天開放。嗏，文字已看詳，臚傳須唱。莫遺夔龍，久滯風雲望。早是蟾宫桂有香，御酒封題菊半黄。

〔内介〕午門外候旨。〔净〕萬歲。〔起行介〕今當榜期，這些寒儒，卻也候久。〔外笑介〕則這陳秀才，夾帶一篇海賊文字，到中的快。〔内介〕聖旨已到，跪聽宣讀：朕聞李全賊平，金兵迴避，甚喜！甚喜！此乃杜寶大功也。杜寶已前有旨，欽取回京。陳最良有奔走口舌之才，可充黄門奏事官，賜其冠帶。其殿試進士，於中柳夢梅可以狀元，金瓜儀從，杏苑赴宴。謝恩！〔衆呼萬歲起介〕〔衆扮雜取冠帶上〕黄門舊是黌門客，藍袍新作紫袍仙。〔末作换冠服介〕二位老先生告揖。〔外净賀介〕恭喜！恭喜！明日便借重新黄門唱榜了。〔末〕適間宣旨，狀元柳夢梅何處人？〔净〕嶺南人。此生遭際的奇異。〔外〕有甚奇異？〔净〕其日試卷，看詳已定，將次進呈，恰好此生午門外放聲大哭，告收遺才，原來爲搬家小，到京遲誤。學生權收他在附卷進呈，不想點中狀元。〔外〕原來有此。〔末背想介〕聽來，敢便是那個、那個柳夢梅。他那有家小？是了，和老道姑做一家兒。〔回介〕不瞞老先生，這柳夢梅也和晚生有舊。〔外净〕一發可喜可賀了。

〔净〕榜題金字射朝暉，鄭畋　〔外〕獨奏邊機出殿遲。王建

〔末〕莫道官忙身老大，韓愈　〔合〕曾經卓立在丹墀。元稹

第五十二齣　索元

【吴小四】〔净扮郭駝傘包上〕天九萬，路三千，月餘程、抵半年。破虱裝衣擔壓肩，壓的頭臍匾又圓，扢喇察龜兒爬上天。

謝天，老駝到了臨安。京城地面，好不繁華。則不知柳秀才去向，俺且往天街上瞧去。呀，一夥臭軍蹋秃秃走來，且自迴避。正是：不因漁父引，怎得見波濤？〔下〕〔老旦丑扮軍校旗鑼上〕

【六幺令】朝門榜遍，怎生狀元、柳夢梅不見？又不是黄巢下第題詩赳。排門的問，刻期宣，再因循敢淹答了杏園公宴。

〔老笑介〕好笑，好笑，大宋國一場怪事。你道差不差？中了狀元干鱉煞。你道奇不奇？中了狀元囉唣唏。你道興不興？中了狀元胡廝踁。你道山不山？中了狀元一道煙。天下人古怪，不像嶺南人。你瞧這駕牌上：欽點狀元嶺南柳夢梅，年二十七歲；身中材，面白色。這等明明道着，卻普天下找不出這人。敢家去哩？亡化哩？睡覺哩？則淹了瓊林宴席面兒。〔丑〕哥，人山人海，那裏淘氣去？俺們把一位帶了儒巾喫宴去，正身出來，算還他席面錢。〔老〕使不得，羽林衛宴老軍替得，瓊林宴進士替不得，他要杏苑題詩。〔丑〕哥，看見幾個狀元題詩哩。依你説，叫去。〔行叫介〕狀元柳夢梅那裏？〔叫三次介〕〔老旦〕長安東西十二門，大街都無人應，小衚衕叫去。〔丑〕這蘇木衚衕有個海南會館，叫地方問去。〔叫介〕〔内應介〕老長官貴幹？〔老丑〕天大事，你在睡夢哩！聽分付：

【香柳娘】問新科狀元，問新科狀元。〔内〕何處人？〔衆〕廣南鄉貫。〔内〕是何名姓？

〔衆〕柳夢梅面白無巴繾。〔内〕誰尋他來？〔衆〕是當今駕傳，是當今駕傳。要得柳如煙，

裁開杏花宴。〔内〕俺這一帶鋪子都没有，則瓦市王大姐家，歇着個番鬼。〔衆〕這等，去，去，去。〔合〕

柳夢梅也天，柳夢梅也天，好幾個盤旋，影兒不見。〔下〕

〔貼妓上〕【集唐】殘鶯何事不知秋李後主，日日悲看水獨流王昌齡。便從巴峽穿巫峽杜甫，錯把杭

州作汴州林升。奴家王大姐是也，開個門户在此。天，一個孤老不見，幾個長官撞的來。〔老旦丑上〕王

大姐喜哩，柳狀元在你家。〔貼〕什麽柳狀元？〔衆〕番鬼哩。〔貼〕不知道。〔衆〕地方報哩。

【前腔】笑花牽柳眠，笑花牽柳眠。〔貼〕昨日有個鷄，不着褌去了。〔衆〕原來十分形

現，敢柳遮花映做葫蘆纏。有狀元麽？〔貼〕則有個狀匾。〔丑〕房兒裏狀匾去。〔進房搜介〕〔衆譁，

貼走下介〕〔衆〕找煙花狀元，找煙花狀元。熱趕在誰邊？毛臊打教遍。去罷。〔合前〕〔下〕

【前腔】〔浄拐杖上〕到長安日邊，到長安日邊，果然風憲，九街三市排場遍。柳相

公呵，他形蹤杳然，他形蹤杳然。有了俏家緣，風聲兒落誰店？少不的大道上行走，那

柳夢梅也天。〔老旦丑上〕柳夢梅也天，好幾個盤旋，影兒不見。

〔丑作撞跌浄〕〔浄叫介〕跌死人！跌死人！〔丑作拿浄介〕俺們叫柳夢梅，你也叫柳夢梅，則拿你官裏

去。〔净叩頭介〕是了，梅花觀的事發了，小的不知情。〔衆笑介〕定説你知情，是他什麽人？〔净〕聽禀：老兒呵，

【前腔】替他家種園，替他家種園，遠來探看。〔衆作忙〕可尋着他哩？〔净〕猛紅塵透不出東君面。〔衆〕你定然知他去向。〔净〕長官可憐，則聽見他到南安，其餘不知。〔衆〕好笑，好笑，他到這臨安應試，中了狀元了。〔净驚喜介〕他中了狀元，他中了狀元。踏的菜園穿，攀花上林苑。長官，他中了狀元，怕没處尋他？〔衆〕便是哩。〔合前〕

〔衆〕也罷，饒你這老兒，協同尋他去。

〔老〕一第由來是出身，鄭　谷　〔丑〕五更風水失龍鱗。張　曙

〔净〕紅塵望斷長安陌，韋　莊　〔合〕只在他鄉何處人？杜　甫

第五十三齣　硬拷

【風入松慢】〔生上〕無端雀角土牢中，是什麼孔雀屏風？一杯水飯東牀用，草牀頭繡褥芙蓉。天呵，繫頸的是定昏店、赤繩羈鳳，領解的是藍橋驛、配遞乘龍。

【集唐】夢到江南身旅羈方干，包羞忍恥是男兒杜牧。自家妻父猶如此孫元晏，若問傍人那得知崔顥？俺柳夢梅，因領杜小姐言命，去淮揚謁見杜安撫。他在衆官面前，怕俺寒儒薄相，故意不行識認，遞解臨安。想他將次下馬，提審之時，見了春容，不容不認。只是眼下悽惶也。〔浄扮獄官，丑扮獄卒持棍上〕試喚臯陶鬼，方知獄吏尊。咄！淮安府解到囚徒那裏？〔生見舉手介〕〔浄〕見面錢。〔生〕少有。〔丑〕入監油。〔生〕也無。〔浄作惱介〕哎呀，一件也没有，大膽來舉手。〔打介〕〔生〕不要打，儘行裝檢去罷了。〔丑檢介〕這個酸鬼，一條破被單，裏一軸小畫兒。〔看畫介〕是軸觀音，送奶奶供養去。〔生〕都與你去，則留下畫軸兒。〔丑作搶畫〕〔生扯介〕〔末公差上〕僵煞乘龍壻，冤遭下馬威。獄官那裏？〔丑揖介〕原來平章府祇候哥。〔末票示介〕平章府提取遞解犯人一名，及隨身行李赴審。〔丑〕人犯在此，行李一些也無。〔生〕都是這獄官搬去了。〔末〕搬了幾件，拿狗官平章府去。〔浄丑慌叩頭介〕則這畫軸、被單兒。〔末〕這狗官，還了秀才，快起解去。〔浄丑應介〕〔押生行介〕老相公，你便行動些兒。略知孔子三分禮，不犯蕭何六尺條。〔下〕

【唐多令】〔外引衆上〕玉帶蟒袍紅，新參近九重。耿秋光長劍倚崆峒，歸到把平章印總。渾不是，黑頭公。

【集唐】秋來力盡破重圍羅鄴，入掌銀臺護紫薇李白。回頭卻歎浮生事李中，長向東風有是非羅隱。自家杜平章，因淮揚平寇，叨蒙聖恩，超遷相位。前日有個棍徒，假充門壻，已着遞解臨安府監候，今日不免取來細審一番。〔淨丑押生上〕〔雜門官唱門介〕臨安府解犯人進。〔見介〕〔生〕岳丈大人拜揖。〔外坐笑介〕〔生〕人將禮樂爲先。〔衆呼喝介〕〔生長歎介〕

【新水令】則這怯書生劍氣吐長虹，原來丞相府十分尊重。聲息兒忒洶湧，咱禮數缺通融。曲曲躬躬，他那裏半擡身全不動。

〔外〕寒酸，你是那色人數？犯了法，在相府階前不跪。〔生〕生員嶺南柳夢梅，乃老大人女壻。〔外〕呀，我女已亡故三年，不説到納采下茶，便是指腹裁襟，一些没有。何曾得有個女壻來？可笑，可恨。祗候們與我拿下。〔生〕誰敢拿！

【步步嬌】〔外〕我有女無郎、早把他青年送，剗口兒輕調閧。便做是我遠房門壻呵，你嶺南、吾蜀中，牛馬風遥，甚處裏絲蘿共？敢一棍兒走秋風？指説關親、騙的軍民動。

〔生〕你這樣女壻，眠書雪案，立榜雲霄，自家行止用不盡，定要秋風老大人？〔外〕還强嘴。搜他裹袱裏，定有假雕書印，並贓拿賊。〔丑開袱介〕破布單一條，畫觀音一幅。〔外看畫驚介〕呀，見贓了。這是我女孩兒春容，你可到南安，認的石道姑麼？〔生〕認的。〔外〕認的個陳教授麼？〔生〕認的。〔外〕天眼恢恢，原來劫墳賊便是你。左右，采下打。〔生〕誰敢打！〔外〕這賊快招來。〔生〕誰是賊？老大人拿賊見贓，不曾捉奸見牀來。

【折桂令】你道證明師一軸春容，〔外〕春容分明是殉葬的。〔生〕可知道是蒼苔石縫，迸坼了雲蹤？〔外〕快招來。〔生〕我一謎的承供，供的是開棺見喜，攩煞逢凶。〔外〕壙中還有玉魚金椀。〔生〕有金椀呵兩口兒同匙受用，玉魚呵和我九泉下比目和同。〔外〕還有哩。〔生〕玉碾的玲瓏，金鎖的玎玲。〔外〕都是那道姑。〔生〕則那石姑姑他識趣拿奸縱，卻不似你杜爺爺逞拿賊威風。

〔外〕呀，他明明招了。叫令史取過一張堅厚官綿紙，寫下親供，犯人一名柳夢梅，開棺劫財者斬。寫完，發與那死囚，於斬字下押個花字，會成一宗文卷，放在那裏。〔貼扮吏取供紙上〕稟爺：定個斬字。〔外寫介〕〔貼叫生押花字，生不伏介〕〔外〕你看這喫敲才，

【江兒水】眼腦兒天生賊，心機使的凶。還不畫紙。〔生〕誰慣來！〔外〕你紙筆硯墨則好招詳用。〔生〕生員又不犯奸盜。〔外〕你奸盜詐僞機謀中。〔生〕因令愛之故。〔外〕你精奇古怪虛頭弄。〔生〕令愛現在。〔外〕現在麼？把他玉骨拋殘心痛。〔生〕拋在那裏？〔外〕後苑池中，月冷斷魂波動。

〔生〕誰見來？〔外〕陳教授來報知。〔生〕生員爲小姐費心，除了天知地知，陳最良那得知！

【雁兒落】① 我爲他禮春容叫的凶，我爲他展幽期躭怕恐。我爲他點神香開墓封，我爲他唾靈丹活心孔。我爲他偎熨的體酥融，我爲他洗發的神清瑩。我爲他度情腸款款通，我爲他啓玉肱輕輕送。我爲他軟温香把陽氣攻，我爲他搶性命把陰程迸。神通，醫的他女孩兒能活動。通也麼通，到如今風月兩無功。

〔外〕這賊都説的是甚麼話，着鬼了。左右，取桃條打他，長流水噴他。〔丑取桃條上〕要的門無鬼，先教園有桃。桃條在此。〔外〕高弔起打。〔衆弔起生，作打介〕〔生叫痛，轉動〕〔衆諢打鬼介〕〔噴水介〕〔净郭駝拐杖同老旦貼扮軍校持金瓜上〕天上人間忙不忙，開科失卻狀元郎。一向找尋柳夢梅，今日再尋不見，打老駝。〔净〕難道要老駝賠？買酒你喫，叫去罷。〔叫介〕狀元柳夢梅那裏？〔外聽介〕〔衆叫下〕〔外問丑〕〔丑〕不見了新科狀元，聖旨着沿街尋叫。〔生〕大哥，開榜哩，狀元誰？〔外惱介〕這賊閒管，掌嘴，掌嘴。〔丑掌生嘴介〕〔生叫冤屈介〕〔老旦貼净依前上〕但聞丞相府，不見狀元郎。咦，平章府打諠鬧哩。〔聽介〕〔净〕裏面聲息，像有俺家相公哩。〔衆進介〕〔净向前哭介〕弔起的是我家相公也？〔生〕列位救我。〔净〕誰打相公來？〔生〕是這平章。〔净將拐杖打外介〕捹老命打這平章。〔外惱介〕誰敢無禮！〔老貼〕駕上的，來尋狀元柳夢梅。〔生〕大哥，柳夢梅便是小生。〔净向前解生〕〔外扯净跌介〕〔生〕你是老駝，因何至此？〔净〕俺一逕來尋相公，喜的中了狀元。〔生〕真個的，快向錢塘門外報與杜小姐知道。〔老旦貼〕找着了狀元，俺們也報知黄門官奏去。未去朝天子，先來激相公。〔下〕〔外〕一路的光棍去了，正好拷問這廝。左右，再與俺弔將起。〔生〕待俺分訴些，難道狀元是假得的？〔外〕凡爲狀元者，有登科録爲證，你有何據？則是弔了打便了。〔生叫苦介〕〔凈苗舜賓引老旦貼扮堂候官捧冠袍帶上〕踏破草鞋無覓處，得來全不費工夫。老公相住手，有登科録在此。

【僥僥犯】② 則他是御筆親標第一紅，柳夢梅爲梁棟。〔外〕敢不是他？〔凈〕是晚生本房取中的。〔生〕是苗老師哩，救門生一救。〔凈笑介〕你高弔起文章鉅公，打桃枝受用。告過老公相，軍校快請狀元下弔。〔貼放〕〔生叫痛煞介〕〔凈〕可憐，可憐，是斯文倒喫盡斯文痛，無情棒打多情種。〔生〕他是我丈人。〔凈〕原來是倚太山壓卵欺鸞鳳。

〔老旦〕狀元懸梁刺股。〔凈〕罷了，一領宮袍遮蓋去。〔外〕什麼宮袍？扯了他！

【收江南】〔外扯住冠服介〕〔生〕呀，你敢抗皇宣駡勑封，早裂綻我御袍紅。似人家女壻呵拜門也似乘龍，偏我帽光光走空，你桃夭夭煞風。〔老替生冠服插花介〕〔生〕老平章，好看我插宮花帽壓君恩重。

〔外〕柳夢梅怕不是他？果是他，便是童生應試，也要候案。怎生殿試了，不候榜開，來淮揚胡撞？〔生〕老平章是不知，爲因李全兵亂，放榜稽遲，令愛聞的老平章有兵寇之事，着我一來上門，二來報他再生之喜，三來扶助你爲官。好意成惡意，今日可是你女壻了？〔外〕誰認你女壻來！

【園林好】〔凈衆〕嗔怪你會平章的老相公，不刮目破窰中吕蒙，忒做作、前輩們性重。〔笑介〕敢折倒你丈人峯③。

〔外〕悔不將劫墳賊監候奏請爲是。

【沽美酒】④〔生笑介〕你這孔夫子把公治長陷縲絏中，我柳盜跖打地洞向鴛鴦塚。有日呵，把燮理陰陽問相公，要無語對春風。則待列笙歌畫堂中，搶絲鞭御街攔縱。把窮柳毅賠笑在龍宫，你老夫差失敬了韓重。我呵人雄氣雄，老平章深躬淺躬，請狀元升東轉東。呀，那時節纔提破了牡丹亭杜鵑殘夢。

老平章請了，你女壻赴宴去也。

北【尾】你險把司天臺失陷了文星空，把一個有對付的玉潔冰清烈火烘。咱想有今日呵，越顯的俺玩花柳的女郎能，則要你那打桃條的相公懂。〔下〕

〔外弔場〕異哉，異哉！還是賊？還是鬼？堂候官，去請那新黄門陳老爹，到來商議。〔丑〕知道了。謁者有如鬼，狀元還似人。〔下〕〔末扮陳黄門上〕官運精神老不眠，早朝三下聽鳴鞭。多沾聖主隨朝米，不受村童學俸錢。自家陳最良，因奏捷，聖恩可憐，欽授黄門。此皆杜老相公擡舉之恩，敬此趣謝！〔丑上見介〕正來相請，少待通報。〔進報〕〔見介〕〔外笑介〕可喜，可喜，昔爲陳白屋，今作老黄門。〔末〕新恩無報效，舊恨有還魂。適聞老先生三喜臨門：一喜官居宰輔；二喜小姐活在人間；三喜女壻中了狀元。〔外〕陳先生，教的好女學生，成精作怪哩。〔末〕老相公，胡盧提認了罷。〔外〕先生差矣，此乃妖孽之事，爲大臣的，必須奏聞滅除爲是。〔末〕果有此意，容晚生登時奏上取旨何如？〔外〕正合吾意。

〔外〕夜讀滄洲怪亦聽⑤，陸龜蒙　〔末〕可關妖氣暗文星。司空圖
〔外〕誰人斷得人間事，白居易　神鏡高懸照百靈。殷文圭

【校】

①【雁兒落】，朱墨本、格正、葉譜作【雁兒落帶得勝令】。　②【僥僥犯】，格正、葉譜俱題作【綵衣舞】。　③按譜，此是疊句。　④當作【沽美酒帶太平令】。　⑤「夜讀滄洲」句，原作「衣渡滄洲」，義不可通。據陸龜蒙原詩改（見全唐詩卷二三和襲美爲新羅弘惠上人撰靈鷲山周禪師碑送歸詩。）

第五十四齣　聞喜

【繞池遊】〔貼上〕露寒清怯，金井吹梧葉，轉不斷轆轤情劫。

咳，俺小姐爲夢見書生，感病而亡，已經三年。老爺與老夫人，時時痛他孤魂無靠。誰知小姐到活活的跟着個窮秀才，寄居錢塘江上？母子重逢。真乃天上人間，怪怪奇奇，何事不有？今日小姐分付安排繡牀，温習針指。小姐早到也。

【繞紅樓】〔旦上〕秋過了平分日易斜，恨辭梁燕語周遮。人去空江，身依客舍，無計七香車。

秋風吹冷破窗紗，夫壻揚州不到家。玉指淚彈江北草，金鍼閒刺嶺南花。春香，我同柳郎至此，即赴試闈。虎榜未開，揚州兵亂。我星夜齎發柳郎，打聽爹娘消息。且喜老萱堂不意而逢，則老相公未知下落。想柳郎刻下可到，料今番榜上高題，須先翦下羅衣，襯其光彩。〔貼〕繡牀停當，請自尊裁。〔旦裁衣介〕裁下了，便待縫將起來。〔縫介〕〔貼〕小姐，俺淡口兒閒嗑，你和柳郎夢裏陰司裏，兩下光景何如？

【羅江怨】〔旦〕春園夢一些，到陰司裏有轉折。夢中逗的影兒別，陰司較追的情兒切。〔貼〕還魂時像怎的?〔旦〕似夢重醒,猛迴頭放教跌。〔貼〕陰司可也有好耍子處?〔旦〕一般兒輪回路駕香車,愛河邊題紅葉,便則到鬼門關逐夜的望秋月。

【前腔】〔貼〕你風姿恁惹邪,情腸害劣。小姐,你香魂逗出了夢兒蝶,把親娘腸斷了影中蛇。不道燕冢荒斜,再立起鴛鴦舍?則問你會書齋燈怎遮?送情杯酒怎賒?取喜時也要那破頭梢一泡血?

〔旦〕蠢丫頭,幽歡之時,彼此如夢,問他則甚?呀,奶奶來的恁忙也。〔老旦慌上〕

【玩仙燈】人語鬧吱嚥,聽風聲似是女孩兒關節。

兒,聽見外廂諠嚷,新科狀元是嶺南柳夢梅。〔旦〕有這等事!〔净忙走上〕

【前腔】旗影兒走龍蛇,甚宣差教來近者?

〔見介〕奶奶,小姐,駕上人來,俺看門去也。〔下〕〔外丑扮軍校持黃旗上〕

【入賺】深巷門斜,抓不出狀元門第也。這是了。〔敲門介〕〔老旦〕聲息兒恁怔忡,把門兒偷瞥。〔啓門〕〔校衝開介〕〔老旦〕那衙門來的?〔校〕星飛不迭,你看這旗,看這旗影兒頭勢別,是黃門官把聖旨教傳洩。〔老旦叫介〕兒,原來是傳聖旨的。〔旦上〕斗膽相詢,金榜何時揭?可有柳夢梅名字高頭列?〔校〕他中了狀元。〔旦〕真個中了狀元?〔校〕則他中狀元,急節裏遭磨滅。〔旦驚介〕是怎生?〔校〕往淮揚獨犯了杜參爺,扭回京把他做劫墳塋的賊決。〔老旦〕我兒，謝天謝地，老爺平安回京了。他那知世間有此重生之事？〔旦〕這卻怎了？〔校〕正高弔起猛桃條細抽掣，被官裏人搶去遊街歇。〔旦〕恰好哩。〔校〕平章他勢大，動本了，說劫墳之賊，不可以作狀元。〔旦〕狀元可也辯一本兒。〔校〕狀元也有本。那平章奏他，惡茶白賴把陰人竊；那狀元呵，他說頭帶魁罡不受邪；便是萬歲爺聽了成癡呆。〔旦〕後來？〔校〕僥倖，有個陳黃門，是平章爺的故人，奏准要平章、狀元和小姐三人，駕前勘對，方取聖裁。〔老旦〕呀，陳黃門是誰？〔校〕是陳最良，他說南安教授曾官舍，因此杜平章擡舉他掌朝班通御謁。〔老旦〕一發詫異哩。〔校〕便是他着俺們來宣旨：分付你家一更梳洗，二鼓喫飯，三鼓穿衣，四鼓走動，到的五更三點徹，響玎璫翠佩，那是朝時節。〔旦〕獨自個怕人。〔校〕怕則麼，平章宰相你親爺，狀元妻妾。俺去了。〔旦〕再說些去。〔校〕明朝金闕，討你幅撞門紅去了也。〔下〕〔旦〕娘，爹爹高陞，柳郎高中，小旗兒報捷，又是平安帖。把神天叩謝，神天叩謝。〔拜介〕

【滴溜子】當日的，當日的，梅根柳葉。無明路，無明路，曾把遊魂再疊。果應夢，花園後摺。甫能勾迸到頭，搶了捷。鬼趣裏因緣，人間判貼。

【前腔】〔老旦〕雖則是，雖則是，希奇事業。可甚的，可甚的，驚勞駕帖？他道你，是花妖害怯。看承的柳抱懷，做花下劫。你那爹爹呵，沒得個符兒，再把花神召攝。

【尾聲】女兒，緊簪束揚塵舞蹈搖花頰，〔旦〕叫俺奏個甚麼來？〔老旦〕有了，你活人硬證無虛脅。〔旦〕少不的萬歲君王聽臣妾。

〔净扮郭駝上〕要問鼋鼉窟，還過烏鵲橋。兩日再尋個錢塘門不着，正好撞着老軍，説知夫人下處，抖擻了進去。〔見介〕〔老旦〕你是誰？〔净〕狀元家裏的老駝，特來恭喜。〔旦〕辛苦！你可見狀元麽？〔净〕俺往平章府，搶下了狀元。要夫人去見朝也。

〔老旦〕往事閒徵夢欲分，韓溉　〔旦〕今晨忽見下天門。張籍

〔净〕分明爲報精靈輩，僧貫休　〔旦〕淡掃蛾眉朝至尊。張祜

第五十五齣　圓駕

〔净、丑扮將軍持金瓜上〕日月光天德，山河壯帝居。萬歲爺升朝，在此直殿。〔末上〕

北【點絳脣】寶殿雲開，御爐煙靄，乾坤泰。〔回身拜介〕日影金階，早唱道黄門拜。

【集唐】鸞鳳旌旗拂曉陳韋元旦，傳聞闕下降絲綸劉長卿。興王會净妖氛氣杜甫，不問蒼生問鬼神李商隱。自家大宋朝新除授一個老黄門陳最良是也。下官原是南安府飽學秀才，因柳夢梅發了杜平章小姐之墓，徑往揚州報知。平章念舊，着俺説平李寇，告捷效勞，蒙聖恩欽賜黄門奏事之職。不想平章回朝，恰遇柳生投見，當時拿下，遞解臨安府監候。卻説柳生先曾攛過卷子，中了狀元。找尋之間，恰好狀元弔在杜府拷問，當被駕前官校人等，衝破府門，搶了狀元，上馬而去，到也罷了。又聽的説，俺那女學生杜小姐也還魂在京。平章聽説女兒成了個色精，一發惱激，央俺題奏一本，爲誅除妖賊事，中間劾奏柳夢梅係劫墳之賊，其妖魂托名亡女，不可不誅。杜老先此奏，卻是名正言順。隨後柳生也奏一本，爲辨明心跡事。都奉有聖旨：朕覽所奏，幽隱奇特，必須返魂之女，面駕敷陳，取旨定奪。老夫又恐怕真是杜小姐返魂，私着官校傳旨與他，五更朝見。正是：三生石上看來去，萬歲臺前辨假真。道猶未了　平章狀元早到。〔外、生幞頭袍笏同上介〕

【前腔】〔外〕有恨妝排，無明躭帶，真奇怪。〔生〕啞謎難猜，今上親裁劃。岳丈大人拜揖。〔外〕誰是你岳丈！〔生〕平章老先生拜揖。〔外〕誰和你平章！〔生笑介〕古詩：梅雪争春未肯降，騷人閣筆費平章。今日夢梅争辯之時，少不的要老平章閣筆。〔外〕你罪人咬文哩。〔生〕小生何罪？老平章是罪人！〔外〕俺有平李全大功，當得何罪？〔生〕朝廷不知，你那裏平的個李全？則平的個李半。〔外〕怎生止平的個李半？〔生笑介〕你則哄的個楊媽媽退兵，怎哄的全？〔外惱作扯生介〕誰説？和你官裏講去。〔末作慌出見介〕午門之外，誰敢諠譁。〔見介〕原來是杜老先生，這是新狀元，放手，放手。〔外放生介〕〔末〕狀元何事激惱了老平章。〔外〕他罵俺罪人，俺得何罪？〔生〕你説無罪，便是處分令愛一事，也有三大罪。〔外〕那三罪？〔生〕太守縱女遊春，一罪。〔外〕是了。〔生〕女死不奔喪，私建菴觀，二罪。〔外〕罷了。〔生〕嫌貧逐壻，刁打欽賜狀元，可不三大罪？〔末笑介〕狀元以前也罪過些，看下官面分，和了罷。〔生〕黄門大人，與學生有何面分？〔末笑介〕狀元不知，尊夫人請俺上學來。〔生〕敢是鬼請先生？〔末〕狀元忘舊了。〔生認介〕老黄門可是南安陳齋長。〔末〕惶恐，惶恐。〔生〕呀，先生，俺於你分上不薄，如何妄報俺爲賊？做門館報事不真，則怕做了黄門，也奏事不以實。〔末笑介〕今日奏事實了。遠望尊夫人將到，二公先行叩頭禮。〔内唱禮介〕奏事官齊班。〔外、生同進叩頭介〕〔外〕臣杜寶見。〔生〕臣柳夢梅見。〔末〕平身。〔外、生立左右介〕〔旦上〕麗娘本是泉下女，重瞻天日向丹墀。

北【黄鐘醉花陰】平鋪着金殿琉璃翠鴛瓦，響鳴梢半天兒刮刺。〔浄、丑喝介〕甚的婦人衝上御道，拿了！〔旦驚介〕似這般狰獰漢叫喳喳，在閻浮殿見了些青面獠牙，也不似今番怕。〔末〕前面來的，是女學生杜小姐麽？〔旦〕來的黄門官，像陳教授。叫他一聲：陳師父，陳師父。〔末應介〕是也。〔旦〕陳師父喜哩。〔末〕學生，你做鬼，怕不驚駕？〔旦〕噤聲！再休提探花鬼，喬作衙，則説狀元妻來面駕。

〔浄丑下〕〔内〕奏事人揚塵舞蹈。〔旦作舞蹈呼「萬歲萬歲」介〕〔内〕平身。〔旦起〕〔内〕聽旨：杜麗娘是真是假，就着伊父杜寶，狀元柳夢梅出班識認。〔生覷旦作悲介〕俺的麗娘妻也。〔外覷旦作惱介〕鬼也些，真個一模二樣，大膽，大膽。〔作回身跪奏介〕臣杜寶謹奏：臣女亡已三年，此女酷似，此必花妖狐媚，假託而成。俺王聽啓：

南【畫眉序】臣女没年多，道理陰陽豈重活？願俺王向金階一打，立見妖魔。〔生作泣〕好狠心的父親！〔跪奏介〕他做五雷般嚴父的規模，則待要一下裏把聲名煞抹。〔起介〕〔合〕便閻羅包老難彈破，除取旨前來撒和。

〔内〕聽旨：朕聞人行有影，鬼形怕鏡。定時臺上，有秦朝照膽鏡。黄門官，可同杜麗娘照鏡。看花陰之下，有無蹤影，回奏。〔末應同旦對鏡介〕女學生是人？是鬼？

北【喜遷鶯】〔旦〕人和鬼，教怎生酬答？形和影現托着面菱花。〔末〕鏡無改面，委係人身；再向花街取影而奏。〔行看影介〕〔旦〕波查，花陰這答，一般兒蓮步迴鸞印淺沙。〔末奏介〕杜麗娘有蹤有影，的係人身。〔内〕聽旨：麗娘既係人身，可將前亡後化事情奏上。〔旦〕萬歲，臣妾二八年華，自畫春容一幅。曾于柳外梅邊，夢見這生。妾因感病而亡，葬于後園梅樹之下。後來果有這生姓名柳夢梅，拾取春容，朝夕掛念。臣妾因此出現成親。〔悲介〕哎喲，悽惶煞，這底是前亡後化，抵多少陰錯陽差。

〔内〕聽旨：柳狀元質證，麗娘所言真假，因何預名夢梅？〔生打躬呼「萬歲」介〕

南【畫眉序】臣南海乏①絲蘿，夢向嬌姿折梅萼。果登程取試，養病南柯。因借居南安府紅梅院中，遊其後苑，拾得麗娘春容，因而感此真魂，成其人道。〔外介〕此人欺誑陛下，兼且點污臣之女也。論臣女呵，便死葬向水口廉貞，肯和生人做山頭撮合。〔合〕便閻羅包老難彈破，除取旨前來撒和。

〔内〕聽旨：朕聞有云：「不待父母之命，媒妁之言，則國人父母皆賤之。」杜麗娘自媒自婚，有何主見？〔旦泣介〕萬歲，臣妾受了柳夢梅再活之恩，

北【出隊子】真乃是無媒而嫁？〔外〕誰保親？〔旦〕保親的是母喪門；〔外〕送親的？〔旦〕送親的是女夜叉。〔外〕這等胡爲？〔生〕這是陰陽配合正理。〔外〕正理，正理，花你那蠻兒一點紅嘴哩。〔生〕老平章，你罵俺嶺南人喫檳榔，其實柳夢梅唇紅齒白。〔旦〕噤聲！眼前活立着個女孩兒，親爺不認。到做鬼三年，有個柳夢梅認親。則你這辣生生回陽附子較争些，爲甚麼翠呆呆下氣的檳榔俊煞了他？爺，你不認呵，有娘在。〔指鬼門〕現放着實丕丕貝母開談親阿媽。

〔老旦上〕多早晚女兒還在面駕，老身踹入正陽門叫冤去也。〔進見跪伏介〕萬歲爺，杜平章妻一品夫人甄氏見駕。〔外末驚介〕〔外〕那裏來的？真個是俺夫人哩。〔跪介〕臣杜寶啓：臣妻已死揚州亂賊之手，臣已奏請恩旨褒封。此必妖鬼捏作母子一路，白日欺天。〔起介〕〔生〕這個婆婆，是不曾認的他。〔內〕聽旨：甄氏既死于賊手，何得臨安母子同居？〔老旦〕萬歲。〔起介〕

南【滴溜子】〔老旦〕揚州路，揚州路，遭兵劫奪。只得向，只得向，長安住託。不想到錢塘夜過，黑撞着麗娘兒魂似脱。少不的子母肝腸，死同生活。

〔內〕聽甄氏所奏，其女重生無疑。則他陰司三載，多有因果之事。假如前輩做君王臣宰不臻的，可有的發付他？從直奏來。〔旦〕這話不提罷了，提起都有。〔末〕女學生，子不語怪。比如陽世府部州縣，尚然磨刷卷宗，他那裏有甚會案處？

北【刮地風】〔旦〕呀，那陰司一椿椿文簿查，使不着你猾律拿喳。是君王有半副迎魂駕，臣和宰玉鎖金枷。〔末〕女學生，没對證。似這般説，秦檜老太師在陰司裏可受用？〔旦〕也知道些，説他的受用呵，那秦太師他一進門，忒楞楞的黑心搥敢搗了千下，淅另另的紫筋肝剁作三花。〔衆驚介〕爲甚剁作三花？〔旦〕道他一花兒爲大宋，一花爲金朝，一花兒爲長舌妻。〔末〕這等，長舌夫人有何受用？〔旦〕若説秦夫人的受用，一到了陰司，撏去了鳳冠霞帔，赤體精光，跳出個牛頭夜叉，只一對七八寸長指彄兒，輕輕的把那撇道兒搭，長舌揸，〔末〕爲甚？〔旦〕聽的是東窗事發。〔外〕鬼話也！且問你鬼也邪，人間私奔，自有條法，陰司可有？〔旦〕有的是柳夢梅七十條，爹爹發落過了，女兒陰司收贖。桃條打，罪名加，做尊官勾管了簾下。則道是没真場風流罪過些，有甚麽饒不過這嬌滴滴的女孩家。

〔内〕聽旨：朕細聽杜麗娘所奏，重生無疑。就着黄門官押送午門外，父子夫妻相認，歸第成親。〔衆呼萬歲，行介〕〔老旦〕恭喜相公高轉了。〔外〕怎想夫人無恙！〔旦哭介〕我的爹呵！〔外不理介〕青天白日，小鬼頭遠些，遠些。陳先生，如今連柳夢梅俺也疑將起來，則怕也是個鬼。〔末笑介〕是踢斗鬼。〔老旦喜介〕今日見了狀元女壻，女兒再生，二十分喜也。狀元，先認了你丈母罷。〔生揖介〕丈母光臨，做女壻的有失迎待，罪之重也！〔旦〕官人，恭喜！賀喜！〔生〕誰報你來？〔旦〕到得陳師父傳旨來。〔生〕受你老子的氣也。〔末〕狀元，認了丈人翁罷。〔生〕則認的十地閻君爲岳丈。〔末〕狀元，聽俺分勸一言：

南【滴滴金】你夫妻趕着了輪迴磨，便君王使的個隨風柂，那平章怕不做賠錢貨。到不如娘共女，翁和壻，明交割。〔生〕老黄門，俺是個賊犯。〔末笑介〕你得便宜人偏會撒科，則道你偷天把桂影那。不争多、先偷了地窟裏花枝朵。

〔旦歎介〕陳師父，你不教俺後花園遊去，怎看上這攀桂客來？〔外〕鬼乜邪，怕没門當户對，看上柳夢梅什麽來？

北【四門子】〔旦笑介〕是看上他帶烏紗象簡朝衣掛，笑笑笑，笑的來眼媚花。爹娘，人家白日裏高結綵樓，招不出個官壻。你女兒睡夢裏，鬼窟裏，選着個狀元郎，還説門當户對！則你個杜杜陵慣把女孩兒嚇，那柳柳州他可也門户風華。爹，認了女孩兒罷。〔外〕離異了柳夢梅，回去認你。〔旦〕叫俺回杜家，赸了柳衙，便作你杜鵑花也叫不轉子規紅淚灑。

〔哭介〕哎喲，見了俺前生的爹，即世嬤，顛不剌悄魂靈立化。

〔旦作悶倒介〕〔外驚介〕俺的麗娘兒。〔末作望介〕怎那老道姑來也。連春香也活在。好笑，好笑，我在賊營裏瞧甚來？〔净扮道姑同貼上〕

南【鮑老催】官前定奪，官前定奪。〔打望介〕原來一衆官員在此，怎的起狀元、小姐嘴骨都站一邊。眼見他喬公案斷的錯，聽了那喬教學的嘴兒嗑。〔末〕春香賢弟也來了，這姑姑是賊。〔净〕啐！陳教化，誰是賊？你報老夫人死哩，春香死哩。做的個，紙棺材，舌鍬撥。〔向生介〕柳相公喜也。〔生〕姑姑喜也。這丫頭，那裏見俺來？〔貼〕你和小姐牡丹亭做夢時有俺在。〔生〕好活人活證。〔净貼〕鬼團圓不想到真和合，鬼揶揄不想做人生活。老相公，你便是鬼三台費評跋。〔净貼並下〕

〔末〕朝門之下，人欽鬼伏之所，誰敢不從！少不得小姐勸狀元認了平章，成其大事。〔旦作笑勸生介〕柳郎，拜了丈人罷。〔生不伏介〕

北【水仙子】〔旦〕呀呀呀，你好差。〔扯生手，按生肩介〕好好好，點着你玉帶腰身把玉手叉。〔生〕幾百個桃條。〔旦〕拜拜拜，拜荊條曾下馬。〔外扯介〕〔旦〕扯扯扯，做太山倒了架。

〔指生介〕他他他，點黄錢聘了咱。俺俺俺，逗寒食喫了他茶。〔指末介〕你你你，待求官報信則把口皮喳。〔指生介〕是是是，是他開棺見槨湔除罷。〔指外介〕爹爹爹，你可也駡勾了咱這鬼也邪。

〔丑扮韓子才冠帶捧詔上〕聖旨已到，跪聽宣讀：據奏奇異，敕賜團圓。平章杜寶，進階一品；妻甄氏，封淮陰郡夫人。狀元柳夢梅，除授翰林院學士；妻杜麗娘，封陽和縣君。就着鴻臚官韓子才送歸宅院。叩頭謝恩！〔丑見介〕狀元，恭喜了。〔生〕呀，是韓子才兄，何以得此？〔丑〕自别了尊兄，蒙本府起送先儒之後，到京考中鴻臚之職，故此相會。〔生〕一發奇異了。〔末〕原來韓老先，也是舊朋友。〔行介〕

南【雙聲子】〔衆〕姻緣詫，姻緣詫，陰人夢黄泉下。福分大，福分大，周堂内是這朝門下。齊見駕，齊見駕。真喜洽，真喜洽。領陽間誥敕，去陰司銷假。

北【尾】②〔生〕從今後把牡丹亭夢影雙描畫，〔旦〕虧殺你南枝挨煖俺北枝花，則普天下做鬼的有情誰似咱？

杜陵寒食草青青，韋應物　羯鼓聲高衆樂停。李商隱
更恨香魂不相遇，鄭瓊羅　春腸遥斷牡丹亭。白居易
千愁萬恨過花時，僧無則　人去人來酒一巵。元　稹

唱盡新詞懽不見，劉禹錫　數聲啼鳥上花枝。韋　莊

【校】

①乏，原誤作「泛」，據朱墨本改。

②北【尾】，格正題作【隨喜團圓煞】。